BESTSELLER

Tracy Chevalier (1962, Washington, DC) cursó estudios de lengua y literatura inglesas en el Oberlin College de su ciudad natal. Después de graduarse viajó a Londres en 1984, donde se casó, tuvo un hijo y reside en la actualidad. Trabajó durante un tiempo como editora pero abandonó esta actividad para realizar un curso de escritura creativa en la Universidad de East Anglia. En 1997 publicó su primera novela, *El azul de la virgen*, y en 1999, *La joven de la perla*, best seller internacional del que no tardó en rodarse una película de similar éxito, dirigida por Peter Webber y protagonizada por Scarlett Johansson y Colin Firth. Sus siguientes obras fueron *Ángeles fugaces* (2001), ambientada en la Inglaterra de comienzos del siglo xx, tras la muerte de la reina Victoria, y *La dama y el unicornio* (2004), centrada en el medievo a través de la iconografía de los tapices. Su novela más reciente es *El maestro de la inocencia* (2007).

Biblioteca

TRACY CHEVALIER

WITHDRAWN

El maestro de la inocencia

Traducción de
José Luis López Muñoz

DEBOLS!LLO

Título original: *Burning Bright*

Primera edición en Debolsillo: febrero, 2009

© 2007, Tracy Chevalier
© 2008, de la presente edición en castellano para todo el mundo:
Random House Mondadori, S. A.
Travessera de Gràcia, 47-49. 08021 Barcelona
© 2008, José Luis López Muñoz, por la traducción
© 2006, Andrew Ashton, HarperCollins Publishers, por las ilustraciones del interior

Printed in Spain – Impreso en España

ISBN: 978-84-8346-885-2 (vol. 714/2)
Depósito legal: B-51896-2008

Compuesto en Fotocomposición 2000, S. A.

Impreso en Novoprint, S. A.
Energía, 53. Sant Andreu de la Barca (Barcelona)

P 868852

Para mis padres

Marzo de 1792

I.

UNO

Había algo de humillante en tener que limitarse a esperar dentro de un carro, en una concurrida calle de Londres, cuando todas tus posesiones estaban amontonadas alrededor y expuestas a la curiosidad del público. Jem Kellaway se hallaba junto a una torre de sillas Windsor que su padre había hecho para la familia años atrás y veía horrorizado cómo los viandantes examinaban sin disimulo el contenido del carro. Tampoco estaba acostumbrado a encontrarse con tantos desconocidos al mismo tiempo —la aparición de uno solo en su pueblo de Dorsetshire sería un acontecimiento comentado durante varios días—, ni a verse expuesto a su atención y escrutinio. Se agachó entre las pertenencias familiares, tratando de hacerse menos visible. Enjuto y nervudo, de ojos azules hundidos y pelo de color rubio rojizo que se le rizaba por debajo de las orejas, Jem no era una persona que llamase la atención, y la gente, más que en él, se fijaba en las posesiones de su familia. Una pareja se detuvo y manoseó incluso los muebles como si estuviera palpando las peras en la carretilla de un vendedor para ver cuál estaba más madura: la mujer acarició el dobladillo de un camisón que asomaba por una bolsa descosida, y el hombre se apoderó de una de las sierras de Thomas Kellaway y comprobó lo puntiagudo de sus dientes. Cuando Jem le gritó «¡Oiga!», todavía le llevó su tiempo dejarla de donde la había cogido.

Aparte de las sillas, la mayor parte del carro lo ocupaban las herramientas del oficio de Thomas, padre de Jem: aros de madera utilizados para curvar las piezas destinadas a los brazos y respaldos de las sillas Windsor que eran su especialidad, piezas del torno con el que daba forma a las patas de las sillas, y un surtido de sierras, hachas, formones y taladros. A decir verdad las herramientas de Thomas Kellaway ocupaban tanto sitio que los miembros de la familia habían caminado por turnos junto al carro durante la semana que habían tardado en ir desde Piddletrenthide hasta Londres.

El carro en el que habían viajado, conducido por el señor Smart, un habitante del valle del Piddle con un inesperado gusto por la aventura, estaba parado delante del anfiteatro de Astley. Thomas Kellaway tenía sólo una vaga idea de dónde encontrar a Philip Astley y un total desconocimiento de las dimensiones de Londres, por lo que pensaba que le bastaría colocarse en el centro de la ciudad para ver el sitio donde actuaba el circo Astley, más o menos como podría haberlo hecho en Dorchester. Afortunadamente para ellos, el circo Astley era bien conocido en la metrópoli y enseguida les indicaron el camino para llegar al gran edificio al final del puente de Westminster, con su tejado redondo de madera terminado en punta y su entrada principal adornada con cuatro columnas. En una enorme bandera blanca que ondeaba en lo más alto del tejado se leía «Astley» en rojo por un lado y «anfiteatro» en negro por el otro.

Haciendo caso omiso, hasta donde le era posible, de los curiosos que pasaban por la calle, Jem examinó con interés el río cercano —por cuya orilla había decidido pasear el señor Smart «para ver un poco de Londres»—, así como el puente de Westminster, que se arqueaba sobre el cauce y llegaba al lejano conjunto de torres cuadradas y chapiteles de la abadía de Westminster. Ninguno de los ríos que Jem conocía en Dorset —el Frome, del tamaño de una senda rural, o el Piddle, un simple riachuelo que se saltaba sin problemas— resistían la menor comparación con el Támesis, un amplio canal de agua marrón verdosa, agitada, traída y llevada por la distante marea. Tanto el río como el puente estaban atestados de tráfico: embarcaciones en el Támesis y coches, carros y peatones sobre el puente. Jem no había visto nunca tal cantidad de gente, ni siquiera en un día de mercado en Dorchester, y estaba tan impresionado por el espectáculo en su conjunto que apenas se enteraba de los detalles.

Pese a que le tentaba apearse del carro y reunirse con el señor Smart al borde del agua, no se atrevía a dejar solas a Maisie y a su madre. Maisie Kellaway miraba a su alrededor desconcertada y se abanicaba la cara con un pañuelo.

—Señor, ¡qué calor para marzo! —dijo—. No hacía tanto en casa, ¿verdad que no, Jem?

—Refrescará mañana —prometió su hermano. Aunque Maisie era dos años mayor, a menudo le parecía que era más pequeña que él y necesitada de protección ante lo imprevisible del mundo, si bien en el valle del Piddle había bien poco de imprevisible. En Londres su tarea iba a ser más difícil.

Anne Kellaway contemplaba el río como había hecho Jem, los ojos fijos en un muchacho que remaba con fuerza en un bote. Su único cargamento era un perro que jadeaba debido al calor. Jem sabía en qué pensaba su madre mientras seguía la marcha del remero: en su hermano Tommy, a quien le gustaban mucho los perros y que en el pueblo tenía siempre uno, como mínimo, siguiéndolo por todas partes.

Tommy Kellaway había sido un chico guapo con una tendencia a soñar despierto que desconcertaba a sus padres. Muy pronto quedó claro que nunca sería sillero, porque carecía de toda afinidad con la madera o sus posibilidades, así como de interés por las herramientas que su padre intentaba enseñarle a utilizar. Dejaba que un taladro se detuviera a mitad de vuelta, o que un torno girase más y más despacio hasta detenerse mientras él miraba el fuego, o a lo lejos, una costumbre que había heredado de su padre, pero sin su habilidad añadida de volver después al trabajo.

Pese a ser esencialmente un inútil —rasgo que Anne Kellaway solía despreciar— su madre lo quería más que a sus otros hijos, aunque no habría sabido explicar por qué. Quizá sentía que estaba más indefenso y que por tanto la necesitaba más. Desde luego era un chico divertido y hacía reír a su madre como nadie. Pero su risa había muerto una mañana hacía seis semanas: Anne lo encontró bajo el peral en la parte trasera del jardín de los Kellaway. Debió de subirse para coger la última pera, que había logrado mantenerse en la rama y a demasiada altura todo el invierno, haciéndolos rabiar, aunque sabían que el frío la habría dejado sin sabor. Se quebró una rama, Tommy cayó al suelo y se partió el cuello. Un dolor muy intenso atravesaba el pecho de Anne Kellaway cada vez que pensaba en él; lo sentía ahora, viendo al muchacho y al perro en el bote. Su primer contacto con Londres no había hecho desaparecer aquel dolor.

DOS

Thomas Kellaway se sentía muy insignificante y tímido mientras caminaba entre las altas columnas a la entrada del anfiteatro. Era un hombre de poca estatura, enjuto, de cabellos muy rizados y muy cortos, como el pelo de un terrier. Su presencia apenas se hizo notar en aquella magnífica entrada. Al dirigirse al interior, después de dejar a su familia en la calle, encontró el vestíbulo oscuro y vacío, aunque oía, más al fondo, un resonar de pezuñas y el restallar de un látigo. Siguiendo los ruidos penetró en el circo propiamente dicho y se encontró entre hileras de bancos, mirando boquiabierto la pista, donde trotaban varios caballos, con sus jinetes de pie en las sillas de montar. En el centro, un joven hacía restallar un látigo mientras daba instrucciones. Aunque los había visto hacer lo mismo en una función en Dorchester un mes antes, Thomas Kellaway seguía sorprendiéndose. Y le resultaba aún más increíble que los jinetes repitieran la hazaña. Una vez podía ser una afortunada casualidad; dos indicaba verdadera pericia.

Alrededor del escenario se había construido una estructura de madera con palcos y galerías, que proporcionaban asientos y espacio desde donde ver de pie el espectáculo. Por encima de todo ello colgaba una enorme lámpara hecha con ruedas de carro a tres alturas diferentes, y el techo redondo con postigos abiertos en lo más alto también dejaba entrar la luz.

Thomas Kellaway no estuvo mucho tiempo mirando a los jinetes, porque enseguida se le acercó alguien del circo y le preguntó qué quería.

—Me gustaría ver al señor Astley, caballero, si tiene a bien recibirme —replicó Thomas Kellaway.

Su interlocutor, John Fox, era el ayudante de dirección de Philip Astley. Lucía un bigote con guías y unos ojos de abultados párpados que de ordinario mantenía medio cerrados y que sólo abría por completo en presencia de algún desastre, de los que ya había habido, y aún habría, unos cuantos en la larga carrera de Philip Astley como empresario circense. La repentina aparición de Thomas Kellaway en el anfiteatro no era lo que John Fox consideraría un desastre, de manera que contempló al sillero de Dorset sin sorpresa a través de los párpados caídos. Estaba acostumbrado a que la gente quisiera ver a su jefe. Tenía además una memoria prodigiosa, lo que siempre es útil en un ayudante, y recordaba haber visto a Thomas Kellaway en Dorchester hacía un mes.

—Espere fuera —dijo—, y tarde o temprano supongo que el señor Astley irá a verlo.

Desconcertado por los ojos somnolientos de John Fox y por su respuesta displicente, Thomas Kellaway regresó junto a su familia en el carro. Había conseguido llegar con los suyos a Londres, pero carecía de medios para lograr nada más.

Nadie habría pronosticado —y menos aún él mismo— que Thomas Kellaway, sillero de Dorset, de una familia establecida en el valle del Piddle desde hacía siglos, fuese a dar con sus huesos en Londres. Hasta que conoció a Philip Astley todo en su vida había sido ordinario. Su padre le había enseñado a fabricar sillas y heredó el taller a su muerte. Se había casado con la hija del íntimo amigo de su padre, leñador, y la relación entre ellos, si se exceptúan los desahogos que se permitían en la cama, era más bien fraternal. Vivían en Piddletrenthide, el pueblo en el que los dos habían crecido, y tenían tres hijos varones —Sam, Tommy y Jem— y una hija, Maisie. Thomas iba dos veces por semana a la taberna Five Bells, a la iglesia los domingos y a Dorchester todos los meses. Nunca había llegado hasta la costa, aunque estaba a menos de veinte kilómetros, ni había manifestado ningún interés, como hacían a veces otros en la taberna, por cualquiera de las catedrales a pocos días de camino

—Wells, Salisbury o Winchester— ni por visitar Poole, Bristol o Londres. Cuando iba a Dorchester se ocupaba de sus asuntos: aceptaba encargos, compraba madera y se volvía a su casa. Prefería llegar a su hogar, aunque fuese tarde, que quedarse a pasar la noche en una de las posadas de Dorchester para comerciantes y beberse el dinero que había ganado. Eso le parecía más peligroso que los caminos sin luz. Era una persona cordial que nunca levantaba la voz en la taberna, y que disfrutaba sobre todo cuando trabajaba las patas de silla en su torno, concentrándose en una pequeña ranura o en una curva, olvidando incluso que estaba haciendo una silla y admirando sencillamente las vetas o el color o la textura de la madera.

Así vivía y así era como se esperaba que viviera Thomas Kellaway hasta que, en febrero de 1792, el Espectáculo Ecuestre Itinerante de Philip Astley se instaló durante unos días en Dorchester, exactamente dos semanas después de que Tommy Kellaway se cayera del peral. Parte del circo Astley estaba de gira por el sudoeste de Inglaterra, ligeramente desviado en su camino de regreso a Londres después de pasar el invierno en Dublín y Liverpool. Aunque se le hacía amplia publicidad por medio de carteles, programas de mano y de comentarios elogiosos acerca del espectáculo en el *Western Flying Post*, Thomas Kellaway sólo se enteró de que el circo actuaba en la ciudad durante uno de sus viajes. Había ido a entregar, llevándolas en su carro, un juego de ocho sillas Windsor de respaldo alto, junto con su hijo Jem, que estaba aprendiendo el oficio, igual que él lo había aprendido de su padre.

Jem ayudó a descargar las sillas y vio como su progenitor trataba al cliente con esa difícil mezcla de deferencia y confianza necesaria para los negocios.

—Padre —empezó, cuando terminó la operación y Thomas Kellaway se embolsó una corona extra, regalo del cliente satisfecho—, ¿qué tal si fuésemos a ver el mar?

Desde una colina al sur de Dorchester se podía ver el mar a una distancia de ocho kilómetros. Jem había estado allí varias veces y esperaba llegar algún día hasta la misma costa. En los campos por encima del valle del

Piddle, escudriñaba a menudo el sur, con la esperanza de que, tarde o temprano, el paisaje de colinas estratificadas se hubiera corrido para permitirle vislumbrar la línea azul del agua que llevaba al resto del mundo.

—No, hijo, será mejor que volvamos a casa —replicó Thomas Kellaway de manera automática, lamentándolo acto seguido al ver que el rostro de Jem se cerraba como cuando se corren las cortinas sobre una ventana. Se acordó de un breve período de su vida en el que también quiso ver y hacer cosas nuevas, romper las rutinas establecidas, hasta que la edad y la responsabilidad lo devolvieron a la conformidad que necesitaba para vivir una existencia tranquila en Piddletrenthide. Sin duda Jem también llegaría a la misma situación de manera natural. En eso consistía crecer. Pero de todos modos sintió lástima por él.

Aunque Thomas no dijo nada más, cuando en las afueras de la ciudad atravesaban los prados junto al río Frome, donde se había levantado una estructura redonda de madera con un techo de lona, Jem y él vieron, junto al camino, a los hombres que hacían malabarismos con antorchas para atraer espectadores; Thomas Kellaway se acordó entonces de la corona extra que llevaba en el bolsillo y torció con el carro para entrar en la campa donde se alzaba el circo. Era la primera cosa imprevisible que había hecho en su vida y por un momento pareció que algo se aflojaba en él, como cuando se quiebra el hielo en un estanque al llegar la primavera.

También le fue más fácil —al regresar Jem y él tarde a casa aquella noche con el relato de los espectáculos que habían visto, así como del encuentro que habían tenido con Philip Astley en persona— a Thomas Kellaway enfrentarse al gesto de amargura en el rostro de su esposa que le juzgaba por haberse atrevido a pasarlo bien cuando la muerte de su hijo estaba todavía tan reciente.

—Me ha ofrecido trabajo, Anne —le dijo—. En Londres. Una vida nueva, lejos de... —No terminó la frase. No hacía falta. Los dos pensaban en la tumba del cementerio de Piddletrenthide.

Para su sorpresa —porque no había pensado en tomarse en serio aquella oferta— Anne Kellaway lo miró a los ojos y asintió.

—De acuerdo. Iremos a Londres.

TRES

os Kellaway tuvieron que esperar media hora en el carro antes de que los visitara en persona Philip Astley, propietario de circo, creador de espectáculos, origen de descabelladas habladurías, imán para expertos y excéntricos, dueño de varios inmuebles, patrocinador de negocios locales y personaje original y desmedido. Lucía una guerrera roja que había utilizado años atrás, en su época de oficial de caballería, con botones dorados y ribetes, y que ahora se abrochaba sólo en el cuello, dejando al descubierto un vientre voluminoso, retenido por un chaleco blanco abotonado. Los pantalones también eran blancos, las botas iban cubiertas con zahones que le llegaban hasta la rodilla y, como única concesión a la vida civil, se tocaba con una chistera negra, utilizada para saludar constantemente con ella a las damas que conocía o a las que le hubiera gustado conocer. Acompañado por su inseparable John Fox, bajó al trote los escalones del anfiteatro, avanzó hasta el carro, alzó su chistera en honor de Anne Kellaway, estrechó la mano de Thomas e hizo una inclinación de cabeza a Jem y a Maisie.

—¡Bienvenidos, bienvenidos! —exclamó, brusco y jovial al mismo tiempo—. ¡Me alegro mucho de volver a verlo, señor mío! Confío en que estén disfrutando de las maravillas de Londres después de su viaje desde Devon.

—Dorchester, señor Astley —le corrigió Thomas Kellaway—. Vivimos cerca de Dorchester.

—Sí, claro, Dorchester..., excelente ciudad. Fabrica usted barriles, ¿no es eso?

—Sillas —le corrigió John Fox en voz baja. Tal era la razón de que fuese a todas partes con su jefe: suministrarle los necesarios codazos y ajustes cuando era necesario.

—Sillas, claro, es cierto. Y, ¿qué puedo hacer por ustedes, caballero, señora? —Hizo una leve reverencia en dirección a Anne, no muy seguro de sí mismo, porque la señora Kellaway estaba más tiesa que un palo, con los ojos fijos en el señor Smart, que recorría ya el puente de Westminster, y la boca más cerrada que la bolsa de un avaro. Toda su persona transmitía el mensaje de que no quería estar donde estaba ni tener nada que ver con el dueño del circo; un mensaje al que Philip Astley no estaba acostumbrado. Su fama lo convertía en un hombre muy solicitado, rodeado de mucha gente que reclamaba de continuo su atención. Que alguien manifestara lo contrario lo desconcertaba y de inmediato se esforzaba al máximo por recuperar su ascendiente—. ¡Díganme lo que necesitan y se lo conseguiré! —añadió, con un amplio movimiento del brazo, gesto del que Anne Kellaway no llegó a enterarse porque seguía con los ojos fijos en el señor Smart.

La mujer del sillero había empezado a lamentar la decisión familiar de abandonar Dorsetshire casi en el momento mismo en que el carro abandonó su casa, y ese sentimiento no había hecho más que aumentar durante la semana empleada en recorrer con muchas precauciones los caminos embarrados de comienzos de la primavera para llegar a Londres. Cuando se encontró en el carro, delante del anfiteatro, sin querer mirar a Philip Astley, sabía ya que por estar en Londres no iba a dejar de pensar en su hijo muerto como había esperado que sucediera; en realidad, incluso pensaba más en él, porque estar allí le recordaba que era de su absurda muerte de lo que huía. Pero prefería culpar a su marido, y también a Philip Astley, de su desgracia, más que al mismo Tommy por haber sido tan estúpido.

—Verá, señor Astley —empezó Thomas—, me invitó usted a venir a Londres, y yo, muy agradecido, estoy aceptando su ofrecimiento.

—¿Es eso cierto? —Philip Astley se volvió hacia John Fox—. ¿Lo invité a venir, Fox?

John Fox asintió.

—Sí, señor.

—¿No se acuerda, señor Astley? —exclamó Maisie, inclinándose hacia delante—. Papá nos lo contó el mismo día. Jem y él asistieron a su espectáculo y alguien estaba haciendo un número con una silla encima de un caballo, la silla se rompió y papá la arregló allí mismo. Hablaron ustedes de madera y de muebles, porque también usted aprendió el oficio de ebanista, ¿no es cierto, señor Astley?

—Calla, Maisie —intervino Anne Kellaway, apartando por un momento los ojos del puente—. Estoy segura de que a este señor no le interesa lo que le estás contando.

Philip Astley contempló a la esbelta muchacha campesina que hablaba con tanta desenvoltura desde lo alto del carro y rió entre dientes.

—Ahora que lo dice, señorita, empiezo a recordar un incidente así. Pero ¿es eso lo que los trae aquí?

—Le dijo a mi padre que si lo deseaba, podía venir a Londres y que usted le ayudaría a establecerse. Eso es lo que hemos hecho y aquí estamos.

—Aquí están, sin duda, señorita Maisie, todos ustedes. —Se volvió hacia Jem, pensando que tendría unos doce años y, por tanto, la edad útil en un circo para hacer recados y echar una mano en lo que hiciera falta—. ¿Y tú cómo te llamas, muchacho?

—Jem, señor Astley.

—¿Qué clase de sillas son las que tienes a tu lado, jovencito?

—Windsor. Las ha hecho mi padre.

—Una bonita silla, Jem, muy bonita. ¿Podría hacerme unas cuantas?

—Por supuesto, señor Astley —dijo Thomas Kellaway.

Los ojos de Philip Astley se volvieron hacia Anne Kellaway.

—Me quedo con una docena.

Anne se sobresaltó, pero siguió sin mirar al propietario del circo, pese a su generoso encargo.

—Vamos a ver, Fox, ¿qué habitaciones tenemos libres en este momento? —preguntó. Philip Astley era propietario de un considerable número de casas en Lambeth, la zona en torno al anfiteatro, justo al otro lado del puente de Westminster y del centro de Londres.

A John Fox le tembló el bigote al mover los labios.

—Sólo algunas con la señorita Pelham en Hercules Buildings, pero es ella quien elige a sus inquilinos.

—De acuerdo, elegirá a los Kellaway; le encantarán. Acompáñalos allí, Fox, llévate algunos muchachos para que los ayuden a descargar. —Philip Astley se destocó una vez más ante Anne Kellaway, estrechó de nuevo la mano de Thomas y añadió—: Si necesitan algo, Fox se lo conseguirá. ¡Bienvenidos a Lambeth!

CUATRO

Maggie Butterfield se fijó enseguida en los recién llegados. Era muy poco lo que escapaba a su atención en la zona: siempre que alguien se iba o llegaba, Maggie curioseaba entre sus pertenencias, hacía preguntas y almacenaba información que más tarde transmitía a su padre. Era natural que el carro del señor Smart, detenido ya delante del número doce de Hercules Buildings, le interesase y que estudiara a la familia que lo descargaba.

Hercules Buildings constaba de una hilera de veintidós casas de ladrillo, enmarcadas por dos tabernas, Pineapple y Hercules. Todas tenían tres pisos además de los bajos, un jardincito delantero y otro de la misma anchura pero mucho más largo detrás. La calle era un concurrido atajo que tomaban los residentes de Lambeth que querían cruzar el puente de Westminster pero no deseaban arriesgarse a pasar por los callejones pobres y destartalados paralelos al río entre Lambeth Palace y el puente.

El número 12 de Hercules Buildings tenía una verja de hierro hasta la altura del hombro, pintada de negro, con pinchos en lo alto. El suelo del jardín delantero estaba cubierto de guijarros rastrillados, interrumpidos por un seto de boj en círculo que llegaba hasta la rodilla y, en el centro, un arbusto cuidadosamente podado hasta formar una bola. La ventana delantera estaba enmarcada por cortinas de color naranja a medio correr. Al acercarse Maggie, vio que un hombre, una mujer, un chico de su misma edad y una muchacha un poco mayor llevaban cada uno una silla al interior de la casa, mientras que una mujer pequeña, con un vestido amarillo desteñido, zumbaba a su alrededor.

—¡Esto es totalmente inadmisible! —gritaba—. ¡Del todo inadmisible! El señor Astley sabe muy bien que elijo a mis inquilinos y que siempre ha sido así. No tiene derecho a endilgarme a nadie. ¿Me oye usted, señor Fox? ¡Ningún derecho! —Se colocó directamente en el camino de John Fox, que acababa de salir de la casa con la camisa remangada, seguido por unos cuantos chicos del circo.

—Perdóneme, señorita Pelham —dijo el interpelado mientras la sorteaba—. Sólo hago lo que mi jefe me ha ordenado. Imagino que vendrá en persona a explicárselo a usted.

—¡Estoy en mi casa! —gritó la señorita Pelham—. Soy la ocupante de esta casa. El señor Astley sólo es el propietario, y no tiene nada que ver con lo que pasa dentro.

John Fox recogió un cajón con sierras, con cara de estarse arrepintiendo de haber abierto la boca. El tono de voz de la señorita Pelham pareció molestar incluso al desatendido caballo del carro, cuyo propietario también ayudaba a subir las posesiones de los Kellaway. El animal había estado dócilmente inmóvil, reducido a la más completa sumisión por el dolor de sus pezuñas, consecuencia del viaje de una semana hasta Londres, pero a medida que la voz de la señorita Pelham subía de tono y se hacía más aguda, empezó a moverse y a dar patadas en el suelo.

—Tú, chica —llamó John Fox a Maggie—, te daré un penique si mantienes quieto al caballo. —Luego se apresuró a cruzar la verja y a entrar en la casa, con la señorita Pelham pisándole los talones, sin dejar de quejarse.

Maggie avanzó de buen grado para apoderarse de las riendas, encantada de que le pagaran por un sitio en primera fila para ver lo que estaba sucediendo, y acarició el hocico del animal.

—Vamos, muchacho, viejo caballo de pueblo —murmuró—. ¿De dónde eres, eh? ¿De Yorkshire tal vez? ¿Lincolnshire? —Mencionó las dos zonas de Inglaterra sobre las que sabía algo, aunque fuera muy poco: tan sólo que sus padres procedían de aquellas regiones, si bien llevaban en Londres veinte años. Maggie no se había movido nunca de Londres; de hecho raras veces cruzaba el río para ir al centro y nunca había pasado una sola noche fuera de su casa.

—Dorsetshire —le informó una voz.

Maggie se volvió, sonriendo ante las vocales cantarinas y un poco arrastradas de la chica que había llevado una silla dentro, había vuelto a salir y se hallaba ahora junto al carro. No era mal parecida, de tez rosada y grandes ojos azules, aunque llevaba una ridícula cofia de volantes que probablemente creía adecuada para la ciudad. A Maggie se le escapó una sonrisa de suficiencia. Le bastó una ojeada para saber la historia de aquella familia. Procedían del campo y venían a Londres por el motivo habitual: ganarse la vida mejor que en su lugar de origen. De hecho, algunos aldeanos lo conseguían. Otros...

—¿De dónde eres, entonces? —preguntó.

—Piddletrenthide —dijo la chica, arrastrando la última sílaba.

—¡Dios misericordioso! ¿Qué has dicho?

—Piddletrenthide.

Maggie resopló.

—Piddle-di-di..., ¡vaya nombre! No lo he oído nunca.

—Quiere decir treinta casas a la orilla del Piddle. Eso es en el valle del Piddle, cerca de Dorchester. Un sitio precioso. —La chica sonrió, mirando al otro lado de la calle, como si pudiera ver allí Dorsetshire.

—¿Y tú cómo te llamas, señorita Piddle?

—Maisie. Maisie Kellaway.

Se abrió la puerta de la casa y reapareció la madre de Maisie. Anne Kellaway era alta y angulosa y llevaba su hirsuto pelo castaño recogido en un moño muy bajo sobre el largo cuello. Lanzó una mirada de desconfianza a Maggie, como lo habría hecho un cerero con alguien de quien sospechara que le había robado las velas de su tienda. Maggie conocía bien aquellas miradas.

—No hables con desconocidos, Maisie —rezongó Anne Kellaway—. ¿No te he advertido de lo que pasa en Londres?

Maggie agitó las riendas del caballo.

—Perdone, señora, conmigo está en buenas manos. Mejor que con otros.

Anne Kellaway clavó los ojos en Maggie e hizo un gesto de asentimiento.

—¿Ves, hija? Incluso los de aquí dicen que hay mala gente en Londres.

—Sí, señora. Londres es un sitio muy malo, ya lo que creo que sí —soltó Maggie.

—¿Cómo? ¿Qué clase de maldad? —quiso saber Anne Kellaway.

Maggie se encogió de hombros, desconcertada por un momento. No sabía qué decir. Había una cosa, por supuesto, que sin duda escandalizaría a la madre de Maisie, pero eso Maggie no se lo contaría nunca.

—¿Conocen el callejón que cruza Lambeth Green y que va desde el río hasta Royal Row a través de los campos?

Maisie y Anne manifestaron su perplejidad.

—No está lejos de aquí —siguió Maggie—. Ahí al lado. —Señaló al otro lado de la calle, donde el campo se extendía de manera casi ininterrumpida hasta el río. A lo lejos se veían las torres de ladrillo rojo de Lambeth Palace.

—Acabamos de llegar —dijo Anne Kellaway—. No hemos visto gran cosa.

Maggie suspiró, al quedarse su historia sin golpe de efecto.

—Es un callejón pequeño, muy útil como atajo. Lo llamaron el callejón de los Amantes durante algún tiempo, porque… —Se detuvo al ver que Anne Kellaway agitaba la cabeza con vehemencia, mirando de reojo a Maisie—. Bueno, así es como lo llamaban —siguió Maggie—, pero ¿sabe cómo lo llaman ahora? —Hizo una pausa—. ¡El callejón del Degollado!

Madre e hija se estremecieron, lo que hizo que Maggie sonriera a pesar de todo.

—Eso no es gran cosa —intervino otra voz—. En el valle del Piddle tenemos el callejón del Gato Muerto.

El chico que había llevado una silla al interior de la casa se había parado en la puerta.

Maggie puso los ojos en blanco.

—¿Un gato muerto, eh? Supongo que lo encontraste tú, ¿a que sí? El muchacho asintió.

—Bueno, ¡también encontré yo al muerto! —anunció Maggie con acento triunfal, pero mientras lo decía sintió que el estómago se le tensaba y contraía. Deseó no haber hablado del tema, sobre todo porque el muchacho la miraba fijamente, como si supiera lo que pensaba. Pero no podía saberlo.

Se salvó de tener que añadir nada más porque Anne Kellaway se agarró a la verja y exclamó:

—¡Sabía que no debíamos venir a Londres!

—No te preocupes, mamá —murmuró Maisie, como para tranquilizar a una niña—. Vamos a llevar dentro algunas cosas más. ¿Qué tal estos cacharros?

Jem dejó que Maisie calmara a su madre. Ya había oído bastante de las preocupaciones de Anne Kellaway acerca de Londres durante el viaje. Su madre nunca había dejado traslucir semejante nerviosismo en Dorsetshire, y su rápida transformación de campesina competente en viajera llena de aprensiones le había sorprendido. Si prestaba demasiada atención a su madre empezaría a sentir ansiedad, por lo que prefirió estudiar a la chica que sujetaba el caballo. Parecía despierta, de cabellos negros enmarañados, ojos marrones enmarcados por largas pestañas y una sonrisa en V que la dotaba de una barbilla tan puntiaguda como la de un gato. Lo que más le interesó, sin embargo, fue ver el terror y el arrepentimiento que, como un relámpago, le cruzaron el rostro al mencionar al muerto; cuando tragó saliva tuvo la seguridad de que era hiel lo que saboreaba. Pese a su engreimiento, la compadeció. Después de todo, era peor sin duda encontrar un hombre que un gato muerto, aunque el gato hubiera sido el suyo y Jem le tuviese cariño. Jem no había encontrado, sin ir más lejos, el cuerpo de Tommy, su hermano: esa triste tarea le había correspondido a su madre, que fue corriendo desde el jardín al taller de su padre con una expresión de horror en la cara. Quizá eso explicaba su ansiedad generalizada a partir de entonces.

—¿Qué venís a hacer a Hercules Buildings, si puede saberse? —preguntó Maggie.

—Nos envía el señor Astley —respondió Jem.

—¡Nos invitó a venir a Londres! —intervino Maisie—. Nuestro padre le arregló una silla, y ahora viene a hacer sillas a Londres.

—¡No menciones el nombre de ese individuo! —Anne Kellaway casi escupió las palabras.

Maggie la miró asombrada. Pocas personas tenían algo que decir en contra de Philip Astley. Era un hombre voluminoso, de voz retumbante y aferrado a sus opiniones, por supuesto, pero también generoso y amable con todo el mundo. Si se peleaba contigo, lo olvidaba al momento. Maggie había recibido más de una propina suya, de ordinario por cosas tan sencillas como mantener quieto un caballo unos instantes, y gracias a él había entrado sin pagar a ver sus espectáculos con un simple movimiento de su mano generosa.

—¿Qué tiene de malo el señor Astley? —preguntó, dispuesta a defenderlo.

Anne Kellaway movió la cabeza, recogió los cacharros del carro y se dirigió hacia la casa, como si el nombre del dueño del circo la empujase físicamente hacia su interior.

—¡Es una de las mejores personas que encontrará en Lambeth! —le gritó Maggie mientras se alejaba—. ¡Si a él no lo aguanta, no encontrará a nadie con quien sentarse en la taberna! —Pero Anne Kellaway ya había desaparecido escaleras arriba.

—¿Son ésas todas vuestras cosas? —Maggie señaló el carro con un movimiento de cabeza.

—La mayoría —replicó Maisie—. Dejamos unas cuantas con Sam..., nuestro hermano mayor. Se ha quedado en Piddletrenthide. Y..., bueno..., teníamos otro hermano, pero murió no hace mucho. Sólo hermanos, como ves, aunque siempre quise una hermana. ¿Tienes hermanas?

—No; sólo un hermano.

—El nuestro se casará pronto, eso creemos, ¿verdad que sí, Jem? Con Lizzie Miller..., lleva años con ella.

—Vamos, Maisie —la interrumpió Jem, poco dispuesto a hablar en público de los asuntos de su familia—. Tenemos que llevar dentro estas cosas.

Cogió un aro de madera.

—¿Para qué sirve eso si se puede saber? —preguntó Maggie.

—Es el molde para una silla. Se dobla la madera en redondo para darle la forma del respaldo de una silla.

—¿Ayudas a tu padre a hacer sillas?

—Pues sí —respondió Jem, orgulloso.

—Entonces eres un recogeculos, ¡eso es lo que eres!

Jem frunció el ceño.

—¿Qué quieres decir?

—A los lacayos los llaman recogepedos, ¿no es cierto? ¡Pero tú recoges traseros con tus sillas! —Maggie rió a carcajadas mientras Jem se ponía rojo como un tomate. No ayudó nada que Maisie se incorporase al regocijo con su risa cristalina.

De hecho su hermana animó a Maggie a quedarse, volviéndose cuando Jem y ella llegaron a la puerta con los aros enganchados en los brazos.

—¿Cómo te llamas? —le preguntó.

—Maggie Butterfield.

—¡Otra Margaret! ¿No es curioso, Jem? ¡La primera chica que encuentro en Londres y se llama igual que yo!

Jem se preguntó cómo el mismo nombre podía servir para designar a dos chicas tan distintas. Aunque todavía no llevara corsé como Maisie, Maggie era más redonda y tenía más curvas, iba revestida por una capa de carne que a Jem le hacía pensar en ciruelas, mientras que Maisie era esbelta, con muñecas y tobillos huesudos. Aquella chica de Lambeth le intrigaba, pero no se fiaba de ella. Podía incluso robar algo, pensó. Tendría que vigilarla.

Inmediatamente se avergonzó de pensar una cosa así, aunque eso no le impidió, unos minutos después, mirar por la ventana delantera de sus nuevas habitaciones, que estaba medio abierta, para asegurarse de que Maggie no estaba hurgando en su carro.

No lo hacía. Sujetaba el caballo del señor Smart, dándole palmaditas en el cuello cuando pasaba un carruaje. Luego se reía a escondidas de la señorita Pelham, que había vuelto a salir y hacía comentarios sobre sus nuevos inquilinos a grandes voces. Maggie, que parecía incapaz de estarse quieta, cambiaba a menudo el peso del cuerpo de un pie a otro, y se volvía a mirar a los peatones: una anciana que gritaba «¡Compro botellas rotas y hierros viejos!»; una joven que iba en la dirección contraria con un cesto lleno de prímulas; un individuo que restregaba una con otra las hojas de dos cuchillos, gritando «¡Se afilan cuchillos, afilen sus cuchillos! ¡Anímense a cortar a gusto!». Acercó mucho los cuchillos a la cara de Maggie y la muchacha se estremeció, dando un salto hacia atrás mientras el otro reía. Luego se quedó mirando al afilador que se alejaba, pero temblaba tanto que el caballo de Dorsetshire estiró el cuello hacia ella y relinchó.

—Jem, abre más esa ventana —dijo su madre tras él—. No me gusta el olor de los últimos inquilinos.

Jem alzó la ventana de guillotina; Maggie levantó los ojos y lo vio. Se miraron el uno al otro como desafiándose para ver quién apartaba primero la vista. A la larga Jem decidió alejarse de la ventana.

Una vez que las posesiones de los Kellaway estuvieron en sitio seguro arriba, todos bajaron a la calle para decir adiós al señor Smart, que no se quedaba en Londres aquella noche, ansioso como estaba de iniciar el viaje de vuelta a Dorsetshire. Lo que había visto de Londres le proporcionaría semanas de anécdotas para las tabernas locales y no tenía el menor deseo de seguir en la metrópoli al caer la noche, cuando estaba seguro de que el diablo en persona descendería sobre sus habitantes, aunque eso no se lo dijo a los Kellaway. A todos les costó dejar marchar a su último vínculo con el valle del Piddle, y retrasaron la salida de su convecino con preguntas y sugerencias. Jem no soltaba el lateral del carro mientras su padre analizaba la mejor posada para viajeros a la que dirigirse. Y Anne Kellaway mandó a Maisie que subiera a buscar unas manzanas para el caballo.

Por fin el viajero se puso en camino exclamando «¡Buena suerte y que Dios os bendiga!», al tiempo que se alejaba del número 12 de Hercules Buildings, y murmuraba para sus adentros «y que además os ayude». Maisie agitó un pañuelo hacia él aunque el otro no se volvió para mirar. Cuando el carro giró a la derecha al final de la calle, incorporándose al tráfico de la más amplia, Jem sintió que se le hacía un nudo en el estómago. Le dio una patada a una bosta que había dejado el caballo y, aunque sentía los ojos de Maggie fijos en él, no alzó la vista.

Unos momentos después notó un cambio sutil en los sonidos de la calle. Seguía siendo ruidosa por los caballos, carruajes y carros, así como por los gritos frecuentes de los vendedores de pescado, escobas y fósforos, y de los limpiabotas y los lañadores, pero parecía concederse una pausa de silencio, como si concentrara la atención en algún lugar a lo largo de Hercules Buildings. El cambio alcanzó incluso a la señorita Pelham, que guardó silencio, y a Maggie, que dejó de mirar a Jem. El muchacho alzó entonces la vista y siguió su mirada hacia el hombre que pasaba en aquel momento. De estatura media, fornido, tenía una cara redonda y ancha, frente amplia, ojos grises prominentes y la tez pálida de una persona que pasa gran parte del tiempo dentro de su casa. Vestido sencillamente con una camisa blanca, pantalones y medias negras y una chaqueta también negra ligeramente pasada de moda, se hacía notar sobre todo por el gorro rojo con que se tocaba, de un tipo que Jem no había visto nunca, con una punta que le caía hacia un lado, un borde vuelto y una escarapela roja, blanca y azul sujeta en un lateral. Estaba hecho de lana, lo que, dado el calor inusual de aquel mes de marzo, hacía que al hombre que lo llevaba le cayera el sudor por la frente. Mantenía la cabeza en una postura ligeramente afectada, como si el gorro fuese nuevo, o especialmente valioso y debiera, por alguna razón, tener mucho cuidado con él, y como si supiera que todos los ojos iban a estar fijos en él, cosa que de hecho —Jem pudo constatarlo— sucedía.

El hombre del gorro frigio torció al llegar a la verja vecina a la de la nueva casa de los Kellaway, cruzó el jardín delantero y se apresuró a entrar, cerrando la puerta sin mirar alrededor. Cuando hubo desaparecido, la calle pareció sacudirse como un perro a quien se sorprende sesteando, y la actividad se reanudó con renovado vigor.

—No se da usted cuenta…, ésa es la razón de que tenga que hablar de inmediato con el señor Astley —le estaba diciendo la señorita Pelham a John Fox—. Ya es bastante malo tener como vecino a un revolucionario, pero verme obligada a aceptar a continuación a unos desconocidos de Dorsetshire…, ¡es demasiado, créame!

Maggie alzó la voz:

—Dorsetshire no es exactamente París, señora. Apuesto cualquier cosa a que estos chicos de Dorchester ni siquiera saben qué es un *bonnet rouge*. ¿Qué decís a eso, Jem, Maisie?

Los aludidos negaron con la cabeza. Aunque Jem agradeció que Maggie los defendiera, preferiría que no le restregara su ignorancia en las narices.

—¡Tú! ¡Bribonzuela! —exclamó la señorita Pelham, fijándose en Maggie por primera vez—. No quiero verte por estos alrededores. Eres tan poco de fiar como tu padre. ¡Deja en paz a mis inquilinos!

El padre de Maggie había vendido en una ocasión a la señorita Pelham unos encajes supuestamente flamencos, pero al cabo de pocos días se descubrió que eran obra de una anciana de Kennington, a poca distancia de allí. Aunque no había hecho que lo detuvieran —le daba demasiada vergüenza que sus vecinos se enterasen de que Dick Butterfield la había engañado—, la señorita Pelham hablaba mal de él siempre que podía.

Maggie se echó a reír; estaba acostumbrada a que la gente criticase a su padre.

—Le diré a mi padre que le manda usted saludos —respondió con una sonrisita. Luego se volvió hacia Jem y Maisie—: ¡Hasta más ver!

—Adiós —replicó Jem, que se quedó viéndola correr calle adelante y desaparecer en un callejón entre dos casas. Ahora que ya se había ido deseaba volver a verla.

—Perdone, señor —le dijo Maisie a John Fox, que se estaba marchando con los chicos del circo para volver al anfiteatro—. ¿Qué es un *bonnet rouge*?

John Fox hizo una pausa.

—Pues un gorro rojo como el que llevaba su vecino, señorita. Lo usan los partidarios de la Revolución francesa.

—¡Ah! Hemos oído hablar de eso, ¿verdad, Jem? Ahí es donde soltaron a toda esa gente que estaba en la Bastilla, ¿a que sí?

—Esa misma, señorita. No tiene mucho que ver con nosotros, pero a algunas personas les gusta que se sepa lo que piensan sobre el asunto.

—¿Quién es nuestro vecino, entonces? ¿Un francés?

—No, señorita. Era William Blake, nacido y criado en Londres.

—No queráis saber nada de ese hombre, niños —intervino la señorita Pelham—. No os conviene tratar con él.

—¿Por qué no? —preguntó Maisie.

—Imprime folletos con toda clase de tonterías radicales, ésa es la razón. Es un liante, eso es lo que es. Ya os lo digo, no quiero ver a ningún *bonnet rouge* en mi casa. ¿Está claro?

CINCO

Maggie fue a ver a los Kellaway una semana más tarde, después de esperar el tiempo que consideró adecuado para que se hubieran instalado en su nueva casa. Había pasado unas cuantas veces por Hercules Buildings y siempre miraba hacia su ventana, aunque habían aprendido muy pronto a tenerla cerrada para que no les entrase el polvo de la calle. Dos veces había visto a Anne Kellaway de pie junto a la ventana, las manos cruzadas sobre el pecho, mirando hacia la calle. Pero al ver a Maggie había dado un paso atrás, frunciendo el ceño.

Esta vez no había nadie mirando. Maggie estaba a punto de tirar una china contra la ventana para llamar su atención cuando se abrió la puerta de la calle y salió Maisie con un cepillo y un recogedor. Abrió la verja y con un giro de muñeca vació todo un cargamento de virutas en la calle, mirando alrededor mientras lo hacía. Al descubrir a Maggie se quedó quieta y luego dejó escapar una risita.

—¡Buenas tardes, Maggie! ¿Está mal tirar todo eso en la calle, así sin más? Veo a otras personas que tiran cosas peores.

Maggie lanzó un bufido.

—Puedes tirar lo que quieras en el arroyo. Pero ¿por qué desaprovechas las virutas? Cualquier otra persona las echaría al fuego.

—Tenemos muchas…, demasiadas en realidad. Tiro la mayor parte de lo que barro. Además algunas están un poco verdes y no arden demasiado bien.

—¿No vendéis lo que sobra?

Maisie pareció sorprendida.

—Creo que no.

—Deberías venderlo, es lo más lógico. A mucha gente le vendrían bien las virutas para encender el fuego. Te ganarías un penique o dos. Te cuento qué podemos hacer: yo lo vendo por ti y te doy seis peniques de cada chelín.

Maisie pareció todavía más perpleja, como si Maggie hablara demasiado deprisa.

—¿No sabes que las cosas se venden? —le preguntó Maggie—. Por ejemplo, así. —Le señaló a un vendedor que voceaba: «Patatas de la mejor calidad, ¿no quieren unas patatas?», y que competía con otro que gritaba: «Los que estáis sanos, ¡compradme un cazo!»—. ¿No lo ves? Todo el mundo tiene algo que vender.

Maisie movió la cabeza, los volantes de la cofia revoloteándole alrededor de la cara.

—No hacíamos eso en nuestro pueblo.

—Ya veo. ¿Os habéis organizado ahí arriba?

—Casi del todo. Se necesita un poco de tiempo para acostumbrarse. Pero el señor Astley ha llevado a mi padre y a Jem a un almacén de maderas junto al río, así que ya pueden empezar a trabajar en las sillas que ha encargado.

—¿Puedo subir a verlo?

—¡Claro que puedes!

Maisie la precedió escaleras arriba, con Maggie callada por si la señorita Pelham acechaba por los alrededores. Al llegar a lo alto de la escalera Maisie abrió una de las dos puertas y exclamó:

—¡Tenemos visita!

Cuando entraron en la habitación que le servía de taller, Thomas Kellaway daba forma a la pata de una silla en el torno, con Jem a su lado, viéndolo trabajar. Llevaba una camisa blanca y unos pantalones de color mostaza y encima un mandil de cuero cubierto de arañazos. En lugar de fruncir el ceño como hacen muchas personas cuando están concentradas, una sonrisa insignificante, casi tonta, adornaba el rostro de Thomas Kellaway. Cuando por fin alzó los ojos, su sonrisa se hizo más cordial, aunque a Maggie le pareció que el padre de Jem no estaba seguro del motivo de su sonrisa. Sus ojos, de color azul claro, miraron hacia donde estaba Maggie, pero parecieron detenerse justo detrás de ella, como si algo situado más allá en el vestíbulo capturase su atención. Las arrugas alrededor de los ojos le daban un aire nostálgico, incluso mientras sonreía.

Jem, en cambio, miró directamente a Maggie, con una expresión mitad complacida, mitad desconfiada.

Thomas Kellaway hizo girar la pata de la silla entre sus manos.

—¿Qué has dicho, Maisie?

—¿Te acuerdas de Maggie, papá? Cuidó del caballo del señor Smart mientras descargábamos nuestras cosas. Vive…, ¿dónde vives, Maggie?

La interpelada movió los pies sobre las virutas que cubrían el suelo, turbada por la atención que se le prestaba.

—Más allá de esos campos —murmuró, haciendo un gesto con la mano en dirección a la ventana de atrás—, en Bastille Row.

—¿Bastille Row? Qué nombre tan extraño.

—En realidad se llama York Place —explicó Maggie—, pero la llamamos Bastille Row. El señor Astley construyó las casas el año pasado gracias al dinero que ganó con un espectáculo sobre la toma de la Bastilla.

Miró a su alrededor, asombrada del desorden que, al cabo de tan pocos días, los Kellaway habían conseguido introducir en la habitación. Era como si hubieran volcado dentro un almacén de maderas, con sus troncos, sus tablas, sus astillas y virutas. Desperdigadas entre la madera había sierras, formones, azuelas, taladros y otras herramientas que Maggie no reconoció. En una esquina vio artesas y botes de estaño llenos de líquido. También le llegó hasta la nariz olor a resina y a barniz. Y en algunos sitios descubrió orden: una hilera de tablas de madera de olmo apoyadas contra la pared, una docena de patas de silla terminadas y apiladas como leña en una estantería, aros de madera de distintos tamaños colgados de ganchos.

—¡No habéis tardado mucho en acomodaros! ¿Sabe la señorita Pelham lo que hacéis aquí arriba? —preguntó.

—El taller de mi padre estaba en el jardín en Piddletrenthide —dijo Jem, como para explicar el desorden.

Maggie rió entre dientes.

—¡Se diría que sigue creyéndose que está al aire libre!

—Las otras habitaciones están bien ordenadas —replicó Anne Kellaway, apareciendo en el umbral tras ellos—. Maisie, ven a ayudarme, por favor. —Era evidente que desconfiaba de Maggie y no quería perder de vista a su hija.

—Mira, aquí está el asiento de la silla que papá hace especialmente para el señor Astley —dijo Maisie, tratando de retener a su nueva amiga—. Especialmente ancha para que quepa. ¿Ves? —Le mostró a Maggie un asiento de mayor tamaño, con forma de silla de montar, apoyado sobre otras tablas—. Tiene que secarse un poco más; luego podrá añadirle las patas y el respaldo.

Maggie admiró el asiento y luego se volvió para curiosear por la ventana abierta, con la vista sobre el jardín trasero de la señorita Pelham y de sus vecinos. Los jardines de las casas de Hercules Buildings eran estrechos —sólo seis metros de ancho—, pero compensaban ese defecto con la longitud. El de la señorita Pelham medía treinta metros, y ella le sacaba todo el partido posible dividiéndolo en tres rectángulos, con un ornamento central en cada uno: un lilo blanco en el más cercano a la casa, una pila de piedra para pájaros en el del centro y un laburno en el último. Setos miniatura, senderos de grava y arriates elevados con rosales creaban diseños regulares que tenían poco que ver con la naturaleza y mucho con el orden.

La señorita Pelham había dejado claro que no quería a los Kellaway en su jardín si no era para utilizar el excusado. Todas las mañanas, si no llovía, le gustaba tomar una taza de caldo —cuyo desvaído olor a carne visitaba a los Kellaway en el piso de arriba— y sentarse mientras se lo bebía en uno de los bancos de piedra situados uno frente a otro a mitad del jardín. Cuando se levantaba para volver al interior regaba con los restos del caldo una parra que crecía en el muro cercano al banco. La señorita Pelham estaba convencida de que así hacía que la planta creciera más deprisa y más robusta que la de su vecino, el señor Blake.

—Nunca poda la suya, y eso es un error, porque todas las parras necesitan una buena poda; de lo contrario las uvas salen pequeñas y agrias —le había dicho confidencialmente la señorita Pelham a la madre de Jem en un intento de reconciliarse con sus nuevos inquilinos. Pronto descubrió, sin embargo, que Anne Kellaway no era partidaria de las confidencias.

Aparte de los ratos en los que la señorita Pelham tomaba su caldo, y de las visitas, dos por semana, de un individuo que rastrillaba y podaba, el jardín estaba, por lo general, desierto, y Jem lo frecuentaba siempre que podía, pese a que no le encontraba mucha utilidad. Era un lugar severo, geométrico, con bancos incómodos y sin césped en el que tumbarse. Tampoco había sitio para cultivar hortalizas y ningún árbol frutal a excepción de la parra. De todas las cosas que Jem esperaba de un espacio al aire libre —tierra fértil, grandes zonas de crecimiento exuberante, una solidez dentro del cambio que sugiriese permanencia—, sólo las diferentes variedades de verde que tanto le gustaban estaban disponibles en el jardín de su casera. Por eso iba allí, para recrearse la vista con su color preferido. Se quedaba todo el tiempo que podía, hasta que la señorita Pelham aparecía en su ventana y lo echaba con un gesto de la mano.

Ahora se unió a Maggie junto a la ventana para verlo.

—Es curioso cuando lo miras desde arriba —dijo la chica—. Sólo lo había visto desde ahí. —Indicó un muro de ladrillo al fondo del jardín.

—¿Trepas por el muro?

—No, no lo hago; nunca he estado dentro. Echo una ojeada por encima de la tapia de cuando en cuando, para ver qué se trae ésa entre manos. Aunque no hay mucho que ver. A diferencia de otros jardines.

—¿Qué es esa casa en el campo, más allá del muro? —Jem señaló una casa grande de ladrillo de dos pisos, coronada por tres torres truncas, solitaria en el campo, más allá de los jardines de las casas de Hercules Buildings. Una cuadra muy larga corría perpendicular a la casa, con una explanada polvorienta delante.

Maggie manifestó sorpresa.

—Eso es Hercules Hall. ¿No lo sabías? El señor Astley vive ahí; él, su mujer y unas sobrinas a su cargo. Su mujer está inválida, aunque antes cabalgaba con él. No se la ve mucho. El señor Astley también tiene ahí algunos de los caballos del circo, los mejores, como su caballo blanco y la yegua zaina de John Astley. Su hijo. ¿Lo viste montar en Dorsetshire, verdad?

—Imagino que sí. Hubo un jinete que montaba una yegua zaina.

—Vive dos puertas más allá de vosotros, pasada la casa de los Blake. ¿Ves? Ése es su jardín, sólo tiene césped.

Una música de zanfonía empezó a llegarles desde Hercules Hall, y Jem descubrió a un individuo, recostado en la pared de la cuadra, que daba vueltas al manubrio del instrumento y tocaba una canción popular. Maggie empezó a cantar en voz baja:

> *Al salir de la función*
> *me encontré con un bombón,*
> *de sonrosadas mejillas,*
> *con su hoyuelo en la barbilla,*
> *¡y un bonito agujerito*
> *pa meter el pajarito!*

El intérprete pulsó una nota equivocada y se detuvo. Maggie rió entre dientes.

—No le darán trabajo. Astley exige más nivel.

—¿Qué quieres decir?

—La gente siempre viene a actuar ahí para él, con la esperanza de que los contrate. No lo hace casi nunca, pero les da seis peniques por intentarlo.

El tipo de la zanfonía empezó de nuevo la canción y Maggie la fue tarareando mientras repasaba con los ojos los jardines vecinos.

—La vista es mucho mejor aquí que desde la tapia de atrás —afirmó.

Más adelante Jem no lograba recordar si había sido el sonido o el movimiento lo que primero le llamó la atención. El sonido fue un «oh» muy suave que, sin embargo, ascendió hasta la ventana de los Kellaway. El movimiento fue el brillo de un hombro desnudo en algún lugar del jardín de los Blake.

Pegada a la casa de sus vecinos había una huerta bien trazada, cuidadosamente trabajada y plantada sólo en parte; clavada en la tierra fértil, al final de una hilera, se hallaba, muy derecha, una horquilla. Anne Kellaway había estado siguiendo los progresos de la huerta durante la última semana, mirando con envidia a la robusta mujer ensombrerada, de la casa vecina, que cavaba dos veces las hileras y después sembraba, como ella estaría haciendo si se encontrara en Dorsetshire o tuviera un espacio en Londres donde plantar una huerta. Nunca se le había ocurrido, cuando decidieron trasladarse a Londres, que no dispondría siquiera de un trocito de tierra. Sabía, sin embargo, que era inútil pedir nada a la señorita Pelham, cuyo jardín era claramente decorativo y nada funcional; pero, una vez llegada la primavera, se sentía incómoda y ociosa sin su propia huerta.

La parte de atrás del jardín de los Blake estaba descuidada y llena de zarzas y ortigas. En medio del jardín, entre el orden y el caos, se alzaba un pequeño cenador de madera, pensado para cuando el tiempo era agradable. Sus puertas estaban abiertas y fue allí donde Jem vio el hombro desnudo y, a continuación, espaldas, piernas, traseros también desnudos. Horrorizado, resistió la tentación de apartarse de la ventana, temeroso de que su gesto hiciese saber a Maggie que estaba sucediendo algo que Jem no quería que viese. En lugar de eso apartó los ojos y trató de dirigir su atención hacia otro sitio.

—¿Dónde está tu casa, entonces?

—¿Bastille Row? Al otro lado del campo: allí, pero no la ves bien desde aquí por el árbol de la señorita Pelham. ¿Qué árbol es ése si se puede saber?

—Un laburno. Lo reconocerás más fácilmente en mayo, cuando florezca.

El intento de Jem de distraer a Maggie fracasó, sin embargo, cuando el segundo «oh» confirmó que el sonido procedía del mismo sitio que el movimiento. Esta vez su compañera lo oyó y localizó de inmediato su origen. Jem intentó no hacerlo, pero no pudo impedir que sus ojos volvieran al cenador. Maggie empezó a reír disimuladamente.

—¡Dios misericordioso, qué estampa!

Jem dio entonces un paso atrás, el rostro encendido.

—Tengo que ayudar a mi padre —murmuró, apartándose de la ventana para regresar junto a Thomas, que todavía trabajaba con la pata de la silla y no había oído la conversación de los jóvenes.

Maggie se rió del malestar de Jem. Siguió mirando unos momentos más y luego se apartó de la ventana.

—El espectáculo ha terminado.

Se acercó para ver al padre de Jem en el torno, una pesada estructura de madera con una pata de silla medio tallada y sujeta a ella a la altura del pecho. Una tira de cuero estaba enroscada a la pata, con los extremos sujetos a un pedal y a una barra curva sobre la cabeza del sillero. Cuando Thomas Kellaway pisaba el pedal, la tira de cuero hacía que la pata girase sobre sí misma y él cepillaba partes de la madera.

—¿Sabes hacer eso? —le preguntó Maggie a Jem, tratando ahora de quitar importancia a su incomodidad, pese a sentir la tentación de tomarle un poco más el pelo.

—No tan bien como mi padre —contestó, el rostro todavía encarnado—. Practico haciéndolas, y si son lo bastante buenas, las usará.

—Lo harás bien, hijo —murmuró Thomas Kellaway sin alzar los ojos.

—¿A qué se dedica tu padre? —preguntó Jem. En su mayoría, los hombres de Piddletrenthide fabricaban cosas: pan, cerveza, agua de cebada, zapatos, velas o harina.

Maggie resopló.

—A hacer dinero, si puede. Cosas. He de ir a buscarlo. El olor que hay aquí me da dolor de cabeza, de todos modos. ¿De dónde sale?

—Barniz y pintura para las sillas. Se acostumbra uno con el tiempo.

—No tengo intención. No te molestes, encontraré la salida. Hasta la vista.

—Adiós.

—¡Vuelve cuando quieras! —Maisie alzó la voz desde la habitación vecina mientras Maggie taconeaba escaleras abajo.

Anne Kellaway chasqueó la lengua, molesta.

—¿Qué va a pensar la señorita Pelham de ese estruendo? Jem, ve y dile que no haga ruido al salir.

SEIS

C uando la señorita Pelham llegó a la verja de la entrada, después de pasar un día muy agradable visitando a unos amigos en Chelsea, vio algunas de las virutas que Maisie había esparcido delante de la casa y frunció el ceño. Al principio Maisie se había deshecho de las virutas en el seto —cuidadosamente podado en forma de O— del jardín delantero de la señorita Pelham. Su casera había procedido a reprocharle semejante infracción. Y, por supuesto, era mejor que las virutas estuvieran en la calle que dentro de la casa. Pero lo ideal sería que no las hubiera en absoluto, como sucedería si la familia Kellaway no estuviera allí para producirlas. La señorita Pelham había lamentado toda la semana anterior su dureza con los anteriores inquilinos. Hacían ruido por las noches y en los últimos tiempos el hijo pequeño lloraba sin interrupción, pero, por lo menos, aquella familia no dejaba virutas por todas partes. Tampoco ignoraba que había gran cantidad de madera arriba, puesto que había visto cómo pasaba por el vestíbulo de su casa. Todo aquello sin contar con los olores y, en ocasiones, con unos golpes en el suelo que la señorita Pelham no agradecía en absoluto.

Y ahora, ¿quién era aquella desvergonzada morena que salía corriendo de la casa, e iba esparciendo las virutas que llevaba pegadas a las suelas de los zapatos? Tenía el aire pícaro que impulsaba a la señorita Pelham a apretar el bolso con más fuerza contra el pecho. Instantes después reconoció a Maggie.

—¡Tú, chica! —exclamó—. ¿Qué haces saliendo de mi casa? ¿Has estado robando?

Antes de que Maggie pudiera responder, aparecieron dos personas: Jem, que salió tras ella, y el señor Blake, que abrió al mismo tiempo la puerta del número 13 de Hercules Buildings. La señorita Pelham retrocedió. El señor Blake siempre se había mostrado cortés con ella —y ahora, efectivamente, le hizo una inclinación de cabeza—, pero la ponía nerviosa. Sus fríos ojos grises siempre le hacían pensar en que era un pájaro quien la miraba, dispuesto a picotearla.

—Si no estoy equivocada, esta casa es del señor Astley, no suya —dijo Maggie con descaro.

La señorita Pelham se volvió hacia Jem.

—Jem, ¿qué hace aquí esta chica? Confío en que no sea amiga tuya.

—Ha…, ha venido a traer un encargo. —Jem nunca había mentido bien, ni siquiera en el valle del Piddle.

—¿Qué es lo que ha traído? ¿Pescado de hace una semana? ¿Una colada que no ha visto la lejía ni por el forro?

—Clavos —intervino Maggie—. Se los traeré a menudo, ¿no es cierto, Jem? Me va usted a ver con mucha frecuencia. —Se salió del caminito que llevaba a la verja de la entrada y se metió en el jardín delantero, donde siguió el diminuto seto en su inútil círculo, pasando una mano por encima.

—¡Sal de mi jardín, desvergonzada! —gritó la señorita Pelham—. ¡Jem, haz que salga de ahí!

Maggie se echó a reír y empezó a correr alrededor del seto, cada vez más deprisa, hasta que saltó para meterse en su interior, donde bailó en torno a los arbustos cuidadosamente podados, golpeándolos con los puños, mientras la señorita Pelham exclamaba «¡Oh! ¡Oh!» como si fuese ella quien recibía los golpes.

Jem vio como Maggie boxeaba con el frondoso círculo, y como hojas diminutas iban cayendo al suelo, y se encontró sonriendo. También él había estado tentado de dar puntapiés a aquel seto absurdo, tan diferente de los otros a los que estaba acostumbrado. En Dorsetshire los setos tenían un motivo: mantener a los animales en un campo o evitar que invadieran los caminos, y estaban hechos de espinos y acebos, saúcos, avellanos y mostellares, entremezclados con zarzas, hiedras y clemátides.

Un repiqueteo en la ventana de arriba hizo que Jem regresara de Dorsetshire. Su madre lo miraba indignada y hacía gestos para ahuyentar a Maggie.

—Escucha —empezó Jem—, ¿no me ibas a enseñar algo? Tu…, tu padre, ¿eh? El mío quería que… acordáramos el precio.

—Eso es. Vamos entonces. —Maggie hizo caso omiso de la señorita Pelham que aún gritaba e intentaba darle manotazos sin el menor efecto, y se abrió camino desde el interior del seto circular sin molestarse esta vez en saltar y dejando un vacío de ramas rotas.

—¡Oh! —exclamó la señorita Pelham por décima vez.

Al ponerse en movimiento para seguir a Maggie, Jem lanzó una ojeada al señor Blake, que había permanecido inmóvil y en silencio, los brazos cruzados sobre el pecho, mientras Maggie se divertía con el seto. No parecía molesto ni por el ruido ni por la conmoción. De hecho todos se habían olvidado de su presencia: de lo contrario, ni la señorita Pelham habría exclamado «¡Oh!» diez veces, ni Maggie se habría peleado con los arbustos. Los contemplaba a todos con su mirada transparente. No era una mirada como la del padre de Jem, que tendía a enfocar la media distancia. El señor Blake, más bien, los miraba a ellos y a las personas que pasaban por la calle y Lambeth Palace que se alzaba a lo lejos y las nubes que tenía detrás. Lo aceptaba todo sin juzgarlo.

—Buenas tardes —dijo Jem.

—Hola, hijo mío —replicó el señor Blake.

—¡Buenas tardes, señor Blake! —intervino Maggie desde la calle, para no ser menos que Jem—. ¿Qué tal está su señora?

Su grito hizo revivir a la señorita Pelham que se había retraído en presencia del señor Blake.

—¡Quítate de mi vista, desvergonzada! —exclamó—. ¡Haré que te azoten! Jem, no dejes que vuelva a entrar aquí. Y acompáñala hasta el final de la calle; no me fío de ella ni por un segundo. ¡Nos robaría la verja si dejásemos de vigilarla!

—Sí, señora. —Jem alzó las cejas, disculpándose, en dirección al señor Blake, pero su vecino ya había abierto la puerta de su jardín para salir a la calle. Cuando Jem se reunió con Maggie, vieron como el señor Blake avanzaba por Hercules Buildings en dirección al Támesis.

—Mira su paso desafiante —dijo Maggie—. ¿No te has fijado en el color de sus mejillas? ¿Y el pelo todo revuelto? ¡Sabemos lo que ha estado haciendo!

Jem no hubiera descrito los andares del señor Blake como desafiantes. Más bien de alguien con pies planos, aunque sin pesadez. Caminaba con regularidad y decisión, como si tuviera un destino en la cabeza en lugar de salir sencillamente a dar un paseo.

—Vamos a seguirlo —sugirió Maggie.

—No. Déjalo en paz. —Jem se sorprendió de su contundencia. Le hubiera gustado seguir al señor Blake a su destino: no de la manera en que lo haría Maggie, como juego o como burla, sino con respeto, a cierta distancia.

La señorita Pelham y Anne Kellaway seguían mirando coléricas a los chicos.

—En marcha —dijo Jem, echando a andar por Hercules Buildings en dirección contraria a la del señor Blake.

Maggie corrió tras él.

—¿De verdad vienes conmigo?

—La señorita Pelham me ha pedido que te acompañe hasta el final de la calle.

—¿Y tú vas a hacer todo lo que quiera esa escoba vieja con faldas?

Jem se encogió de hombros.

—Es la casera. Hemos de tenerla contenta.

—Bueno; voy a buscar a mi padre. ¿Quieres venir conmigo?

Jem pensó en su madre, con tantas preocupaciones, en su hermana esperanzada, en su padre absorto en el trabajo y en la señorita Pelham esperándolo junto a la escalera para lanzarse sobre él. Luego pensó en las calles de Lambeth que aún no conocía, y en las de Londres, y en que tenía un guía que lo acompañara.

—Voy contigo —dijo, permitiendo que Maggie se pusiera a su altura y se ajustase a su paso, de manera que caminaran uno al lado del otro.

SIETE

D ick Butterfield podía estar en varias tabernas. Si bien la mayoría de la gente era partidaria de un local, a él le gustaba cambiar, y pertenecía a varios clubes o sociedades de bebedores, donde personas de ideas afines se reunían en un determinado local para discutir temas de interés mutuo. Esas noches no eran muy distintas de otras si se exceptúa que la cerveza era más barata y las canciones, incluso, más subidas de tono. Dick Butterfield estaba siempre haciéndose miembro de nuevos clubes y marchándose de los antiguos a medida que cambiaban sus intereses. En aquel momento pertenecía a un club náutico (una de sus ocupaciones fue la de barquero en el Támesis, aunque hacía ya mucho tiempo que había perdido la embarcación); a un club de debates, donde los miembros, desde la presidencia de una mesa, se turnaban para arengar a los demás sobre temas políticos; a un club de lotería, donde se hacía un fondo común para apuestas pequeñas con las que raras veces se ganaba lo suficiente para pagar las bebidas y donde Dick Butterfield estaba siempre animando a los miembros a aumentar las aportaciones; y, con mucho su favorito, un club de ponches, en el que cada semana probaban distintas mezclas hechas siempre con el ron como base.

La vida de Dick Butterfield, hombre de club y frecuentador de tabernas, era tan complicada que su familia raras veces sabía dónde encontrarlo una noche determinada. De ordinario bebía en un radio de menos de un kilómetro de su casa, pero con todo y con eso tenía docenas de tabernas donde elegir. Maggie y Jem ya habían recorrido Horse and

Groom, Crown and Cushion, Canterbury Arms y Red Lion antes de encontrarlo instalado en un rincón de Artichoke, la taberna más ruidosa de todas ellas, en Lower Marsh.

Después de seguir a Maggie al interior de las dos primeras, Jem prefirió esperar fuera en las demás. Sólo había estado dentro de una taberna desde que llegaron a Lambeth: pocos días después de instalarse en Hercules Buildings el señor Astley los había visitado para ver cómo les iba, y había llevado a Thomas Kellaway y a Jem a Pineapple. Era un sitio muy tranquilo —Jem se daba cuenta ahora, cuando podía compararla con otras tabernas de Lambeth—, pero aquel día se había sentido abrumado por la animación de los bebedores —muchos de ellos gente del circo— y la estruendosa conversación de Philip Astley.

Lambeth Marsh era una calle de mercado llena de tiendas y puestos, así como de carros y gente que iban hacia la ciudad entre Lambeth y el puente de Blackfriars. Las puertas de Artichoke estaban abiertas y el ruido se derramaba por toda la calle, lo que hizo vacilar a Jem mientras Maggie se abría camino entre los que prácticamente obstruían la entrada y que él se preguntara por qué se empeñaba en seguirla.

Aunque sí sabía por qué: Maggie era la primera persona de Lambeth que se interesaba por él, y una amiga no le venía nada mal. La mayoría de los muchachos de su edad ya eran aprendices o estaban trabajando; había visto chicos más jóvenes, pero no conseguía hablar con ninguno de ellos. Era difícil entenderlos por una sencilla razón: Jem encontraba a veces incomprensibles los distintos acentos de Londres, así como otros muchos regionales que convergían en la ciudad.

Los chicos de Lambeth se diferenciaban además por otros motivos: eran más despiertos y más desconfiados. Le recordaban a los gatos que entran sigilosamente para colocarse junto al fuego, sabedores de que apenas se los tolera, contentos de estar dentro de la casa pero con orejas en continuo movimiento y los ojos convertidos en ranuras, dispuestos a detectar el pie que los echará fuera. Los niños eran a menudo groseros con los adultos, como Maggie con la señorita Pelham, y no les pasaba nada, cosa impensable en su pueblo. Se burlaban y tiraban piedras a la gente que no les gustaba; robaban comida de barriles y cestos y cantaban canciones ofensivas; gritaban, tomaban el pelo y hostigaban. Sólo de tarde en tarde veía chicos de Lambeth haciendo cosas en las que podría haber participado: remar en un bote en el río; cantar mientras salían de la escuela de beneficencia en Lambeth Green; perseguir a un perro que se había escapado con la gorra de alguien.

De manera que cuando Maggie le hizo señas desde la puerta de Artichoke la siguió dentro, desafiando el muro de ruido y la densa humareda de las lámparas. Quería ser parte de aquella nueva vida de Lambeth en lugar de verla desde una ventana, desde la puerta de una verja o por encima de la tapia de un jardín.

Pese a ser todavía por la tarde, la taberna estaba llena. El ruido era tremendo, aunque al cabo de un rato sus oídos empezaron a captar las trazas de una canción con la que no estaba familiarizado pero que tenía, sin duda, una melodía. Maggie se metió de cabeza entre la barrera de cuerpos hasta llegar al rincón donde se sentaba su padre.

Dick Butterfield era un hombre pequeño y marrón: marrones los ojos, el trasfondo de la piel, la ropa y castaño el pelo hirsuto. Una red de arrugas se le extendía por la cara desde el rabillo de los ojos y también por la frente, abriendo surcos profundos. Pese a las arrugas, tenía un aire juvenil y enérgico. Hoy se limitaba a beber sin participar en las actividades de ningún club. Sentó a Maggie en su regazo y estaba cantando con el resto de la taberna cuando Jem llegó por fin hasta ellos:

> *Y estoy seguro de que irá al Infierno*
> *¡porque se empeña en que la folle*
> *cuando de ir a la iglesia es el momento!*

Al concluir el último verso se oyó un grito ensordecedor que obligó a Jem a taparse los oídos. Maggie se había incorporado a la canción y sonrió a Jem, que se ruborizó y procedió a mirarse los pies. Eran muchas las canciones que se cantaban en Five Bells, una de las tabernas de Piddletrenthide, pero ninguna como aquélla.

Después del gran grito, la taberna quedó más en calma, de la misma manera que un trueno que suena directamente encima significa que ha pasado lo peor de la tormenta.

—¿Qué demonios has estado haciendo, Mags? —preguntó Dick Butterfield a su hija en la quietud relativa.

—Cosas. He estado en su casa —señaló a Jem—, éste es Jem, viendo cómo su padre hace sillas. Acaban de llegar de Dorsetshire, y viven en casa de la señorita Pelham en Hercules Buildings, al lado del señor Blake.

—La señorita Pelham, ¿eh? —Dick Butterfield rió entre dientes—. Encantado de conocerte, Jem. Siéntate y descansa los remos. —Hizo un gesto con la mano en dirección al otro lado de la mesa. No había ni taburetes ni banco alguno. Jem miró a su alrededor: todos los asientos a la vista estaban ocupados. Dick y Maggie Butterfield lo miraron con idéntica expresión, esperando a ver qué hacía. Jem consideró la posibilidad de arrodillarse junto a la mesa, pero comprendió que no se ganaría así la aprobación de los Butterfield. Tendría que buscar un taburete libre por toda la taberna. Era lo que se esperaba de él, una pequeña demostración de sus méritos: la primera prueba real de su nueva vida londinense.

Encontrar un taburete vacío en una taberna abarrotada puede ser complicado, y Jem no lo consiguió. Trató de pedir uno, pero aquellos a quienes preguntó no le prestaron la menor atención. Intentó apoderarse de otro que un cliente utilizaba como escabel y le dieron un manotazo. Preguntó a una de las mozas de la taberna, que se rió de él. Mientras se abría paso entre la multitud de cuerpos, Jem se asombraba de que tanta gente estuviera bebiendo a aquella hora en lugar de trabajar. En el valle del Piddle muy pocos iban a Five Bells o a Crown o a New Inn antes de la noche.

Finalmente regresó a la mesa sin haber conseguido nada. Un taburete vacío se encontraba ahora en el sitio indicado por Dick Butterfield, y él y Maggie sonrieron a Jem.

—Palurdo —murmuró un joven, sentado junto a ellos, que había presenciado la dura prueba, incluidas las risas de la moza de la taberna.

—Cierra el pico, Charlie —replicó Maggie. Jem supuso al instante que se trataba de su hermano.

Charlie Butterfield era como su padre pero sin las arrugas ni el encanto; más apuesto de una manera un poco basta, pelo rubio descolorido y un hoyuelo en la barbilla, pero también con una cicatriz en una ceja que le daba un aire violento. Con su hermana era todo lo cruel que podía, y estuvo haciéndole quemaduras en los brazos hasta el día en que Maggie fue lo bastante mayor para darle patadas allí donde el dolor estaba garantizado. Charlie aún buscaba maneras de vengarse: tirarla del taburete donde se sentaba, derramarle la sal en la comida, quitarle las mantas por la noche. Jem no sabía nada de todo aquello, pero sintió en Charlie una presencia que le hizo evitar su mirada, como se hace con un perro que gruñe.

Dick Butterfield lanzó una moneda sobre la mesa.

—Tráele algo de beber a Jem, Charlie —ordenó a su hijo.

—No… —farfulló Charlie al mismo tiempo que Jem decía «No…».

Los dos se callaron ante la expresión severa en el rostro de Butterfield. De manera que poco después Charlie reapareció con una jarra de cerveza que Jem no deseaba: un líquido aguado y de mala calidad con el que, en lugar de bebérselo, los clientes de Five Bells regarían el suelo.

Dick Butterfield se recostó en la pared.

—Vamos a ver Mags, ¿qué me puedes contar hoy? ¿Cuál es el último escándalo en el viejo Lambeth?

—Hemos visto lo que pasaba en el jardín del señor Blake, ¿verdad que sí, Jem? En el cenador, con las puertas abiertas. —Maggie lanzó una mirada maliciosa a Jem, que volvió a enrojecer y se encogió de hombros.

—Así me gusta —dijo Dick Butterfield—. Siempre colándote por todas partes, descubriendo lo que hace marchar al mundo.

Charlie se inclinó hacia delante.

—¿Qué es lo que has visto, entonces?

Maggie también se inclinó hacia delante.

—¡Hemos visto cómo él y su mujer lo hacían!

Charlie rió entre dientes, pero Dick Butterfield no pareció impresionado.

—¿Gente en celo, eso es todo? Nada que no veas cualquier día si miras al fondo de un callejón. Sal y te tropezarás con ellos ahora mismo a la vuelta de la esquina. ¿Eh, Jem? Imagino que habrás visto tu ración, allí, en Dorsetshire, ¿verdad que sí, muchacho?

Jem miró su cerveza. Una mosca forcejeaba en la superficie, tratando de no ahogarse.

—He visto bastante —murmuró. Por supuesto que lo había visto otras veces. No sólo los animales con los que convivía (perros, gatos, ovejas, caballos, vacas, cabras, conejos, gallinas, faisanes), sino las personas que se escondían en algún rincón de un bosque o que se pegaban a los setos o incluso que se apareaban en mitad de un prado cuando pensaban que nadie iba a pasar por allí. Había visto a sus vecinos hacerlo en un granero, y a Sam con su chica en el avellanar de Nettlecombe Tout. Lo había visto las veces suficientes para no sorprenderse ya, aunque todavía se avergonzaba. No era gran cosa: en su mayor parte nada más que ropa y un movimiento repetido, a veces las pálidas nalgas de un varón subiendo y bajando como un émbolo o los pechos de una mujer que se agitaban. Lo incómodo era presenciarlo cuando no se contaba con su presencia, la irrupción en la supuesta intimidad, eso hacía que Jem se diera la vuelta con la cara encendida. Había tenido casi la misma sensación en las infrecuentes ocasiones en que había oído discutir a sus padres: cuando su madre, por ejemplo, pidió a su padre que cortara el peral del fondo del huerto del que se había caído Tommy y él se negó. Anne Kellaway, después, había empuñado un hacha y lo había cortado ella.

Jem hundió el dedo en la cerveza, dejó que la mosca trepara por él y que escapara arrastrándose. Charlie lo vio con asombrada repugnancia; Dick Butterfield se limitó a sonreír y a mirar a los otros clientes a su alrededor, como si buscase a alguien con quien hablar.

—No era sólo que lo estuvieran haciendo —insistió Maggie—. Estaban…, se habían…, se habían quitado toda lo ropa, ¿no es cierto, Jem? Lo veíamos todo, como si fuesen Adán y Eva.

Dick Butterfield contemplaba a su hija con la misma mirada escrutadora que le había lanzado a Jem cuando trataba de encontrar un taburete. Aunque pareciese una persona sin complicaciones —apoltronado en su asiento, invitando a beber a otros, sonriente y asintiendo a todo con la cabeza— exigía mucho de las personas con las que convivía.

—¿Y sabes lo que estaban haciendo mientras tanto? —continuó su hija.

—¿Qué, Mags?

Maggie pensó rápidamente en la cosa más extravagante que dos personas podían hacer mientras se suponía que copulaban.

—¡Se leían el uno al otro!

Charlie rió entre dientes.

—¿El periódico?

—Eso no es lo que yo… —empezó Jem.

—Leían un libro —le interrumpió Maggie, alzando la voz sobre el ruido de la taberna—. Poesía, creo que era poesía. —Los detalles concretos siempre hacían más creíbles las historias.

—Poesía, ¿eh? —repitió Dick Butterfield, bebiendo un sorbo de su cerveza—. Imagino que sería *El paraíso perdido*, si estaban jugando a Adán y Eva en su jardín. —Dick Butterfield había tenido en cierta ocasión un ejemplar del poema, uno más entre un carretón de libros que había caído en sus manos y que estaba tratando de vender, y leyó algunos fragmentos. Nadie pensaría que fuese capaz de leer tan bien, pero su padre le había enseñado, con el argumento de que lo más conveniente era ser una persona tan culta como aquellos a los que estafaban.

—Sí, eso era. *El peral perdido* —asintió Maggie—. Sé que oí esas palabras.

Jem dio un respingo, incapaz de creer lo que oía.

—¿Has dicho «peral»?

Dick lanzó a su hija una mirada de desprecio.

—*El paraíso perdido*, Mags. No confundas las palabras. Esperad un momento. —Cerró los ojos, pensó unos instantes y luego recitó:

Delante tenían todo el mundo,
donde, para su reposo, podían elegir
el lugar que les pluguiera,
con la Providencia como guía;
tomándose de la mano, prosiguieron,
con lentos e inciertos pasos,
su camino solitario
para salir del Edén.

Sus vecinos se lo quedaron mirando; no eran palabras que se oyeran de ordinario en la taberna.

—¿Qué está usted diciendo, padre? —preguntó Maggie.

—Lo único que recuerdo de *El paraíso perdido*; los últimos versos, cuando Adán y Eva se marchan del Edén. Me dieron mucha pena.

—Yo no oí decir nada parecido a los Blake —dijo Jem, que sintió de inmediato la patada de Maggie por debajo de la mesa.

—Fue cuando tú ya no mirabas —insistió ella.

Jem abrió la boca para seguir discutiendo, pero enseguida renunció. Estaba claro que a los Butterfield les gustaban las historias bien adornadas; de hecho eran los adornos lo que buscaban, y muy pronto se lo transmitirían a todos los demás, incluso más detallado, hasta que la taberna entera hablase de cómo los Blake jugaban a Adán y Eva en su jardín, aunque eso no fuera en absoluto lo que Jem había visto. ¿Quién era él para estropearles la diversión? Aunque es cierto que se acordó de los ojos despiertos del señor Blake, de su saludo sincero y de su paso decidido, y lamentó que estuvieran difundiendo cosas como aquélla sobre él. Jem prefería decir la verdad.

—¿A qué se dedica el señor Blake? —preguntó, tratando de desviar la conversación de lo que habían visto en el jardín.

—Quieres decir, ¿aparte de montar a su mujer en el jardín? —Dick Butterfield rió entre dientes—. Es impresor y grabador. Habrás visto la imprenta si has mirado por la ventana de su casa, ¿no es cierto?

—¿La máquina que tiene una manivela como una estrella? —Jem se había fijado, efectivamente, en el aparato de madera, que era incluso más grande y voluminoso que el torno de su padre, y se había preguntado para qué servía.

—Esa misma. Lo verás usarla de cuando en cuando, a él y a su mujer. Imprimen libros y demás. Folletos, láminas, ese tipo de cosas. No sé si se gana la vida con ellos, de todos modos. Vi unos cuantos cuando lo visité para tratar de venderle algo de cobre para sus planchas en la época en que se trasladó aquí desde el otro lado del río, hace uno o dos años. —Dick Butterfield movió la cabeza, escéptico—. Cosas extrañas, ya lo creo. Mucho fuego y gente desnuda con ojos muy grandes, que gritaba.

—¿Quiere usted decir como en el infierno, padre? —sugirió Maggie.

—Quizá. Nada que yo encontrara de mi gusto, en cualquier caso. A mí me gustan los dibujos alegres. No me parece que las cosas que hace se las vaya a comprar mucha gente. Debe de ganar más haciendo grabados para otros.

—¿Te compró el cobre?

—Qué va. Tan pronto como me puse a hablar con él supe que no es de los que compran así, por un capricho. Tiene sus propias ideas, así es el señor Blake. Seguro que va en persona a elegir su cobre y su papel, con mucho cuidado. —Dick Butterfield lo dijo sin rencor; de hecho respetaba a quienes, sin la menor vacilación, no se dejaban engañar por sus estratagemas.

—La semana pasada lo vimos con su *bonnet rouge*, ¿verdad que sí, Jem? —dijo Maggie—. Tenía una pinta muy rara con él.

—Es más valiente que la mayoría —afirmó Dick Butterfield—. No hay mucha gente en Londres que dé un apoyo tan manifiesto a los franchutes, digan lo que digan en la taberna. Al P. M. no le cae nada bien, ni tampoco al rey.

—¿Quién es el P. M.? —preguntó Jem.

Charlie Butterfield resopló.

—El primer ministro, muchacho, el señor Pitt —añadió Dick Butterfield con tono un poco cortante, en caso de que aquel chico de Dorset ni siquiera supiera aquello.

Jem bajó la cabeza y miró su cerveza una vez más. Maggie lo vio luchando al otro lado de la mesa, y deseó no haberlo traído para que conociera a su padre. Jem no entendía lo que Dick Butterfield quería de la gente, el tipo de diálogo rápido e inteligente que esperaba de aquellos a los que permitía sentarse con él en el taburete que ocultaba enganchado con los pies debajo de la mesa. Dick Butterfield quería que se le informase y se le distrajera al mismo tiempo. Siempre estaba buscando alguna manera nueva de hacer dinero: se ganaba la vida con pequeños proyectos arriesgados que planeaba a partir de conversaciones en la taberna, y además quería pasarlo bien con ellos. La vida era dura, después de todo, y ¿había algo más útil para facilitarla que unas cuantas risas, además de un pequeño negocio que le pusiera dinero en el bolsillo?

Dick Butterfield sabía percatarse de cuándo la gente se hundía. No se enfadó con Jem: la confusión e inocencia del muchacho hacía que sintiera más bien ternura por él, y que le irritase la indiferencia de sus hijos. Expulsó bruscamente a Maggie de sus rodillas, de manera que cayó al suelo, desde donde miró a su padre con ojos cargados de reproches.

—Cielos, niña, te estás volviendo muy pesada —dijo Dick, sacudiendo una rodilla arriba y abajo—. Has hecho que se me duerma la pierna. Vas a necesitar taburete propio ahora que empiezas a tener tamaño de señora.

—Nadie le va a dar uno, en cualquier caso, y no estoy hablando sólo del taburete —dijo Charlie con desdén—. Estúpida deforme.

—Déjala en paz —intervino Jem.

Los tres Butterfield se lo quedaron mirando, Dick y Charlie inclinados, con los codos en la mesa, y Maggie todavía en el suelo entre los dos. Luego Charlie intentó abalanzarse sobre Jem, pero su padre lo detuvo con un brazo.

—Dale a Maggie tu taburete y búscate otro —dijo.

Charlie miró a Jem con odio, pero se puso en pie, aunque dejó que el taburete cayera para atrás, antes de alejarse a grandes zancadas. Jem no se atrevió a volverse para vigilarlo, ni tampoco alzó los ojos. Tomó un sorbo de cerveza. Había defendido a Maggie por costumbre, como habría hecho con su hermana.

Maggie se puso en pie, enderezó el taburete de Charlie y se sentó en él, el gesto sombrío.

—Gracias —murmuró en dirección a Jem, aunque no sonó muy satisfecha.

—De manera que tu padre repara sillas y les pone patas, ¿no es eso? —dijo Dick Butterfield, iniciando la parte comercial de la conversación, dado que parecía poco probable que Jem les proporcionara nuevos motivos de diversión.

—No es exactamente eso, señor Butterfield —respondió Jem—. No va viajando de ciudad en ciudad; lo suyo es hacer sillas de verdad, no esas cosas destartaladas que fabrica un simple carpintero.

—Claro está, por supuesto. ¿Dónde consigue los materiales?

—En un almacén de maderas junto al puente de Westminster.

—¿Cuál? Apuesto a que se los puedo conseguir más baratos.

—El de un tal Harris. El señor Astley le presentó a mi padre.

Dick Butterfield hizo un gesto de contrariedad al oír el nombre de Astley. El padre de Maggie conseguía buenos precios en la mayoría de los sitios, pero nunca mejores que los de Philip Astley. Su casero y él procuraban mantenerse a distancia, pero existía respeto por ambas partes, aunque fuese a regañadientes. Si Dick Butterfield hubiera sido un acaudalado propietario de circo, o Philip Astley un pícaro de poca monta, se habrían parecido mucho.

—Bien, si tengo noticias de madera más barata, te lo haré saber. Déjalo de mi mano —añadió, como si fuese Jem quien había acudido a él en busca de consejo—. Veré lo que puedo hacer. Os haré una visita uno de estos días, eso es lo que haré, y charlaré un rato con tu padre. Siempre me alegra echar una mano a los vecinos nuevos. Pero vamos a ver, ya deben de estar esperándote en casa, ¿no te parece? Se preguntarán por qué tardas tanto.

Jem asintió con la cabeza y se levantó del taburete.

—Gracias por la cerveza, señor Butterfield.

—Ha sido un placer, muchacho. —Dick Butterfield enganchó el taburete de Jem con un pie y lo arrastró de nuevo debajo de la mesa. Maggie se apoderó de la cerveza mediada de Jem y bebió un buen trago.

—Adiós —le dijo.

—Hasta la vista.

De camino hacia la puerta, Jem pasó junto a Charlie, de pie con un grupo de jóvenes como él. Charlie lo miró con ferocidad y empujó a uno de sus amigos para que tropezara con Jem. Los jóvenes rieron y Jem se apresuró a salir de la taberna, encantado de dejar atrás a los Butterfield. Sospechaba, sin embargo, que volvería a ver a Maggie, aunque esta vez no hubiera dicho «Hasta la vista». A pesar de su hermano y de su padre, lo deseaba. Maggie le recordaba a las moras de septiembre, que parecían maduras pero que, cuando se comían, tanto podían estar ácidas como dulces. Jem era incapaz de resistir semejante tentación.

Abril de 1792

II.

UNO

Anne Kellaway sentía a veces que llevaba una cuerda atada por un extremo a su muñeca y por otro a la ventana de la habitación delantera. Podía estar pelando patatas, o lavando ropa o retirando las cenizas del fuego, y a pesar de encontrarse en el momento más inoportuno —manos manchadas, sábanas a medio retorcer, cenizas ensuciando el aire— algo la arrastraba hasta la ventana para mirar fuera. A menudo no había nada inusual que ver, pero en ocasiones merecía la pena: una mujer con un sombrero adornado con largas plumas de pavo real, un hombre que acunaba una piña tropical como si fuera un bebé recién nacido, un muchacho que transportaba un laurel arrancado de raíz, con las hojas recortadas para darle forma de paloma. Maisie o Jem habrían llamado al resto de la familia para que vieran aquellos espectáculos fuera de lo común, pero Anne Kellaway prefería disfrutar a solas los breves momentos de placer.

Hoy no había ni patatas ni cenizas ni colada que la mantuvieran alejada de la ventana: era lunes de Pascua y le correspondía descansar. Maisie y Jem se habían encargado de recoger la mesa y la cocina después del almuerzo, lo que le permitía contemplar a la multitud que recorría Hercules Buildings, y en la que abundaban las mujeres que estrenaban vestidos y sombreros. No faltaban los habituales narcisos y prímulas, como los que se podían ver a la salida de la iglesia de Piddletrenthide, pero había también plumas exóticas, manojos de cintas multicolores, hasta frutas. Ella misma no llevaría nunca un limón en un sombrero, pero admiraba a la paseante que lo había hecho. Anne prefería algo más sencillo o

61

más tradicional: una trenza de margaritas o un ramillete de violetas, o una cinta, como la de color azul celeste que acababa de ver colgando por la espalda de una jovencita y que casi le llegaba hasta las rodillas. Una cinta así la llevaría encantada, aunque no tan larga. Las londinenses parecían extremar la longitud de una cinta o aumentar el ángulo de un sombrero hasta un punto que Anne Kellaway nunca adoptaría como propio.

En medio del tráfico caminaba un hombre con una bandeja de cruces blancas en la cabeza, pregonando: «¡Bollos de pasas! Cuatro por un penique, más baratos por ser Pascua, ¡bollos de pasas! ¡Cómprelos ahora, último día hasta el año que viene!». Al llegar delante de la casa, justo debajo de Anne Kellaway, se detuvo porque había encontrado un cliente. A su encuentro salió la señorita Pelham, el sombrero adornado con diminutas cintas amarillas. Anne resopló, tratando de disimular la carcajada que había empezado a bullirle en la boca.

—¿Qué sucede, mamá? —preguntó Maisie, alzando los ojos de la mesa que estaba limpiando.

—Nada. Sólo la señorita Pelham con un sombrero absurdo.

—Déjame ver. —Maisie se acercó a la ventana, miró hacia abajo y dejó escapar una risita—. ¡Parece que le han tirado un montón de paja en la cabeza!

—Calla, Maisie, te va a oír —replicó Anne Kellaway, aunque no muy enfadada. Mientras miraban, un caballo gris que tiraba de un extraño vehículo de dos ruedas apareció trotando calle arriba y dispersando a izquierda y derecha a mujeres con sombrero y a posibles compradores de bollos de pasas. El coche tenía grandes ruedas y dimensiones peculiares, porque pese a ser corto y estrecho, era muy alto; a un lado llevaba un cartel vertical que proclamaba en letras negras: «EL SALÓN REAL Y EL NUEVO ANFITEATRO DE ASTLEY tienen la satisfacción de anunciar su NUEVA TEMPORADA que comienza ¡ESTA NOCHE! ¡Actuaciones espectaculares que emocionan y maravillan! Las puertas se abren a las 17.30; la función comienza a las 18.30 en punto».

Anne y Maisie Kellaway vieron boquiabiertas como el calesín se detenía ante su casa y un muchacho se apeaba y le decía algo a la señorita Pelham, que fruncía el ceño y señalaba a la ventana de los Kellaway. Anne retrocedió pero no fue lo bastante rápida para apartar también a Maisie de la ventana.

—¡Espera, mamá, nos hace señas a nosotras! —Maisie acercó a Anne a la ventana—. ¡Mira!

La señorita Pelham aún tenía el ceño fruncido —como hacía siempre cuando algo relacionado con los Kellaway la perturbaba—, pero sin duda les hacía señas.

—Voy a bajar —afirmó Maisie, dirigiéndose hacia la puerta.

—Nada de eso. —Anne Kellaway detuvo a su hija con tono acerado y una mano en el hombro—. Jem, baja a ver qué es lo que quieren.

Jem dejó la olla que había estado frotando y corrió escaleras abajo. Anne y Maisie vieron desde la ventana como cruzaba unas palabras con el muchacho del circo, que le hacía entrega de algo blanco. Jem se quedó mirando lo que fuera que tenía en la mano, mientras su interlocutor volvía al calesín, el cochero daba un golpecito con el látigo en el cuello del caballo y el vehículo se alejaba a buena velocidad por Hercules Buildings hacia Westminster Bridge Road.

Jem regresó un momento después con expresión de desconcierto.

—¿Qué pasa, Jem? —preguntó Maisie—. ¿Qué es lo que te han dado?

Jem miró unos trozos de papel que llevaba en la mano.

—Cuatro entradas para la función de esta noche, con los saludos del señor Astley.

Thomas Kellaway alzó la vista del trozo de haya que había estado tallando.

—No vamos a ir —anunció Anne—. No nos lo podemos permitir.

—No, no, no tenemos que pagar. Es un regalo.

—No necesitamos su limosna. Podríamos comprar las entradas si quisiéramos.

—Pero acabas de decir… —empezó Maisie.

—No vamos a ir. —Anne Kellaway se sintió como un ratón al que un gato persigue de un lado a otro de la habitación.

Jem y Maisie se volvieron hacia su padre. Thomas Kellaway los miraba a todos, pero no dijo nada. Quería a su mujer y deseaba que su amor le fuera correspondido. No se opondría a sus decisiones.

—¿Has terminado con esa olla, Jem? —preguntó Anne Kellaway—. Cuando acabes podemos salir a dar nuestro paseo. —Al volverse hacia la ventana le temblaban las manos.

Maisie y Jem intercambiaron miradas. Jem volvió con la olla.

DOS

En las dos semanas que llevaban en Lambeth los Kellaway no habían ido mucho más allá de las calles que rodeaban su casa. No les hacía falta: todas las tiendas y puestos que necesitaban estaban en Lambeth Terrace junto a Lambeth Green, en Westminster Bridge Road o en Lower Marsh. Jem había ido con su padre a los almacenes de madera junto al río cerca del puente de Westminster, y Maisie con su madre a Saint George's Fields en busca de un espacio donde secar la ropa. Cuando Jem sugirió que el lunes de Pascua cruzaran el puente para ir a ver la abadía de Westminster, a todos les gustó la idea. Estaban acostumbrados a caminar mucho en el valle del Piddle, y se les hacía raro no andar también en Lambeth.

Se pusieron en camino a la una, cuando otros comían o dormían o estaban en la taberna.

—¿Por dónde vamos a ir, entonces? —le preguntó Maisie a Jem, sabiendo que era inútil pedir a sus padres aquella información.

Anne Kellaway se había agarrado al brazo de su marido como si un viento muy fuerte estuviera a punto de llevársela por los aires. Thomas Kellaway sonreía como de costumbre y miraba a su alrededor, con el aspecto de un pasmarote a la espera de ir a donde lo llevaran.

—Vamos a tomar un atajo para llegar al río y luego caminaremos por la orilla hasta el puente —dijo Jem, al darse cuenta de que le correspondía a él dirigir a su familia, porque era el único Kellaway que había empezado a familiarizarse con las calles.

—¿No será el atajo del que habló esa chica, espero? —dijo Anne

Kellaway—. No quiero ir por ningún sitio que se llame callejón del Degollado.

—Ése no, mamá —mintió Jem, haciéndose la reflexión de que a su madre le llevaría mucho tiempo descubrir que, efectivamente, iban a utilizarlo. Jem lo localizó muy poco después de que Maggie lo mencionara. Sabía que a su familia le iba a gustar porque era como estar entre tierras de labranza; si uno se ponía de espaldas a las casas y no alzaba la vista hacia Lambeth Palace o hacia los almacenes junto al río, podía pensar, más o menos, que estaba en el campo. Un día Jem descubriría en qué dirección tenía que caminar para llegar al campo propiamente dicho. Quizá Maggie supiera cómo llegar.

De momento llevó a su familia más allá de Carlisle House, una mansión cercana, hasta Royal Row y por allí hasta el callejón del Degollado. Todo estaba muy tranquilo, sin nadie en la calzada y, por tratarse de una fiesta, muy pocos trabajaban en las huertas que puntuaban el campo. Jem agradeció también que el día fuese soleado y claro. Era tan frecuente en Lambeth que el cielo no estuviera azul, incluso en los días sin nubes, sino espeso y amarillo por el humo de los fuegos de carbón, y el de las fábricas de cerveza, de vinagre, de tejidos y de jabón que habían aparecido a lo largo del río. El domingo y el lunes de Pascua, sin embargo, esos lugares estaban cerrados y, como el tiempo era suave, en muchas casas no habían encendido el fuego. Jem miró el hermoso azul intenso que tan bien conocía de Dorsetshire, asociado al verde brillante de la hierba y a los arbustos a los lados del camino, y se descubrió sonriendo ante aquellos colores que eran tan naturales y sin embargo más llamativos que cualquier cinta o vestido londinenses. Empezó a caminar más despacio, a ritmo de paseo, en lugar de la marcha rápida, nerviosa, que había adoptado desde su llegada a Lambeth. Maisie se detuvo a recoger unas prímulas para un ramillete. Incluso Anne Kellaway dejó de ir agarrada a su marido y agitó los brazos. Thomas Kellaway empezó a silbar «Over the Hills and Far Away», una canción que tarareaba con frecuencia mientras trabajaba.

Muy pronto el callejón dio un violento giro hacia la derecha y bordeó los jardines que rodeaban Lambeth Palace. En cuanto llegaron al río concluyó su breve idilio con la naturaleza. Ante ellos se alzaba una serie de destartalados almacenes, flanqueados por hileras de casitas de trabajadores. Los almacenes estaban cerrados con motivo de la fiesta, lo que contribuía a darles un aire amenazador; de ordinario la animada actividad del trabajo los hacía más acogedores. Anne Kellaway se colgó de nuevo del brazo de su marido.

Aunque Jem y su padre habían bajado al Támesis para comprar madera y para que se la cortaran luego en uno de los aserraderos, las mujeres de la familia sólo lo habían vislumbrado brevemente la primera vez que llegaron al anfiteatro de Astley, y no lo habían asimilado. Ahora, sin buscarlo, habían elegido un momento muy poco espectacular para ver por primera vez con calma el gran río londinense. La marea estaba baja, lo que reducía el agua a una delgada cinta turbia que corría por el centro de un amplio canal de limo gris —muy llano— que hizo pensar a Anne Kellaway en una cama sin hacer. Cierto, incluso en aquel estado era veinte veces mayor que el Piddle, el río que corría junto al jardín de los Kellaway en Piddletrenthide. Pese a su pequeñez, sin embargo, el Piddle tenía las cualidades que Anne Kellaway consideraba esenciales en un río: decidido, incansable, alegre y purificador, al tiempo que su rumor era un recordatorio constante del movimiento del mundo.

El Támesis distaba mucho de ser así. A Anne Kellaway no le pareció un río, sino un largo intestino que se retorcía en ambas direcciones hasta perderse de vista. Tampoco sus orillas estaban bien delimitadas. El lecho, lleno de cantos rodados y de lodo, ascendía hacia la calle y era bastante fácil caminar directamente desde la calzada hasta el agua. Pese al barro, algunos niños habían hecho precisamente eso y corrían por el lecho del río, unos jugando y otros recogiendo objetos que la marea baja había dejado al descubierto: zapatos, botellas, latas, trozos empapados de madera y de tela, la cabeza de una muñeca, un cuenco roto.

Los Kellaway se detuvieron y miraron.

—Fijaos en lo mucho que se están ensuciando —dijo Maisie como si los envidiara.

—Un sitio espantoso —dictaminó Anne Kellaway.

—Tiene mejor aspecto con la marea alta, como el día que llegamos. —A Jem le pareció obligación suya defender al río, como si fuera la encarnación de Londres y de la decisión de su familia de trasladarse a la capital.

—Curioso que tenga una marea —dijo Maisie—. Sé que nuestro Piddle desemboca en el mar en algún sitio, pero, de todos modos, siempre va en la misma dirección.

—Vayamos al puente —sugirió Jem. Empezaron a caminar más deprisa ya, dejando atrás los almacenes y los hogares de los trabajadores. Algunos de los obreros, sentados delante de sus casas con mujeres e hijos, hablaban, fumaban y cantaban. La mayoría guardaron silencio al pasar los Kellaway, a excepción de un hombre que tocaba una gaita y que aceleró el ritmo. Jem quiso apretar el paso, pero Maisie se retrasó.

—Está tocando «Tom Bowling» —dijo—. ¡Escuchad!

Sonrió al músico, que dejó de tocar y le devolvió la sonrisa.

Anne Kellaway se puso rígida y tiró del brazo a su hija.

—¡Vamos, Maisie!

La muchacha se soltó y se detuvo en mitad de la calle para cantar la última estrofa con voz clara y aguda:

> *Pero Tom encontrará un tiempo placentero*
> *cuando el que tiene el poder supremo*
> *pronuncie, para llamar a todos,*
> *la palabra que los convoque:*
> *así la muerte, que acaba con reyes y plebeyos,*
> *en vano a Tom la vida le ha quitado*
> *porque si bien su cuerpo está bajo cubierta*
> *su alma ha llegado ya a lo más alto.*

Maisie y el gaitero acabaron al mismo tiempo y se produjo después un pequeño silencio. Anne Kellaway ahogó un sollozo. Maisie y

Tommy, su hijo muerto, solían cantar juntos «Tom Bowling» en perfecta armonía.

—No te preocupes, mamá —dijo Maisie—. Hemos de seguir cantándola porque no queremos olvidarnos de Tommy, ¿verdad que no? —Le hizo una inclinación de cabeza al gaitero y añadió—: Muchas gracias y buenas tardes.

TRES

En las proximidades del puente, la calle se curvaba un poco alejándose del río y pasaba ante el anfiteatro, con su entrada de grandes columnas, el lugar donde conocieron a Philip Astley y en cuya fachada varios carteles anunciaban «¡ESTA NOCHE FUNCIÓN!». La tarde no había hecho más que empezar, pero ya se arremolinaba la gente. Jem se metió la mano en el bolsillo y la cerró en torno a las entradas que les había enviado Philip Astley.

Un hombre que pasó a la carrera gritando «¡Sólo un chelín y un penique de pie, dos chelines y dos peniques con asiento!» le entregó una octavilla a Anne Kellaway. Anne se quedó mirando el papel arrugado, sin saber qué era lo que tenía que hacer con él. Después de alisarlo sobre la falda, le dio varias veces la vuelta antes de empezar a entender las palabras. Cuando reconoció «Astley» comprendió de qué se trataba y se lo pasó a su marido.

—Ten, cógelo tú. ¡No lo quiero!

A Thomas Kellaway se le cayó involuntariamente al suelo. Fue Maisie quien lo recogió y, después de sacudirlo un poco, se lo metió en el corsé por debajo del vestido.

—La función de esta noche —le murmuró con tristeza a Jem.

Su hermano se encogió de hombros.

—¿Llevas encima esas entradas, Jem? —preguntó Anne Kellaway.

Jem sacó la mano del bolsillo como si lo hubieran sorprendido tocándose.

—Sí, mamá.

—Quiero que las lleves ahora mismo al teatro y las devuelvas.

—¿Quién va a devolver entradas? —preguntó una voz tras ellos. Jem se volvió. Maggie Butterfield saltó desde detrás de la cerca donde había estado escondida—. ¿Qué clase de entradas? No hay que devolverlas. Si son buenas se pueden vender por más de lo que han costado. Déjamelas ver.

—¿Cuánto hace que nos estás siguiendo? —preguntó Jem, contento de verla, pero preguntándose si habría presenciado algo que él hubiera preferido que no viese.

Maggie sonrió y silbó un poco de «Tom Bowling».

—No tienes mala voz ni mucho menos, señorita Piddle —le dijo a Maisie, que sonrió y se ruborizó.

—Ya te estás yendo, muchacha —ordenó Anne Kellaway—. No te queremos a nuestro alrededor. —Se volvió para comprobar si Maggie estaba sola. Muy pocos días antes habían recibido la visita del padre de Maggie, que trató de venderle a Thomas un lote de madera de ébano que el sillero reconoció enseguida como roble pintado de negro, aunque fue lo bastante amable para sugerir que a Dick Butterfield le había estafado otra persona y no trataba de engañar a los Kellaway. A su mujer Dick Butterfield le había parecido peor aún que su hija.

Maggie hizo caso omiso de la madre de Jem.

—Entonces, ¿tienes entradas para esta noche? —le preguntó a Jem sin alterarse—. ¿De qué clase? No serán para la galería, imagino. No la veo… —movió la cabeza en dirección a Anne— de pie con la gentuza que se reúne allí. Anda, enséñamelas.

Jem se había hecho la misma pregunta y no pudo resistir la tentación de sacar las entradas del bolsillo para mirarlas.

—Platea —leyó, mientras Maggie miraba por encima de su hombro.

La hija de Dick obsequió a Thomas Kellaway con una inclinación de cabeza.

—Debe usted estar haciendo un montón de recogetraseros para poder comprar asientos de platea, con sólo dos semanas en Londres. —Un inusual tono de admiración asomó a su voz.

—No las hemos comprado —dijo Maisie—. ¡Nos las ha regalado el señor Astley!

Maggie se la quedó mirando.

—Dios misericordioso —exclamó.

—No vamos a ir a ver esa porquería —dijo Anne Kellaway.

—No las pueden devolver —afirmó Maggie—. Sería un insulto para el señor Astley. Podría incluso echarlos de su casa.

Anne Kellaway se sobresaltó; era evidente que no había imaginado que devolver las entradas pudiera tener tales consecuencias.

—Aunque si de verdad no quieren ir, podrían pasarme las entradas para que ocupe yo su sitio —continuó Maggie.

Anne Kellaway frunció el ceño, pero antes de que pudiera abrir la boca para decir que nunca permitiría que una chica tan descarada ocupara su lugar, un sonoro redoble de tambor empezó a oírse desde algún sitio por encima del río.

—¡El desfile! —exclamó Maggie—. Debe de estar empezando. ¡Vamos! —Empezó a correr, llevándose a Jem. Maisie los siguió y, temerosa de quedarse sola, Anne cogió del brazo a su marido y apresuró el paso tras ellos.

Maggie dejó atrás el anfiteatro a buena velocidad y se dirigió hacia el puente de Westminster, que ya estaba lleno con la gente que se había colocado a ambos lados de la calzada. Se oía la marcha que una banda interpretaba al otro extremo, aunque no se veía nada aún. Maggie los llevó por el centro de la calzada y consiguió hacerse un hueco después de avanzar una tercera parte de la longitud del puente. Los Kellaway se amontonaron a su alrededor, procurando ignorar las quejas de las personas a las que tapaban. Hubo una buena cantidad de empujones, pero a la larga todo el mundo veía lo suficiente, hasta que un nuevo grupo de gente se les puso delante y tuvieron que volver a colocarse.

—¿A qué estamos esperando? —preguntó Jem a Maggie.

Maggie resopló.

—¡Vaya plan estar en una multitud sin saber siquiera la razón, paletillo!

Jem se puso colorado.

—Olvídalo entonces —murmuró.

—No, dínoslo —insistió Maisie—. Quiero saberlo.

—El señor Astley hace un desfile el primer día de la temporada —explicó Maggie— para dar a la gente un anticipo de su espectáculo. A veces con fuegos artificiales, incluso de día, aunque serán mejores los de esta noche.

—¿Has oído eso, mamá? —dijo Maisie—. ¡Podemos ver fuegos artificiales esta noche!

—Si vais. —Maggie miró de reojo a Anne Kellaway.

—No iremos esta noche, ni tampoco nos vamos a quedar ahora para el desfile —afirmó Anne—. Jem, Maisie, nos marchamos. —Empezó a empujar a las personas que tenía delante. Por fortuna para sus hijos, nadie quería moverse ni ceder su sitio, de manera que se encontró atrapada en la densa multitud. Nunca había tenido tanta gente a su alrededor. Una cosa era estar a salvo junto a la ventana y, desde su posición privilegiada, ver pasar a todo Londres por debajo, y otra encontrarse con personas de todo tipo apretujándola: hombres, mujeres, niños, gente con ropa que olía mal, con aliento apestoso, pelo enredado, voces ásperas. Un tipo voluminoso a su lado comía una empanada de carne, y trozos de la masa le caían por la pechera del traje así como en el pelo de la mujer que tenía delante. Nadie parecía darse cuenta ni a nadie parecía importarle tanto como a Anne Kellaway, que estuvo tentada de extender la mano y sacudir las migas.

Al acercarse la música aparecieron también dos figuras a caballo. La multitud se movió y empujó, y Anne Kellaway notó que la invadía el pánico y se le amontonaba en la boca como si fuese bilis. Por un momento fue tal su ansia de escapar que le puso la mano en el hombro al individuo que tenía delante. El otro se volvió pero no le hizo el menor caso.

Thomas la cogió del brazo con gesto protector.

—Vamos, Anne, tranquila, muchacha —dijo, como si estuviera hablando con uno de los caballos que habían dejado al cuidado de Sam, su hijo mayor, en Dorsetshire.

Anne Kellaway echaba de menos a sus caballos. Cerró los ojos, resistiendo la tentación de soltar el brazo de su marido. Respiró hondo. Cuando los volvió a abrir los animales ya estaban cerca. El más cercano, un viejo corcel blanco, caminaba reposadamente llevando encima a Philip Astley en persona.

—El invierno ha sido largo, ¿no es cierto, amigos míos? —gritó—. No habéis tenido nada con que divertiros desde octubre. ¿Esperabais con impaciencia a que llegara este día? Pues bien, ya no hay que esperar más. Terminó la Cuaresma, ha llegado la Pascua y ¡empieza el circo! ¡Venid a ver *El asedio de Bangalore*, una pieza trágica, cómica y al mismo tiempo oriental! ¡Recread la vista con el espléndido ballet operístico *La fête de l'amour*! ¡Admiraos con los talentos del Caballo Sabio que recoge una escalera de mano, la traslada, se sube por ella y prepara incluso una taza de té!

Al pasar por delante de los Kellaway, descubrió a Anne y detuvo a su cabalgadura para saludarla quitándose el sombrero.

—¡Damos la bienvenida a todo el mundo en el Salón Real y el Nuevo Anfiteatro de Astley, y en especial a usted, señora!

La gente que estaba a su alrededor se volvió para mirar a Anne. El individuo de la empanada se quedó boquiabierto del asombro, de manera que la señora Kellaway tuvo ocasión de ver la carne y la salsa que deglutía. Mareada ante aquel espectáculo y ante el interés de tantas personas, en especial el de Philip Astley, cerró los ojos de nuevo.

El dueño del circo la vio palidecer y cerrar los ojos. Al instante se sacó del bolsillo una botellita plana y llamó a uno de los chicos del circo para que se la llevase a Anne. Astley no pudo retener por más tiempo a su caballo para ver si la mujer de Kellaway tomaba un poco de brandy: el desfile que se agolpaba tras él le obligó a continuar. Philip Astley empezó de nuevo su discurso:

—Venid a ver el espectáculo; ¡nuevos números de audacia e imaginación bajo la dirección de mi hijo John, el mejor jinete de Europa! Por muy poco más que el precio de una copa de vino, ¡venid a una larga velada de diversión que recordaréis durante muchos años!

A su lado cabalgaba el hijo que había mencionado. John Astley tenía una presencia tan llamativa como la de su padre, pero con un estilo completamente distinto. Si Astley padre era un roble —grande y rotundo, con un centro denso y fuerte—, Astley hijo era un álamo, esbelto y alto, con facciones atractivas y correctas y ojos claros y calculadores. Hombre con una educación superior, a diferencia de su padre, se comportaba de manera más ceremoniosa y afectada. Philip Astley montaba su corcel blanco como el soldado de caballería que había sido en otro tiempo y que aún creía ser, y utilizaba el caballo para ir a donde quería y hacer lo que deseaba. John Astley llevaba su esbelta yegua zaina, de largas patas y ágiles cascos, como si el caballo y él estuvieran permanentemente unidos y en una continua representación. Avanzaba sin prisa por el puente de Westminster, y su caballo saltaba de lado y en diagonal en una serie de complicados pasos que hacían pensar en un minué, tocado por músicos con trompeta, trompa, acordeón y tambor. Cualquier otro en su lugar habría dado tumbos y se le habrían caído los guantes, el sombrero y la fusta, pero John Astley seguía igual de elegante y de sereno.

La multitud lo contempló en silencio, admirando su habilidad pero sin sentir el afecto que les inspiraba su padre. Todos sus componentes menos una persona: Maisie Kellaway se quedó boquiabierta, sin apartar de él los ojos. Nunca había visto a un hombre tan apuesto y, a sus catorce años, estaba muy dispuesta a prendarse de él. John Astley no se fijó en Maisie, por supuesto; de hecho parecía no ver a nadie y mantenía la mirada fija en el anfiteatro al que se dirigían.

Anne Kellaway se había repuesto sin necesidad de recurrir al brandy de Philip Astley. Lo había rechazado, para indignación tanto de Maggie como del hombre de la empanada, de la mujer que tenía delante, con las migas en el pelo, del otro varón al que había tocado el hombro, del chico que le hizo entrega de la botellita plana: de hecho, más o menos, de todo el mundo a excepción de los restantes Kellaway. Anne no se dio cuenta de nada: tenía fijos los ojos en los artistas que integraban el desfile por detrás de John Astley. Primero venía un grupo de volatineros que caminaban con normalidad pero que de pronto, de manera simultánea, iniciaban una serie de volteretas que se convertían en saltos mortales. Los seguía un grupo de perros que, a una señal, se alzaban sobre las patas traseras y caminaban de esa manera por espacio de unos tres metros para luego correr y crear figuras complicadas al saltar unos sobre otros.

Pese a lo sorprendente de aquellas actuaciones, lo que de verdad cautivó a Anne Kellaway fue el baile en la cuerda floja. Dos forzudos llevaban dos palos entre los que colgaba una soga, más bien como una cuerda de tender la ropa. Sentada en su centro se hallaba una mujer morena, de cara redonda, que llevaba un vestido de satén a rayas rojas y blancas con un corpiño muy ajustado y falda acampanada. Se balanceaba hacia atrás y hacia delante como si estuviera en un columpio, y luego, distraídamente, se envolvía una pierna con parte de la cuerda.

Maggie dio codazos a Jem y a Maisie.

—Ésa es la señorita Laura Devine —susurró—. Escocesa y la mejor bailarina de cuerda floja de toda Europa.

A una señal, los forzudos se separaron, tensando la cuerda y haciendo que la señorita Devine obsequiara al público con una graciosa vuelta de campana, que dejó al descubierto varias capas de enaguas rojas y blancas. La multitud rugió y ella repitió la vuelta, dos veces primero, luego tres, para continuar con vueltas ininterrumpidas, girando alrededor de la cuerda de manera que sus enaguas eran una centelleante masa de rojo y blanco.

—A eso lo llaman El Cerdo en el Espetón —anunció Maggie.

Acto seguido los forzudos se acercaron de nuevo y la señorita Devine dio una última voltereta antes de describir un gran arco en el aire, sin dejar nunca de sonreír.

Anne Kellaway pensó que se estrellaría contra el suelo como le había sucedido a su hijo Tommy cuando se cayó del peral por tratar de alcanzar la fruta que siempre quedaba —y ahora ya de manera definitiva— fuera de su alcance. Pero la señorita Devine no cayó; de hecho parecía incapaz de caerse. Por primera vez en todas las semanas desde la muerte de su hijo, Anne Kellaway sintió que el filo de dolor alojado en su corazón dejaba de morderla. Torció el cuello para seguir viéndola incluso cuando llegó hasta el final del puente y apenas se la distinguía, incluso cuando ya pasaban nuevas atracciones: un mono sobre un poni, un jinete que conducía de espaldas a su caballo y que recogía pañuelos caídos sin abandonar la silla de montar, un grupo de bailarines con trajes orientales que hacían piruetas.

—Jem, ¿qué has hecho con esas entradas? —preguntó de repente Anne Kellaway.

—Aquí están, mamá. —Jem se las sacó del bolsillo.

—Guárdalas.

Maisie aplaudió y dio saltos.

—¡Guárdalas! —susurró Maggie. Los que estaban a su alrededor se habían vuelto ya a mirar.

—¿Son para la platea? —preguntó el individuo de la empanada, inclinándose por encima de Anne Kellaway para mirar.

Jem empezó a guardarse las entradas en el bolsillo.

—¡Ahí no! —exclamó Maggie—. Te las habrán quitado en un santiamén si las guardas ahí.

—¿Quién?

—Esos granujas. —Maggie movió la cabeza en dirección a un par de muchachos que se habían abierto paso milagrosamente a través de la aglomeración para aparecer junto a ellos—. Son más rápidos que tú, aunque no tanto como yo. ¿Ves? —Le arrebató las entradas y, con una sonrisa burlona, empezó a introducírselas por la delantera del vestido.

—Las puedo guardar yo —sugirió Maisie—. Tú no llevas corsé.

Maggie dejó de sonreír.

—Las guardo yo —anunció Anne Kellaway, extendiendo la mano. Maggie hizo una mueca, pero devolvió las entradas. Anne se las introdujo cuidadosamente en su corsé y luego se envolvió el pecho con el chal, apretándolo mucho. La expresión severa y triunfal de su rostro era protección suficiente para mantener alejados los dedos de cualquier ratero.

Ya los estaba superando la banda de música y los tres individuos que formaban la retaguardia del desfile y que agitaban banderas rojas, amarillas y blancas en las que se leía CIRCO ASTLEY.

—¿Qué hacemos ahora? —preguntó Jem cuando terminaron de pasar—. ¿Seguimos hasta la abadía?

Podía haberse dirigido a una familia de mudos, ajena por completo a la multitud que se agitaba a su alrededor. Maisie seguía con los ojos a John Astley, que a esas alturas se había convertido en el destello de una chaqueta azul sobre los inciertos ijares de un caballo. Anne Kellaway no perdía de vista el anfiteatro que se divisaba a lo lejos, y pensaba en el inesperado espectáculo del que iba a disfrutar. Thomas Kellaway miraba por encima de la balaustrada a una embarcación cargada de madera y que avanzaba, impulsada por varios remeros, por la delgada línea del agua en dirección al puente.

—Vamos. Nos seguirán. —Maggie cogió a Jem del brazo y lo llevó hacia la parte más alta del puente, camino ya de la abadía, esquivando el tráfico de coches y carros que había empezado de nuevo a cruzarlo.

CUATRO

La abadía de Westminster era el edificio más alto y de mayor tamaño de aquella parte de Londres: la clase de edificio que los Kellaway esperaban encontrarse por todas partes en la metrópoli: sólido, ornamentado, importante. De hecho les había decepcionado la pobreza de Lambeth, pese a que no habían visto aún el resto de la ciudad. La suciedad, las multitudes, el ruido, los edificios mediocres, frágiles, descuidados: ninguno de ellos coincidía con lo que habían imaginado desde Dorsetshire. Al menos la abadía, con sus dos admirables torres cuadradas, su abigarrado conjunto de ventanas estrechas, arcos afiligranados, prominentes contrafuertes y delicados chapiteles satisfacía sus expectativas. Era la segunda vez en las semanas que llevaban en Lambeth que Anne Kellaway pensaba: «Está justificado que hayamos venido a Londres»; la primera había sido sólo media hora antes, cuando vio hacer El Cerdo en el Espetón a la señorita Laura Devine.

Los Kellaway se detuvieron en la entrada en arco situada entre las dos torres, lo que hizo que quienes venían detrás protestaran y empujasen para abrirse paso. Maggie, que había seguido caminando hasta entrar en la abadía, se volvió y resopló. «Mira esos tontos de pueblo», murmuró mientras los cuatro Kellaway, en hilera, los ojos en alto, las cabezas inclinadas en el mismo ángulo, miraban hacia el techo. Pero no podía reprocharles lo que hacían. Aunque había visitado la abadía muchas veces, todavía le seguía pareciendo un espectáculo asombroso cuando entraba y, por supuesto, durante toda la visita al interior del edificio. A cada paso, las sucesivas capillas y tumbas contenían mármoles que admirar, esculturas que tocar, elegancia y opulencia con las que sentirse deslumbrados.

En el caso de los Kellaway fue el tamaño mismo del edificio lo que los detuvo en seco. Ninguno había estado en un lugar donde el techo se curvara a tanta altura sobre sus cabezas. No podían dejar de mirarlo.

Finalmente Maggie perdió la paciencia.

—Hay otras cosas en la abadía aparte del techo —le explicó a Jem—. Y además hay otros mejores que éste. ¡Espera a ver la capilla de la Virgen!

Sintiéndose responsable del primer encuentro serio de los Kellaway con lo que Londres podía ofrecerles, los fue llevando a través de arcos y les hizo entrar y salir de capillitas laterales, añadiendo, como sin darle importancia, nombres —que recordaba de las visitas hechas en compañía de su padre— de personas allí enterradas: lord Hunsdon, la condesa de Sussex, lord Bourchier, Eduardo I, Enrique III. Aquella sucesión de nombres significaba bien poco para Jem; como tampoco le interesaba demasiado, una vez acostumbrado al tamaño y esplendidez del lugar, tanta acumulación de piedra. Su padre y él trabajaban la madera, y Jem encontraba la piedra fría e implacable. De todos modos, no podía dejar de maravillarse ante las tumbas minuciosas, con las figuras de sus ocupantes, talladas en mármol de color tabaco y beis, tumbadas encima, ante los relieves en bronce en otras losas, ante los pilares en blanco y negro que adornaban las lápidas.

Cuando llegaron a la capilla de la Virgen, creación de Enrique VII, al otro extremo de la abadía, y Maggie anunció con acento triunfal «Isabel I», Jem había dejado de escucharla por completo y bostezaba abiertamente. Nunca habría supuesto que un lugar pudiera estar tan ornamentado.

—Jem, fíjate en ese techo —musitó Maisie, contemplando la bóveda en abanico, tallada en la piedra con tal delicadeza que parecía encaje tejido por arañas, y recubierta en varios sitios con panes de oro.

Jem no se interesaba por el techo, sino por las hileras de asientos para los integrantes de la corte a lo largo de ambos lados de la capilla. Sobre cada asiento se alzaba una torre ornamental de más de dos metros con un trabajo de filigrana en madera de roble oscurecida ya por la pátina. Las torres eran de un diseño de tanta complejidad en sus entrelazados que no sería una sorpresa descubrir que los tallistas se habían vuelto locos haciéndolas. Allí finalmente había madera trabajada de una manera que los Kellaway nunca verían en Dorsetshire, ni en Wiltshire, ni en Hampshire, ni en ningún otro lugar de Inglaterra a excepción de la abadía de Westminster. Jem y Thomas contemplaron con asombro las tallas, como podrían haberlo hecho hombres que fabricaran relojes de sol al ver por primera vez uno mecánico.

Jem perdió de vista a Maggie hasta que su amiga reapareció a la carrera para susurrarle «¡Ven aquí!» y sacarlo de la capilla de la Virgen y llevarlo hacia el centro de la abadía y a la capilla de Eduardo el Confesor.

—¡Mira! —musitó, señalándole con la cabeza una de las tumbas que rodeaban el gran sepulcro de Eduardo.

El señor Blake se encontraba allí, la mirada clavada en la figura en bronce —una mujer tumbada— que yacía encima. Dibujaba en un pequeño cuaderno de color arena, sin mirar nunca al papel ni al lápiz, los ojos fijos en el rostro impasible de la estatua.

Maggie se llevó un dedo a los labios y a continuación avanzó en silencio hacia el señor Blake, seguida a regañadientes por Jem. Despacio, pero sin detenerse, llegaron a rodearlo por detrás. Estaba tan absorto en el dibujo que no se percató de nada. Al acercársele más, descubrieron que canturreaba de manera casi inaudible pero en un tono muy agudo, lo que emparentaba el canto más con el zumbido de un mosquito que con la voz humana. De cuando en cuando movía los labios para formar una palabra pero era difícil descubrir qué podía estar diciendo.

A Maggie se le escapó una risita. Jem la reprendió con un movimiento de cabeza. Ya estaban lo bastante cerca para mirar lo que dibujaba el señor Blake; al verlo Jem se estremeció y Maggie ahogó un grito. La estatua estaba representada con vestiduras ceremoniales, pero el señor Blake la dibujaba desnuda.

En lugar de volverse, continuó dibujando y cantando, aunque tenía que saber ya que los dos curiosos estaban inmediatamente detrás de él.

Jem sujetó a Maggie por un codo y se la llevó. Una vez fuera de la capilla, cuando ya no se los podía oír, Maggie rompió a reír.

—¡Qué idea, desnudar a una estatua!

La irritación de Jem pudo más que el impulso de acompañarla en su regocijo. De repente estaba cansado de Maggie: de su risa áspera, demasiado fuerte, de sus comentarios cortantes, de su pretendida sabiduría mundana. Echaba de menos a alguien menos hablador y más sencillo, que no juzgara al señor Blake ni lo juzgara a él.

—¿No deberías estar con tu familia? —le preguntó con brusquedad.

Maggie se encogió de hombros.

—Estarán en la taberna. Iré con ellos después.

—Yo vuelvo con la mía. —Al instante lamentó el tono que había utilizado, porque advirtió un relámpago de dolor en los ojos de su compañera que enseguida ocultó bajo una capa de indiferencia.

—Haz lo que te dé la gana. —Se encogió de hombros y se dio la vuelta.

—Espera, Maggie —Jem la llamó cuando salía por una puerta lateral en la que no se había fijado antes. Como el día en que la conoció, nada más verla marcharse deseó retenerla. Sintió entonces unos ojos posados en él, se volvió hacia el otro lado de la nave lateral y miró a través de la puerta de la capilla de Eduardo. El señor Blake lo contemplaba, el lápiz suspendido sobre el cuaderno.

su familia en el carro del señor Smart el día que llegaron a Londres, había dos docenas de vehículos, que esperaban para devolver a sus casas a algunos espectadores cuando terminase la función, o para trasladarlos a Vauxhall Pleasure Gardens, kilómetro y medio hacia el sur, para continuar la velada. Los cocheros dormían en sus asientos o formaban grupos de fumadores y conversaban y flirteaban con las mujeres que se les habían acercado.

Todo lo demás estaba en silencio, a excepción de los rugidos del público de cuando en cuando. Si bien la calle del anfiteatro disfrutaba de buena iluminación gracias a las antorchas y las lámparas, el resto se perdía en la oscuridad. El mismo puente de Westminster era un montículo en sombras sobre el que caminaban dos hileras de faroles. Más allá colgaba Londres como un pesado abrigo negro.

Jem se sintió atraído por el puente y el río. Caminó hasta él, siguiendo los faroles de charco en charco de luz. En lo más alto del puente se detuvo y se asomó por encima de la balaustrada. Estaba demasiado lejos del agua para ver directamente lo que tenía debajo y, de todos modos, la oscuridad era tal que apenas se distinguía nada. Incluso así, notaba que el Támesis era un río distinto del que su familia había visto por la tarde. Ahora el cauce estaba lleno; Jem oía golpear, sorber y succionar al agua en los pilares que sostenían el puente. Le recordaba a un rebaño de vacas en la oscuridad, respirando pesadamente y chapoteando con las pezuñas en el barro. Respiró hondo: como las vacas, el río olía a una combinación de hierba fresca y de excrementos, lo que entraba y lo que salía de la ciudad.

Otro aroma lo envolvió de repente, similar al de cáscara de naranja aún presente en sus dedos, pero mucho más fuerte y dulce. Demasiado dulce: a Jem se le hizo un nudo en el estómago al mismo tiempo que una mano lo agarraba del brazo y otra se le metía en el bolsillo.

—Hola, corazón, ¿buscabas tu destino ahí abajo? Bien: ya me has encontrado, soy yo.

Jem trató de soltarse de la mujer, pero tenía unas manos muy fuertes. No era mucho más alta que él, aunque bajo el maquillaje su rostro revelaba una edad avanzada. Pese a que la luz era muy escasa, el pelo, de color amarillo, brillaba mucho; llevaba un vestido de color azul sucio y un gran escote. Le acercó el pecho a un hombre.

—Sólo un chelín por ser tú, cariño.

Jem contempló la carne ajada, abundantemente expuesta; una oleada de deseo y repugnancia le recorrió el cuerpo.

—¡Déjalo en paz! —gritó alguien desde la oscuridad. Maggie llegó veloz hasta ellos y con un movimiento rápido arrancó la mano que sujetaba el brazo de Jem—. ¡No le interesas! Eres demasiado vieja y apestosa, putón picado de viruelas, y además ¡le querías cobrar demasiado!

—¡Zorra, más que zorra! —gritó la prostituta antes de atacar. Maggie evitó con facilidad el golpe e hizo que la otra perdiera el equilibrio. Mientras daba traspiés, Jem reconoció el olor a ginebra mezclado con el de naranja podrida. La mujer siguió dando tumbos, y Jem le ofreció una mano para intentar ayudarla a recobrar el equilibrio. Maggie lo detuvo.

—No; ¡se te pegaría otra vez como una lapa! Y te robaría hasta la camisa. Probablemente lo ha hecho ya. ¿Llevas dinero encima?

Jem negó con la cabeza.

—Más vale: no lo recuperarías nunca. Se lo habría escondido en sus partes. —Miró alrededor—. Aparecerán más cuando termine el espectáculo. Es el mejor momento para su negocio, cuando todo el mundo sale contento de la función.

Jem vio como la mujer avanzaba tambaleándose por la zona oscura del puente. En el siguiente estanque de luz se agarró a otro hombre que se la quitó de encima sin mirarla siquiera. Jem se estremeció y se volvió hacia el río.

—Eso es lo que me fastidia de Londres.

Maggie se apoyó en la balaustrada.

—Seguro que tenéis putas en Piddle-di-di, ¿no es cierto?

—En Dorchester, sí. Pero no son como ésa.

Se quedaron quietos, mirando hacia el río.

—¿Por qué te has ido de la función? —preguntó Maggie.

Jem vaciló.

—No me encontraba bien y salí a que me diera el aire. El ambiente estaba muy cargado dentro.

La expresión de Maggie le hizo saber que no le creía, pero no se defendió; se limitó a coger un canto que encontró junto a sus pies y a dejarlo caer por el lateral del puente. Los dos esperaron para escuchar el ruido que hacía al chocar con el agua, pero pasó un vehículo en aquel momento y su traqueteo no permitió que se oyera.

—¿Y tú? —preguntó Jem cuando terminó de pasar el coche.

Maggie hizo una mueca.

—Sólo quedaba ya el Sastre de Brentford y a continuación el fin de fiesta. El Sastre lo he visto ya demasiadas veces. Y el fin de fiesta, de todos modos, se disfruta mejor desde fuera, con los fuegos artificiales sobre el río.

Desde el anfiteatro les llegó el estruendo de grandes carcajadas.

—Ahora se estarán riendo del Sastre —dijo Maggie.

Cuando cesaron las risas volvió el silencio. No pasaba ningún coche. Jem, incómodo, se quedó con Maggie junto a la balaustrada. Aunque se había sentido claramente ofendida en la abadía, ya no lo mostraba. Jem estuvo tentado de decir algo, pero no quería echar a perder la frágil tregua que parecía haberse establecido entre los dos.

—Te puedo enseñar algo de magia —dijo Maggie de repente.

—¿Qué?

—Entra ahí. —Señaló una de las hornacinas de piedra situadas sobre los pilares a lo largo de todo el puente. El hueco era semicircular y de unos dos metros de altura, pensado para que los viandantes pudieran refugiarse de la lluvia. Había una lámpara encima de cada hornacina, lo que daba luz a los alrededores, pero el interior del hueco quedaba a oscuras. Para complacer a Maggie, Jem entró allí y se volvió hacia su amiga.

—No; quédate de espaldas a mí, con la cabeza junto a la piedra —le ordenó Maggie.

Jem obedeció, sintiéndose estúpido y vulnerable de espaldas al mundo y con la nariz pegada a la piedra fría. El nicho estaba húmedo, y olía a orines y a sexo.

Se preguntó si Maggie le estaba engañando. Puede que hubiera ido a buscar a una de las putas y se la metiese en la hornacina, de donde no sería capaz de escapar. Estaba a punto de darse la vuelta y acusarla cuando oyó los tonos más seductores de su voz junto al oído.

—Adivina desde dónde te estoy hablando.

Jem se volvió deprisa. Maggie no estaba allí. Salió del hueco y buscó por los alrededores, preguntándose si la voz había sido imaginación suya. Luego Maggie salió de la oscuridad del hueco situado frente al suyo, al otro lado de la calzada.

—¡Vuelve dentro! —le gritó.

Jem entró de nuevo en la hornacina y se pegó a la pared, totalmente desconcertado. ¿Cómo podía Maggie haberle susurrado aquella frase al oído y luego cruzar la calle tan deprisa? Esperó a que lo hiciera de nuevo, convencido de que esta vez la pillaría. Pasó un coche. Cuando volvió a reinar el silencio, de nuevo oyó la voz junto a su oído.

—Hola, Jem. Dime algo bonito.

Jem se volvió de nuevo, pero Maggie no estaba allí. Después de vacilar, acabó por volverse de cara a la pared.

—Vamos, Jem, ¿no me vas a decir nada? —susurró la voz como si saliera de la piedra.

—¿Me oyes? —preguntó Jem.

—¡Sí! ¿No es asombroso? ¡Yo te oigo a ti y tú me oyes a mí!

Jem se dio la vuelta y miró hacia la hornacina al otro lado del puente. Maggie se movió un poco y entonces le llegó un destello del chal blanco que llevaba sobre los hombros.

—¿Cómo lo haces? —preguntó, pero no obtuvo respuesta—. ¿Maggie? —Como siguió sin contestarle, se volvió de cara a la pared—. ¿Me oyes?

—Ahora, sí. Tienes que estar de cara a la pared, ¿sabes? Si no, no funciona.

Pasaron dos coches y ahogaron el resto de sus palabras.

—Pero ¿cómo puede ser? —preguntó Jem.

—No lo sé. Funciona, eso es todo. Una de las putas me lo explicó. Lo mejor es cuando cantas.

—¿Cantar?

—Vamos, hazlo, cántame algo.

Jem pensó y al cabo de un momento empezó así:

> *La violeta y la prímula,*
> *con sus vivos colores,*
> *llenan de aroma el aire*
> *bajo el espino.*
>
> *Y cuando llega mayo, entre los brezos,*
> *se abren los ojos del nomeolvides*
> *y despliega sus flores*
> *la vellorita.*

Su voz era todavía aguda, aunque no tardaría mucho en cambiar. Maggie, el rostro vuelto hacia la pared curva de su hornacina, se alegró de estar sola y a oscuras para poder escuchar a Jem sin sentirse obligada a hacer una mueca burlona. Lo que hizo, en cambio, fue sonreír mientras escuchaba su canción ingenua y su voz clara.

Cuando terminó los dos se quedaron callados. Pasó otro vehículo. Maggie podría haber hecho una observación ingeniosa: tomarle el pelo por cantar sobre flores o acusarlo de echar de menos el valle del Piddle. En compañía de otros, sería lo que se esperase de ella. Pero estaban solos, recluidos en sus semicírculos de piedra, protegidos del mundo en el puente, y conectados por sonidos que iban y venían, retorcidos en un cordón que los ligaba.

De manera que Maggie no hizo ningún comentario ingenioso y se limitó a contestar cantando:

Aunque yo soy la tonta,
según tú dices,
no hay por qué ser de Londres
para saber de cuentas.

No te des tantos aires,
que bien no sientan,
¿cómo escoger entre opuestos
si son iguales?

Maggie oyó reír entre dientes a Jem.

—Nunca he dicho que el campo fuera mejor que la ciudad —explicó—. Y tampoco sé si son exactamente opuestos.

—Claro que lo son.

—No lo sé —repitió Jem—. Hay caminos en Lambeth donde encuentras las mismas flores que en el valle del Piddle: prímulas, celidonias y ranúnculos. Pero la verdad, de todos modos, es que nunca he entendido qué son los opuestos.

—Pues resulta bien sencillo. —La voz de Maggie flotó a su alrededor—. Una cosa exactamente distinta de otra. Lo opuesto de una habitación negra como boca de lobo es una habitación muy iluminada.

—Pero la habitación no cambia. Eso sigue igual en los dos casos.

—No pienses en la habitación entonces. Piensa en blanco y negro. Vamos a ver, si no estás mojado, ¿cómo estás?

—Seco —dijo Jem al cabo de un momento.

—Eso es. Si no eres un chico, eres…

—Una chica. Pero…

—Si no eres bueno, eres…

—Malo. Ya lo sé, pero…

—Y no irás al cielo, sino al…

—Infierno. ¡Déjalo ya! Todo eso lo sé. Sólo me parece… —Un carruaje retumbó al pasar, ahogando sus palabras—. Es difícil hablar de ese tema así —dijo Jem cuando disminuyó el ruido.

—¿Desde lados *opuestos* de la calle? —La risa de Maggie resonó alrededor de Jem en la cámara de piedra—. Vuelve conmigo, entonces.

Jem cruzó veloz mientras Maggie salía de su hueco.

—Ya está —dijo ella—. Ahora somos un chico y una chica en el mismo lado de la calle.

Jem frunció el ceño.

—Pero eso no nos hace opuestos —dijo, indicando con una mano el lugar de donde venía—. Es sólo el otro lado. No quiere decir que sea diferente. Este lado de la calle, aquel lado de la calle: los dos son parte de la calle.

—Pero, vamos a ver, chiquillo, los dos lados hacen que la calle sea la calle —dijo una de dos figuras oscuras que caminaban hacia ellos desde la orilla del río donde estaba la abadía de Westminster. Al llegar a la zona de luz, Jem reconoció la frente amplia del señor Blake y aquellos ojos suyos que veían incluso en la oscuridad.

—Qué tal, señor Blake, señora Blake —dijo Maggie.

—Hola, corazón —replicó la señora Blake. Catherine Blake era ligeramente más baja que su marido y de constitución parecida, con ojos pequeños y hundidos, nariz ancha y amplias mejillas rubicundas. Su viejo sombrero tenía el ala deformada, como si alguien se hubiera sentado encima cuando estaba humedecido por la lluvia. Sonreía pacientemente; parecía cansada, como si hubiera cedido al deseo de su marido de dar un paseo nocturno aunque a ella no le apeteciera. Jem había visto aquella expresión en otros rostros: por lo general mujeres, a veces sin sonreír siquiera, que esperaban a sus maridos mientras bebían en la taberna o hablaban con otros hombres en la calle sobre el precio de las simientes.

—Si te fijas —continuó el señor Blake sin saludarlos, concentrado como estaba en lo que quería decir—. Este lado, el de la luz, y aquel otro, el de la sombra…

—Claro, ésos son los opuestos —interrumpió Maggie—. Luz y sombra. De eso estábamos hablando Jem y una servidora, ¿verdad que sí, Jem?

Al señor Blake se le iluminó el rostro.

—Ah, contrarios. ¿Qué decíais sobre ellos, hija mía?

—Vaya, Jem no los entiende y trataba de explicarle…

—¡Sí que los entiendo! —interrumpió Jem—. Claro está que malo se opone a bueno y chica es lo opuesto a chico. Pero… —Se detuvo. Le resultaba extraño hablar con una persona mayor de aquellas ideas. Nunca tendría una conversación parecida con sus padres, o en una calle de Piddletrenthide, o en la taberna. Allí se hablaba de la helada nocturna o de quién iría antes a Dorchester o qué campo de cebada estaba ya listo para cosecharlo. Algo le había pasado desde su llegada a Londres.

—¿Qué sucede, hijo mío? —El señor Blake estaba esperando a que continuase. También aquello era una novedad para Jem: una persona mayor que parecía interesarse por lo que pensaba.

—Bueno, sería lo siguiente —empezó, despacio, abriéndose camino entre sus pensamientos como si subiera por un sendero pedregoso—. Lo que es curioso sobre los opuestos es que en el caso de húmedo y seco, los dos hablan de agua, chico y chica se refieren a personas, cielo e infierno, a los lugares adonde vas cuando mueres. Todos esos pares tienen algo en común. De manera que no son tan diferentes entre sí como algunos creen. Tener uno no significa que el otro haya desaparecido. —Jem sintió que le dolía la cabeza por el esfuerzo de explicar aquello.

El señor Blake, sin embargo, asintió complacido, como si entendiera y, de hecho, pensara en aquellas cosas muy a menudo.

—Estás en lo cierto, hijo mío. Déjame ponerte un ejemplo. ¿Qué es lo opuesto a inocencia?

—Fácil —intervino Maggie—. Saber cosas.

—Eso es, hija mía. Experiencia. —Maggie sonrió encantada—. Dime, entonces: ¿dirías de ti que eres inocente o experimentada?

Maggie dejó de sonreír de manera tan brusca que fue como si con aquella pregunta el señor Blake la hubiese agredido. Una expresión furtiva, de animal salvaje, apareció en su cara e hizo que Jem se acordara del día en que la conoció, cuando mencionó el callejón del Degollado. Miró ceñuda a un viandante y no respondió.

—Como ves se trata de una pregunta de difícil respuesta, ¿verdad, hija mía? Te haré otra: si inocencia es aquella orilla del río —el señor Blake señaló hacia la abadía de Westminster— y experiencia ésta —señaló hacia el anfiteatro de Astley—, ¿qué hay en el centro del río?

Maggie abrió la boca, pero no encontró una respuesta rápida.

—Pensad en ello, hijos míos, y dadme la respuesta otro día.

—¿Nos contestará a otra cosa, señor Blake? —preguntó Maggie, reponiéndose muy deprisa—. ¿Por qué ha dibujado desnuda aquella estatua? Ya sabe, en la abadía.

—¡Maggie! —susurró Jem, avergonzado de que su amiga reconociera que lo habían estado espiando. La señora Blake, perpleja, miró sucesivamente a Maggie, a Jem y a su marido.

Al señor Blake, en lugar de molestarle la pregunta, pareció que se la tomaba en serio.

—Ah, hija mía, la verdad es que no estaba dibujando la estatua. No me gusta copiar de la naturaleza, aunque cuando era aprendiz lo hice durante varios años en la abadía. Ese ejercicio me enseñó muchas cosas y una de ellas fue que cuando conoces la superficie de algo, ya no necesitas detenerte allí, sino que puedes llegar al interior. De manera que al dibujar no copio de la vida; eso limita demasiado y mata la imaginación. No; hoy estaba dibujando lo que me habían dicho que dibujase.

—¿Quién se lo dijo?

—Robert, mi hermano.

—¿Estaba allí? —Maggie no recordaba haber visto a nadie con el señor Blake.

—Sí, por supuesto, claro que sí. Kate, si estás lista, podríamos seguir caminando.

—Estoy lista si tú lo estás, señor Blake.

—Pero... —Maggie buscaba algo para retener al matrimonio.

—¿Conoce usted el eco en las hornacinas del puente? —intervino Jem. También él quería que el señor Blake se quedara. Había algo singular en él: distante y sin embargo próximo por su atención; persona mayor y sin embargo con un no sé qué infantil.

—¿Qué eco es ése, hijo mío?

—Si dos personas se colocan en hornacinas opuestas, de cara a la pared, se oyen cuando hablan —explicó Maggie.

—¿Es eso cierto? —El señor Blake se volvió hacia su mujer—. ¿Sabías eso, Kate?

—No lo sabía, señor Blake.

—¿Quiere probarlo? —insistió Maggie.

—¿Qué te parece, Kate?

—Como quieras, señor Blake.

Maggie sofocó una risita mientras llevaba a la señora Blake al hueco y la colocaba de cara a la pared, mientras Jem llevaba a su marido a la hornacina opuesta. El señor Blake habló en voz baja a la pared y, al cabo de un momento, marido y mujer se echaron a reír. Eso fue lo que Jem y Maggie oyeron, aunque no la conversación, casi monólogo, ya que la señora Blake siempre se mostraba de acuerdo con su marido. Los dos chicos se quedaron en la calle, a ambos lados del puente, como atontados. A la larga Jem fue a reunirse con Maggie.

—¿De qué crees que estarán hablando?

—Ni idea. Del precio del pescado, no, eso es seguro. Me gustaría que nos dejaran entrar.

¿La oyó la señora Blake? Porque en aquel momento salió y dijo:

—Niños, venid y quedaos aquí conmigo. El señor Blake va a cantar.

Jem y Maggie se miraron y luego entraron como pudieron en la hornacina con la señora Blake. Desde muy cerca, la pared de piedra olía a pescado frito y a polvo de carbón.

De nuevo se colocaron de cara a la pared, Jem y Maggie riendo un poco por estar juntos tan aplastados, pero sin tratar tampoco de separarse.

—Listos, señor Blake —anunció con un susurro la señora Blake.

—Muy bien —oyeron decir a la voz incorpórea del señor Blake. Después de una pausa empezó a cantar con voz aguda y frágil, muy distinta de la voz con la que hablaba:

Cuando ríen los bosques alborozados,
y huyen riendo las ondas del arroyo;
cuando la brisa ríe nuestro contento,
y con su arrullo ríe el verde otero.

Cuando ríen los prados vestidos de verde,
y la cigarra canta en los campos alegres,
cuando entonan risueñas sus melodías
Emily, Susan y Mary: ¡tralalalira!

Cuando cantan las aves en la espesura
y nuestra mesa ofrece guindas y nueces
ven a vivir y a disfrutar y únete a mí
para cantar, en dulce coro, ¡tralalarí!

Cuando terminó se quedaron callados.

—¡Tralalarí! —repitió Maggie a continuación, rompiendo el hechizo—. No me sé esa canción.

—Es suya —explicó la señora Blake. Jem notó el orgullo en su voz.

—¿Escribe sus propias canciones? —preguntó. Nunca había conocido a ningún autor de las letras que cantaba la gente. Nunca se había planteado de dónde procedían las canciones; sencillamente estaban ahí para recogerlas del aire y aprenderlas.

—Poemas y canciones y todo tipo de cosas —respondió la señora Blake.

—¿Te ha gustado, hijo mío? —les llegó la voz incorpórea del señor Blake.

Jem dio un salto; había olvidado que el grabador los oía.

—Mucho.

—Está en un libro que he escrito.

—¿Cómo se titula? —preguntó Jem.

El señor Blake tardó unos instantes en contestar.

—*Cantos de inocencia.*

—Ah —exclamó Maggie. Luego empezó a reírse, el señor Blake se unió a ella desde su hornacina, a continuación lo hizo la señora Blake y por último Jem. Rieron hasta que las paredes de piedra resonaron con sus risas y los primeros cohetes del fin de fiesta circense subieron por los aires y estallaron, una luz ardiente en el cielo nocturno.

Mayo de 1792

III.

UNO

Aunque se suponía que estaba planchando sábanas y pañuelos —las únicas cosas que su madre le confiaba—, Maggie había dejado abierta la puerta trasera y vigilaba la explanada delante de Astley Hall, que quedaba exactamente detrás de la casa donde los Butterfield tenían su vivienda. La valla de madera que separaba su jardín de la explanada casi tapaba las vistas por completo; pero era vieja y se estaba pudriendo y Maggie la utilizaba con tanta frecuencia como atajo que la había empujado hacia un lado, abriendo un hueco. Cada vez que la plancha se enfriaba, la metía en el fuego entre los carbones y salía fuera para sacar la cabeza por el agujero de la valla y ver así los ensayos que se realizaban en la explanada de Astley. También buscaba a Jem, con quien había quedado en reunirse allí.

Cuando regresó a la cocina por tercera vez, encontró a su madre, descalza y en camisón, junto a la tabla de planchar y mirando con cara de pocos amigos la sábana que su hija había terminado a medias. Maggie corrió hacia el fuego, recogió la plancha, limpió las cenizas de la superficie y volvió junto a la sábana, empujando a su madre con la esperanza de que se apartara.

Bet Butterfield no hizo el menor caso de su hija. Siguió en el mismo sitio, los pies bien pegados al suelo, las piernas un poco separadas, los brazos cruzados sobre el abundante pecho que, libre del corsé en aquel momento, se le caía y temblaba bajo el camisón. Extendió una mano y dio unos golpecitos sobre un trozo de la sábana.

—¡Mira, la has chamuscado!

—Ya estaba así —mintió Maggie.

—Asegúrate entonces de que queda escondido cuando la dobles —dijo su madre con un bostezo y un movimiento de cabeza.

Bet Butterfield afirmaba con frecuencia que por sus venas corría lejía en lugar de sangre, porque su madre, su abuela y su bisabuela habían sido lavanderas en Lincolnshire. Y a ella no se le había ocurrido dedicarse a otra cosa, ni siquiera cuando Dick Butterfield —lo bastante joven entonces para no tener grabado en la frente un mapa de arrugas— pasó por su aldea, camino de Londres desde Yorkshire, y la sedujo para que lo siguiera. En Southwark, donde vivieron al principio, Bet no manifestó interés alguno por posibles novedades, e insistió, por el contrario, como primera providencia —incluso antes de casarse—, en comprar una tina de lavar nueva para reemplazar a la que todavía lamentaba haber dejado en su aldea. A Bet no le importaba lo escaso de la retribución, ni las horas —iniciaba las coladas mensuales de sus clientes fijos a las cuatro de la mañana y a veces no terminaba hasta medianoche—, ni tampoco el estado de sus manos, casi convertidas ya en manitas de cerdo a los veinte años. Lavar la ropa era lo que sabía hacer. Sugerir que hiciera otra cosa sería como pedirle que se cambiara la forma de la cara. Y seguía asombrándose no sólo de que Maggie no fuese muy buena lavandera, sino de que además no manifestara interés por aprender el oficio.

—¿Dónde has estado, entonces? —dijo de pronto Bet, como si acabara de despertarse.

—En ningún sitio —respondió Maggie—. Aquí, planchando.

—No; ahora mismo estabas fuera, mientras la plancha se calentaba. —Era sorprendente en qué pequeñeces reparaba cuando, con mucha frecuencia, parecía estar completamente distraída.

—Ah. Sólo he salido un minuto al jardín, para echar una ojeada a la gente de Astley.

Bet examinó el montón de sábanas aún sin planchar; había aceptado traérselas a casa por un chelín más.

—Bueno, pues deja de curiosear y dedícate a planchar; sólo has terminado dos.

—Y media. —Maggie pasó la plancha con energía sobre la sábana extendida en la tabla. Para capear el temporal que suponía el escrutinio de su madre le bastaría un poco más de tiempo, porque Bet perdería muy pronto el interés y renunciaría a sus preguntas indiscretas.

Efectivamente, Bet Butterfield bajó los ojos de repente y todo su rostro se distendió, como un puño que se abre. Extendió la mano para apoderarse de la plancha. Maggie se la pasó, y su madre empezó a planchar con tanta naturalidad como podría haberse puesto a andar o a peinarse o a rascarse un brazo.

—Tráeme un poco de cerveza, anda, corazón —dijo.

—En casa no hay —hizo saber Maggie, encantada con el recado que anticipaba ya en un momento tan oportuno: porque Jem estaba en aquel momento mirando por el hueco en la valla—. Iré a Pineapple. —Cogió una jarra del aparador y se dirigió a la puerta de atrás.

—¡No empujes la valla! ¡Ve por delante! —exclamó Bet Butterfield.

Pero Maggie ya se había deslizado por el hueco.

DOS

—¿**D**ónde te habías metido? —saludó a Jem—. ¡Llevo horas esperándote!

—Estábamos curvando el brazo de un sillón. Es más fácil entre dos. En cualquier caso, ya estoy aquí.

Desde la noche en el puente de Westminster, Jem y Maggie habían pasado juntos buena parte de su tiempo libre: ella le había enseñado sus sitios preferidos por toda la orilla del río y también cómo manejarse por las calles. Si bien a veces lo irritaba con sus aires de suficiencia, sabía que le estaba dando la confianza suficiente para explorar por su cuenta y ampliar los límites de su mundo. Y Jem descubrió además que le gustaba estar con Maggie. En sus años en el valle del Piddle había jugado con chicas, pero nunca había sentido por ellas lo que empezaba a sentir por Maggie, aunque no tenía intención de decírselo.

—¿Te das cuenta de que nos hemos perdido a la señorita Devine? —señaló Maggie mientras cruzaban la explanada de Astley.

—He visto un poco. Mi madre estaba asomada a la ventana de atrás.

—¿No se habrá caído?

—No; y más vale así, porque no había ni red ni almohadones. ¿Cómo lo hace, me pregunto? ¿Cómo consigue caminar por la cuerda de esa manera y con tanta facilidad?

La actuación de la señorita Laura Devine incluía, aparte de sus celebrados giros y vueltas de campana, un paseo por una cuerda que se dejaba más floja que tensa y que ella conseguía que pareciese un recorrido por un jardín, deteniéndose de vez en cuando para admirar las flores.

—¿Sabes una cosa? No se ha caído nunca —dijo Maggie—. Ni una sola vez. Todos los demás cometen equivocaciones cuando actúan. ¡Incluso una vez he visto caerse del caballo a John Astley! Pero a la señorita Devine, nunca.

Llegaron a la valla que cerraba el jardín de la señorita Pelham, un lugar soleado donde se reunían a menudo para sentarse y contemplar lo que pasaba alrededor de la casa de Philip Astley. Maggie dejó la jarra en el suelo y los dos se acuclillaron con la espalda contra los ladrillos tibios. Desde allí veían a la perfección las actuaciones circenses.

De cuando en cuando, si el tiempo era bueno, Philip Astley y sus artistas ensayaban en la explanada delante de Hercules Hall. No sólo era una manera de vaciar el anfiteatro para poder limpiarlo, sino también, por el hecho de ensayarlas en un sitio distinto, una forma de infundir nueva vida a actuaciones demasiado trilladas, además de dar a sus vecinos las gracias de manera improvisada por soportar los inconvenientes que la presencia del circo causaba inevitablemente en la zona. El día de los ensayos no se anunciaba, pero en el momento en que los malabaristas aparecían en la explanada y empezaban a arrojarse antorchas encendidas, o que se colocaba a un mono a lomos de un caballo y se le ponía a galopar dando vueltas o, como hoy, se tensaba una cuerda entre dos postes y la señorita Laura Devine subía encima, empezaba a correrse la voz y los alrededores se llenaban rápidamente de curiosos.

Mientras Maggie y Jem se colocaban en su sitio, los volatineros empezaron a dar saltos mortales hacia atrás por toda la explanada y a formar una pirámide humana, primero de rodillas y luego de pie unos en los hombros de otros. Al mismo tiempo se sacó a los caballos y varios jinetes —John Astley no, sin embargo— empezaron a practicar una complicada maniobra en la que saltaban hacia delante y hacia atrás de una montura a otra. Jem disfrutaba más viendo las actuaciones en aquel escenario improvisado que en el anfiteatro, porque los artistas no se esforzaban tanto y se paraban para rehacer movimientos, rompiendo la ilusión que tanto le había costado aceptar durante la representación. También cometían errores que encontraba simpáticos: hoy el muchacho en lo alto de la pirámide humana se escurrió y se agarró a un mechón de pelo para frenarse, provocando un alarido del propietario de los cabellos; un jinete se resbaló por la parte de atrás de su silla y aterrizó sobre su trasero; el mono saltó de su caballo y trepó al tejado de Hercules Hall, desde donde se negó a bajar.

Mientras veían los ensayos, Jem respondía a cuestiones sobre Piddletrenthide, un lugar que parecía fascinar a Maggie. Con una mentalidad muy de ciudad, le divertía mucho la idea de que hubiese tan pocas posibilidades de elegir: sólo un panadero, un sastre, un molinero, un herrero, un párroco.

—¿Y si no te gustan los sermones del cura? —preguntó—. ¿O si las hogazas del panadero están demasiado duras? ¿Y si no pagas al tabernero a tiempo y ya no te despacha más cerveza?

Los Butterfield habían tenido abundantes experiencias de deber dinero y de tropezarse con tenderos que aporreaban su puerta pidiendo que pagaran. Había varios comercios en Lambeth —hornos, tabernas, cereros— a los que no podían ir.

—Hay más de una taberna en Piddletrenthide. Está Five Bells, adonde va mi padre, además de Crown y New Inn, esta última en Piddlehinton, el pueblo siguiente. Y si quieres un sermón distinto, también hay una iglesia en Piddlehinton.

—¡Otro Piddle! ¿Cuántos Piddle hay?

—Unos cuantos.

Antes de que Jem pudiera enumerarlos, sin embargo, se produjo un alboroto que interrumpió su conversación. Deambulando entre los diferentes artistas de la explanada delante de Hercules Hall había un muchacho que arrastraba un pesado tronco atado a una pierna, del tipo utilizado para evitar que los caballos se extravíen. Cerca de él se oyó un grito, y cuando Jem y Maggie miraron, vieron al señor Blake a su lado.

—¿Quién te ha puesto esa traba? —le estaba gritando al aterrorizado muchacho, porque la indignación del señor Blake, aunque no estaba dirigida al chico, podía ser sobrecogedora, debido a la expresión del rostro, a los ojos salientes que brillaban como los de un halcón y al fornido cuerpo inclinado hacia delante.

El chico no lograba responder, y tuvo que ser uno de los malabaristas quien se adelantara y dijese:

—Ha sido el señor Astley, caballero. Pero…

—¡Suéltalo ahora mismo! —exclamó el señor Blake—. No se debe someter a un inglés a semejante sufrimiento. Yo no trataría así a un esclavo, no, ni siquiera a un asesino… ¡Y mucho menos a un niño inocente!

El malabarista, igualmente intimidado por la actitud del señor Blake, desapareció entre la multitud congregada, de la que también formaban ya parte Maggie y Jem; y como nadie se adelantaba para ayudar, el mismo señor Blake se arrodilló junto al chico y empezó a pelearse con los nudos de la cuerda que ligaba el madero al tobillo de la víctima.

—Ya está, muchacho —dijo, desatando al fin la cuerda—. La persona que te ha hecho esto no merece ser amo tuyo, y ¡es un cobarde si no responde de sus acciones!

—¿Alguien me llama cobarde? —tronó la inconfundible voz circense de Philip Astley—. ¡Póngase en pie y dígamelo a la cara, caballero!

—Con tales palabras se abrió camino entre la multitud y se acercó al señor Blake, que se levantó y quedó tan cerca de su contrincante que sus vientres casi se tocaban.

—¡Es usted un cobarde y un bravucón, señor mío! —exclamó, los ojos echando fuego—. ¡Hacer algo así a un niño! No, Kate —le gruñó a la señora Blake, que se había incorporado al círculo de espectadores y estaba tirando del brazo de su marido—. No, no retrocederé ante la intimidación. Respóndame, si se atreve. ¿Por qué ha aherrojado a esta criatura inocente?

Philip Astley miró al niño, que lloraba ya a causa de una atención que no deseaba, mientras, de hecho, sostenía la cuerda como si no quisiera desprenderse de ella. Un conato de sonrisa se abrió camino hasta los labios de Philip Astley, que dio un paso atrás, apagadas las llamas de su indignación.

—Ah, caballero, su objeción se refiere a la traba, ¿no es eso?

—Por supuesto que sí, ¡como haría cualquier hombre civilizado! Nadie merece semejante trato. Tiene usted que abstenerse en lo sucesivo y reparar el daño causado. Así es, ¡disculparse ante el muchacho y también ante nosotros, por hacernos testigos de semejante degradación!

En lugar de replicar en el mismo tono, Philip Astley rió entre dientes, una respuesta que hizo apretar los puños y dar un paso al frente al señor Blake.

—¿Le parece una broma, señor mío? ¡Le aseguro que no lo es!

Philip Astley alzó las manos en gesto conciliatorio.

—Dígame, señor… Blake, ¿no es eso? Vecino mío, según creo, aunque no nos conozcamos, porque es Fox quien le cobra el alquiler, ¿no es cierto, Fox? —John Fox, que asistía a la confrontación como uno más de los espectadores, asintió con un lacónico movimiento de cabeza—. Pues bien, señor Blake, permítame que inquiera: ¿le ha preguntado a este chico por qué llevaba el tronco?

—No necesito preguntárselo —replicó el señor Blake—. Está tan claro como el agua que se le castiga de la manera más bárbara.

—De todos modos, quizá deberíamos oír lo que tenga que decir el muchacho. ¡Davey! —Philip Astley volvió su vozarrón hacia el chico, que no se encogió ante él como lo había hecho al enfrentarse con el rostro indignado y los ojos encendidos del señor Blake, porque estaba acostumbrado a los bramidos de Astley—. ¿Por qué llevabas el tronco, muchacho?

—Porque usted me lo puso, señor Astley —replicó el chico.

—¿Se dan cuenta? —El señor Blake se volvió hacia los espectadores en busca de apoyo.

Philip Astley volvió a alzar una mano.

—¿Y por qué te lo he puesto, Davey?

—Para que me acostumbrara, señor Astley. Para el espectáculo.

—¿Qué espectáculo es ése?

—La pantomima, señor Astley. *Los caprichos de Arlequín.*

—Y ¿qué papel representas en esa pantomima, que, por cierto, será la parte central del nuevo programa y en la que aparecerá John Astley como Arlequín? —Philip Astley no desperdiciaba ninguna ocasión de hacer publicidad de su espectáculo, y dirigió aquella última observación a los espectadores.

—Un prisionero, señor Astley.

—¿Y qué era lo que estabas haciendo ahora, Davey?

—Estaba ensayando.

—Ensayando —repitió Philip Astley, volviéndose con una floritura hacia el señor Blake que todavía lo miraba indignado—. Como puede ver, Davey ensayaba su papel, señor mío. Fingía. Usted, caballero, debería entenderlo mejor que nadie. Es grabador, si no me equivoco. Artista. He visto su trabajo y es excelente, ya lo creo que sí. Capta la esencia. Sí, señor, eso es lo que hace.

El señor Blake dio la sensación de que no quería que le afectara aquella alabanza, pero aun así le afectó.

—Crea cosas, ¿no es cierto? —continuó Philip Astley—. Dibuja cosas reales, pero sus dibujos, sus grabados no son la cosa misma, ¿verdad que no? Son ilusiones, señor mío. Creo que pese a nuestras diferencias —miró de reojo la modesta chaqueta negra del señor Blake frente a la suya roja, con sus resplandecientes botones de latón a los que sus sobrinas sacaban brillo todos los días—, trabajamos en lo mismo: los dos somos profesionales de la ilusión. Usted utiliza la pluma, la tinta y el buril, mientras que yo... —Philip Astley agitó las manos en dirección a las personas que lo rodeaban— todas las noches construyo un mundo con personas y utilería en el anfiteatro. Saco al público de su mundo de preocupaciones y congojas, y les doy fantasía, de manera que creen estar en otro sitio. Pero para que parezca real, a veces tenemos que hacerlo real. Si Davey, aquí presente, tiene que representar a un prisionero, le hacemos que arrastre la traba de un prisionero. Nadie creería en él como prisionero si se limitara a ir bailando de aquí para allá, ¿no le parece? De la misma manera que usted hace sus dibujos a partir de personas reales...

—No es de ahí de donde proceden mis dibujos —le interrumpió el señor Blake. Había escuchado con gran interés, y ahora habló con mayor naturalidad, desaparecido el ardor de la indignación—. Pero le entiendo, señor mío. Claro que le entiendo. Por mi parte, sin embargo, lo veo de manera distinta. Hace usted una distinción entre realidad e ilusión. Las considera opuestas, ¿no es eso?

—Ciertamente —replicó Philip Astley.

—Para mí no se oponen en absoluto; son una y la misma cosa. El joven Davey que interpreta a un prisionero es un prisionero. Otro ejemplo: mi hermano Robert, que está allí —señaló un sitio vacío donde daba el sol, y hacia donde todo el mundo se volvió para mirar—, es tan real para mí como alguien a quien puedo tocar. —Extendió una mano y rozó la manga de la chaqueta roja de Philip Astley.

Maggie y Jem contemplaron el sitio vacío, donde flotaba el polvo de la explanada.

—Vaya con el señor Blake y sus opuestos —murmuró Maggie. Incluso un mes después aún sentía el escozor por las preguntas que le había hecho en el puente de Westminster, y por su incapacidad para contestarlas. Jem y ella no habían comentado su conversación con los Blake; estaban todavía tratando de entenderla.

Philip Astley tampoco era partidario de enfrentarse con temas tan complicados. Lanzó una mirada superficial al polvoriento lugar señalado, aunque era evidente que Robert Blake no estaba allí, y a continuación se volvió hacia el grabador con un gesto de interrogación, como planteándose la posibilidad de ahondar en aquella observación tan poco corriente. Al final decidió no investigar, por temor a verse arrastrado a un territorio desconocido, lo que le llevaría más tiempo y paciencia de los que disponía en aquel momento.

—De manera que ya lo ve usted —dijo, como si no se hubiera producido una digresión—; a Davey no lo castiga nadie a llevar ese tronco. Entiendo su preocupación, señor Blake, y lo que ha podido parecerle. Pone de manifiesto sus sentimientos humanitarios. Pero le aseguro que Davey está bien atendido, ¿no es eso cierto, muchacho? Ahora ya te puedes ir. —Entregó una moneda al chico.

El señor Blake no había terminado, sin embargo.

—Usted crea mundos en su anfiteatro todas las noches —anunció—, pero cuando el público se ha ido, cuando se han apagado las antorchas y se han cerrado las puertas, ¿qué queda aparte del recuerdo?

Philip Astley frunció el ceño.

—Son unos recuerdos excelentes, señor mío, y no se les puede reprochar nada; ayudan a las personas a sobrevivir a lo largo de muchas largas noches de soledad.

—Sin duda. Pero ahí es donde usted y yo diferimos. Mis canciones y mis cuadros no se convierten en recuerdos; están siempre ahí para verlos. Y no son ilusiones, sino manifestaciones físicas de mundos reales.

Philip Astley miró a su alrededor con gesto teatral, como si estuviera tratando de ver la espalda de su chaqueta.

—Dígame dónde existen, señor mío, porque no los he visto.

El señor Blake se golpeó la frente.

Philip Astley resopló.

—En ese caso tiene usted una cabeza repleta de vida. ¡Abarrotada! Debe de resultarle difícil dormir debido al clamor.

El señor Blake sonrió directamente a Jem, que estaba colocado precisamente en su línea de visión.

—Es cierto que nunca he necesitado dormir mucho.

Philip Astley arrugó la frente y se quedó quieto pensando, una actitud muy poco frecuente en él. La multitud empezó a moverse inquieta.

—Lo que está diciendo, si le entiendo bien —observó finalmente Astley—, es que toma ideas que están en su cabeza y las convierte en algo visible y tangible; mientras que yo tomo cosas reales, como caballos y acróbatas y bailarines, y los convierto en recuerdos.

El señor Blake inclinó la cabeza hacia un lado, los ojos fijos en los de su oponente.

—Es una manera de verlo.

Con lo que Philip Astley lanzó una gran carcajada, obviamente complacido de haber tenido por su cuenta una idea como aquélla.

—En ese caso, señor mío, yo diría que el mundo nos necesita a los dos, ¿no te parece, Fox?

El bigote de Fox se estremeció.

—Es muy posible que sea así, jefe.

Philip Astley dio un paso al frente y extendió la mano.

—¿Nos estrechamos la mano, señor Blake, no le parece?

El señor Blake extendió la suya y tomó la que le ofrecía el propietario del circo.

—Claro que sí, por supuesto.

TRES

Después de que el señor Blake y Philip Astley se despidieran, la señora Blake cogió del brazo a su marido y, sin hablar con Jem ni Maggie, ni saludarlos siquiera, echaron a andar hacia el callejón. Maggie los vio marcharse con un sentimiento de frustración.

—Podían haber dicho hola o, al menos, hasta la vista —murmuró.

Jem pensaba lo mismo, pero no lo dijo. Volvió con Maggie a sentarse junto a la valla en el sitio donde habían estado antes de que llegara el señor Blake. No había mucho que ver, sin embargo: la discusión entre Philip Astley y el señor Blake parecía haber sido la señal para que los artistas se tomaran un descanso. Los volatineros y los jinetes pararon y sólo quedaba un grupo de bailarines ensayando una escena de la siguiente pantomima. Estuvieron viéndolos unos minutos hasta que Maggie se estiró, como un gato que se vuelve a acomodar a mitad de una siesta.

—Vamos a hacer otra cosa.

—¿Qué?

—Vamos a ver a los Blake.

Jem frunció el ceño.

—¿Por qué no? —insistió Maggie.

—Tú misma has dicho que el señor Blake no nos ha saludado.

—Quizá no nos ha visto.

—¿Por qué va a querer que nos tratemos con ellos? No le interesamos.

—Pues se pasó un buen rato con nosotros en el puente. De todos modos, ¿no quieres ver la casa por dentro? Apuesto a que tiene cosas extrañas. ¿Sabías que ocupa la casa entera? ¡Toda la casa! Ocho habitaciones para él y su mujer. No tienen hijos, ni siquiera criada. He oído que tuvieron, pero que el señor Blake la asustó. Mira muy fijamente con esos ojos suyos tan grandes, ¿no te parece?

—Me gustaría ver la imprenta —reconoció Jem—. Creo que el otro día oí el ruido, un gran ruido chirriante, como las vigas del tejado cuando un empajador trepa por ellas.

—¿Qué es un empajador?

—¿No lo...? —Jem se contuvo. Aunque le asombraba todo el tiempo descubrir las cosas que Maggie no sabía, tenía cuidado de no manifestarlo. En una ocasión le había tomado el pelo por no saber que el diente de león era una planta y Maggie estuvo una semana sin hablarle. Además, no había techos de bálago en Londres; ¿cómo podía esperar que supiera lo que eran?—. Las casas de Dorset tienen tejados de paja —le explicó—. Paja seca atada muy prieta que se extiende sobre las vigas.

Maggie pareció perpleja.

—Es como si cogieras un haz de paja, lo enderezaras e igualases los extremos y luego lo colocaras sobre el tejado en lugar de madera o pizarra —explicó Jem con más detalle.

—¿Un tejado de paja?

—Sí.

—¿Cómo impide que entre la lluvia?

—Lo consigue, con tal de que la paja esté apretada y sea del mismo tamaño. ¿Nunca has salido de Londres? —Movió vagamente la mano en dirección sur—. El campo no está tan lejos. Hay tejados de paja nada más salir de Londres, me acuerdo de cuando llegamos. Un día podríamos salir y verlos.

Maggie saltó al instante.

—No sé el camino.

—Pero podrías encontrarlo. —Jem la siguió a lo largo de la valla—. Podrías preguntar.

—Y no me gusta estar sola en los callejones pequeños, sin nadie alrededor —se estremeció Maggie.

—Estaría yo contigo —dijo Jem, sorprendido de su actitud protectora. Sólo se había sentido así con Maisie, aunque en este caso el suyo no era exactamente un sentimiento fraternal—. No hay razón para tener miedo —añadió.

—No tengo miedo, pero no me apetece. Sería muy aburrido. —Miró a su alrededor y se le alegró la cara. Deteniéndose donde la valla bordeaba el jardín de los Blake, se quitó la cofia que le cubría el pelo rizado y la tiró por encima del muro.

—¿Por qué has hecho eso? —gritó Jem.

—Necesitamos una excusa para ir a verlos. Ahora ya la tenemos. ¡En marcha! —Corrió a lo largo de la valla trasera y luego por el primer callejón hasta Hercules Buildings. Cuando Jem la alcanzó estaba llamando a la puerta principal de los Blake.

—¡Espera! —gritó, pero ya era demasiado tarde.

—¿Qué tal, señora Blake? —dijo Maggie cuando la dueña de la casa abrió la puerta—. Siento molestarla, pero Jem ha tirado mi cofia a su jardín por encima de la valla. ¿Me permite que la recoja?

La señora Blake le sonrió.

—Por supuesto, cariño, siempre que no te molesten las zarzas. No nos ocupamos de la parte de atrás. Pasa. —Abrió más la puerta y dejó que Maggie se escabullera hacia el interior. Miró a Jem, que vacilaba en el escalón de la entrada—. ¿Entras tú también, corazón? Necesitará ayuda para encontrar la cofia.

Jem quería explicar que no había tirado la cofia de Maggie, pero no consiguió pronunciar ninguna palabra. De manera que se limitó a asentir con la cabeza y a entrar. La señora Blake cerró tras ellos con un enérgico portazo.

Jem se encontró en un pasillo que a través de un arco llevaba a una escalera. Tuvo la extraña sensación de que ya había estado antes en aquel pasillo, aunque todo estaba más oscuro. A su izquierda había una puerta abierta que arrojaba luz sobre el corredor. No debería estar abierta, pensó, aunque no sabía por qué. Luego oyó el susurro de las faldas de la señora Blake tras él, el sonido le recordó otro lugar y lo comprendió:

aquella casa era la imagen especular de la de la señorita Pelham; el pasillo era el mismo y, a continuación, el tramo de escaleras que utilizaba todos los días. El de la señorita Pelham era más oscuro, porque tenía cerrada la puerta que llevaba a la habitación delantera.

Maggie había desaparecido ya. Aunque Jem sabía cómo llegar al jardín —como en casa de la señorita Pelham se pasaba por un arco, luego se rodeaba la escalera y se descendían unos cuantos escalones—, le pareció que no debería ir delante de la dueña de la casa. Se detuvo en el umbral de la habitación delantera para que pudiera pasar la señora Blake y echó una ojeada a su interior.

Aquella sala era sin duda diferente de la de la señorita Pelham y distinta también de todas las habitaciones que Jem recordaba de Dorsetshire. Con su llegada a Londres los Kellaway se habían tenido que acostumbrar a otra clase de habitaciones: más cuadradas, con más ángulos rectos que las de las casas de Dorset, más irregulares, y con paredes del espesor de un ladrillo en lugar de con la anchura de un antebrazo, con ventanas más grandes, techos más altos y chimeneas pequeñas cubiertas de repisas de mármol en lugar de hogares amplios y abiertos. El olor del fuego de carbón también era nuevo —en Dorsetshire disponían gratis de leña abundante—, así como el humo constante que oscurecía la ciudad y enrojecía los ojos de su madre.

Pero la sala de estar de los Blake era tan diferente de una cocina acogedora e irregular del valle del Piddle como del salón de la señorita Pelham, con el canario en una jaula, los jarrones de flores secas, el incómodo sofá relleno de crin y los sillones bajos demasiado separados. Allí, de hecho, no había ningún sitio donde sentarse. El cuarto estaba dominado por la gran prensa de larga manivela con forma de estrella que había visto desde la calle. Un poco más alta que Jem, tenía el aspecto de una mesa maciza sobre la que se había colocado un pequeño armario. Encima de la plancha de madera muy lisa situada a la altura de la cintura estaba suspendido un gran rodillo de madera, y había otro debajo. Al girar la manivela deben de moverse los rodillos, concluyó Jem. La prensa estaba hecha de madera de haya barnizada, distinta de los rodillos, fabricados con una madera más dura. Toda la máquina estaba muy usada, en especial las manivelas.

El resto de la habitación se organizaba alrededor de la prensa. Había mesas llenas de planchas de metal, jarras y extraños utensilios con los que Jem no estaba familiarizado, así como estanterías para botellas, papel, cajas y también largos cajones estrechos como los que había visto en una imprenta de Dorchester. De una pared a otra de la habitación se extendía una sucesión de cuerdas delgadas, aunque nada colgaba de ellas en aquel momento. Toda la habitación estaba preparada con mucho cuidado y muy limpia. Pero el señor Blake no se encontraba allí.

Jem siguió a la señora Blake cuando hubo pasado. La puerta de la habitación trasera estaba cerrada, y sintió en su interior una presencia musculosa, como la un caballo en la casilla de una cuadra.

Maggie se hallaba ya cerca del fondo del jardín, abriéndose camino entre una masa de zarzas, ortigas, cardos y hierbas. La cofia se había quedado enganchada en la curva de una zarza muy por encima del suelo y le hacía señas como si se tratara de una bandera blanca. Consiguió soltarla y se apresuró a volver a la casa, tropezó con otra zarza y se arañó una pierna. Al extender los brazos para recobrar el equilibrio, rozó una ortiga y la mano empezó a escocerle.

—Malditas plantas —murmuró, y procedió a golpear la ortiga con la cofia, con lo que aún le escoció más la mano—. Maldición, maldición. —Chupándosela, salió pisando fuerte de aquella zona descuidada y entró en la parcela de huerta cercana a la casa, donde habían plantado simientes en surcos ordenados —lechugas, guisantes, puerros, zanahorias, patatas— y Jem las estaba inspeccionando.

Alzó la vista al oírla.

—¿Qué te ha pasado en la mano?

—Me ha picado una condenada ortiga.

—No te chupes, no sirve de nada. ¿No has encontrado hojas de acedera? —Sin esperar respuesta, pasó a su lado y se abrió camino entre la maleza hasta una masa de ortigas que crecía cerca del cenador, en el interior del cual había dos sillas junto a sus puertas abiertas—. Mira, es esta planta de hoja ancha, crece cerca de las ortigas. La aprietas para que salga un poco de jugo y te lo pones donde escuece. —Lo aplicó a la mano de Maggie—. ¿Sientes alivio?

—Sí —dijo Maggie, sorprendida por la eficacia del remedio y contenta de que Jem le hubiera cogido la mano—. ¿Cómo es que sabes eso?

—Hay muchas ortigas en Dorsetshire.

A modo de castigo por sus conocimientos, Maggie se volvió hacia el cenador.

—¿Te acuerdas de esto? —le preguntó en voz baja—. ¿Te acuerdas de lo que vimos?

—¿Qué hacemos ahora? —la interrumpió Jem, claramente incómodo por cualquier alusión al día en que vieron a los Blake en su jardín. Miró a la señora Blake, que estaba esperándolos junto a la puerta trasera de la casa, con las manos en los bolsillos del delantal.

Jem enrojeció al mirarlo Maggie, que hizo una breve pausa, disfrutando del poder que tenía sobre su amigo, si bien no estaba del todo segura de qué poder era aquél, o por qué lo tenía sobre él y sobre nadie más. De todos modos sintió un revoloteo en el estómago.

La señora Blake cambió el peso del cuerpo de una cadera a otra y Maggie miró a su alrededor en busca de algo que les permitiera quedarse. En el jardín, sin embargo, no había nada fuera de lo normal. Aparte del cenador, sólo un excusado junto a la puerta y un foso de cenizas para los residuos del carbón consumido. La parra con la que competía la de la señorita Pelham crecía exuberante a lo largo de la valla. Junto a ella había una higuera pequeña con hojas tan grandes como manos.

—¿Da frutos la higuera? —preguntó Maggie.

—Todavía no; es demasiado joven. Esperamos que lo haga el año que viene —respondió la señora Blake. Se volvió para entrar en la casa y los chicos la siguieron de mala gana.

Pasaron junto a la puerta cerrada de la habitación de atrás y Jem sintió de nuevo deseos de entrar, sin embargo, la puerta donde estaba la imprenta atraía su atención y se detuvo para contemplar la máquina una vez más. Estaba reuniendo el valor necesario para preguntarle por ella a la señora Blake cuando Maggie dijo:

—¿Podría enseñarnos el libro de canciones del señor Blake del que nos habló en el puente? Nos gustaría verlo, ¿verdad que sí, Jem?

Jem se dispuso a decir que no con la cabeza pero el gesto acabó siendo afirmativo.

La señora Blake se detuvo en el vestíbulo.

—¿Te gustaría, corazón? Bueno; vamos a ver, deja que le pregunte a mi marido si le parece bien. Esperad aquí. Sólo me llevará un momento. —Volvió hasta la puerta cerrada y llamó; luego esperó hasta oír un murmullo antes de abrirla y entrar.

CUATRO

Cuando la puerta se abrió de nuevo apareció el señor Blake en persona.

—Hola, hijos míos —saludó—. Kate me dice que queréis ver mis canciones.

—Sí, señor Blake —respondieron los dos al unísono.

—Vaya, eso está bien: los niños las entienden mejor que nadie. «Y escribí canciones felices / por alegrar el corazón de los niños.» Venid. —Cuando entraron en la sala de la imprenta se acercó a una estantería, abrió una caja y sacó un libro no mucho más grande que su mano, con una encuadernación rústica de color marrón claro—. Aquí tenéis —dijo, colocándolo sobre la mesa delante de la ventana que daba a la calle.

Jem y Maggie se quedaron uno junto al otro ante la mesa, pero ninguno extendió la mano: ni siquiera Maggie, pese a su descaro habitual. Era muy poca su experiencia en el manejo de libros. A Anne Kellaway sus padres le habían regalado un libro de oraciones cuando se casó, pero era la única persona de la familia que lo utilizaba en la iglesia. Los padres de Maggie nunca habían tenido libros, aparte de los que Dick compraba y vendía, y Bet Butterfield era analfabeta, aunque le gustaba que su marido le leyera periódicos viejos cuando los traía de la taberna.

—¿No lo vais a mirar? —preguntó el señor Blake—. Vamos, hijo mío, ábrelo. Por cualquier sitio.

Jem cogió torpemente el libro y lo abrió casi por el principio. En la página de la izquierda había un dibujo de una gran flor de color burdeos y malva y, dentro de sus pétalos rizados, se hallaba una mujer con un vestido amarillo y un bebé en el regazo. Junto a ellos, una muchacha con un vestido azul a la que le brotaban de los hombros lo que a Maggie le pareció que eran alas de mariposa. También había palabras impresas en color marrón debajo de la flor, con tallos verdes y enredaderas que se enroscaban a su alrededor. La página de la derecha estaba llena casi por completo de palabras, con las hojas de un árbol creciendo desde el margen derecho, enredaderas que serpenteaban hacia lo alto por la izquierda y pájaros que volaban de aquí para allá. Maggie admiró las imágenes, aunque no sabía leer las palabras. Se preguntó si Jem sabría.

—¿Qué dice? —preguntó.

—¿No sabes leer, hija mía?

Maggie negó con la cabeza.

—Sólo fui un año a la escuela y lo he olvidado todo.

El señor Blake rió entre dientes.

—¡Yo no fui nunca! Mi padre me enseñó a leer. ¿A ti no te ha enseñado tu padre?

—Está demasiado ocupado para eso.

—¿Has oído eso, Kate? ¿Has oído?

—Lo he oído, señor Blake. —Estaba en el umbral, apoyada en una jamba.

—Yo enseñé a leer a Kate. También su padre estaba demasiado ocupado. De acuerdo, ¿tú qué dices, hijo mío? ¿Sabes leer la canción?

Jem se aclaró la garganta.

—Lo intentaré. He ido muy poco a la escuela.

Puso un dedo en la página y empezó a leer muy despacio:

> *Nombre no tengo*
> *pues soy chiquita.*
> *¿Cómo te llamaré?*
> *Estoy contenta,*
> *alegría me llaman.*
> *¡Bendita seas por tu alegría!*

121

Jem leyó con tales paradas y arranques que el señor Blake se apiadó de él y se incorporó a la lectura, fortaleciendo y acelerando su voz de manera que Jem se iba quedando atrás, convertido en el eco de sus palabras, casi como en un juego:

>*¡Linda alegría!*
>*Alegría chiquita,*
>*tierna alegría te llamaré;*
>*tú me sonríes,*
>*mientras yo canto.*
>*¡Bendita seas por tu alegría!*

Maggie concluyó por el dibujo que la canción era sobre un bebé, y el señor Blake un padre encantado con el hijo al que arrulla: por eso repetía frases y parecía haber perdido un poco la cabeza. Se preguntó cómo sabía que los padres sonaban de esa manera si él no tenía hijos. Por otra parte, era evidente que sabía poco sobre bebés: de lo contrario no pondría a uno sonriendo con sólo dos días de vida; Maggie había ayudado en suficientes partos para saber que la sonrisa tardaba varias semanas en presentarse, y que las madres casi se desesperaban. No se lo dijo, sin embargo.

—Aquí hay uno que recordaréis.

El señor Blake pasó unas cuantas páginas y a continuación empezó a recitar: «Cuando ríen los bosques alborozados», la tonada que les había cantado en el puente. Esta vez no la cantó, sino que la salmodió rápidamente. Jem trató de seguirle en la página, interviniendo de cuando en cuando con una palabra que conseguía leer o que recordaba. Maggie frunció el ceño, molesta porque Jem podía compartir la canción con el señor Blake de una manera que a ella le estaba vedada. Examinó el dibujo que la acompañaba. Un grupo de personas estaban sentadas en torno a una mesa con copas de vino, las mujeres con vestidos azules y amarillos, un hombre coloreado de malva, de espaldas, alzando la suya. Maggie recordaba una parte de la canción, de manera que cuando el señor

Blake y Jem llegaron a aquel verso, se sumó para gritar «¡tralalalira!» como si estuviera en una taberna cantando con otros.

—¿Ha hecho usted este libro, señor Blake? —preguntó Jem cuando terminaron.

—De principio a fin, hijo mío. Lo escribí, lo grabé, lo imprimí, lo coloreé, lo cosí y lo encuaderné, para después ponerlo a la venta. Con ayuda de Kate, por supuesto. No podría haberlo hecho sin Kate. —Miró a su mujer que le devolvió la mirada. Para Jem fue como si sostuvieran los extremos de una cuerda y la tensaran entre los dos.

—¿Ha utilizado esta prensa? —insistió.

El señor Blake puso una mano en una de las manivelas.

—Así es. Aunque no en esta habitación, cuidado. Vivíamos en Poland Street entonces. Al otro lado del río. —Agarró con fuerza la manivela y la empujó hasta que se movió un poco. Parte de la estructura de madera gimió y chirrió—. La parte más dura de mudarnos a Lambeth fue traer aquí la prensa. Tuvimos que desmontarla y necesitamos varios hombres para moverla.

—¿Cómo funciona?

El señor Blake sonrió con el aspecto radiante de alguien que ha encontrado un alma gemela tan entusiasta como él.

—Ah, es todo un espectáculo, hijo mío. Una gran satisfacción. Se toma la plancha que has preparado. ¿Has visto alguna vez una plancha grabada? ¿No? Aquí hay una. —Llevó a Jem hasta una de las estanterías y alzó un rectángulo plano de metal—. Pasa un dedo por encima. —Jem sintió líneas y espirales que sobresalían de la superficie de cobre, lisa y fría—. Primero entintamos la plancha con un embadurnador —alzó un trozo de madera pequeño y grueso con un extremo redondo—, luego la limpiamos, de manera que sólo quede tinta en las partes que queremos imprimir. A continuación ponemos la plancha en el lecho de la prensa, aquí. —El señor Blake colocó la plancha en la parte de la máquina que era como una mesa, cerca de los rodillos—. Después tomamos la hoja de papel que hemos preparado y la ponemos sobre la plancha y acto seguido mantas de impresión encima de todo. Luego tiramos de las manivelas hacia nosotros —el señor Blake tiró un poco de la manivela y los rodillos giraron— y la plancha y el papel quedan enganchados y pasan entre los rodillos. Eso imprime la tinta en el papel. Una vez que ha pasado entre los rodillos, lo sacamos (con mucho cuidado, atención) y lo colgamos para que se seque en esas cuerdas por encima de nuestras cabezas. Cuando las hojas se secan las coloreamos.

Mientras Jem escuchaba sin perder detalle, tocaba las diferentes partes de la prensa como había deseado y hacía preguntas al señor Blake, Maggie empezó a aburrirse y se volvió para hojear el libro una vez más. Nunca había prestado mucha atención a los libros: como no sabía leer no le servían de gran cosa. A Maggie nunca le había gustado estudiar. A los ocho años fue a una escuela gratuita para niñas en Southwark, donde los Butterfield vivían por entonces, justo al otro lado de Lambeth. Para ella había sido un lugar espantoso, en donde las niñas estaban amontonadas en una habitación e intercambiaban pulgas, piojos y toses, y en donde se daban palizas todos los días y de manera indiscriminada. Después de vivir prácticamente en la calle, se le había hecho difícil estarse quieta en una habitación el día entero, y era incapaz de asimilar lo que la maestra decía sobre letras y números. Todo era tan aburrido comparado con deambular por Southwark que Maggie o no paraba de moverse o se dormía, y entonces le pegaban con una vara muy fina que cortaba la piel. El único espectáculo gratificante en la escuela se produjo el día en que Dick Butterfield se presentó en la escuela con su hija después de encontrar una colección de cardenales de los que no era autor y le dio un bofetón a la maestra. Maggie nunca volvió después de aquello y, hasta que Jem y el señor Blake recitaron juntos la canción, no se había arrepentido de ser analfabeta.

El libro de canciones del señor Blake la sorprendió, porque no se parecía a ninguno de los que había visto nunca. La mayoría de los libros eran en su mayor parte palabras, con alguna ilustración de cuando en cuando. Aquí, sin embargo, palabras y dibujos estaban entrelazados; a veces era difícil saber dónde terminaba una cosa y empezaba la otra. Maggie fue pasando páginas. La mayoría de las ilustraciones eran de niños que jugaban o a los que acompañaban personas mayores, y todos parecían estar siempre en el campo: un campo que, según el señor Blake, no era el gran espacio vacío y a cielo abierto que ella había imaginado siempre, sino algo limitado, con setos como fronteras y árboles bajo los que cobijarse.

Había varias imágenes de niños con sus madres —las mujeres leyéndoles, o dándoles la mano para alzarse del suelo, o mirándolos mientras dormían—, escenas de una infancia bien distinta de la de Maggie. Bet Butterfield, por supuesto, nunca hubiera podido leerle, y habría sido mucho más probable que le pegara un grito para que se levantara en lugar de tenderle la mano. Y también dudaba de que se despertara alguna vez y encontrase a su madre sentada junto a su cama. Alzó la vista, parpadeando rápidamente, para librarse de las lágrimas. La señora Blake seguía apoyada en el quicio de la puerta con las manos en el delantal.

—Deben de haber vendido ustedes muchos libros para poder vivir en esta casa, señora Blake —dijo Maggie para ocultar sus lágrimas.

La pregunta de Maggie pareció sacar a la señora Blake de una ensoñación. Se apartó de la jamba de la puerta y se pasó las manos por la falda para enderezarla.

—No muchos, corazón. No muchos. Son pocas las personas que entienden al señor Blake, ¿sabes? Ni siquiera esas canciones. —Vaciló—. Y ahora me parece que ya es hora de que mi marido vuelva al trabajo. Ya ha tenido unas cuantas interrupciones hoy, ¿no es cierto, señor Blake? —Lo dijo tímidamente, casi con miedo, como temerosa de la respuesta.

—Por supuesto, Kate —respondió él, apartándose de la prensa—. Tienes razón, como siempre. Me distraigo a menudo con una cosa u otra, y Kate tiene que llamarme al orden. —Se despidió con un movimiento de cabeza y abandonó la sala.

—¡Maldita sea! —dijo Maggie de repente—. ¡Me he olvidado de la cerveza de mi madre! —Dejó *Cantos de inocencia* sobre la mesa y corrió hacia la puerta—. Lo siento, señora Blake, tenemos que irnos. ¡Gracias por enseñarnos su casa!

CINCO

Después de recoger la jarra que había olvidado junto a la valla en la explanada de Astley, Maggie corrió hasta Pineapple, al final de Hercules Buildings, con Jem a su lado. Cuando se disponían a entrar, Jem miró a su alrededor y para sorpresa suya descubrió a su hermana, con aire inquieto, apoyada en el seto al otro lado de la calle.

—¡Maisie! —exclamó.

Su hermana se sobresaltó.

—¡Ah! Hola, Jem, Maggie.

—¿Qué haces aquí, señorita Piddle? —preguntó Maggie.

—Estoy… —dejó de hablar al abrirse la puerta de Pineapple, pero cuando vio que quien salía era Charlie Butterfield se le nubló el rostro.

—Maldita sea —murmuró Maggie al comprobar que su hermano se percataba de su presencia y se dirigía hacia ellos. Cuando reconoció a Jem Charlie puso cara de pocos amigos.

—¿Qué se te ha perdido por aquí, palurdo?

Maggie se interpuso entre los dos.

—Vamos a llevarle a madre un poco de cerveza. Jem, ¿podrías entrar y pedirla por mí? Diles que es para los Butterfield y que mi padre la pagará a finales de semana. —Maggie prefería mantener a Jem y a Charlie separados si era posible; se habían caído muy mal desde el primer momento.

Jem vaciló —no le gustaba mucho entrar solo en las tabernas de Londres— aunque sabía por qué se lo pedía Maggie. Cogió la jarra, cruzó la calle hasta Pineapple y desapareció en su interior.

Al marcharse Jem, Charlie concentró su atención en Maisie, examinando su rostro desprovisto de malicia, su ridícula cofia de volantes, su figura esbelta y sus pechos pequeños, levantados por el corsé.

—¿Quién es ésta, hermanita? —preguntó—. ¿No me la vas a presentar?

Maisie le obsequió con su mejor sonrisa del valle del Piddle.

—Soy Maisie…, Margaret, como Maggie. La hermana de Jem. ¿Eres el hermano de Maggie? Os parecéis, excepto que ella es morena y tú rubio.

Charlie le devolvió la sonrisa de una manera que a Maggie no le gustó. Lo veía ya devorando la inocencia de Maisie.

—¿Qué haces en la calle, Maisie? —dijo él—. ¿Me estabas esperando?

Maisie dejó escapar una risita.

—¿Cómo podría hacerlo sin haberte visto nunca? No; estaba esperando…, a otro.

Sus palabras parecieron un conjuro, porque se abrió la puerta de la taberna, y salió John Astley, acompañado por una de las costureras del circo. Se reían, y él le dio a la chica un discreto azote en el trasero. Sin mirar al trío, torcieron para echar a andar por un sendero que bordeaba Pineapple y llevaba a las cuadras de Astley. Maggie sabía de la existencia de un compartimento vacío adonde con frecuencia llevaba a sus mujeres.

Maisie tragó saliva y bajó a la calzada para seguirlos.

Maggie la cogió del codo.

—No, señorita Piddle.

—¿Por qué no? —Maisie parecía preguntarlo con toda inocencia mientras trataba de soltarse. Maggie miró a Charlie, que alzó las cejas.

—Vamos, Maisie. Estarán ocupados y no querrán que merodees por allí.

—Debe de ir a enseñarle su caballo, ¿no te parece? —dijo Maisie.

Charlie resopló.

—A enseñarle algo, eso es seguro.

—Más vale que lo dejes —le aconsejó Maggie—. No está bien espiar a nadie; a John Astley no le gustaría.

Maisie volvió hacia Maggie sus grandes ojos azules.

—No había pensado en eso. ¿Crees que se enfadaría conmigo?

—No te quepa la menor duda. Ahora vete a casa, anda. —Maggie le dio un empujoncito. Al cabo de un momento Maisie empezó a subir por Hercules Buildings.

—Encantada de conocerte —se despidió de Charlie por encima del hombro.

Charlie rió entre dientes.

—Dios bendito, ¿dónde la has encontrado?

—Déjala en paz, Charlie.

Su hermano estaba todavía siguiendo a Maisie con la vista, pero lanzó a Maggie una mirada aviesa.

—¿Qué te hace pensar que vaya a hacerle algo, señorita Rebanacuellos?

Maggie se quedó helada. Su hermano nunca le había llamado aquello. Trató de no manifestar su pánico, los ojos fijos en el rostro de Charlie, repasando los pelos puntiagudos de la barbilla y los atisbos de un incipiente bigote rubio. Era su hermano, sin embargo, y como conocía bien a Maggie captó el destello de sus ojos y el repentino detenerse de su respiración.

—No te preocupes. —La obsequió con una de sus turbias sonrisas—. Tu secreto está a buen recaudo conmigo. A decir verdad, nunca creí que tuvieras valor para tanto.

Jem apareció en la puerta de la taberna y se dirigió hacia ellos, caminando con mucho cuidado para no agitar la jarra llena de cerveza. Frunció el ceño al ver la expresión tensa y abatida de Maggie.

—¿Sucede algo? —Se volvió hacia Charlie—. ¿Qué le has hecho?

—¿Vienes a casa? —dijo Charlie, haciendo caso omiso de Jem.

Maggie se enfadó.

—¿Qué más te da?

—Tus padres tienen una pequeña sorpresa para ti, nada más. —Con un solo movimiento le quitó a Jem la jarra y bebió un trago muy largo, vaciando una tercera parte antes de devolverla y de salir corriendo, mientras sus risotadas flotaban tras él.

SEIS

Cuando Maggie regresó, Bet Butterfield estaba junto al fuego, echando a puñados trozos de patata en una olla con agua. Charlie ya estaba en la mesa, sus largas piernas extendidas por delante.

—Pica las cebollas, ¿quieres, corazón? —dijo Bet Butterfield, aceptando la jarra de Maggie sin decir nada sobre su retraso, ni sobre la cerveza que faltaba—. A ti te hacen llorar menos que a mí.

—A Charlie no se le saltan las lágrimas —replicó Maggie. Su hermano no se dio por aludido y siguió repantigado en la mesa. Maggie lo miró ferozmente mientras empezaba a pelar las cebollas. Bet cortó parte de la grasa de la carne y la puso en una sartén para calentarla. Luego se colocó junto a su hija, viendo lo que hacía.

—Aros no —dijo—. Picada.

Maggie hizo una pausa, el cuchillo hundido en media cebolla.

—Déjalo, madre. Has dicho que las cebollas te hacen llorar, así que vete.

—¿Cómo me voy a ir si no las estás picando bien?

—¿Qué más da cómo las pico? Aros o trocitos, saben igual. Las cebollas son cebollas.

—Vamos, lo haré yo. —Bet Butterfield agarró el cuchillo, pero Maggie no lo soltó.

Charlie alzó la vista de su contemplación del vacío y vio como madre e hija forcejeaban por el cuchillo.

—Cuidado, mamá —exclamó arrastrando las palabras—. Maggie es muy hábil con un cuchillo, ¿verdad que sí, hermanita?

Maggie dejó de forcejear.

—¡Cierra la boca, Charlie!

Bet Butterfield miró sucesivamente a sus dos retoños.

—¿De qué estáis hablando?

—De nada, mamá —respondieron al unísono.

Bet esperó, pero ninguno de los dos abrió la boca, aunque Charlie se volvió hacia el fuego y sonrió irónico. Su madre empezó a picar las cebollas como un rato antes se había puesto a planchar: de manera automática, metódica, repitiendo un acto con el que estaba tan familiarizada que no necesitaba pensar en absoluto.

—Madre, la grasa está echando humo —anunció Maggie.

—Añade la carne entonces —le ordenó su madre—. No dejes que se queme. A tu padre no le gusta quemada.

—No voy a quemarla.

Maggie la quemó. Cocinar le procuraba tan pocas satisfacciones como planchar. Bet terminó de picar las cebollas, recogió los trozos y los echó a la sartén antes de quitarle la cuchara a su hija.

—¡Maggie! —gritó cuando dio la vuelta a la carne y vio las marcas negras.

Charlie rió entre dientes.

—¿Qué ha hecho esta vez? —Dick Butterfield habló desde el umbral. Bet le dio rápidamente la vuelta a la carne y agitó vigorosamente la cebolla.

—Nada, nada; se va a poner otra vez a planchar, ¿verdad que sí, cariño?

—Ten cuidado no la chamusques —comentó Dick Butterfield—. ¿Qué demonios sucede? —añadió al ver que Charlie empezaba a reírse y que Maggie le daba patadas en las piernas—. Oye, chica, tienes que tratar a tu familia con un poco más de respeto. Ahora ayuda a tu madre. —Enganchó un taburete con el pie y se lo colocó debajo mientras se sentaba, una maniobra que había perfeccionado durante muchos años de frecuentar tabernas.

Maggie puso cara de pocos amigos, pero retiró la plancha del fuego y regresó junto al montón de sábanas. Notaba los ojos de su padre fijos en ella mientras movía la plancha arriba y abajo y por una vez se concentró en alisar la tela de manera sistemática en lugar de al azar.

No era frecuente que los cuatro Butterfield estuvieran juntos en la misma habitación. Dada la diferente naturaleza de sus ocupaciones, Dick y Bet se marchaban con frecuencia a horas distintas, y Charlie y Maggie habían crecido entrando y saliendo de la casa con toda libertad y comiendo empanadas que compraban en tiendas o en tabernas o en puestos callejeros. La cocina se hacía pequeña con los cuatro allí, sobre todo con las piernas de Charlie ocupando tanto espacio.

—Escucha, Mags —dijo Dick Butterfield de repente—. Charlie nos ha contado que estabas por ahí con el chico de los Kellaway cuando tenías que haberle traído una cerveza a tu madre.

Maggie fulminó a su hermano con la mirada y Charlie le contestó con una sonrisa.

—Pierdes el tiempo correteando con gente de Dorset —continuó su padre—, mientras tu madre y yo salimos a trabajar para darte de comer. Ya va siendo hora de que empieces a ganarte el sustento.

—No veo que Charlie trabaje —murmuró Maggie como si hablara con la sábana que planchaba.

—¿Qué has dicho? —gruñó Charlie.

—Charlie no trabaja —repitió Maggie en voz más alta—. Es varios años mayor que yo y no veo que lo mandes fuera a trabajar.

Dick Butterfield jugueteaba con un trozo de carbón encima de la mesa y Bet, la sartén sobre la olla, empujaba la carne y la cebolla picada para mezclarlas con las patatas. Los dos interrumpieron lo que estaban haciendo y miraron fijamente a Maggie.

—¿Qué quieres decir, chica? Claro que trabaja, ¡trabaja conmigo! —protestó Dick, sinceramente desconcertado.

—Quiero decir que nunca lo has hecho aprendiz, para que supiera un oficio.

Charlie había tenido hasta entonces un gesto de suficiencia, pero en aquel momento dejó de sonreír.

—Está de aprendiz conmigo —dijo Dick muy deprisa, mientras miraba a su hijo de reojo—. Y ha aprendido un montón de cosas sobre comprar y vender, ¿no es verdad, muchacho?

Era un punto doloroso. Los padres de Charlie no habían tenido el dinero necesario para hacerlo aprendiz a los trece años, ya que por entonces Dick Butterfield estaba en la cárcel. Lo habían condenado a dos años porque trató de hacer pasar peltre por plata, de manera que cuando cumplió la sentencia y recuperó su negocio, Charlie ya era una criatura zafia que dormía hasta mediodía y emitía gruñidos en lugar de hablar. Los escasos comerciantes que podrían haber estado dispuestos a aceptar a un muchacho de más edad, pasaban un minuto en su compañía y se excusaban. Dick Butterfield sólo consiguió que le hicieran un favor y Charlie duró dos días completos en una herrería antes de quemar a un caballo jugando con un atizador al rojo. El caballo, dejándolo inconsciente de una coz, se encargó de despedirlo sin que mediara el herrero; la cicatriz que le cruzaba una ceja era consecuencia de aquel golpe.

—Ahora no hablamos de Charlie —afirmó Dick—, sino de ti. Tu madre dice que no sirve de nada que hagas la colada con ella porque no le coges el tranquillo, ¿no es cierto? Así que he preguntado por ahí, y te he conseguido un puesto en Southwark con un amigo mío que fabrica cuerda. Empiezas mañana por la mañana a las seis. Será mejor que duermas bien esta noche.

—¡Cuerda! —exclamó Maggie—. ¡Por favor, papá, eso no! —Pensaba en la mujer que había visto en una taberna con las manos en carne viva del áspero cáñamo con el que tenía que trabajar todo el día.

—¡Qué buena suerte! —Charlie movió mucho la boca para que su hermana le leyera los labios sin que se enterasen sus padres.

—¡Cabrón! —respondió Maggie por el mismo procedimiento.

—Nada de discusiones, chica —dijo Dick Butterfield—. Ya es hora de que crezcas.

—Mags, corre a la vecina y pídele unos nabos —ordenó Bet Butterfield, tratando de calmar la indignación cada vez más palpable en el cuarto—. Dile que se los devolveré mañana cuando vaya al mercado.

Maggie dejó la plancha de golpe sobre los carbones al rojo y se volvió para irse. Si hubiera salido, le hubiesen prestado los nabos y hubiera vuelto, el momento difícil podría haberse superado. Pero al dirigirse hacia la puerta, Charlie alargó una pierna para ponerle la zancadilla, Maggie cayó hacia delante, se golpeó en las espinillas y tropezó con el brazo de Dick Butterfield de manera que el trozo de carbón con el que había estado jugueteando salió volando de sus manos y fue a caer dentro del guiso.

—Maldita sea, Mags, ¿qué demonios estás haciendo? —gritó su padre.

Incluso entonces el problema podría haberse arreglado si su madre hubiera regañado a Charlie por zancadillear a su hermana. En lugar de hacerlo, Bet exclamó:

—¿Se puede saber qué bicho te ha picado, patosa, más que patosa? ¿Quieres echarme a perder la cena? ¿No sabes hacer nada a derechas?

Maggie se levantó como pudo del suelo para enfrentarse con la sonrisa burlona de Charlie. Aquello hizo que algo se quebrara en su interior y que le escupiera en la cara a su hermano. Charlie se puso en pie de un salto con un rugido, la silla despedida hacia atrás. Mientras Maggie saltaba por la habitación en dirección a la puerta, gritó por encima del hombro:

—¡Que os den por saco a todos! ¡Podéis coger vuestros nabos y metéroslos por el culo!

Charlie la persiguió hasta salir de la casa y luego calle adelante, bramando «¡Zorra!» todo el camino, y la hubiese alcanzado de no ser por un coche de caballos que avanzaba con gran estruendo por Bastille Row: Maggie lo evitó cruzando por delante como una flecha, pero su hermano tuvo que detenerse. Eso dio a la muchacha los segundos precisos que necesitaba para quitárselo de encima, atravesar a la carrera Mead Row y meterse en un callejón que corría por detrás de una hilera de jardines y que finalmente salía frente a Dog and Duck. Maggie conocía todos los escondrijos y callejones de Lambeth mucho mejor que su hermano. Cuando se volvió a mirar, Charlie había dejado de seguirla. Era de esa clase de personas que nunca se molestan en perseguir a alguien si no están seguros de poder alcanzarlo, porque detestan verse derrotados.

Maggie se escondió detrás de Dog and Duck durante un rato, mientras escuchaba el ruido procedente de la taberna y seguía pendiente de su hermano. Cuando tuvo la seguridad de que había dejado de buscarla, salió sigilosamente y echó a andar por las calles describiendo un amplio semicírculo alrededor de Bastille Row. Reinaba la tranquilidad; la gente cenaba en sus casas o estaba en la taberna. Los vendedores callejeros habían recogido sus mercancías y se habían marchado; empezaban a aparecer las prostitutas.

Al final Maggie terminó junto al río a la altura de Lambeth Palace. Se sentó en la orilla durante mucho tiempo, contemplando las embarcaciones que subían y bajaban mientras aún brillaba el sol de las últimas horas de la tarde. Oía, a lo largo del río, los sonidos reconocibles del circo Astley: música, risas y de cuando en cuando ovaciones. El corazón le martilleaba aún y todavía rechinaba los dientes.

—¡Maldita cuerda! —murmuró—. Que se vaya al infierno.

Aunque tenía hambre e iba a necesitar un sitio donde dormir, no se atrevía a volver a casa y enfrentarse con sus padres, con Charlie y con la cuerda. Maggie tiritó, aunque la tarde era todavía templada. Estaba acostumbrada a pasar tiempo fuera de casa, pero nunca había dormido en otro sitio. *Quizá Jem me deje dormir en su casa*, pensó. No se le ocurría ningún otro plan, de manera que se puso en pie de un salto y corrió por Church Street más allá de Lambeth Green hasta llegar a Hercules Buildings. Sólo vaciló cuando se encontró delante de la casa de la señorita Pelham. No había nadie en las ventanas de las habitaciones de los Kellaway, aunque estuvieran abiertas. Podía llamar o tirar una china para atraer la atención de alguien, pero no lo hizo. Se limitó a quedarse allí mirando, con la esperanza de que Jem o Maisie se lo facilitaran descubriéndola y llamándola para que subiera.

Al cabo de unos minutos de estar allí de pie y de sentirse una estúpida, volvió de nuevo a la calle. Oscurecía ya. Caminó por el callejón —entre dos casas de Hercules Buildings— que llevaba a la explanada de Astley. Al otro lado estaba el jardín de sus padres, donde podía ver una débil luz a través de la abertura en la valla. Ya habrían cenado para entonces. Maggie se preguntó si su madre le habría guardado su parte del guiso. Dick podía haberse marchado a la taberna para volver con más cerveza y quizá un periódico atrasado o un par de ellos que les leería en voz alta a Bet y a Charlie, si su hermano no se había ido ya a la taberna por su cuenta. Tal vez se hubieran presentado los vecinos y se estuvieran poniendo al día sobre las habladurías locales o comentasen lo difíciles que podían ser las hijas. Uno de sus vecinos tocaba el violín: quizá lo hubiera traído consigo y Dick Butterfield llevase encima cerveza suficiente para cantar «Morgan Rattler», su canción favorita, muy subida de tono. Maggie aguzó el oído todo lo que pudo, pero no consiguió oír música alguna. Quería volver a casa, pero sólo si podía entrar y sentarse con su familia sin que se organizara ningún jaleo, sin tener que decir lo siento y aceptar la paliza que sabía la estaba esperando y salir a la mañana siguiente y hacer cuerda durante el resto de su vida. Eso no iba a suceder, de manera que tenía que hacerse fuerte y ver las cosas desde lejos.

Reparó entonces en la valla al fondo del jardín de los Blake, inmediatamente a su izquierda. La estuvo mirando y calculó su altura, lo que había detrás y si trepar por ella era lo que quería hacer.

No lejos de la valla había una carretilla que una de las sobrinas de Astley había estado utilizando en su huerta. Maggie miró a su alrededor. Por una vez la explanada estaba vacía, aunque hubiera siluetas que se movían dentro de Hercules Hall: criados que preparaban una cena tardía para su amo. Vaciló un momento, pero luego corrió agachada hasta la carretilla y la empujó hasta el final de la valla, estremeciéndose por el ruido que hacía. Luego, cuando estuvo segura de que nadie miraba, se subió a la carretilla y trepó hasta lo alto de la valla; a continuación saltó a oscuras al interior del jardín.

Junio de 1792

IV.

UNO

Era un placer para Anne y Maisie Kellaway sentarse en el jardín y
trabajar allí con sus botones. La señorita Pelham se había marchado el día anterior para visitar a unos amigos en Hampstead,
llevándose a la criada, e iba a quedarse toda la semana: en Lambeth hacía un calor anormal para la época y era probable que en las colinas al
norte de Londres el tiempo fuese más fresco. En su ausencia las mujeres
de la familia Kellaway se aprovechaban de la luz del sol y del jardín vacío. Habían sacado sillas y se habían instalado en el cuadrado con el lilo
blanco, rodeado de clavellinas, situado en el centro. Las lilas eran las flores favoritas de Maisie; había estado deseando olerlas pero sólo había
podido verlas con nostalgia desde sus ventanas mientras las flores empezaban a abrirse. Todas las veces que iba al excusado se preguntaba si podría correr por el caminito de grava, hundir la nariz en las flores y regresar antes de que la señorita Pelham llegara a verla. Pero su casera parecía
estar siempre pegada a la ventana de atrás o paseando por el jardín mismo con su taza de caldo de carne, y Maisie nunca se atrevía. Ahora, en
cambio, podía sentarse al lado del lilo toda la mañana y hacer acopio de
su aroma hasta el año siguiente.

Maisie se recostó en la silla y suspiró mientras estiraba el cuello, torciendo la cabeza a derecha e izquierda.

—¿Qué sucede? —preguntó su madre, todavía inclinada sobre el
botón, un Blandford Cartwheel, que estaba haciendo—. ¿Cansada ya?
Casi no hemos empezado. Sólo has hecho dos.

—No es eso. Ya sabes que me gusta hacer botones. —De hecho en una ocasión Maisie había producido cincuenta y cuatro Blandford Cartwheels en un día, el récord para el valle del Piddle, aunque se sabía de una joven de Whitchurch con una gruesa diaria de botones en su haber, algo que el señor Case, el representante que compraba los botones y que iba todos los meses a Piddletrenthide, recordaba con frecuencia a las mujeres que trabajaban para él. Maisie estaba convencida de que aquella chica fabricaba botones más sencillos que requerían menos tiempo, como Singletons, Birds' Eyes o Dorset Crosswheels, sin la complicación de los Cartwheels—. Es sólo que echo de menos las lilas de nuestra casa.

Anne Kellaway se quedó un momento en silencio mientras examinaba el botón que acababa de terminar y procedía a utilizar la uña del pulgar para distribuir los hilos por igual de manera que el botón se asemejase a una diminuta telaraña. Satisfecha, lo dejó caer en el regazo junto con los otros que ya había terminado, y tomó un nuevo anillo de metal, que empezó a cubrir con hilo por todo el borde. Luego pasó a ocuparse de la observación de Maisie.

—Las lilas huelen igual aquí, ¿no es cierto?

—No, no es cierto. Este lilo es más pequeño, las flores que tiene dan menos aroma, y está todo él cubierto de polvo.

—El árbol es distinto, pero las flores huelen igual.

—No; no huelen igual —insistió Maisie.

Anne Kellaway no prolongó aquella conversación; aunque había llegado ya —con la ayuda de sus visitas periódicas al circo— a aceptar mejor su nueva vida en Londres, entendía la queja de su hija.

—Me pregunto si Lizzie Miller habrá encontrado ya alguna flor de saúco —dijo en cambio—. Aquí aún no he visto ninguna. No sé si salen antes o después que en Dorsetshire. Espero que Sam le enseñe el sitio, en el callejón del Gato Muerto, que es donde salen primero.

—¿Dónde? ¿Cerca del final?

—Sí. —Anne Kellaway hizo una pausa, pensando en el sitio—. Tu padre me hizo un silbato con la madera de ese árbol cuando éramos jóvenes.

—Qué bonito. Pero no es posible que tengas todavía el silbato, ¿verdad que no? No lo he visto nunca.

—Lo perdí no mucho después, en el avellanar que está cerca de Nettlecombe Tout.

—¡Qué tragedia! —exclamó su hija. En los últimos tiempos Maisie se había vuelto más sensible a las relaciones entre parejas, cargándolas con una profundidad en la emoción que Anne no se sentía capaz de igualar.

Miró de reojo a su hija.

—No fue tan trágico como todo eso. —Nunca se lo contaría a Maisie, pero había perdido el silbato durante un revolcón con Thomas Kellaway: «se iban a ejercitar para la cama de matrimonio», habían sido las palabras de su marido. No muchos años después era difícil imaginar por qué habían hecho una cosa así. Pese a saber que aún debía de querer a su marido, se notaba vieja e insensible.

—¿Crees que Sam se habrá casado ya con Lizzie a estas alturas? —preguntó Maisie—. Consiguió el anillo en la empanada de la fiesta de San Miguel el año pasado, ¿no es eso? Ya es hora de que se case.

Anne resopló.

—Esa vieja patraña. De todos modos, Sam dijo que nos lo haría saber si se casaba.

—Me gustaría poder verlo. Lizzie estará muy guapa con flores en el pelo. ¿Qué te parece que elegirá? Yo llevaría lilas blancas, por supuesto.

Anne Kellaway frunció el ceño mientras cubría rápidamente con hilo el anillo del botón. Maisie y ella llevaban años haciendo botones en sus ratos libres y siempre había disfrutado con la compañía de su hija en aquella actividad, charlando de esto y de aquello o sencillamente las dos calladas. Ahora, en Londres, sin embargo, tenía poco que añadir a las observaciones de Maisie sobre el amor, la belleza, los hombres y las mujeres. Semejantes pensamientos estaban ya lejos de su vida, si es que alguna vez habían estado cerca. No recordaba sentir interés por cosas como aquéllas desde los catorce años. Incluso que Thomas Kellaway la cortejara a los diecinueve había sido una sorpresa para ella; a veces cuando caminaba con él por los senderos o atravesaba campos, o se tumbaba con él en los bosques donde había perdido el silbato, le había parecido que era otra persona la que estaba en su sitio, cumpliendo con las formalidades de coquetear, sonrojarse, dejarse besar y acariciarle la espalda a su novio mientras la verdadera Anne Kellaway se quedaba a un lado y estudiaba los antiguos surcos y terraplenes que sustentaban las colinas circundantes. La intensidad del interés de Maisie le resultaba embarazosa.

También a ella, sin embargo, le gustaría poder ver casado a su hijo primogénito. Sólo habían recibido una carta de Sam a comienzos de mayo, aunque Maisie, que leía y escribía mejor que el resto de los Kellaway, se había impuesto la tarea de escribirle todas las semanas y empezaba sus cartas con un párrafo lleno de preguntas y suposiciones sobre todo lo que podría estar sucediendo en el valle del Piddle: quién se disponía a esquilar las ovejas, quién producía más botones, quién había ido a Dorchester o a Weymouth o a Blandford, quién había tenido un hijo. Sam, por su parte, aunque sabía leer y escribir un poco —toda la progenie de los Kellaway había ido durante algún tiempo a la escuela del pueblo—, no era dado a escribir ni tampoco pecaba de hablador. Su única carta era breve, no estaba bien escrita y no respondía a las preguntas de Maisie. Sólo les contó que se encontraba bien, que había tallado los brazos de un nuevo juego de bancos para la iglesia de Piddletrenthide y que había llovido tanto que el arroyo que atravesaba Plush había inundado algunas de las casas del pueblo. Los Kellaway devoraron aquellas migajas de noticias, aunque les habían parecido muy escasas y todavía estaban hambrientos.

Dada la ausencia de noticias de su pueblo, Anne y Maisie Kellaway sólo podían hacer conjeturas mientras trabajaban con sus botones. ¿Habría vendido por fin Five Bells el tabernero como siempre amenazaba con hacer? ¿Se habría reparado el yugo de la más pequeña de las campanas de la iglesia a tiempo para el repique del domingo de Pascua? ¿Se habría instalado esta vez el mayo en Piddletrenthide o en Piddlehinton? Y ahora, mientras se inclinaban sobre sus botones: ¿recogería Lizzie Miller las mejores flores de saúco para hacer licor y llevaría lilas en el pelo en la boda a la que no asistirían los Kellaway? A Anne las lágrimas por no saberlo le nublaron la visión. Agitó la cabeza y se concentró en su Blandford Cartwheel. Había terminado de envolver el anillo con hilo y ya estaba en condiciones de crear los rayos para hacer que pareciera la rueda de un carro.

—¿Qué ruido es ése? —dijo Maisie.

Anne Kellaway oyó una serie de golpes en la casa de al lado.

—Eso es la señora Blake con su azada —dijo en voz baja.

—No, ese ruido no. Ahí está otra vez: alguien que llama a la puerta de la señorita Pelham.

—Ve y mira a ver quién es —dijo Anne Kellaway—. Puede que sean entradas para el circo. —Había oído que iban a cambiar pronto el programa, y hasta entonces el señor Astley les había enviado entradas todas las veces. Anne se había acostumbrado a esperar unos golpes en la puerta y a disponer de otras cuatro entradas. Anne sabía que empezaba a tener ansia de circo y que quizá confiaba demasiado en la continua generosidad del señor Astley y en sus entradas de favor. «¡Asientos por asientos!», había dicho en una ocasión el dueño del circo, encantado con las sillas de Thomas Kellaway.

Mientras salía a abrir la puerta de la calle, Maisie se alisaba el cabello, se mordía los labios y se tiraba del vestido para colocárselo bien sobre el corsé. Aunque de ordinario era un chico del circo quien les traía las entradas, Maisie acariciaba la fantasía de que quizá alguna vez se las llevara John Astley en persona. Había sentido una emoción especial la última vez que fue con sus padres al circo, cuando John Astley interpretó al protagonista en *Los caprichos de Arlequín*, y ella disfrutó de media hora de contemplación mientras cantaba, cortejaba a Colombina —interpretada por una nueva adquisición, la señorita Hannah Smith— y danzaba sobre su yegua zaina. Maisie lo había visto con un nudo en la garganta, nudo que se acentuó cuando en un momento determinado tuvo la seguridad de que John Astley la estaba mirando.

Cuando pensaba de manera razonable, Maisie sabía muy bien que

John Astley era un hombre apuesto, culto, rico, fino y cortés, con el que nunca podía esperar relacionarse y a una distancia infinita de los pretendientes del valle del Piddle con los que podría casarse. Aunque quería a su padre y a su hermano —sobre todo a Jem— le resultaban torpes y aburridos comparados con John Astley, quien, además, le servía para olvidarse de Londres, que todavía la asustaba, y de la muerte de su hermano Tommy, que parecía sentir aún con la misma fuerza pese a que hubieran pasado ya cuatro meses. Había necesitado todo aquel tiempo para convencerse de que su hermano no estaba aún en Piddletrenthide y no podría aparecer en cualquier momento en la puerta de la señorita Pelham, silbando y presumiendo de las aventuras que le habían ocurrido de camino a Londres.

Por un momento Maisie se detuvo ante la puerta del número 12 de Hercules Buildings escuchando los golpes que se habían hecho más continuos e impacientes, y se preguntó si podría tratarse de John Astley.

No era él, sino una mujer que no había visto nunca. De estatura media, aunque parecía más alta debido a su tamaño, porque, sin ser gorda, estaba bien dotada, y sus brazos eran como piernas de cordero. De cara redonda, sus mejillas encendidas hacían pensar que pasaba mucho calor. Se había ocultado el pelo castaño bajo una cofia, de la que escapaban mechones por varios sitios sin que pareciera darse cuenta. Los ojos eran al mismo tiempo alegres y cansados; de hecho bostezó delante de Maisie sin llegar siquiera a taparse la boca.

—Hola, reina —dijo—. ¿Sabes que eres una chica bien guapa?

—Lo…, lo siento, pero la señorita Pelham no está en casa —tartamudeó Maisie, sorprendida por el piropo, pero decepcionada por no tener delante a John Astley—. Volverá dentro de una semana.

—No quiero ver a ninguna señorita Pelham. Busco a mi hija, es decir, a Maggie, y quería preguntaros a vosotros por ella. ¿Puedo entrar?

DOS

—Madre, ha venido la señora Butterfield —anunció Maisie, volviendo al jardín—. La madre de Maggie.

—Llámeme Bet —dijo la mujer—. Vengo precisamente a causa de Maggie.

—¿Maggie? —repitió Anne Kellaway, alzándose a medias de su asiento y sujetando los botones que había hecho. Luego se dio cuenta de a quién se refería Bet y volvió a dejarse caer en la silla—. No está aquí.

Bet Butterfield no pareció oírla. Miraba fijamente el regazo de Anne.

—¿Son botones?

—Sí. —Anne Kellaway tuvo que resistir el impulso de taparlos con las manos.

—Fabricamos botones —explicó Maisie—. Los hacíamos todo el tiempo en Dorsetshire, y mi madre se trajo algunos materiales cuando nos vinimos aquí. Piensa que quizá podamos venderlos en Londres.

Bet Butterfield extendió el brazo.

—Déjeme verlos.

Anne Kellaway colocó a regañadientes en la mano roja y áspera de su interlocutora los delicados botones que había hecho aquella mañana.

—Se llaman Blandford Cartwheels —procedió a explicar sin poder evitarlo.

—¡Señor y qué bonitísimos son! —murmuró Bet, empujándolos de un lado a otro con un dedo—. Los veo en los camisones de las señoras y siempre tengo cuidado con ellos cuando los lavo. ¿No es un punto de festón lo que ha utilizado en el borde?

145

—Sí. —Anne alzó el botón en el que estaba trabajando—. Luego envuelvo el hilo en el interior del anillo para hacer los rayos de la rueda, y después pespunteo una y otra vez alrededor de cada rayo, de manera que el hilo llena el espacio. Al final lo reúno en el centro con una puntada, y ya está terminado.

—Bonitísimos —repitió Bet Butterfield, bizqueando mientras miraba los botones—. Ya me gustaría hacer algo así. No se me dan mal los zurcidos y cosas parecidas, pero no sé si me las arreglaría con algo tan pequeño y delicado. Soy mejor para lavar lo que ya está que para hacerlo. ¿Sólo fabrican botones de esa clase?

—No, no; de muchas —intervino Maisie—. Si son planos como éstos, Dorset Wheels, los hacemos con dibujos de rueda de carro, rueda en cruz y panal. También hacemos High Tops y Knobs, que son para chalecos y Singletons y Birds' Eyes. ¿Qué más hacemos, mamá?

—Basket Weaves, Old Dorsets, Mites y Spangles, Jams, Yannells, Outsiders —recitó Anne Kellaway.

—¿Dónde los van a vender? —preguntó Bet Butterfield.

—No lo sabemos todavía.

—Les puedo echar una mano para eso. O seguro que mi Dick puede. Conoce a todo el mundo, le vendería huevos a una gallina, no crean que exagero. Les colocará los botones. ¿Cuántos tienen listos?

—Cuatro gruesas por lo menos —replicó Maisie.

—¿Y cuánto os dan por gruesa?

—Eso depende de la clase de botones y de lo buenos que sean. —Maisie hizo una pausa—. ¿No quiere sentarse, señora Butterfield? —Señaló con un gesto su propia silla.

—Te lo agradezco, reina. —Bet Butterfield se sentó en la silla Windsor de respaldo curvo que, incluso después de diez años de uso diario, no crujió cuando su poderosa estructura descansó sobre el asiento de madera de olmo.

—Vaya, ¡qué silla tan estupenda! —dijo, recostándose en los barrotes del respaldo y pasando un dedo por el largo brazo curvo—. Sencilla, sin pretensiones y bien hecha, aunque nunca había visto sillas pintadas de azul.

—En Dorsetshire pintamos todas las sillas —explicó Maisie—. Es como les gustan a los de allí.

—Mags me dijo que el señor Kellaway repara sillas y cosas por el estilo. ¿Ésta la ha hecho él, señora…?

—Anne Kellaway. Así es. Pero, dígame, señora Butterfield…

—Bet, corazón. Todo el mundo me llama Bet.

—¡Como «Bouncing Bet»!* —exclamó Maisie, sentándose en uno de los fríos bancos de piedra de la señorita Pelham—. Acabo de darme cuenta. ¡Qué divertido!

—¿Qué tiene de divertido, reina?

—«Bouncing Bet» es el nombre que damos a la jabonera. Por lo menos en Dorsetshire. Y usted usa jabonera para lavar, ¿no es cierto?

—Sí que la uso. ¿De manera que «Bouncing Bet», eh? —Bet Butterfield rió entre dientes—. No lo había oído nunca. Donde yo nací lo llamábamos Jabón de cuervo. Pero este otro me gusta… «Bouncing Bet». Mi Dick empezará a llamarme así si se lo cuento.

—¿Qué quería preguntarnos? —intervino Anne Kellaway—. Ha dicho que era algo relacionado con su hija.

La expresión de Bet Butterfield se hizo más seria.

—Sí, sí. Es que la estoy buscando. No la hemos visto desde hace algún tiempo y estoy empezando a preocuparme.

—¿Cuánto hace que se marchó?

—Dos semanas.

—¿Dos semanas? ¿Y empieza ahora a buscarla? —A Anne Kellaway no le cabía en la cabeza no hacer nada si Maisie se perdiera una noche en aquella ciudad, y no digamos si se tratara de dos semanas.

Bet Butterfield se removió en la silla. Esta vez crujió.

—Bueno, en realidad no es tanto. Quizá haya sido una semana. Eso es, sólo una semana. —Como a Anne Kellaway no le desaparecía la expresión de horror, siguió justificándose—: Y quizá ni siquiera eso. Falto

---

* Uno de los nombres vulgares de la *Saponaria officinalis*, a la que en español se conoce sobre todo como «jabonera» o «hierba jabonera». *(N. del T.)*

de casa con frecuencia, ¿sabe? Debido a las coladas trabajo a veces toda la noche en casa de alguien y luego duermo cuando termino. Se me pasan los días sin ver a mi Dick ni a Charlie ni a nadie porque estoy fuera.

—¿Nadie se ha tropezado con ella?

—No. —Bet se removió de nuevo en la silla, que volvió a crujir—. Si he de serle sincera, nos peleamos un poco y se escapó. Tiene muy mal genio, eso es lo que pasa con Mags, como su padre. Tarda en enfadarse, pero cuando estalla… ¡cuidado!

Anne y Maisie no dijeron nada.

—Sé que no anda lejos —prosiguió Bet Butterfield—. Dejo fuera comida para ella y desaparece enseguida. Pero quiero que vuelva a casa. No está bien que pase fuera tanto tiempo. Los vecinos empiezan a hacer preguntas y a mirarme raro…, como ustedes ahora.

Anne y Maisie inclinaron la cabeza y empezaron a dar puntadas en sus Blandford Cartwheels.

Bet se inclinó hacia delante para ver cómo trabajaban con los dedos.

—Mags pasa mucho tiempo con ese chico suyo…, Jem, ¿no es eso?

—Sí, Jem. Está ayudando a su padre. —Anne Kellaway hizo un gesto con la cabeza hacia el interior de la casa.

—Pues eso, he venido a preguntar si él, o cualquiera de ustedes, han visto a Maggie durante los últimos días. Por la calle, o junto al río, o aquí, si es que ha venido de visita.

Anne Kellaway miró a su hija.

—¿La has visto, Maisie?

Maisie sostenía su botón y estaba dejando colgar el hilo, con la aguja en el extremo. Dar puntadas tendía a retorcer tanto el hilo que de cuando en cuando había que parar y dejar que se desenrollara solo. Las tres miraron cómo giraba la aguja muy deprisa, luego más despacio hasta que finalmente se detuvo, balanceándose suavemente al final del hilo.

TRES

Cuando, al otro lado de la valla, Maggie, que hojeaba *Cantos de inocencia* en los escalones del cenador de los Blake, oyó a su madre en la casa vecina, se irguió como si hubiera restallado un látigo. Fue toda una sacudida oír la voz de pregonero de Bet Butterfield después de dejarse arrullar por el acento de Dorset de las Kellaway y por su monótona charla sobre el valle del Piddle.

Tuvo una sensación peculiar escuchando a escondidas cuando empezaron a hablar de ella. Bet Butterfield sonaba más bien como alguien que está en el mercado comparando el precio de las manzanas en los distintos puestos, y Maggie tardó algún tiempo en darse cuenta de que se había convertido en tema de conversación. Se abrazó las rodillas y las alzó hasta el pecho, descansando en ellas la barbilla y balanceándose suavemente hacia atrás y hacia delante a la entrada del cenador.

A Maggie aún le sorprendía que los Blake no la hubieran expulsado de su jardín, como estaba segura de que hubieran hecho sus padres si encontraran en el suyo a una chica que se había escapado de casa. De hecho se esforzó mucho en esconderse el primer día que estuvo allí. Pero lo pasó francamente mal, de todos modos. La noche que saltó la valla no durmió en absoluto: aunque era una noche templada y agradable, no hizo más que tiritar entre las zarzas sobre las que había caído, y fue de sobresalto en sobresalto con cada susurro y chasquido a su alrededor, a medida que ratas, zorros y gatos pasaban por allí para ocuparse de sus asuntos. A Maggie no le daban miedo los animales, pero sus ruidos le hacían creer que podía haber seres humanos cerca, si bien el jardín de los

Blake estaba lejos de los gritos procedentes de las tabernas, de las idas y venidas por los alrededores de Hercules Hall, de las peleas de borrachos, y de los encuentros sexuales junto a la valla trasera. Detestaba no tener cuatro paredes y un techo que la protegieran y al final de la noche, entró sigilosamente en el cenador, donde durmió intranquila hasta el amanecer, momento en que se despertó dando un grito porque le pareció que había alguien sentado muy cerca. Resultó ser el gato de un vecino que la miraba con curiosidad.

Al día siguiente atravesó el puente de Westminster y dormitó al sol en Saint James's Park, sabiendo que su familia no aparecería por allí. Por la noche se escondió en el cenador, esta vez con una manta que había robado de su casa cuando no había nadie, y durmió mucho mejor: tan bien, de hecho, que se despertó tarde, con el sol en los ojos y el señor Blake en los escalones del cenador, con un cuenco de cerezas al lado.

—¡Oh! —exclamó Maggie, incorporándose y quitándose de los ojos el pelo enmarañado—. Lo siento, señor Blake. Me…

Una mirada de los penetrantes ojos de su interlocutor la dejó sin palabras.

—¿Qué tal unas cerezas, hija mía? Las primeras de la temporada. —Dejó el cuenco al lado de Maggie y volvió la cabeza para echar una ojeada al jardín.

—Gracias. —Maggie trató de no devorarlas, aunque había comido muy poco los dos últimos días. Al meter la mano en el cuenco por cuarta vez, reparó en que el señor Blake tenía su cuaderno sobre las rodillas.

—¿Iba a dibujarme? —preguntó, tratando de recuperar ánimos en circunstancias difíciles.

—No, no, hija mía; nunca dibujo del natural si puedo evitarlo.

—¿Por qué no? ¿No es más fácil que inventar?

El señor Blake se volvió a medias hacia ella.

—Pero yo no invento. Ya tengo en la cabeza lo que voy a hacer y me limito a dibujar lo que veo allí.

Maggie se escupió un hueso de cereza en la mano, donde tenía los otros, y escondiendo su decepción detrás de aquel gesto. Le habría gustado que el señor Blake la dibujara.

—Entonces, ¿qué es lo que ve dentro de la cabeza? ¿Niños como los de las ilustraciones de su libro?

El señor Blake asintió con un gesto.

—Niños, ángeles, y hombres y mujeres que me hablan y que hablan entre sí.

—¿Y los dibuja usted ahí? —Maggie señaló el cuaderno.

—A veces.

—¿Me deja verlos?

—Claro que sí. —El señor Blake le tendió el cuaderno. Maggie arrojó los huesos de las cerezas al jardín y se limpió la mano con la falda antes de coger el cuaderno, porque sabía, sin que fuera necesario decírselo, que era un objeto importante para su interlocutor. El señor Blake lo confirmó añadiendo—: El cuaderno es de mi hermano Robert, pero me permite utilizarlo.

Maggie lo hojeó, prestando más atención a los dibujos que a las palabras. Aun cuando hubiera sabido leer, habría encontrado muy difícil entender las anotaciones del artista, llenas de líneas tachadas y reescritas, de versos cabeza abajo, a veces garrapateados a tal velocidad que parecían marcas negras más que letras.

—Señor, ¡qué lío! —murmuró Maggie, tratando de desenmarañar el revoltijo de palabras e imágenes de una página—. ¡Fíjese en todas esas tachaduras!

El señor Blake se echó a reír.

—Lo primero que se presenta no siempre es lo mejor —explicó—. Hay que trabajarlo para que brille.

Muchos de los dibujos eran simples esbozos, apenas reconocibles. Otros, en cambio, estaban trazados con más cuidado. En una página Maggie encontró una cara monstruosa que llevaba en la boca un cuerpo sin vida. En otra un hombre desnudo se estiraba de lado a lado, llamando inquieto a alguien que quedaba fuera. Un individuo barbudo de largas vestiduras y expresión muy triste hablaba con otro que inclinaba la cabeza. Vio a un hombre y a una mujer desnudos y juntos y a otros cuerpos, también desnudos, dibujados en posturas retorcidas y crispadas. Maggie rió entre dientes ante el apunte de un hombre orinando contra una pared, pero fue una risa excepcional; la mayoría de los dibujos la ponían nerviosa.

Se detuvo en una página llena de imágenes de pequeño tamaño, de ángeles con las alas recogidas, de un hombre con un bebé en la cabeza, de rostros con ojos saltones y bocas abiertas. En la parte superior había un llamativo retrato de un hombre con ojos como cuentas, de nariz larga y sonrisa torcida, y de cabellos rizados y desordenados. Parecía tan distinto de las demás figuras —más concreto y singular— y el dibujo se había hecho con tanto cuidado y delicadeza que Maggie supo de inmediato que tenía delante a una persona de carne y hueso.

—¿Quién es?

El señor Blake echó una ojeada a la página.

—Ah, ése es Thomas Paine. ¿Has oído hablar de él, hija mía?

Maggie desenterró recuerdos de veladas con su familia en Artichoke, en las que estaba medio dormida.

—Me parece que sí. Mi padre habla de él en la taberna. Escribió algo que le causó problemas, ¿no es eso?

—*Los derechos del hombre.*

—Espere…, apoya a los franchutes, ¿eh? Como… —Maggie se interrumpió, recordando el *bonnet rouge* del señor Blake. No se lo había visto llevar en los últimos tiempos—. ¿Así que conoce a Tom Paine?

El señor Blake inclinó la cabeza y, con los ojos cerrados a medias, examinó la parra que se extendía por la pared.

—Me lo han presentado.

—Entonces sí que dibuja usted a gente de verdad. Esto no se lo ha sacado de la cabeza, ¿verdad que no?

El señor Blake se volvió para mirar de lleno a Maggie.

—Tienes razón, hija mía. ¿Cómo te llamas?

—Maggie —contestó ella, orgullosa de que alguien como él quisiera saberlo.

152

—Tienes razón, Maggie. Lo dibujé mientras estaba sentado frente a mí. Sin duda es un ejemplo de dibujo del natural. El señor Paine parecía exigirlo. Supongo que pertenece a esa clase de personas. Pero no lo hago por sistema.

—Así que… —Maggie vaciló, indecisa sobre si debía presionar a un hombre como el señor Blake. Pero él la miraba inquisitivamente, alzadas las cejas, con gesto receptivo, y Maggie sintió que allí, en aquel jardín, podía hacer preguntas que sería imposible formular en cualquier otro lugar. Era el comienzo de su educación—. En la abadía —dijo— estaba usted dibujando algo que veía, aquella estatua, aunque sin ropa.

El señor Blake la miró, con leves movimientos en el rostro que fueron acompañando sus pensamientos desde el desconcierto a la sorpresa y luego al deleite.

—Sí, hija mía, dibujé la estatua. Pero no lo que estaba allí, ¿verdad que no?

—No; eso es seguro. —Maggie rió entre dientes al recordar su esbozo de la estatua desnuda.

Terminada la lección, el señor Blake recogió su cuaderno y se puso en pie, agitando las piernas como para desentumecerlas.

El áspero chirrido de una ventana al abrirse hizo que Maggie, al alzar los ojos, viera a Jem, que se asomaba a la de la casa vecina. Al descubrirlos a ella y al señor Blake se inmovilizó, mirándolos fijamente. Maggie se llevó un dedo a los labios.

El señor Blake, en lugar de mirar hacia arriba como habría hecho la mayoría de la gente al oír el ruido, se dirigió hacia la puerta trasera de su casa. A Maggie le pareció que sólo se ocupaba del mundo exterior cuando él lo decidía; ahora el jardín y ella habían dejado de interesarle.

—¡Gracias por las cerezas, señor Blake! —le dijo Maggie. Alzó una mano a modo de respuesta, pero no se volvió.

Cuando desapareció dentro de la casa, Maggie hizo señas a Jem para que se reuniera con ella. Su amigo frunció el ceño y luego se apartó de la ventana. Pocos minutos después apareció su cabeza por encima de la valla: se había subido a un banco de la señorita Pelham y estaba de pie sobre el respaldo.

—¿Qué haces ahí? —susurró.

—¡Ven! ¡A los Blake no les importa!

—No puedo..., mi padre me necesita. ¿Qué haces ahí? —repitió.

—Me he escapado de casa. No le digas a nadie que estoy aquí, ¿me lo prometes?

—Mis padres y mi hermana te van a ver.

—Se lo puedes decir a Maisie, pero a nadie más. ¿Me lo prometes?

—De acuerdo —dijo Jem al cabo de un momento.

—Te veré luego, abajo, junto a Lambeth Palace.

—Bueno. —Jem empezó a bajarse del banco.

—¿Jem?

Se detuvo.

—¿Qué quieres?

—Lleva algo de comer, ¿eh?

De manera que Maggie siguió en el jardín de los Blake, que no dijeron nada sobre su presencia allí, ni siquiera cuando su estancia se prolongó. Al principio la chiquilla pasaba fuera la mayor parte del día merodeando por Lambeth, aunque evitaba siempre los sitios donde pudiera encontrarse con sus padres y con su hermano y se reunía con Jem y Maisie siempre que podía. Al cabo de algún tiempo, cuando quedó claro que a los Blake no les importaba que se quedara, empezó a pasar más tiempo en el jardín, en ocasiones ayudando a la señora Blake con su huerta, en otras con la colada, e incluso haciendo algún zurcido, aunque nunca se hubiera ofrecido a hacer lo mismo tratándose de su madre. Hoy la señora Blake le había traído *Cantos de inocencia* y se quedó un rato con Maggie, ayudándola a identificar palabras; luego le sugirió que hojeara el libro mientras ella seguía con su azadón. Maggie se ofreció a ayudar, pero la señora Blake sonrió y dijo que no con la cabeza.

—Aprende a leer eso, cariño —dijo—, y el señor Blake estará más contento contigo que con mis lechugas. Dice que los pequeños entienden sus obras mejor que los adultos.

Ahora, al oír a su madre preguntar a Anne y a Maisie Kellaway si habían visto a su hija, Maggie contuvo el aliento mientras esperaba la respuesta de su amiga. Tenía poca confianza en su habilidad para mentir: no era mejor que Jem en eso. De manera que cuando Maisie dijo, después de una pausa: «Se lo voy a preguntar a Jem», Maggie respiró hondo y sonrió. «Gracias, señorita Piddle», susurró, «Londres debe de estar enseñándote algo, después de todo.»

CUATRO

uando Maisie llegó a la habitación que Jem y su padre utilizaban como taller, los encontró dando forma a una larga pieza de madera de fresno para hacer el arco del respaldo de una silla Windsor. Jem no tenía aún ni la fuerza ni la habilidad para curvar él mismo la madera, pero podía apretar las clavijas de hierro que sujetaban la que su padre curvaba siguiendo la forma del bastidor. Thomas Kellaway gruñía y aplicaba toda su fuerza contra la pieza que previamente había calentado con vapor para hacerla más flexible; si la doblaba más de la cuenta se partiría y no serviría para nada.

Maisie sabía que no era conveniente hablarles en aquel momento crucial. En lugar de eso, se entretuvo en la habitación que daba a la fachada, hurgando en la caja de materiales para botones, llena de anillos de distintos tamaños, trozos de asta de carnero para los Singletons, un ovillo de lino para dar forma a los botones redondos, trocitos de lino para cubrirlos, agujas puntiagudas y romas, y varios hilos de distintos colores y grosores.

—Una última clavija, hijo —murmuró Thomas—. Eso es…, bien hecho. —Llevaron el bastidor, con la pieza de madera envolviéndolo y bien sujeta, hasta la pared, y allí la apoyaron, para que se secara adquiriendo la nueva forma.

A Maisie se le cayó en aquel momento una lata con trozos de asta; al llegar al suelo saltó la tapa y el suelo quedó sembrado de una lluvia de redondeles.

—¡Vaya! —exclamó Maisie, arrodillándose para recogerlos.

—Ayúdala, Jem, nosotros ya hemos terminado —dijo Thomas Kellaway.

—La madre de Maggie ha venido a preguntar si hemos visto a su hija —susurró Maisie cuando Jem se agachó a su lado—. ¿Qué le decimos?

Jem restregó un brillante disco gris de asta de carnero entre el índice y el pulgar.

—¿Ha tardado bastante en venir a buscarla, no te parece?

—Eso es lo que ha dicho mamá. No sé, Jem. Maggie parece feliz donde está, pero debería vivir con su familia, ¿no crees?

Aunque Jem no dijo nada, se levantó y fue a mirar por la ventana de atrás. Maisie se reunió con él. Desde allí veían con toda claridad el cenador de los Blake, donde se hallaba Maggie, exactamente al otro lado de la pared junto a la que hablaban Anne y Bet Butterfield.

—¡Nos ha estado escuchando! —exclamó Maisie—. ¡Lo ha oído todo!

—Quizá vuelva ahora que sabe que su madre la reclama.

—No lo sé…, es muy cabezota. —Maisie y Jem habían tratado de convencer a Maggie para que volviera con su familia, pero seguía decidida a pasar todo el verano en casa de los Blake.

—Debería volver —decidió Jem—. No se puede quedar ahí para siempre. No es justo para los Blake. Deberíamos decírselo a su madre.

—Supongo que sí. Mira, Jem —Maisie aplaudió feliz—, mamá está enseñando a la señora Butterfield a hacer botones.

Efectivamente, mientras Maisie subía, Bet Butterfield se había acercado a mirar con envidia cómo los hábiles dedos de Anne Kellaway envolvían con hilo fino un anillo diminuto. Ver tanta delicadeza la empujaba a rebelarse, aunque sólo fuera para mostrar a todo el mundo que sus gastadas manos podían hacer algo más que escurrir el agua de las sábanas recién lavadas.

—Déjeme intentar una de esas cosas tan complicadas —manifestó—. Servirá para distraerme haciendo algo útil.

Anne Kellaway la inició con un sencillo Blandford Cartwheel, aunque le costó trabajo no reírse de los torpes dedos de la lavandera. Bet sólo había conseguido cubrir el anillo, sin embargo, cuando su primera lección sobre confección de botones quedó bruscamente interrumpida por un ruido inesperado: una explosión que retumbó por las casas de Bastille Row, por la explanada delante de Hercules Hall y por la valla del fondo del jardín. Bet Butterfield sintió el impacto en el pecho, como si alguien la hubiera golpeado con una almohada. Se le cayó el botón, que inmediatamente se le desbarató, y se puso en pie.

—¡Dick! —exclamó.

La explosión hizo que a Anne Kellaway le castañetearan los dientes como cuando tenía mucha fiebre. También ella se puso en pie, pero tuvo la presencia de ánimo suficiente para sujetar los botones que guardaba en el regazo.

Los restantes Kellaway, todavía en el taller, se inmovilizaron al oír la explosión, que hizo vibrar los cristales de las ventanas de guillotina.

—¡Cielo santo! ¿Qué ha sido eso? —preguntó Maisie. Jem y ella miraron por la ventana, pero no vieron nada inusual, excepto la reacción de otros. La señora Blake, por ejemplo, hizo una pausa —con el azadón entre las lechugas— y volvió la cabeza hacia el lugar de donde procedía el ruido.

Maggie se puso en pie de un salto, pero enseguida volvió a sentarse: su madre podía verle la coronilla si seguía de pie, y no quería que la descubrieran. «¿Qué puede ser? ¡Qué puede haber sido, Dios mío!», murmuró, mientras estiraba el cuello en la dirección del estruendo. Oyó a su madre caminar por el jardín, diciendo:

—¿Dónde ha sido, entonces? ¡Maldito árbol que nos tapa la vista! Mire, si vamos hasta el fondo del jardín podremos verlo. ¡Allí! ¿Qué le he dicho? No había visto tanto humo desde que se incendió una casa en Southwark, donde vivíamos antes. Se quemó tan a conciencia que no quedó ni rastro. Dios mío, espero que Dick no tenga nada que ver con esto. Será mejor que vuelva a casa.

Philip Astley supo al instante lo que había sucedido. Aunque por lo general no se le pegaban las sábanas, había tomado vino agrio la noche anterior y tuvo después problemas intestinales. Estaba en la cama, dormitando a ratos, las piernas enredadas en las sábanas, su vientre semejante a un barril amortajado, cuando la explosión lo despertó y le obligó a incorporarse. Se percató de la dirección del estruendo y gritó a voz en cuello:

—¡Fox! ¡Ensilla mi caballo!

Momentos después mandaron a un chico del circo —siempre había alguno en Hercules Hall por si se le necesitaba para hacer algún recado— a que despertase a John Astley, que a esas horas ya debería estar ensayando el nuevo programa que pronto se estrenaría aunque, como se había distraído con otras actividades, seguía en la cama y, por añadidura, desnudo.

Philip Astley salió corriendo de su casa, poniéndose todavía la chaqueta, con los pantalones a medio abotonar y John Fox pisándole los talones. Al mismo tiempo otro chico del circo sacó del establo su caballo blanco y lo sostuvo mientras Philip Astley lo montaba. No tenía ninguna necesidad de utilizar su cabalgadura, porque para llegar a donde iba hubiera sido más rápido dar la vuelta por detrás de Hercules Hall y atravesar la explanada hasta un callejón entre algunas de las casas de Bastille Row. Eso fue, en efecto, lo que hicieron John Fox y los chicos del circo. Pero Philip Astley era un hombre del mundo del espectáculo y estaba siempre pendiente de la impresión que causaba. No estaría bien que el propietario de un circo y antiguo oficial de caballería se presentase a pie en la escena del desastre, aunque estuviera sólo a unos cientos de metros de distancia. Se contaba con su liderazgo, y era mejor dirigir las operaciones desde lo alto de un caballo y no desde el suelo, con voz entrecortada y el rostro encendido por correr con una tripa como la suya.

Como parte del sentido teatral de Astley, otro chico del circo sacó la yegua zaina de John Astley y la llevó por el callejón para colocarla delante de la casa de su dueño. Astley padre se reunió pronto con ellos delante del número 14 de Hercules Buildings y, como su hijo no apareció de inmediato, gritó en dirección a las ventanas abiertas:

—¡Levántate, maldito cretino, hijo mío sin dos dedos de frente! ¿No te has dado cuenta de lo que significa ese ruido? ¡Dime que te importa algo, aunque sea muy poco, el circo de tu propiedad que se supone que diriges! ¡Demuéstrame, al menos por una vez, que tiene más valor para ti que tus borracheras y tus putas!

John Astley hizo finalmente acto de presencia en el umbral de su casa: llevaba el pelo revuelto, pero, por lo demás, estaba tranquilo. Las palabras de Philip Astley no parecían haberle afectado. Cerró la puerta con gran parsimonia, enardeciendo aún más a su padre.

—¡Maldita sea, John, si es eso lo que sientes por el circo, se lo daré a alguien que lo aprecie! ¡Ya lo creo que lo haré!

En aquel momento se produjo otra explosión de menor intensidad, luego una serie de crepitaciones y crujidos, algunos fuertes, otros débiles, y rugidos y gritos agudos. Aquellos ruidos tuvieron el efecto que no habían conseguido las palabras de Philip Astley: John corrió hasta su caballo y saltó sobre la silla en el momento en que el animal se ponía en movimiento en respuesta a su llamada, y abandonó Hercules Buildings al galope, dejando que su padre, de más peso, trotara de manera más reposada.

Ninguno de los dos volvió la cabeza, porque de lo contrario habrían visto a la señorita Laura Devine, la mejor bailarina de Europa en la cuerda floja, aparecer en la ventana del primer piso de la casa donde vivía John Astley y seguirlos con la mirada mientras subían con gran estruendo calle arriba y torcían a la derecha por Westminster Bridge Road. Sólo una anciana con una cesta de fresas vio el rostro redondo de la señorita Devine y le ofreció un fruto.

—Una jugosa fresa bien dulce para usted, querida mía. Ya ha cedido una vez a la tentación. Vamos, dese otra vez ese gusto.

La señorita Devine sonrió y negó con la cabeza; luego, con una mirada a la calle en ambas direcciones, se ocultó a la vista.

En el número 6 de Bastille Row, Dick y Charlie Butterfield estaban sentados en la cocina, compartiendo el tocino frito de una sartén colocada entre los dos: pescaban las lonchas con sus navajas y mojaban trozos de pan en la grasa. Los dos saltaron al oír la primera gran explosión, procedente del otro lado del asilo de huérfanas, situado frente a las casas de Bastille Row. Momentos después se oyó un tintineo de cristales por toda la calle, al caer al suelo los de todas las ventanas del grupo de casas. Sólo el número 6 se libró del desastre, dado que en aquel momento no tenía cristales en las ventanas: Charlie los había roto una noche de borrachera al tirarle los zapatos al gato.

Ahora, sin pronunciar palabra, los dos soltaron las respectivas navajas, apartaron las sillas de la mesa y salieron a la calle, donde se quedaron, uno al lado del otro, delante de su puerta, mientras Charlie procedía a limpiarse con la manga la grasa que le escurría por la barbilla.

—¿Dónde ha sido? —preguntó Dick Butterfield.

—Ahí. —Charlie señaló al sudeste, hacia Saint George's Fields.

—No, ha sido por allí, estoy seguro. —Dick señaló hacia el este.

—¿Por qué preguntas si estás tan seguro?

—Ándate con ojo, muchacho. Un poco más de respeto por tu padre y su buen oído.

—Bueno, pero yo estoy seguro de que ha sido por allí. —Charlie agitó el brazo lleno de convencimiento hacia Saint George's Fields.

—En esa dirección no hay nada que pueda saltar por los aires.

—¿Y en la tuya sí?

—El laboratorio pirotécnico de Astley.

Su discusión quedó zanjada al divisar una nube de humo que se alzaba desde la dirección señalada por Dick Butterfield, a unos doscientos metros de distancia.

—El laboratorio de Astley —confirmó el cabeza de familia—. Se estará llevando las manos a la cabeza. Todo un espectáculo. —Se apresuró en dirección al humo, seguido, más despacio, por Charlie. Dick se volvió a mirar a su hijo—: ¡Vamos, muchacho!

—¿No podríamos acabarnos antes el tocino?

Dick Butterfield se detuvo en seco.

—¡Tocino! ¡Tocino en un momento como éste! ¡Dios Todopoderoso, me avergüenzo de que lleves el apellido Butterfield! ¿Cuántas veces te he explicado la importancia de la rapidez? ¡No sacaremos nada en limpio si nos entretiene la grasa del tocino y dejamos que otros lleguen antes! ¿Qué es lo que te impide captar una idea tan sencilla, hijo mío?

161

Dímelo. —Dick miró a su retoño, comprobando una vez más su expresión desdeñosa, en apariencia permanente, sus manos inquietas, su barbilla sin limpiar, brillante por la grasa y, lo peor de todo, sus ojos semejantes a un fuego preparado pero nunca encendido, ni siquiera por una explosión que debería despertar su curiosidad. Tampoco por primera vez, Dick Butterfield se descubrió pensando que era Maggie quien tendría que estar allí, porque aprendería con aquello, y pesaroso de que su hija no fuese un varón. Se preguntó dónde estaría. Sin duda la explosión la sacaría de su escondrijo y la llevaría corriendo al lugar de los hechos. Y entonces su padre le daría una buena tunda por escaparse; aunque quizá procediera también a abrazarla. Le dio la espalda a Charlie y se dirigió a buen paso hacia el humo. Después de un momento Charlie lo siguió, pensando aún en el tocino que se solidificaba en la sartén de la cocina.

La explosión, en efecto, sacó a Maggie de su escondite. Cuando oyó la conmoción en Hercules Hall —los chicos del circo que corrían de aquí para allá, Philip Astley que gritaba, John Fox que daba instrucciones— y luego empezaron los estallidos y los gritos en el sitio de la explosión, no pudo aguantar más: no estaba dispuesta a perderse el drama del barrio, aunque la descubriesen sus padres. Corrió hasta el fondo del jardín de los Blake, se subió a la valla, saltó al otro lado y, al atravesar a la carrera la explanada de Astley, se le unieron otros residentes que, llenos de curiosidad, se dirigían también hacia el humo y el ruido.

Jem la vio escapar y supo que tampoco él podía quedarse en casa.

—¡Vamos, Maisie! —gritó, tirando de su hermana escaleras abajo. En la calle oyeron un ruido de cascos y a continuación pasó a caballo John Astley, seguido por su padre.

—¡Oh! —exclamó Maisie, echando a correr tras ellos. La cofia de volantes se le cayó al suelo, y Jem tuvo que pararse y recogerla antes de apresurar el paso para alcanzarla.

CINCO

Todos los años, el 4 de junio, Philip Astley se encargaba de organizar unos fuegos artificiales para el cumpleaños del rey, haciéndolos estallar a las diez y media de la noche, terminada la función en el circo, desde barcazas en el Támesis. Nadie le había pedido que asumiese aquella responsabilidad, sencillamente había empezado a hacerlo veinte años antes y había terminado por convertirse en una tradición. Astley utilizaba también fuegos artificiales en otras ocasiones: al comienzo y al final de temporada para promocionar su circo, y durante determinadas representaciones cuando asistía alguien importante. Había instalado un laboratorio de fuegos artificiales en una casa de Asylum Place, a escasa distancia del asilo de huérfanas.

El asilo era un edificio majestuoso, de apariencia nada desagradable, situado en el lugar donde confluían Hercules Buildings, Bastille Row y Westminster Bridge Road. Proporcionaba un hogar a doscientas muchachas, a las que se enseñaban los rudimentos de la lectura, y a limpiar, cocinar, lavar y coser: todo lo que podía prepararlas para encontrar trabajo como criadas una vez que abandonaran el asilo a los quince años. Aunque las hubiera desconcertado la pérdida de sus progenitores, aquella institución era una tregua, si se la podía llamar así, entre el dolor de la primera pérdida y la larga monotonía en que iba a convertirse su vida.

El patio del asilo estaba rodeado por una negra verja de hierro de un metro ochenta de altura. En una esquina, pegadas a los barrotes, se amontonaban muchas de las chicas y sus instructoras, los rostros vueltos como girasoles hacia la casa de los fuegos artificiales, que en aquel momento escupía fuego y chisporroteaba y ardía resplandeciente. Para las jóvenes era como si aquel inusual espectáculo les estuviera especialmente destinado y tuviesen asientos de primera fila.

Los habitantes de las casas circundantes también contemplaban el fuego, pero no estaban tan encantados con el espectáculo. De hecho, aquellos cuyas propiedades se hallaban muy cerca del laboratorio temían que sus casas también ardieran. Los hombres gritaban, las mujeres lloraban. No cesaba de llegar gente de las calles vecinas para ver qué sucedía. Nadie tomaba iniciativa alguna, sin embargo: todos esperaban a que apareciese la persona adecuada.

Philip Astley llegó a caballo con su hijo. A esas alturas ya habían empezado a estallar los cohetes, la mayoría en dirección lateral, de manera que se estrellaban contra las paredes del laboratorio, si bien uno escapó entre las llamas —que ya se habían comido una parte del tejado— e inició su normal recorrido por el cielo. Los fuegos artificiales son impresionantes incluso de día, sobre todo cuando no se han visto nunca, como les sucedía a buena parte de las huérfanas, dado que por la noche se acostaban bastante antes de que tuvieran lugar las luminosas exhibiciones sobre el Támesis. Un suspiro salió de los labios de todas las muchachas cuando el cohete lanzó destellos verdes.

Para los Astley, sin embargo, los destellos verdes eran lágrimas. Se apearon de los caballos en el mismo momento en que John Fox —con los ojos de ordinario medio cerrados abiertos del todo en esta ocasión— llegaba a su lado.

—¡Fox! —tronó Philip Astley—. ¿Ha salido todo el mundo?

—Sí, señor Astley —respondió—, y sin percances, a excepción de John Honor, que se ha hecho daño al escapar por una ventana.

—¿Es grave?

John Fox se encogió de hombros.

—He mandado a un chico a buscar a su mujer y a un médico.

Philip Astley miró a su alrededor y tardó muy poco en hacerse cargo de la situación. Dada su condición de militar, además de la más reciente de propietario de circo, estaba acostumbrado a las crisis y a dirigir a un gran número de personas, muchas de ellas temperamentales o en tensión. No le resultó nada difícil dominar a una multitud de hombres boquiabiertos y de mujeres histéricas. Con la mayor naturalidad ocupó el sitio que le correspondía.

—¡Amigos! —gritó por encima de los estallidos de los petardos y lo que se antojaban silbidos de feroces serpientes—. ¡Necesitamos la colaboración de todos y deprisa! Mujeres y niños, id a casa y traed todos los cubos que encontréis. ¡Lo más rápido posible, ahora mismo! —Dio unas palmadas y las mujeres y los niños se desperdigaron como polvo soplado de la repisa de una chimenea.

—¡Ahora los hombres! Formad una cadena desde el fuego hasta el pozo que quede más cerca. ¿Dónde está el más próximo? —Miró a su alrededor y se lanzó sobre un ocioso, detenido frente a la casa en llamas, que lo miró sorprendido—. Escuche, ¿dónde está el pozo más cercano? Como puede ver, necesitamos grandes cantidades de agua, ¡grandes cantidades!

El interpelado meditó unos instantes.

—Hay uno allí abajo, junto al vivero de Shield —dijo, sin percatarse del todo de la urgencia que encerraba la petición de Astley. Pensó un poco más—. Pero el más próximo está ahí. —Señaló al otro lado de la verja donde las huérfanas se confundían en una masa de sarga de color marrón oscuro.

—¡Abran las puertas, señoras, y no tengan miedo: nos están haciendo un gran servicio! —gritó Philip Astley, siempre primera figura del espectáculo.

Al quedar expedito el camino, muy pronto una cadena de hombres —a la que se incorporaron enseguida mujeres y niños, e incluso las huérfanas más decididas— se extendió por el patio del asilo hasta el pozo del edificio, y empezaron a pasarse cubos de agua en dirección al fuego. Philip y John Astley se colocaron delante y fueron arrojando agua sobre las llamas; luego entregaban los cubos vacíos a sucesivos niños que corrían con ellos hasta el comienzo de la cadena.

Todo se organizó de manera tan rápida y eficaz en cuanto Philip Astley se puso al frente de la operación, que era imposible, para las personas situadas en las proximidades, no querer incorporarse. Se tardó muy poco en disponer de gente suficiente para dos cadenas y para el doble de cubos. En esas hileras se encontraban Dick y Charlie Butterfield, Jem y Maisie Kellaway, Bet y Maggie, e incluso Thomas y Anne Kellaway, quienes, igual que Jem, habían sentido la necesidad de salir de casa al oír tanto ruido en la calle y habían acudido a ver el incendio. Todos pasaron cubos llenos de agua hasta que les dolieron los brazos, sin que supieran que había allí otros miembros de sus respectivas familias haciendo lo mismo.

Los Astley arrojaron centenares de cubos de agua en las llamas. Durante algún tiempo pareció que su esfuerzo era eficaz, ya que se logró dominar el fuego en un lado del piso bajo. Pero otras llamas seguían encontrando depósitos de material combustible y, al inflamarlos, los hacían estallar y dispararse, proporcionando al incendio nuevos focos por todas partes. El fuego, además, se había extendido rápidamente hacia arriba, y trozos en llamas del techo y el tejado seguían cayendo y reiniciando el incendio. Nada podía detener la destrucción de la casa. A la larga los Astley aceptaron su derrota y se concentraron en arrojar el agua sobre las paredes laterales para evitar que el incendio se extendiera a otras propiedades.

Finalmente Philip Astley mandó decir a los que estaban junto al pozo que dejaran de sacar agua. Los últimos cubos avanzaron por cada una de las dos cadenas, y cuando la gente se volvió hacia su vecino de atrás para recoger el siguiente, como habían estado haciendo durante la última hora, se encontraron con que nadie se lo ofrecía. Miraron a su alrededor, parpadearon, y a continuación empezaron a moverse hacia la casa para ver el resultado de su trabajo. Fue descorazonador encontrar el edificio en ruinas, un vacío terrible entre las otras casas, como un diente cariado que se astilla y se extrae de entre sus vecinos. Aunque el fuego estaba ya sofocado, aún desprendían humo los restos carbonizados, oscureciendo el aire, de manera que más parecía atardecer que media mañana.

SEIS

D espués del intenso esfuerzo de las tareas de extinción se produjo una extraña pausa. Pero Philip Astley asumió enseguida la responsabilidad de confortar los ánimos alicaídos.

—Amigos, habéis venido en ayuda del circo Astley, y quedo para siempre en deuda con vosotros —empezó, manteniéndose lo más erguido que pudo, aunque el esfuerzo físico de la última hora le había afectado bastante—. Hemos sufrido un grave y doloroso accidente. Aquí estaban almacenados los fuegos artificiales destinados a la celebración del cumpleaños de su majestad el rey dentro de dos días. Pero hemos de dar gracias a Dios porque sólo una persona ha resultado herida y porque merced a vuestros heroicos esfuerzos no se ha incendiado ninguna otra propiedad. Tampoco el circo Astley se verá afectado; la función, de hecho, tendrá lugar esta tarde a las seis y media, la hora habitual, con entradas todavía disponibles en la taquilla. Si no la habéis visto aún, os habéis perdido un acontecimiento mucho más espectacular que este fuego. Os estoy sumamente agradecido, vecinos míos, por haber trabajado con denuedo para evitar que este desafortunado incidente se convirtiera en tragedia. Estoy…

Philip Astley siguió algún tiempo en la misma vena. Algunos lo escucharon; otros, no. Algunos necesitaban oír sus palabras; otros sólo querían sentarse, beber o comer algo, oír alguna habladuría o dormir un rato. La gente empezó a moverse, buscando a familiares y amigos.

Dick Butterfield se situó muy cerca de Philip Astley, para poder enterarse de las posibles necesidades creadas por aquella nueva situación.

Cuando, por ejemplo, oyó al dueño del circo decirle a un habitante de la calle que se proponía reconstruir la casa de inmediato, empezó a pensar en un cargamento de ladrillos, disponible en la carretera hacia Kennington, que sólo estaba esperando a que alguien quisiera utilizarlo. Pocas horas más tarde iría a la taberna donde cenaba el fabricante de los ladrillos y hablaría con él. Había también unos cuantos almacenistas de madera a lo largo del río a los que visitaría mientras tanto. Sonrió para sus adentros, aunque la sonrisa se le borró muy deprisa al ver a Charlie que, con otros muchachos, daba patadas en la calle a rescoldos todavía humeantes. Dick Butterfield agarró a su hijo y lo sacó de aquel juego improvisado.

—¡Usa la cabeza, idiota! ¿Cómo crees que le sienta a un hombre que acaba de perder su propiedad que te lo tomes a broma?

Charlie frunció el ceño y se escabulló hasta un sitio con menos gente, lejos de su padre y de los jóvenes con los que se estaba divirtiendo. Aunque nunca se lo había confesado a nadie, detestaba tener que ayudar a su padre. El tipo de negocio al que se dedicaba Dick Butterfield requería cierto encanto del que hasta el mismo Charlie sabía que estaba desprovisto y que nunca llegaría a poseer.

En cuanto terminaron con los cubos, Maisie arrastró a Jem hasta la multitud reunida en torno a Philip Astley para poder ver así a su hijo, que estaba muy cerca, el rostro ennegrecido por las cenizas. Entre la multitud, algunas personas a quienes les gustaba hacer conjeturas antes incluso de que se hubiera disipado el humo, comentaban entre sí que, si John Astley era el director general del circo, tendría que pronunciar él las arengas en lugar de su padre. Astley el viejo podía mantenerse al margen y dejar que su hijo dirigiera el espectáculo, susurraban. Mientras no se despidiera de verdad, su hijo seguiría bebiendo y acostándose con todas las mujeres del circo, como acababa de hacer con la señorita Laura Devine, la mejor bailarina de Europa en la cuerda floja. Lo que la vendedora de fresas había visto en la ventana de John Astley estaba ya en boca de otras personas con menos años. Las habladurías se propagaban deprisa en Lambeth. Eran semejantes a dinero en efectivo, con monedas que se acuñaban cada hora. La vendedora de fresas disponía de una muy concreta, con la cabeza de la señorita Devine troquelada en ella, e incluso mientras pasaba cubos la anciana se gastaba la moneda con sus vecinos.

Maisie no había oído aquella habladuría, sin embargo, y aún se comía con los ojos a John Astley mientras la mirada de él se perdía en la distancia y Philip Astley se desbordaba en gratitud. Las personas caritativas quizá dijeran que tras su máscara de color carbón estaba anonadado por lo sucedido con los fuegos artificiales del rey y el laboratorio de Astley; otros dirían que, sencillamente, parecía aburrido.

Cuando Philip Astley terminó de hablar y la gente se acercaba para acompañarle en el sentimiento u ofrecer sus teorías sobre cómo podía haberse iniciado el fuego, Maisie respiró hondo y empezó a abrirse camino entre la multitud para acercarse a John Astley.

—Maisie, ¿qué estás haciendo? —le preguntó Jem.

—Déjala —intervino una voz—. Si se empeña en hacer el ridículo, no conseguirás evitarlo.

Jem se volvió para encontrar a Maggie tras él.

—Buenos días —dijo, olvidándose por un momento de la tonta de su hermana. Aún le sorprendía descubrir lo mucho que se alegraba siempre de ver a Maggie, aunque tratase de ocultar tanto el placer como la sorpresa.

—Te hemos visto abandonar el jardín. ¿Estás bien?

Maggie se frotó los brazos.

—Voy a notar los cubos esta noche a la hora de dormir. Emocionante, de todos modos, ¿no es cierto?

—Lo siento por el señor Astley.

—No sufras por él. El lunes por la noche ya habrá añadido a su espectáculo un número basado en la explosión, con un telón de fondo que represente esto —hizo un gesto con la mano a su alrededor—, y petardos que estallen para que parezca de verdad. Y John Astley galopará y bailará con su caballo.

Jem no perdía de vista a su hermana, muy cerca de John Astley, la espalda muy recta, señal de que estaba nerviosa. Maisie le impedía ver el rostro del caballista, de manera que no sabía cuál era su reacción ante la palpable admiración de su hermana. Sólo pudo imaginarlo por la expresión radiante de Maisie al darse la vuelta y regresar junto a ellos.

—¡Es tan valiente! —exclamó—. Y muy caballeroso conmigo. ¿Sabéis que se ha quemado un brazo por acercarse demasiado a las llamas cuando estaba echando agua? Pero ni siquiera se paró para mirar la herida y sólo ahora se ha dado cuenta. Me… —se puso roja como la grana al pensar en su atrevimiento—, me ofrecí a vendársela, pero me ha dicho que no hacía falta y que buscase a mi familia para que no se preocuparan por mí. ¿No os parece que ha sido muy amable?

Jem veía ya de cuerpo entero a John Astley, que examinaba la esbelta silueta de Maisie, los ojos azules brillándole de manera casi increíble en la cara tiznada, para intranquilidad de Jem. Miró a Maggie, que procedió a encogerse de hombros y a llevarse a Maisie del brazo.

—Eso está muy bien, señorita Piddle, pero será mejor que vuelvas a casa. Mira, ahí están tus padres. No querrás que te vean con los ojos clavados en el señor Astley, ¿verdad que no? —Tiró de Maisie hacia Thomas y Anne Kellaway, recién salidos del humo, que era tan espeso ya como una niebla invernal. A Anne se le habían disparado los cabellos en todas direcciones y los ojos le lloraban tanto que no paraba de limpiárselos con un pañuelo.

—Jem, Maisie, ¿también estabais aquí? —preguntó Thomas Kellaway.

—Sí, papá —respondió su hijo—. Ayudábamos con los cubos.

Thomas asintió con la cabeza.

—Era lo que había que hacer entre vecinos. Me ha hecho pensar en el año pasado, cuando se quemó el establo de los Wightman e hicimos lo mismo. ¿Te acuerdas?

Jem recordaba aquel fuego en el límite de Piddletrenthide, aunque había sido distinto de éste. No se le había olvidado el escaso efecto de sus cubos de agua sobre las llamas, que se alzaron tanto como los robles cercanos una vez que alcanzaron el heno; después fue muy poco lo que se pudo hacer para detenerlas. Recordaba los relinchos de terror de los caballos atrapados detrás de las llamas, el olor a carne quemada, los alaridos con que respondía el señor Wightman y cómo hubo que retenerlo para que no corriera como un demente hacia el fuego en su afán de rescatar a los animales. También se acordaba de cómo lloraba la señora Wightman durante todo el crepitar y los gritos. Y de Rosie Wightman, una muchacha con la que Maisie y él habían ido con frecuencia al río Piddle para pescar anguilas y recoger berros, que miraba el fuego con expresión de horror y los ojos muy abiertos y que desapareció del valle del Piddle poco después, cuando se descubrió que había estado jugando con velas en el establo. No se había vuelto a saber nada de ella, y Jem se preguntaba a veces qué habría podido sucederle. El señor Wightman perdió el establo, el heno y los caballos, y su mujer y él acabaron en el asilo de pobres de Dorchester.

El incendio de Lambeth sólo había destruido fuegos artificiales, mientras que el de Wightman fue un infierno que acabó con una familia. El rey cumpliría de todos modos un año más tanto si sus súbditos londinenses veían los fuegos artificiales como si no. De hecho Jem se preguntaba a veces por qué Philip Astley gastaba tanto tiempo y energía en algo que contribuía tan poco a la marcha del mundo. Si Thomas Kellaway y sus colegas no hicieran sillas, bancos, ni taburetes, la gente no podría sentarse como es debido, y tendrían que utilizar el suelo. Si Philip Astley no dirigiera su circo, ¿supondría eso alguna diferencia? Jem, sin embargo, no le podía decir una cosa así a su madre. Nunca habría imaginado que pudiera llegar a gustarle tanto el circo. Incluso ahora brillaban lágrimas en sus ojos al mirar a los Astley.

En una pausa de la conversación, Philip Astley sintió su mirada y se volvió. No pudo por menos de sonreír ante la preocupación pintada en su rostro, y ello tratándose de una mujer que incluso prefería no verlo unos meses antes.

—Ah, señora, no hay necesidad de llorar —dijo, sacándose un pañuelo del bolsillo y ofreciéndoselo, aunque estaba tan manchado de hollín que no hubiera servido de mucho—. Nosotros, los Astley, hemos tenido que enfrentarnos a cosas peores en el pasado.

Anne Kellaway no aceptó el pañuelo, pero se secó los ojos con la manga del vestido.

—No, no, es el humo lo que me irrita los ojos. Los efectos del humo de Londres. —Dio un paso atrás, alejándose de él, porque la presencia de Philip Astley siempre tenía el efecto de expulsar a los demás del espacio que les correspondía.

—No tenga miedo, señora Kellaway —dijo Astley, como si Anne no hubiera hablado—. Esto no es más que un revés momentáneo. Doy gracias a Dios porque sólo mi carpintero ha resultado herido. Y estoy seguro de que se recuperará muy pronto.

Thomas Kellaway se hallaba junto a su esposa, con la mirada en los restos humeantes de la casa. Ahora intervino en la conversación.

—Si mientras tanto necesita usted alguna ayuda, señor Astley, con la madera y demás, mi chico y yo le echaremos una mano con mucho gusto, ¿verdad, Jem?

Su sincero ofrecimiento a un vecino necesitado, hecho con su agradable voz y sin cálculo alguno interesado, tuvo un impacto mayor de lo que él podía imaginar. Philip Astley miró a Thomas Kellaway como si alguien de pronto hubiera hecho que el sol brillara con más fuerza. La pausa antes de contestar no fue por mala educación, sino porque estaba pensando desde aquella nueva perspectiva. Astley miró a John Fox que, como siempre, estaba a su lado, una vez más con los ojos medio ocultos por los párpados ahora que el incendio estaba dominado.

—Bien, veamos —empezó—. Un ofrecimiento muy amable, amigo mío, muy amable sin duda. Puede incluso que se lo acepte. Veremos. De momento, amigo mío, señora… —Hizo una reverencia a Anne Kellaway—. He de dejarles, porque tenemos que ocuparnos de muchas cosas. Pero volveré a verlos muy pronto, espero. Muy pronto, desde luego, amigo mío. —Se alejó, junto con John Fox para reunirse con su hijo y empezar a dar órdenes a quienes los estaban esperando.

Jem, atónito, había escuchado a su padre y a Philip Astley en silencio. Nunca se le habría ocurrido que su padre y él pudieran trabajar como asalariados en lugar de por su cuenta. El rostro de Maisie se iluminó, sin embargo, porque sin duda encontraría razones para visitar a su padre y a su hermano en el anfiteatro y luego se quedaría allí para ver a John Astley. Anne Kellaway también se preguntó si aquello iba a significar que podría ir aún con más frecuencia al circo.

Dick Butterfield, mientras tanto, había descubierto a Maggie con los Kellaway y se dirigió sigilosamente hacia ella. Se estaba preparando para abalanzarse —si no la sujetaba bien era más que probable que echara a correr— cuando el ofrecimiento de Thomas Kellaway a Philip Astley lo detuvo en seco. Dick Butterfield se consideraba maestro indiscutible de la frase acertada y de la sugerencia oportuna, encaminadas a obtener la respuesta buscada y a meterle de paso unas monedas en el bolsillo. Él lo hacía bien, pensó, pero Thomas Kellaway acababa de superarlo. «Maldito sea», murmuró antes de arrojarse sobre su hija.

Cogida por sorpresa, Maggie gritó y trató de zafarse de su padre.

—¿La tienes, entonces? —gritó Bet, abriéndose camino entre la multitud para reunirse con su marido—. ¿Dónde demonios has estado, descarada? —le rugió a su hija a la que procedió a abofetear mientras forcejeaba—. ¡No se te ocurra volver a escaparte!

—No, no lo hará —afirmó Dick, sujetándola aún con mayor firmeza—. Estará demasiado ocupada trabajando, ¿no es así, Mags? La cuerda no es de tu agrado, ¿eh? No te preocupes, he encontrado otro sitio para ti, ¿sabes? Un amigo mío lleva la fábrica de mostaza que está junto al río. Trabajarás allí desde el lunes. Eso hará que te portes bien. Ya es hora de que empieces a traer un sueldo a casa, tienes la edad suficiente. Hasta entonces Charlie no te perderá de vista. ¡Charlie! —gritó, buscándolo.

Charlie se acercó con aire despreocupado desde la pared contra la que se había recostado. Trató de mirar con ferocidad a Jem y de sonreír a Maisie al mismo tiempo, pero sólo produjo una sonrisita poco clara. Jem le devolvió la mirada hostil; Maisie bajó los ojos.

—¿Dónde has estado, chico? —exclamó su padre—. Sujeta a tu hermana y no la pierdas de vista hasta que la lleves a la fábrica de mostaza el lunes por la mañana.

Charlie sonrió y sujetó el otro brazo de Maggie con las dos manos.

—Pierde cuidado, papá. —Cuando nadie miraba, dio a su hermana un pellizco retorcido muy doloroso.

Con sus padres delante, Maggie no podía darle una patada.

—¡Imbécil! —gritó—. ¡Mamá!

—A mí no me hables, ingrata —resopló Bet—. No quiero saber nada de ti. Nos has tenido demasiado preocupados.

—Pero… —Maggie se calló cuando Charlie hizo un gesto de cortarse el cuello con el dedo índice. Cerró los ojos y pensó en las atenciones que había recibido de los Blake y de la paz brevemente disfrutada en su jardín, donde podía olvidarse de Charlie y de lo que le había sucedido en el pasado. No se le ocultaba que era una cosa demasiado buena para que durase y que, a la larga, tendría que dejar el jardín y regresar con sus padres. Sólo aspiraba a decidir ella misma cuándo iba a suceder eso.

Se le escaparon las lágrimas y, aunque se las secó rápidamente con los dedos, los hermanos Kellaway repararon en ellas. Maisie miró a su amiga con simpatía, mientras Jem se clavaba las uñas en las palmas de las manos. Nunca había tenido tantas ganas de darle una paliza a alguien como en aquel momento a Charlie Butterfield.

Bet miró a su alrededor, dándose cuenta de repente de la exhibición pública de desunión que estaba dando su familia.

—Hola de nuevo —dijo, dirigiéndose a Anne para tratar de reanudar la inocente cháchara entre vecinas—. Iré a verlas un día de éstos para terminar ese Blandfield Wagon Wheel.

—Cartwheel —le corrigió Anne Kellaway—. Blandford Cartwheel.

—Eso es. Hasta pronto. ¿Nos vamos, Dick? —Tomó a su marido del brazo.

—A la taberna, mujer.

—Me parece bien.

Los Butterfield se fueron por un lado y los Kellaway por otro. Jem y Maggie se miraron mientras Charlie empujaba a esta última, y siguieron haciéndolo hasta que los tirones de su hermano consiguieron que se perdiera de vista.

Ninguno reparó en el señor Blake, sentado en los escalones de una de las casas situadas frente a la que había ardido; la señora Blake estaba a su lado, apoyada en la pared de la casa. El señor Blake tenía su cuaderno sobre las rodillas y hacía garabatos rápidamente.

SIETE

A las cinco de la mañana del domingo, John Honor, carpintero jefe del circo de Astley, murió de las heridas sufridas en la explosión del laboratorio de fuegos artificiales. Después de ir a dar el pésame a la viuda, Philip Astley se presentó en casa de los Kellaway cuando salían para el servicio religioso que se celebraba a primera hora en Saint Mary, y ofreció a Thomas un puesto de carpintero en su circo.

—Lo acepta —respondió Anne Kellaway en nombre de toda la familia.

Septiembre de 1792

V.

UNO

Amigos, hacedme el favor de venir aquí; quiero hablar un momento con vosotros. Me refiero a todo el mundo, también en la pista, por favor.

La voz atronadora de Philip Astley se oía por todo el anfiteatro. Jem y Thomas Kellaway se miraron y dejaron en el suelo las herramientas que habían estado recogiendo: era sábado a mediodía y terminaba ya su jornada de trabajo. Avanzaron con los demás carpinteros desde los bastidores hasta la pista, donde se les unieron, entre quejas, acróbatas, jinetes, costureras, mozos de cuadra, muchachos de los recados, músicos, bailarines y el resto de los empleados del circo. No era la primera vez que Philip Astley convocaba una reunión de toda la compañía, pero no solía hacerlo cuando estaban a punto de tener una tarde libre antes de la función de la noche. El momento elegido sugería que las noticias no iban a ser buenas.

Thomas Kellaway no se unió a las quejas. Aunque llevaba ya tres meses trabajando para el circo y estaba contento de tener un sueldo seguro, aún se sentía demasiado novato para decir nada si no se le hacía una pregunta directa. Se limitó, sencillamente, a colocarse junto al escenario con Jem y los otros carpinteros y guardar silencio.

John Fox se apoyaba en la barrera que separaba los asientos de la platea de la pista del circo, y siguió masticando algo, de manera que sus largos bigotes se le movían. Tenía los párpados tan caídos que parecía dormir de pie; así podía, además, de manera muy conveniente, evitar el contacto visual con todo el mundo. John Astley estaba sentado en la pla-

179

tea con algún jinete más y con las botas de montar —a las que una de sus primas se encargaba de sacar brillo todos los días— apoyadas en la barandilla, mientras se limpiaba la uña del pulgar.

—Fox, ¿está todo el mundo aquí? Bien. Ahora, amigos, escuchadme. —Philip Astley agitó las manos arriba y abajo para silenciar los ruidos de descontento—. Chicos y chicas, en primer lugar me gustaría decir que habéis hecho un trabajo extraordinario, excepcional. Estoy convencido, sin lugar a duda, de que esta temporada pasará a la historia como una de las mejores del circo Astley. No hay nadie que esté a nuestra altura en lo que a profesionalidad se refiere, así como por lo deslumbrante de nuestros espectáculos.

»Pero ahora, amigos míos, he de haceros partícipes de algunas noticias que nos van a afectar a todos. Como sin duda no se os oculta, vivimos tiempos difíciles. Tiempos peligrosos, podríamos decir. Tiempos revolucionarios. Durante el verano se han producido disturbios cada vez más graves en Francia, ¿no es así? Debéis saber, buena gente del circo, que podemos estar llegando a un sangriento punto culminante. Quizá algunos de vosotros habéis oído las noticias de hoy procedentes de París, desde donde nos informan de la muerte de doce mil ciudadanos. ¡Doce mil monárquicos, amigos míos, personas leales al rey y a la familia! ¡Personas como vosotros y como yo! ¡No doce, no mil doscientos, doce mil! ¿Tenéis idea de cuántas personas supone esa cifra? Nada menos que el público de doce noches, amigo mío. —Miró al señor Johannot, el cantante, que le devolvió la mirada con los ojos muy abiertos—. Imagínense el público de doce noches amontonado en las calles a nuestro alrededor, señoras. —Philip Astley se volvió hacia un grupo de costureras que habían estado lanzando risitas nerviosas en sus asientos y que se inmovilizaron al mirarlas el dueño del circo con cara de pocos amigos—. Asesinados sin compasión, hombres, mujeres y niños por igual: gargantas cortadas, vientres abiertos a cuchilladas, su sangre y sus entrañas vertiéndose por los arroyos de Westminster Bridge Road y Lambeth Marsh. —Una de las chicas se echó a llorar y otras dos la imitaron.

»Bien podéis llorar —continuó Philip Astley alzando la voz por encima de sus sollozos—. Semejante crueldad tan cerca de nuestras orillas supone una grave amenaza para todos nosotros. Una amenaza de gravedad extrema, queridos colegas. El encarcelamiento del rey francés y de su familia es un desafío a nuestra propia familia real. Vigilad y llorad, amigos. Esto es el fin de la inocencia. Inglaterra no puede dejar pasar semejante desafío a nuestro modo de vida. En menos de seis meses estaremos en guerra con Francia: me lo dice mi instinto de oficial de caballería. Dad ahora un beso de despedida a vuestros padres, hermanos e hijos porque es posible que muy pronto se incorporen a filas.

Durante la pausa que siguió, mientras Philip Astley dejaba que sus palabras hicieran mella en sus oyentes, los gestos de irritación y las quejas se transformaron en rostros solemnes y en silencio, aparte de las lágrimas del banco de las costureras. Thomas Kellaway miró a su alrededor asombrado. Sin duda la revolución en Francia se discutía más en las tabernas de Londres que en Five Bells, la de Piddletrenthide, pero nunca había pensado que pudiera afectarle de manera personal. Miró a Jem, que acababa de cumplir trece años. Aunque demasiado joven para convertirse en carne de cañón, había crecido lo bastante para sentir la amenaza de verse enrolado a la fuerza en el ejército. Thomas Kellaway había visto en acción a un destacamento de enganche en una taberna de Lambeth, y presenció cómo seducían a un joven crédulo con la promesa de varias jarras de cerveza gratis para luego llevarlo a la fuerza a un cuartel cercano. Tommy habría sido una víctima ideal, pensó Thomas. Quien hubiera tenido que preocuparle en lugar de Jem habría sido Tommy. Pero en tal caso, si Tommy aún estuviera vivo para tener que preocuparse por él, la suya sería una familia unida, muy compenetrada, que seguiría bien escondida en el valle del Piddle, lejos del peligro de los destacamentos de enganche. Thomas no había pensado en tales amenazas cuando su mujer y él decidieron trasladarse a Londres.

—He estado observando a nuestro público —continuó Philip Astley, y Thomas Kellaway salió de su meditación personal para escucharlo—. El mundo del espectáculo ha de valorar siempre los estados de ánimo de sus espectadores. Hay que permanecer vigilantes, amigos míos. Soy consciente de que, si bien al público le gusta que se le mantenga informado de la situación del mundo, también acuden a nosotros para olvidar: vienen a reírse y a disfrutar con las maravillas superlativas que se despliegan ante sus ojos; vienen a sacarse de la cabeza por unas horas las preocupaciones y amenazas del mundo. Este mundo nuestro —hizo un gesto amplio, para incluir la pista, el escenario, los asientos y las galerías— se convierte en el suyo.

»Antes incluso de las terribles noticias de hoy, ya había alcanzado yo la inevitable conclusión de que el programa actual quizá pone demasiado el acento en el espectáculo militar. La espléndida representación, llena de realismo, de los soldados levantando el campamento en Bagshot Heath, y el espectáculo de la celebración de la paz en la India Oriental, son escenas de las que podemos estar orgullosos con justicia. Pero quizá, amigos míos, dada la situación actual en Francia, estén *de trop*, en especial para nuestras espectadoras. Tenemos que pensar en su naturaleza especialmente sensible. He tenido ocasión de ver a muchas componentes del bello sexo estremecerse y apartar la vista de esos espectáculos; de hecho, ¡tres se desmayaron la semana pasada!

—Fue por el calor —murmuró el carpintero que estaba junto a Thomas Kellaway, aunque no lo bastante alto para que lo oyera Philip Astley.

—De manera que vamos a reemplazar, chicos y chicas, el espectáculo de Bagshot Heath por una nueva pantomima que ya he compuesto. Será una continuación de las aventuras de Arlequín que mi hijo interpretó a comienzos de temporada, y que se llamará *Arlequín en Irlanda*.

Un gemido se alzó de los reunidos. El circo Astley había estado actuando con gran éxito de público y, después de varios cambios en el programa, se había instalado en una cómoda rutina con la que muchos confiaban en llegar ya hasta el final de la temporada. Estaban cansados de cambios y contentos de repetir todas las noches el mismo espectáculo sin tener que aprender números nuevos que requerían abundante trabajo extra con el que no contaban. El descanso de los sábados por la tarde se suprimiría sin duda como primera providencia.

Ya mientras Philip Astley insistía en que *Arlequín en Irlanda* iba a ser un tónico para públicos cansados de revolución, los carpinteros se pusieron en marcha hacia el escenario, preparándose para iniciar de inmediato la construcción de decorados. Thomas Kellaway fue tras ellos, aunque más despacio. Incluso después de tres meses en el circo, trabajar con tantas personas le resultaba a veces abrumador, y en ocasiones sentía nostalgia de la tranquilidad de su taller en Dorsetshire o en Hercules Buildings, donde sólo él y su familia hacían ruido. En el circo se encontraba con un interminable desfile de artistas, músicos, caballos, proveedores de madera, tela, avena y heno, chicos que entraban y salían debido a los innumerables encargos que les hacía Philip Astley, a los que se añadían los diferentes parásitos que, junto con los demás, contribuían a crear el caos. Por encima de todos estaba Philip Astley en persona, dando órdenes a voz en cuello, discutiendo con su hijo sobre el programa, con la señora Connell sobre la venta de entradas o con John Fox sobre todo lo demás.

El ruido no era lo único a lo que Thomas Kellaway había tenido que adaptarse en su nuevo puesto. De hecho el trabajo no podía ser más diferente al de la fabricación de sus sillas, y a veces pensaba que debería explicarle a Philip Astley que él no era la persona apropiada para las exigencias de aquel trabajo y reconocer que sólo había aceptado el empleo para complacer a su mujer, obsesionada con el circo.

Thomas Kellaway era sillero, una profesión que requería paciencia, mano firme y ojo para la forma que mejor convenía a cada madera. Construir el tipo de cosas que el circo Astley necesitaba suponía un uso completamente distinto de la madera. Esperar que Thomas Kellaway fuese capaz de hacer aquel trabajo era como pedirle a un fabricante de cerveza que abandonara su trabajo para hacer el de una lavandera por la sencilla razón de que en los dos casos se utilizaba el agua. A la hora de hacer sillas, la elección de la madera para cada parte era determinante si se quería crear una silla sólida, cómoda y de larga duración. Thomas conocía sus olmos y sus hayas, sus tejos, sus castaños y sus nogales. Sabía qué era lo que tendría mejor aspecto y daría mejor resultado para el asiento (siempre olmo), las patas y las barras (prefería tejo si podía conseguirlo), los arcos para el respaldo y los brazos (haya). Sabía exactamente cuánto se podía curvar la madera de haya sin que se astillara; sentía con qué fuerza tenía que desbastar una plancha de olmo con su azuela para dar forma al asiento. Le gustaba la madera porque llevaba usándola toda la vida. Para los decorados, sin embargo, Thomas Kellaway utilizaba algunas de las maderas más baratas y de peor calidad que había tenido nunca la desgracia de manejar. Fresno lleno de nudos, piezas de segunda categoría y finales de haya, incluso madera chamuscada rescatada de incendios..., apenas soportaba tener que tocar aquellos materiales.

Todavía más dura, sin embargo, era la idea que sustentaba lo que se suponía que tenía que hacer. Cuando Thomas fabricaba una silla, sabía que era una silla: tenía aspecto de silla y se iba a usar como tal. De lo contrario no tenía ningún sentido hacerla. Los decorados, en cambio, no eran lo que representaban. Cortaba planchas de madera con formas de nubes que se pintaban de blanco y se colgaban en el «cielo» para que pareciesen nubes, aunque no lo eran. Construía castillos que no eran castillos, montes que no eran montes, pabellones indios que no eran ni pabellones ni indios. La única finalidad de lo que hacía era parecerse a otra cosa y conseguir un efecto. Es cierto que tenía buen aspecto, visto desde lejos. El público con frecuencia se quedaba boquiabierto y aplaudía cuando se alzaba el telón y las creaciones de los carpinteros situaban la escena, aun cuando desde cerca fuesen claramente trozos de madera unidos con clavos y pintados para crear una ilusión. Thomas Kellaway no estaba acostumbrado a hacer cosas que parecían bien hechas desde lejos pero no al acercarse. No era así como funcionaban las sillas.

Sus primeras semanas con Astley, sin embargo, no fueron tan desastrosas como cabía esperar. A Thomas Kellaway le sorprendió bastante, porque nunca, en toda su vida, había trabajado como parte de un grupo. La primera vez que apareció en el anfiteatro al día siguiente de que Philip Astley lo contratase, con sus herramientas en una cartera, nadie reparó en él por espacio de una hora. Los otros carpinteros estaban ocupados construyendo un cobertizo en la parte de atrás para almacenar los escasos trozos y piezas que se habían salvado del incendio del laboratorio. Thomas estuvo mirándolos durante un tiempo; luego, al reparar en que uno de sus colegas recorría la galería del teatro apretando los pasamanos, encontró algunos clavos y trozos de madera, cogió sus herramientas, y se dedicó a hacer algunos arreglos en los palcos. Cuando terminó, más seguro de sí mismo, volvió al cobertizo a medio construir y en silencio se incorporó a la confusión, pasando una tabla de las medidas justas precisamente cuando hacía falta, consiguiendo clavos cuando nadie más encontraba ninguno, deteniendo una tabla suelta antes de que golpeara a alguien. Cuando la última tabla del tejado inclinado hubo encontrado su sitio a martillazos, Thomas Kellaway ya se había convertido en un componente más del equipo. Para celebrar su llegada, los otros carpinteros lo llevaron al mediodía a Pedlar's Arms, su taberna favorita, al norte del puente de Westminster, en la otra acera de la calle donde estaban los almacenes de madera. Brindando una y otra vez por su desaparecido carpintero jefe, el desafortunado John Honor, se emborracharon todos, a excepción de Thomas, que, finalmente, los dejó para regresar y trabajar él solo en un volcán de madera que tenía que vomitar fuegos artificiales como parte del drama *La venganza de Júpiter*.

Desde entonces Thomas Kellaway había empleado el verano en estar callado y en trabajar a conciencia para el circo. Era más fácil no decir nada, porque cuando abría la boca los demás se reían de su acento de Dorset.

Ahora empezó a buscar entre sus herramientas.

—Jem, ¿dónde está nuestra sierra de marquetería? —preguntó—. Uno de los hombres la necesita.

—En casa.

—Entonces corre a buscarla, hazme el favor.

DOS

C uando hacía falta, como aquel día, Jem ayudaba a su padre en el anfiteatro; otras veces pasaba a ser uno de los chicos del circo que Philip Astley o John Fox utilizaban para hacer recados. Por lo general se trataba de ir a sitios en Lambeth o en el cercano Southwark. Las pocas veces que se le pedía ir más lejos —a un impresor cerca de Saint Paul's, a un bufete en el Temple, o a un mercero próximo a Saint James— Jem cedía el honor a otros chicos, siempre deseosos del penique extra que obtenían con los viajes al otro lado del río.

A menudo Jem no sabía cuál era su destino. «Corre al almacén de maderas de Nicholson y diles que necesitamos otra entrega de madera de haya, del mismo tamaño que la de ayer», le decía John Fox, dándose la vuelta antes de que Jem pudiera preguntarle dónde estaba el almacén. En esos casos echaba de menos a Maggie más que nunca, porque podría haberle dicho al instante que Nicholson quedaba inmediatamente al oeste del puente de Blackfriars. En lugar de eso se veía forzado a preguntar a los otros chicos, que le tomaban el pelo tanto por su ignorancia como por su acento.

A Jem no le importaba que lo mandaran a casa; de hecho le agradaba salir del anfiteatro. Asociaba estar al aire libre con septiembre más incluso que con los meses de verano, porque resultaba a menudo templado y agradable pero nunca sofocante. La luz de septiembre en Dorsetshire era maravillosa, con el sol arrojando su oro oblicuamente en lugar de golpear la tierra directamente como en pleno verano. Después de la frenética recogida del heno que, en agosto, mantenía el campo en constante movimiento, septiembre era más tranquilo y más contemplativo. La mayor parte de la huerta de su madre estaba lista para la mesa y aparecían además las flores: dalias, asteres, rosas. Maisie, sus hermanos y él se atiborraban de moras hasta que tenían los dedos y los labios teñidos de color morado brillante, o hasta la fiesta de San Miguel al acabar septiembre, cuando se decía que el demonio había escupido en las zarzas y las moras se agriaban.

Por debajo de la dorada abundancia de septiembre, sin embargo, una corriente empujaba también de manera inevitable en la dirección contraria. Podía haber aún mucho verde por todas partes, pero entre la maleza se iban acumulando hojas secas y enredaderas marchitas. Las flores estaban en su momento más esplendoroso, pero se mustiaban enseguida.

En Londres septiembre era menos dorado que en Dorsetshire, pero no había que ponerle peros. Jem se habría entretenido si hubiera podido, pero sabía que si retrasaba la entrega de la sierra de marquetería, el carpintero que la esperaba se iría a la taberna y luego sería incapaz de trabajar, acumulando tareas para su padre y para él. De manera que apretó el paso por los callejones entre el anfiteatro de Astley y Hercules Buildings sin detenerse para disfrutar con la luz del sol.

La señorita Pelham se hallaba en el jardín delantero del número 12 de Hercules Buildings, empuñando unas tijeras de podar, y el sol iluminaba su vestido amarillo. De la casa vecina, el número 13, domicilio de William Blake, salía un hombre que Jem no había visto nunca, aunque le pareció familiar, inclinado hacia delante como iba, con las manos a la espalda, el paso decidido pero casi torpe, la frente amplia llena de arrugas. Pero sólo cuando la señorita Pelham susurró: «Es hermano del señor Blake», reconoció Jem el parecido familiar.

—Ha muerto su madre —continuó su casera en voz muy baja—. Escúchame, Jem, ni tú ni tu familia tenéis que hacer ruido, ¿me oyes? El señor Blake no querrá oír vuestros martillazos y vuestros golpes ni que mováis Dios sabe qué de un lado a otro mañana y tarde. Acuérdate de decírselo a tus padres.

—Sí, señorita Pelham. —Jem vio subir por Hercules Buildings al hermano del señor Blake. Debe de ser Robert, pensó, al que el grabador había mencionado varias veces.

La señorita Pelham tijereteó salvajemente su seto de boj.

—El funeral es mañana por la tarde, de manera que no estorbes.

—¿Saldrá de aquí el cortejo?

—No, no; del otro lado del río. Van a enterrarla en Bunhill Fields. Pero, en cualquier caso, no molestes al señor Blake. No querrá que tú o esa chica lo estéis rondando en este momento de tristeza.

En realidad Jem no había tenido ninguna relación con el señor Blake durante todo el verano y muy poca con Maggie. Se diría que había pasado un año entero desde que su amiga se escondiera en casa de los Blake, tanto era lo que había cambiado su vida.

Aquello hizo que a Jem le resultara todavía más sorprendente, pocos minutos más tarde, descubrirla nada menos que en el jardín de los Blake. Había mirado por la ventana trasera para ver si su madre estaba en la huerta del señor Astley, y así era, en efecto: enseñaba a una sobrina de Astley cómo atar las tomateras a estacas sin estropear los tallos. Thomas Kellaway había echado mano de todo su valor para preguntar a Philip Astley si su mujer podía utilizar un trocito de terreno para sus propias verduras a cambio de ayudar a la sobrina de Astley, que parecía no distinguir entre nabos y nabas. Anne Kellaway no cupo en sí de alegría cuando el dueño del circo aceptó, porque si bien ya estaban a mitad de junio, y era demasiado tarde para muchas cosas, aún había conseguido sacar adelante algunas lechugas y rábanos tardíos, así como puerros y coles para más adelante.

Jem estaba a punto de darse la vuelta para bajar, la sierra de marquetería en la mano, cuando un resplandor blanco dentro del cenador de los Blake atrajo su atención. Al principio temió estar viendo una repetición del despliegue de desnudez presenciado unos meses antes, escena que aún le hacía ruborizarse cuando se acordaba de ella. Luego vio una mano que sobresalía de la sombra de la entrada, y una bota que reconoció, por lo que poco a poco reconstruyó la silueta inmóvil de Maggie.

No había nadie más en el jardín de los Blake, aunque la señorita Pelham estaba en el suyo, retirando las rosas marchitas. Jem dudó un momento, luego bajó muy deprisa las escaleras, corrió por Hercules Buildings hasta llegar al callejón que llevaba a Hercules Hall y después a la izquierda para rodear así las vallas de los jardines traseros. Su madre estaba aún con sus tomateras y Jem pasó sigilosamente sin ser visto. Llegó a la valla trasera de los Blake, donde un cajón viejo seguía escondido bajo una mata bastante alta, recuerdo de las dos semanas durante las que Maggie entraba y salía por allí en lugar de atravesar la casa de los Blake. Jem se detuvo junto al cajón, vigilando la espalda de su madre. Después, a toda velocidad, trepó por la valla y saltó dentro.

Abriéndose camino rápidamente a través de la parte descuidada del jardín, Jem se acercó sigilosamente a Maggie, manteniendo el cenador entre él y las ventanas de los Blake de manera que no pudieran verlo. Cuando ya estuvo cerca vio los hombros y el pecho de su amiga moviéndose al compás de la respiración. Jem miró a su alrededor y, cuando tuvo la seguridad de que los Blake no estaban cerca, se sentó y contempló a Maggie mientras dormía. Tenía las mejillas encendidas y una mancha amarilla a lo largo del brazo.

Maggie había desaparecido a raíz del fuego. Jem y su padre trabajaban mucho en el circo, pero no tantas horas como ella en la fábrica de mostaza, donde empezaba a las seis de la mañana y seguía hasta la noche todos los días de la semana excepto el domingo. Pero cuando los Kellaway iban a la iglesia, Maggie se desquitaba durmiendo, a veces durante todo el día. Cuando sucedía eso Jem tenía que esperar una semana más para verla.

Si Maggie se levantaba el domingo por la tarde, se reunían junto a la valla delante de la explanada de Astley y bajaban al río: unas veces por los alrededores de Lambeth Palace; otras, para pasear por el puente de Westminster. A menudo ni siquiera hacían eso, y se limitaban a sentarse apoyados en la valla. A Jem no se le ocultaba que Maggie perdía animación; cada domingo la veía más agotada, y más flaca, y notaba como las curvas que le atraían iban desapareciendo. Las líneas de las palmas de las manos y de los dedos, así como el espacio bajo las uñas estaban manchados de amarillo. Un polvo delicado se le pegaba también a la piel —en las mejillas, el cuello, los brazos— y no lograba lavárselo del todo, convertido en persistente fantasma amarillo. Su pelo oscuro había pasado a ser de un gris apagado debido al polvo de mostaza que recogía. Al principio Maggie se lo lavaba todos los días, pero renunció pronto: lavárselo le llevaba un tiempo durante el que podía dormir y ¿para qué molestarse en tener el pelo limpio cuando al día siguiente estaría de nuevo impregnado de mostaza?

Maggie sonreía menos. Hablaba menos. Jem descubrió que, por primera vez, era él quien llevaba la conversación. La mayor parte del tiempo la entretenía con historias sobre las cosas que pasaban en el circo: la pelea entre Philip Astley y el señor Johannot sobre las palabras subidas de tono que este último utilizaba en «La canción del pastelero» y que hacía que todas las noches el circo se viniera abajo con los aplausos; la desaparición de una de las costureras, a la que luego se encontró en Vauxhall Gardens, borracha y embarazada; la noche en la que el volcán de Júpiter se vino abajo por la violencia de los fuegos artificiales que se encendieron detrás. A Maggie le encantaban aquellas historias y pedía más.

Ahora, al mirarla, se sintió angustiado. Deseaba extender la mano y pasarle un dedo por el polvo de mostaza que tenía en el brazo.

Finalmente susurró su nombre.

Maggie se incorporó con un grito.

—¿Qué? ¿Qué pasa? —Miró a su alrededor con ojos desorbitados.

Jem se llevó un dedo a los labios tratando de calmarla y maldiciéndose por haberla asustado.

—La señorita Pelham está ahí al lado. Te he visto desde nuestra ventana y he pensado…, bueno, quería ver si estabas bien.

Maggie se frotó la cara, recobrando la calma.

—Por supuesto que estoy bien. ¿Por qué tendría que pasarme algo?

—Por nada. Es sólo que…, ¿no deberías estar en la fábrica?

—Ah, eso. —Suspiró, haciendo un ruido de persona mayor que Jem no le había oído nunca, y se pasó los dedos entre los enredados rizos—.

Demasiado cansada. Fui por la mañana, pero me escapé a la hora del almuerzo. Todo lo que quería era dormir un poco. ¿Llevas encima algo de comer?

—No. ¿No te han dado nada en la fábrica?

Maggie entrelazó los dedos y se estiró de manera que echó los hombros para atrás.

—No, me fui mientras aún podía. Es igual, ya comeré luego.

Siguieron un rato sentados en silencio, escuchando las tijeras de podar de la señorita Pelham que trabajaba con sus rosas. Los ojos de Jem se iban una y otra vez a los brazos de Maggie, que ahora se abrazaba las rodillas.

—¿Se puede saber qué estás mirando? —preguntó de repente.

—Nada.

—Sí que estás mirando.

—Me preguntaba…, a qué sabe. —Hizo un gesto hacia la mancha de polvo que tenía Maggie en el brazo.

—¿La mostaza? A mostaza, tonto. ¿Por qué? ¿Quieres lamer un poco? —Maggie, socarrona, le ofreció el brazo.

Jem se puso colorado y Maggie insistió en aprovechar la situación.

—Vamos —murmuró—. Te desafío.

Aunque lo deseaba, Jem no se atrevía a reconocerlo. Vaciló, luego se inclinó, pasó la lengua unos cuantos centímetros por el polvo de mostaza, y el vello que crecía en el brazo de Maggie le hizo cosquillas en las papilas gustativas. Le mareó ligeramente sentir en la lengua la piel tibia de Maggie, con sabor a almizcle, aunque sólo fue un momento, porque la violencia de la mostaza le explotó de inmediato en la boca, picándole hasta el fondo de la garganta y haciéndole toser. A Maggie se le escapó una carcajada, un sonido que Jem oía muy poco en los últimos tiempos. Se echó para atrás, tan avergonzado y excitado que no se dio cuenta de que a Maggie el vello se le ponía de punta.

—¿No te has enterado? Ha muerto la madre del señor Blake —dijo, tratando de encontrar un camino para volver a tierra firme.

Maggie se estremeció, abrazándose otra vez las rodillas con los brazos.

—¿De verdad? Pobre señor Blake.

—El funeral será mañana. Bunhill Fields, ha dicho la señorita Pelham.

—¿En serio? He estado sólo una vez, con mi padre. ¿Te parece que vayamos? Mañana es domingo, así que no trabajamos.

Jem miró de reojo a su amiga.

—No podemos hacerlo…, ni siquiera la conocíamos.

—No importa. Nunca has estado por ahí, ¿verdad que no?

—¿Dónde?

—Más allá de Saint Paul's, por Smithfield. La parte más vieja de Londres.

—Me parece que no.

—¿Has cruzado el río?

—Claro que sí. ¿No te acuerdas de que fuimos a la abadía de Westminster?

—¿Eso es todo? ¿Llevas aquí seis meses y sólo has cruzado una vez el río?

—Tres veces —la corrigió Jem—. He vuelto en una ocasión a la abadía. Y también he cruzado el puente de Blackfriars. —No explicó a Maggie que no había llegado a salir por el otro lado después de cruzarlo. Se detuvo, vio el caos de Londres y no se decidió a entrar en él.

—No digas que no, ya verás como te gusta —insistió Maggie.

—Ya… ¿Como a ti el campo?

—No, no es lo mismo. —Cuando Jem siguió pareciendo indeciso, Maggie añadió—: Verás, será toda una aventura. Seguiremos al señor Blake, como siempre hemos querido hacer. ¿Qué pasa, tienes miedo?

Sonaba tanto como la Maggie de otro tiempo que Jem dijo:

—Está bien. Iremos.

TRES

Jem no les dijo ni a sus padres ni a Maisie adónde iba. Anne Kellaway le prohibiría adentrarse tanto en Londres; Maisie se empeñaría en acompañarlo. De ordinario a Jem no le importaba que su hermana fuese con Maggie y con él. Hoy, sin embargo, estaba nervioso y no quería responsabilizarse además de su hermana. De manera que, sencillamente, dijo que salía y, aunque no miró a su hermana a los ojos, sintió su súplica muda.

Quizá fuese porque el día anterior había dormido más tiempo, pero lo cierto es que Maggie estaba más chispeante que cualquier otro domingo desde hacía mucho tiempo. Se había lavado, pelo incluido, de manera que, excepto por las rayas de las manos, su piel tenía un color más normal. Se había puesto una blusa limpia, además de atarse un pañuelo azul al cuello; llevaba incluso un sombrero de paja de ala ancha, ligeramente abollado, que se adornaba con una cita de color azul marino. Su silueta también era distinta —cintura y pecho más marcados, más definidos— y Jem se dio cuenta de que usaba corsé por vez primera.

Cogió a Jem del brazo al tiempo que reía.

—¿Nos lanzamos a la ciudad, entonces? —preguntó, alzando la nariz hacia el cielo.

—Estás muy guapa.

Maggie sonrió y se alisó la blusa sobre el corsé, un gesto que Maisie hacía con frecuencia pero que sin duda era una novedad para Maggie, ya que tuvo poco efecto sobre las arrugas y bultos bajo los brazos y en el talle. Jem contuvo el impulso de pasarle las manos por los costados y apretarle la cintura.

Luego él se miró los pantalones, remendados y polvorientos, la camisa basta y la sencilla chaqueta marrón que había sido en otro tiempo de su hermano Sam. No se le había ocurrido ir a Londres con la ropa que llevaba a la iglesia; aparte de la preocupación por que pudiera estropearse o ensuciarse en la ciudad, habría tenido que dar explicaciones a su familia.

—¿Me tengo que poner una chaqueta mejor? —preguntó.

—No importa. A mí es que me gusta vestir bien si se presenta una oportunidad. Los vecinos se ríen cuando me engalano. Ven, será mejor que volvamos a casa de los Blake. He estado vigilándola, pero todavía no ha salido nadie.

Para esperar frente al número 13 de Hercules Buildings se instalaron detrás de un seto bajo que separaba el campo de la calle misma. El tiempo no era tan soleado como el día anterior: todavía cálido, pero brumoso y pesado. Se tumbaron en la hierba y de cuando en cuando uno de los dos se levantaba para mirar por encima del seto y ver si aparecía el señor Blake. Vieron a la señorita Pelham marcharse con una amiga, en dirección a Apollo Gardens, en Westminster Bridge Road, como hacía a menudo los domingos por la tarde, para beber agua de cebada y contemplar los arreglos florales. Vieron a John Astley salir a caballo. Vieron a Thomas y Anne Kellaway abandonar con Maisie el número 12 y pasar por delante de ellos camino del Támesis.

Inmediatamente después de que pasaran los Kellaway, se abrió la puerta del número 13 y salieron el señor y la señora Blake, que torcieron por Royal Row para llegar por calles secundarias al puente de Westminster. Iban vestidos como siempre: el señor Blake llevaba una camisa blanca, pantalones negros recogidos en las rodillas, medias de estambre, chaqueta negra y un sombrero negro de ala ancha como un cuáquero; la señora Blake llevaba un vestido marrón oscuro con un pañuelo blanco, su sombrero abollado y un chal azul oscuro. De hecho más parecía que fueran a dar un paseo de domingo por la tarde que a un funeral, excepto que caminaban un poco más deprisa que de costumbre, y con más decisión, como si supieran exactamente adónde iban, y que su punto de destino era más importante que el trayecto. Ninguno de los dos parecía triste o disgustado. Quizá el rostro de la señora Blake resultaba un tanto inexpresivo y los ojos del señor Blake se fijaban en el horizonte con más decisión que nunca. Dada su apariencia de normalidad, ningún vecino les dijo nada, ni se quitó el sombrero como podría haber hecho si hubiera sabido que estaban de luto.

Maggie y Jem pasaron por encima del seto y se dispusieron a seguirlos. Al principio se quedaron muy atrás, pero los Blake nunca se volvían para mirar, de manera que cuando cruzaron el puente de Westminster se habían acercado tanto que podrían haber oído lo que decían. Los Blake, sin embargo, guardaban silencio; sólo el señor Blake tarareaba para sus adentros y en ocasiones entonaba fragmentos de canciones con voz muy aguda.

Maggie le dio un codazo a Jem.

—Eso no son himnos, como los que esperarías que cantase en un día como hoy. Creo que son las canciones que ha puesto en su libro. El que se llama *Cantos de inocencia*.

—Quizá. —Jem estaba prestando más atención al espectáculo a su alrededor que a los Blake. Habían pasado ya Westminster Hall y la abadía, rodeada de multitudes que acababan de salir después de un servicio religioso o se disponían a entrar para asistir al siguiente, y avanzaban en línea recta por la calle que nacía en el puente. Pronto llegaron a un amplio espacio verde salpicado de árboles, con un estanque largo y estrecho en el centro.

Jem se detuvo boquiabierto. La gente que paseaba por los senderos de grava bien rastrillados lucía ropa de mucha más calidad que todo lo que había visto en Lambeth. Las mujeres llevaban vestidos tan complicados que casi parecían dotados de vida propia. Sus amplias faldas eran de colores brillantes —amarillo canario, burdeos, azul celeste, oro— y a veces a rayas o bordadas o con adornos de franjas o de volantes. Enaguas con complicados ribetes redondeaban las figuras femeninas, mientras que sus cabellos, amontonados hasta gran altura a manera de torres y cubiertos con enormes creaciones de tela que Jem se resistía a llamar sombreros, les hacían parecer barcos inestables que podrían zozobrar fácilmente con el viento más ligero. Era la clase de ropa que nadie se pondría para hacer un trabajo de cualquier tipo.

Pero aún le sorprendió más la apariencia de los hombres, porque sin duda la función de su ropa era en cierto modo similar a la de las prendas que llevaba el mismo Jem; había un reconocimiento implícito de la finalidad utilitaria de todo aquello, aunque estaba claro que los hombres que paseaban por el parque tampoco trabajaban. Jem estudió a uno que llevaba una chaqueta de seda marrón y oro con elegantes aberturas que permitían ver los pantalones del mismo diseño, un chaleco crema y oro y una camisa adornada con volantes en el cuello y en los puños. Las medias eran blancas y estaban limpias, y las hebillas de plata de los zapatos, resplandecientes. Si Jem o su padre se pusieran aquella ropa, los clavos se engancharían en la seda, las virutas de madera se pegarían a los volantes, las medias se ensuciarían y se rasgarían y las hebillas de plata durarían poco porque se las robarían.

Rodeado de personas tan bien vestidas, Jem se sintió aún más avergonzado de sus pantalones con remiendos y de las mangas deshilachadas de su chaqueta. Incluso el intento de Maggie de ponerse elegante —su gastado sombrero de paja, su arrugado pañuelo para el cuello— allí resultaba ridículo. También ella lo sintió así, porque se alisó la ropa una vez más, como desafiando a los demás a menospreciarlos. Cuando alzó los brazos para enderezarse el sombrero, le crujió el corsé.

—¿Qué sitio es éste? —preguntó Jem.

—El Saint James's Park. Mira, allí está el palacio, del que recibe el nombre. —Maggie señaló, al otro lado del parque, un edificio alargado de ladrillos rojos, con torres almenadas a los lados de la entrada y, suspendido entre ambas, un reloj en forma de rombo que marcaba las dos y media—. Vamos, se nos van a escapar los Blake.

A Jem le hubiera gustado quedarse un poco más para asimilar la escena: no sólo el desfile de trajes, sino las sillas de mano que llevaban de aquí para allá lacayos vestidos de rojo; los niños que daban de comer a los patos y jugaban al aro engalanados casi con tanta esplendidez como sus padres; las lecheras que pregonaban: «¡Prueben nuestra leche, señoras! ¡Prueben nuestra leche, caballeros!», y que procedían a ordeñar en tazas a unas vacas atadas muy cerca. Pero en lugar de hacerlo Maggie y él apresuraron el paso.

Los Blake se dirigían hacia el norte, bordeando el lado este del parque. Al comienzo de una amplia avenida adornada con cuatro hileras de olmos («El Mall», explicó Maggie), y que llegaba más allá del palacio, torcieron a la derecha para tomar un callejón estrecho que desembocaba en una calle llena de tiendas y teatros.

—Van a pasar por Haymarket —dijo Maggie—. Será mejor que te coja del brazo.

—¿Por qué? —preguntó Jem, aunque sin apartar el codo cuando ella metió la mano por el hueco.

Maggie rió entre dientes.

—No podemos permitir que las mozas de Londres se aprovechen de un chico del campo.

Al cabo de un minuto Jem entendió a qué se refería. Al avanzar por la calle más ancha, hubo mujeres que empezaron a saludarlo con la cabeza y a decirle «hola», aunque hasta entonces nadie se había fijado en él. Las de ahora no iban vestidas como las de Saint James's Park: llevaban ropa más barata y llamativa, que dejaba al descubierto buena parte del pecho, y el cabello recogido bajo sombreros sin plumas. No eran tan bastas como la prostituta con la que se había encontrado en el puente de Westminster, pero quizá se debiera a que aún era de día y no estaban borrachas.

—Qué chico tan guapo —dijo una, que iba del brazo con otra—. ¿De dónde eres, dime?

—Dorsetshire —respondió Jem.

Maggie le tiró del brazo.

—¡No hables con ella! —le susurró—. ¡Te clavará las garras y no te soltará nunca!

La otra prostituta llevaba un vestido con flores estampadas y una go-

rra a juego, lo que podría haber parecido elegante si no fuera acompañado de un escote tan vertiginoso.

—¿Dorsetshire, eh? —dijo—. Conozco a una chica o dos por aquí
que son de Dorsetshire. ¿Quieres conocerlas? ¿O prefieres más bien una
de Londres?

—Déjalo en paz —murmuró Maggie.

—¡Cómo! ¿Ya la tienes? —dijo la del vestido estampado, cogiendo
la barbilla de Maggie—. No creo que te dé lo que yo te puedo dar.

Maggie apartó con brusquedad la barbilla y soltó el brazo de Jem.
Las dos mujeres se echaron a reír y luego se apartaron, para pegarse a un
posible cliente más prometedor, mientras Maggie y Jem se alejaban con
paso inseguro, envueltos en el silencio de la vergüenza. La niebla se había hecho más espesa, el sol había perdido fuerza y sólo se asomaba unos
instantes de cuando en cuando.

Haymarket, por suerte, era una calle corta, y pronto llegaron a otras
más tranquilas y estrechas, donde los edificios estaban amontonados, lo
que hacía más oscuro el camino. Aunque las casas estaban más juntas
no eran de mala calidad y las personas que pasaban por la calle tenían
un aspecto algo más próspero que los vecinos de Maggie y de Jem en
Lambeth.

—¿Dónde estamos? —preguntó Jem.

Maggie evitó una bosta de caballo.

—En Soho.

—¿Bunhill Fields está cerca de aquí?

—No; todavía queda lejos. Irán primero a casa de la madre para llevarla desde allí al cementerio. Mira, acaban de pararse. —Los Blake estaban llamando a la puerta de una tienda en cuyos escaparates se habían
colgado paños negros.

—James Blake, Mercero —leyó Jem en el rótulo encima del estable-
cimiento. La puerta se abrió, entraron los Blake, y el señor Blake se volvió
para cerrar la puerta. A Jem le pareció que alzaba la vista un momento,
pero no lo suficiente para reconocerlos. De todos modos retrocedieron
calle abajo hasta que ya no se los veía desde la tienda.

No había ningún carruaje esperando cerca de la puerta, ni advirtieron señal alguna de movimiento después de que desaparecieran los Blake. Se recostaron en la pared de un establo unas cuantas puertas más abajo, pero como provocaban las miradas inquisitivas de las personas que entraban y salían de las casas vecinas, Maggie optó por caminar hacia la tienda.

—¿Qué te propones? —le preguntó Jem en voz baja cuando consiguió alcanzarla.

—No podemos quedarnos ahí esperando: llamamos demasiado la atención. Vamos a dar una vuelta pero sin dejar de estar atentos al carruaje de la funeraria.

Pasaron por delante de los escaparates de la tienda y caminaron arriba y abajo por las calles vecinas, encontrándose muy pronto en Golden Square, nombre que les facilitó una violetera. Para tratarse de una plaza de Londres no era especialmente elegante, pero las fachadas de las casas eran más amplias, y resultaba más luminosa que las calles circundantes. La plaza misma estaba cercada por una verja de hierro, de manera que Maggie y Jem dieron la vuelta por fuera, contemplando la estatua de Jorge II colocada en el centro.

—¿Por qué me han hecho eso a mí? —preguntó Jem mientras caminaban.

—¿Quién te ha hecho qué?

—Las…, las mujeres de Haymarket. ¿Por qué me han preguntado esas cosas? ¿No ven que soy demasiado joven…, para eso?

Maggie rió entre dientes.

—Puede que los chicos empiecen antes en Londres.

Jem enrojeció y se arrepintió de haber hablado, sobre todo porque Maggie parecía disfrutar tomándole el pelo con aquello. Le sonreía de una manera que le hizo dar una patada a la grava del suelo.

—Será mejor que volvamos —murmuró.

Cuando llegaron, un carro estaba parado delante de la mercería y habían abierto la puerta de la tienda. También los vecinos empezaron a abrir sus puertas y a salir a la calle, y Jem y Maggie se mezclaron con ellos. Apareció el señor Blake con los hombres de la funeraria y dos de sus hermanos, uno de ellos la persona que Jem había visto el día anterior en Hercules Buildings. Los seguía la señora Blake con otra mujer que tenía las mismas cejas pobladas y la nariz ancha de los Blake y que debía de ser su hermana. Mientras los hombres sacaban el ataúd de la casa y lo cargaban en el carro, los grupos reunidos en la calle inclinaron la cabeza y los varones se destocaron.

Una vez colocado el féretro, dos empleados de la funeraria subieron a los asientos delanteros y, dando un leve toque a los caballos con las riendas, pusieron el vehículo en marcha muy despacio, con los familiares caminando detrás, seguidos de los vecinos. El cortejo subió por la calle hasta llegar a un estrechamiento; allí los vecinos se detuvieron y se quedaron mirando hasta que el carro torció por una calle todavía más pequeña y se perdió de vista.

Jem se detuvo.

—Quizá deberíamos volver a Lambeth —sugirió, tragando saliva para intentar quitarse el nudo que se le había hecho en la garganta. Ver el ataúd en el carro y a los vecinos quitándose el sombrero le había recordado el entierro de su hermano, cuando las gentes de Piddletrenthide habían salido a las puertas de sus casas y habían inclinado la cabeza mientras pasaba el carro con el féretro de Tommy, guiado hasta el cementerio por el tañido de una sola campana en la iglesia del pueblo. La gente lloró sin rebozo, porque Tommy le caía bien a todo el mundo y a Jem le costó mucho recorrer aquel breve trayecto entre su casa y la iglesia delante de todos. Si bien ahora pensaba en su hermano con menos frecuencia, aún había momentos en que los recuerdos le tendían emboscadas. Londres no había enterrado por completo a Tommy para ninguno de los Kellaway. De noche Jem aún oía llorar a veces a su madre.

Maggie no se detuvo con Jem, sin embargo, sino que corrió calle arriba en el momento en que los vecinos se dieron la vuelta para regresar a sus casas. En el cruce donde el cortejo había desaparecido se volvió para mirar a Jem y le hizo gestos imperiosos. Al cabo de un momento, su amigo la siguió.

CUATRO

Pronto llegaron a Soho Square, un poco más grande que Golden Square, pero con una verja similar de hierro, trozos de césped, senderos de grava y, en el centro, una estatua de Carlos II sobre un pedestal. A diferencia de Golden Square, la parte central de la plaza estaba abierta al público y mientras el cortejo fúnebre pasaba por el lado norte Jem y Maggie la atravesaron directamente, mezclándose con otros londinenses que buscaban un poco de aire fresco y de luz, si bien aquí el aire era más espeso que en Lambeth, y estaba lleno de los olores de unos habitantes que vivían muy amontonados: humo de fuegos de carbón, ropa mohosa o con olor a sudor, col hervida, pescado no demasiado fresco. Y aunque Soho Square estaba mucho más abierta que las calles de los alrededores por las que habían pasado, el cielo se había nublado ya por completo, de manera que no quedaba nada de la luz dorada de septiembre: tan sólo un gris débil y difuso que hizo pensar a Jem en interminables tardes de noviembre. Parecía muy tarde, casi de noche, y, aunque sintió que llevaba horas ausente de Lambeth, no había oído todavía las campanadas de las cuatro.

—Ten. —Maggie le entregó un trozo del pan de jengibre comprado a un vendedor que había pasado a su lado con una bandeja en la cabeza.

—Gracias. —Jem masticó el pan duro y picante sintiéndose culpable. No había cogido dinero por temor a que se lo robaran.

Ya al otro lado de la plaza se incorporaron a la cola del cortejo, y unas cuantas bocacalles después, en otra plaza, pasaron junto a una iglesia coronada por una torre muy alta. Maggie se estremeció.

—Saint Giles —fue todo lo que dijo, como si el nombre tuviera que provocar las asociaciones pertinentes sin necesidad de explicaciones por su parte. Jem no preguntó nada. Sabía que se trataba del santo patrón de los marginados, y estaba claro, por los edificios circundantes, que el nombre de la iglesia era el adecuado. Aunque no entraron por ellas, Jem vislumbró la suciedad en las calles sin apenas espacio, las olió desde lejos y vio el sufrimiento marcado en los rostros que lo rodeaban. No era su primer encuentro con los barrios bajos londinenses. Maggie y él habían explorado algunas de las calles junto al río en Lambeth, no lejos de la fábrica de mostaza donde su amiga trabajaba ahora, y a él le había escandalizado que la gente pudiera vivir en semejantes condiciones de frío húmedo y oscuridad. Entonces, como ahora, el corazón se le había llenado con la nostalgia de Dorsetshire. Sintió deseos de detener a un hombre que pasaba a su lado cubierto de harapos, el rostro demacrado y sucio, y decirle que saliera por su propio pie de Londres, y que siguiera adelante hasta alcanzar las hermosas colinas verdes de surcos profundos, bañadas por el sol, que constituían el telón de fondo de su propia infancia.

No lo interpeló, sin embargo. Jem siguió a Maggie, que iba detrás de los Blake. No se fijó en que el señor Blake volvía la cabeza para mirar aquellas calles miserables al tiempo que proseguía su recorrido tras el féretro de su madre.

En Londres, donde había barrios insalubres había prostitutas; Saint Giles estaba lleno, aunque tuvieron la discreción de no dirigirse a los miembros del cortejo fúnebre. Jem, sin embargo, quedaba algo lejos y, como no vestía de negro, se le consideró un blanco permisible. Empezaron a llamarlo, como habían hecho las de Haymarket, aunque las de ahora eran de una especie muy distinta. Hasta Jem, que no tenía experiencia con mujeres como aquéllas, veía que en Saint Giles las prostitutas estaban en una situación mucho más desesperada que sus equivalentes mejor vestidas y más sanas de Haymarket. Aquí los rostros estaban demacrados y picados de viruela, los dientes eran negros o faltaban, la piel, amarilla, los ojos enrojecidos por la bebida o el agotamiento. Jem no soportaba mirarlas y apretó el paso, incluso a riesgo de alcanzar a los Blake. Pero las oía.

—Caballero —insistían en llamarlo, apretando el paso a su lado y tirándole de la manga—. Ande y véngase. Deme seis peniques, caballero. Ya verá qué bien se lo pasa. —Su acento era sobre todo irlandés, como el de la mayor parte de la población de Saint Giles, pero también había otros, de Lancashire, de Cornualles, escocés, incluso en ocasiones aparecía el arrastrado de las «erres» propio de Dorset.

Jem caminaba más deprisa, pero ni siquiera las imprecaciones de Maggie conseguían librarlo de las mujeres. Terminó por acercarse tanto al cortejo fúnebre, con la triste bandada de gansos graznando ruidosamente a su lado, que uno de los hermanos del señor Blake —el que Jem pensaba que podría ser Robert— se volvió y las miró indignado, con lo que las prostitutas, finalmente, abandonaron su persecución.

—Estamos llegando a High Holborn —anunció Maggie cuando la calle empezó a ensancharse. Luego se detuvo.

Jem se paró también.

—¿Qué sucede?

—Calla. Estoy escuchando.

A él le pareció que sólo oía los ruidos normales de la vida londinense: el retumbar de los vehículos, el grito de un vendedor que anunciaba «¡Cordones de algodón, medio penique el par, largos y fuertes!», las notas del hombre que tocaba una canción triste con una flauta de caña y que se interrumpía para gritar: «¡Den un penique a un pobre para que cambie a otra melodía más alegre!», o los gritos de una pareja que se peleaba por una jarra de cerveza. Eran los mismos sonidos a los que se había acostumbrado al cabo de seis meses en Lambeth.

Luego oyó algo distinto: por debajo de todos aquellos gruñidos y estruendos y gritos le llegó una voz con un timbre diferente, una voz de Dorset.

—¡Jem! ¡Jem! ¡Vuelve!

Jem giró en redondo y buscó con los ojos por la calle abarrotada.

—Allí —dijo Maggie, y echó a correr hacia una cofia blanca de volantes.

Maisie estaba con una chica cerca de un puesto de venta de berberechos. Aunque de la edad de Maisie, la otra era mucho más pequeña, con una mata de pelo de color paja y un rostro chupado y pálido con dos grandes redondeles de colorete en las mejillas y una mancha de pintura en los labios, algo así como la idea que pueda tener una niña de lo que es maquillarse. Sus ojos estaban hinchados y enrojecidos, como si hubiera llorado mucho, y miraba a su alrededor como si esperase un golpe que podía llegarle de cualquier lugar. No llevaba blusa, sino simplemente su corsé de cuero, oscurecido y grasiento por el uso, y una falda roja de satén sobre una sucia enagua. Había arrancado una tira de la parte de abajo de la falda y se la había atado al pelo.

—¡Jem! ¡Jem! —exclamó Maisie, corriendo hacia él—. Aquí está Rosie Wightman. ¿No la has reconocido al pasar? Rosie, es Jem.

Jem no hubiera mirado una segunda vez a aquella chica, pero cuando volvió hacia él sus ojos enrojecidos vio, bajo el colorete, bajo la suciedad y bajo el patético intento de hacerse atractiva, el rostro de la muchacha con la que había ido a pescar anguilas al río Piddle, y cuyos padres perdieron todo lo que tenían a causa de un fuego provocado por ella.

—Buenas tardes, Jem —dijo, mostrando el conocido hueco entre sus incisivos.

—Dios santo, ¿conoces a esta chica? —dijo Maggie.

—Es de nuestro pueblo —respondió Maisie.

—¿Y se puede saber en nombre de Dios Todopoderoso qué demonios estás haciendo aquí, señorita Piddle?

La expresión de Maisie se hizo todo lo furtiva que estaba al alcance de una jovencita con una cofia de volantes.

—Estaba…, os estaba siguiendo. Os vi salir detrás de los Blake, de manera que les dije a papá y mamá que me dolía la cabeza y me vine detrás de vosotros. Os he seguido todo el camino —añadió, orgullosa.

—¿Tienes un penique, Jem? —preguntó Rosie.

—Lo siento, Rosie. No llevo dinero encima.

—Dale tu pan de jengibre —ordenó Maisie.

Jem le entregó su trozo medio comido y Rosie se lo metió entero en la boca.

—¡Maldita sea, los Blake! —murmuró Maggie, mientras se volvía en busca del cortejo. Después de avanzar muy despacio por las calles secundarias, el carro había aumentado la velocidad en una calle más ancha. Casi lo habían perdido de vista entre el resto del tráfico por High Holborn—. Voy a correr para ver qué camino toman: esperad aquí y volveré a por vosotros. —Maggie desapareció entre la multitud.

—¿Qué haces aquí? —le preguntó Jem a Rosie.

Rosie miró a su alrededor, como para recordarse dónde estaba.

—Trabajo aquí —dijo, con la boca llena de pan de jengibre a medio masticar.

—Pero ¿por qué te escapaste y viniste a Londres?

Rosie tragó lo que tenía en la boca.

—Ya sabes por qué. No soportaba que mis padres y todos los vecinos me señalaran con el dedo por el fuego. Y ya veis que fui capaz de llegar.

—Pero ¿por qué no vuelves a casa? —preguntó Maisie—. Tus padres te… —Calló al recordar que los Wightman habían acabado en el asilo de Dorchester, información que no tenía intención de transmitir a Rosie—. En cualquier caso, ¡seguro que Dorsetshire es mejor que esto!

Rosie se encogió de hombros y cruzó los brazos sobre el pecho, como consolándose con un abrazo.

—No podemos dejarla aquí, Jem —dijo Maisie—. Vamos a llevarla a Lambeth con nosotros.

—Pero entonces papá y mamá sabrán que hemos venido al centro —argumentó Jem, tratando de que no se notara su repugnancia. Tenía la sensación de que las prostitutas lo seguían a todas partes.

—No, no; no les importará cuando vean que volvemos con Rosie.

Mientras los Kellaway discutían lo que iban a hacer, su antigua amiga permanecía junto a ellos dócilmente, lamiéndose los dedos en busca de alguna miga de pan descarriada. Cabría esperar que manifestase cierto interés por lo que iba a sucederle, pero no era así. Desde su llegada a Londres un año antes, había sido violada, y la habían robado y golpeado;

no poseía nada excepto la ropa que llevaba encima y pasaba hambre todo el tiempo; y, aunque aún no lo sabía, alguno de sus clientes le había contagiado la gonorrea. Rosie no contaba ya con tener el menor control sobre su vida, de manera que no dijo nada.

Aquel día sólo había conseguido atraer a un cliente. Ahora, sin embargo, quizá porque alguien le estaba prestando un poquito de atención, los hombres, de repente, se fijaron más en ella. Vio que la miraba un individuo ligeramente mejor vestido y se animó.

—¿Estás ocupada, cariño? —preguntó el posible cliente.

—No, caballero. Lo que usted diga. —Rosie se limpió las manos en la falda, se alisó el cabello pajizo y lo tomó del brazo—. Por aquí, caballero.

—¿Qué estás haciendo? —exclamó Maisie—. ¡No te puedes marchar!

—Me alegro de haberos visto —dijo Rosie—. Hasta pronto.

—¡Espera! —Maisie la cogió del brazo—. Ven, ven a buscarnos. Te podemos ayudar. Vivimos en Lambeth. ¿Sabes dónde está?

Rosie negó con la cabeza.

—¿Y el puente de Westminster?

—He estado allí —dijo Rosie.

El otro retiró el brazo.

—¿Vienes o tengo que buscar compañía en otro sitio?

—Claro que voy, caballero. —Rosie lo cogió otra vez del brazo y se alejó con él.

—Has de ir al puente de Westminster, Rosie —le gritó Maisie—, y al final verás un edificio muy grande que tiene encima una bandera blanca con letras rojas y negras. Es el circo Astley. Tienes que ir allí de día y preguntar por Thomas Kellaway. ¿De acuerdo?

Rosie, sin volverse para mirar, se llevó a su cliente por una calle lateral y luego los dos se perdieron de vista en un callejón.

—Mira, Jem, ha dicho que sí con la cabeza —exclamó Maisie—. Me ha oído y ha dicho que sí. Vendrá, ¡estoy segura! —Tenía los ojos llenos de lágrimas.

Maggie se presentó corriendo.

—Todo en orden —jadeó—. Están parados porque dos coches se han rozado y los cocheros discuten. Tenemos un minuto o dos. —Miró a su alrededor—. ¿Dónde está la otra señorita Piddle?

—Se ha ido —respondió Jem.

—Irá mañana a reunirse con nosotros en el circo —añadió Maisie. Maggie miró primero a uno y luego a la otra y alzó las cejas.

CINCO

Mientras seguían al cortejo fúnebre por High Holborn, Jem sintió que la ciudad cambiaba a medida que avanzaban en dirección este, hacia la parte más antigua de Londres. Las calles de Soho se habían trazado siguiendo un diseño cuadriculado. Ahora, sin embargo, nacían de High Holborn de manera menos previsible, curvándose y perdiéndose de vista, terminando bruscamente, estrechándose hasta tal punto que un carro apenas lograba pasar. Daban la sensación de haber crecido al buen tuntún hasta alcanzar su forma y tamaño sin que hubiera intervenido planificación alguna. Aquella parte de Londres era como era y no hacía ningún esfuerzo por ser espléndida o elegante u ordenada, como sucedía con Soho o Westminster. Aún había abundantes casas y tiendas y tabernas, pero mezcladas con edificios más grandes: fábricas y almacenes. A Jem le llegaron olores a cerveza, vinagre, almidón, alquitrán, lejía, sebo, lana. Y, cuando por fin abandonaron High Holborn, olió a sangre.

—Dios misericordioso, ¡no me puedo creer que pasen por Smithfield! —exclamó Maggie, arrugando la nariz—. ¿No podían haber elegido otro camino?

—¿Qué es Smithfield? —preguntó Maisie.

—El mercado de ganado. Ahora estamos en Cow Lane.

La calle ascendía hacia una serie de edificios de poca altura donde los olores de estiércol, orines y sudor vacuno se mezclaban con olores metálicos más oscuros de sangre y carne. Aunque el mercado estaba cerrado los domingos, aún había gente limpiando los puestos. Mientras pasaban, una mujer arrojó un cubo de agua en su camino, creando una ola rosada en torno a sus zapatos. Maisie se inmovilizó en mitad del charco y se llevó la mano a la boca.

—Vamos, señorita Piddle —la reprendió Maggie, agarrándola por el brazo y obligándola a caminar a través del agua sanguinolenta, aunque también ella había palidecido al verla—. No te pares ahora; no podemos permitir que te marees, ¿verdad que no? Pero no nos has contado cómo has conseguido seguirnos tanto tiempo sin que te viéramos. Yo no me había dado cuenta, ¿y tú Jem? —Mientras hablaba había hecho varias pausas para respirar hondo, y Jem la miraba ya con preocupación.

Maisie dejó escapar una risita, porque se estaba reponiendo más deprisa que Maggie.

—No ha sido fácil, sobre todo el rato que habéis estado esperando a que llegaran los de la funeraria. Y en un momento dado, al volver sobre vuestros pasos, he tenido que desviarme y mirar el escaparate de un relojero hasta que habéis pasado. Estaba convencida de que me ibais a ver, pero no ha sido así. Y luego, en la segunda plaza, estaba mirando la estatua cuando os habéis presentado: ¡he tenido que saltar y esconderme detrás! Pero escucha, Jem, Rosie irá al circo, ¿verdad? Tiene que hacerlo. Y la ayudaremos, ¿a que sí?

—No sé qué es lo que podemos hacer, de verdad. No se la puede mandar de vuelta a Dorsetshire, ni tampoco al asilo con sus padres, y ¿qué me dices de la situación en la que está ahora?

—Podría quedarse con nosotros, papá y mamá no la echarían.

—Lo haría la señorita Pelham.

—No podrá si decimos que es hermana nuestra y que viene de Dorsetshire. Nadie le ha dicho que no tenemos otra hermana.

—Haría falta que se cambiara de ropa, eso es seguro —objetó Maggie—. No puede llevar esa ropa y decir que es una chica del Piddle. Esa vieja estirada no tardaría ni un minuto en calarla.

—Le prestaré ropa. Y podría conseguir trabajo, en la fábrica de mostaza, por ejemplo. Podría trabajar contigo.

Maggie resopló.

—No se lo desearía ni a mi peor enemigo. Mira lo que sucede cuando trabajas allí. —Se sacó un pañuelo que llevaba dentro del corsé, se sonó y les mostró el resultado. El contenido era amarillo brillante, manchado de sangre—. ¿Conocéis esa sensación cuando se pone demasiada mostaza en la carne o en el pescado y te hace daño en la nariz? Bueno, pues eso es lo que se siente todos los días en la fábrica. Cuando empecé estornudaba todo el tiempo, me lloraban los ojos y moqueaba. Me explicaron que tendría que dejarlo si seguía así. Ojalá me hubieran echado. Con el tiempo me acostumbré, pero ahora no huelo nada y cuando como sólo noto el sabor a mostaza. Hasta ese pan de jengibre me sabía a mostaza. De manera que no sugieras que tu amiga trabaje ahí.

—Quizá podamos encontrarle trabajo en el circo —propuso Maisie.

—O quizá la acepten en el asilo de huérfanas si mentimos y decimos que sus padres han muerto —dijo Jem—. Casi la verdad, en cierto modo, para ella.

—Hay algo mejor que eso —dijo Maggie—. Podría ir al Magdalen Hospital en Saint George's Field. Aceptan prostitutas —Maisie se estremeció al oír la palabra— y las convierten en chicas corrientes, les enseñan a coser y cosas por el estilo y les buscan trabajo como criadas.

—Rosie sabe coser —intervino Maisie—. Doy fe. Hacía botones conmigo. ¡Claro que sí! ¡Sabía que podíamos ayudarla!

Durante toda aquella conversación habían seguido caminando, torciendo aquí y allí para seguir al cortejo. De repente el carro fúnebre se detuvo ante una verja detrás de la cual se divisaban hileras de sepulturas. Habían llegado al cementerio de Bunhill Fields.

SEIS

Jem no había pensado realmente en lo que esperaba encontrar después de haber hecho todo aquel camino. Suponía que Bunhill Fields sería algo espléndido, por el hecho de estar en Londres: el equivalente, en cementerio, a la abadía de Westminster, algo digno de recorrer kilómetros para verlo. Pero se llevó una sorpresa al descubrir que no era muy distinto del de la iglesia de Piddletrenthide. Le pareció, por supuesto, mucho más grande. Diez cementerios como el de la iglesia de su pueblo cabrían cómodamente en aquél. No había, por añadidura, iglesia o capilla para celebrar servicios ni para consuelo espiritual: tan sólo hilera tras hilera de sepulcros, interrumpidas de vez en cuando por monumentos de mayor tamaño y por unos cuantos árboles: robles, plátanos, moreras. Tampoco estaba protegido del mundo exterior como un lugar para la contemplación, porque una gran fábrica de cerveza se adentraba en el camposanto, llenándolo del alegre y mundano olor a lúpulo y, sin duda alguna, muy activa durante el resto de la semana.

Sin embargo, mientras contemplaba las lápidas a través de la verja de hierro y esperaba con las dos chicas a que los empleados de la funeraria llevaran los restos de la madre del señor Blake a su lugar de descanso, y más tarde, después de que se dijeran unas palabras junto a la tumba y ellos pasearan entre las lápidas, Jem sintió que Bunhill Fields lo enviaba a un ensueño silencioso —mitad tranquilo, mitad melancólico— que le resultaba familiar desde los tiempos en que deambulaba por el cementerio de Piddletrenthide. Ahora, en cambio, aquel cementerio albergaba la tumba de Tommy, y Jem sabía que sus sentimientos serían diferentes.

—El peral perdido —murmuró, lo que hizo que Maggie volviera la cabeza y lo mirase fijamente.

La ceremonia terminó enseguida.

—No han celebrado un servicio religioso —le susurró Jem a Maggie mientras, apoyados contra un gran sepulcro rectangular, miraban desde lejos cómo el señor Blake y sus hermanos, después de arrojar unas paletadas de tierra en la fosa, entregaban la pala a los sepultureros profesionales.

—Aquí no hacen eso —le explicó Maggie—. Estamos en un cementerio para disidentes. No utilizan libros de oraciones ni nada parecido, y el suelo tampoco está bendito. El señor Blake es un radical con todas las de la ley. ¿No lo sabías?

—¿Quiere eso decir que irá al infierno? —preguntó Maisie, arrancando una margarita que crecía en el suelo junto al sepulcro.

—No lo sé…, quizá. —Maggie trazó con el dedo el nombre que aparecía en la lápida, aunque no era capaz de leerlo—. Imagino que iremos todos al infierno. Apuesto a que no hay cielo.

—¡Maggie, no digas eso! —exclamó Maisie.

—Bueno, quizá haya un cielo para ti, señorita Piddle. Pero vas a estar muy sola, te lo aseguro.

—No veo por qué tiene que ser lo uno o lo otro —dijo Jem—. ¿No puede haber algo que sea, más bien, un poco de los dos?

—Así es el mundo, Jem —dijo Maggie.

—Supongo que sí.

—Bien dicho, hija mía. Bien dicho, Maggie.

Los tres dieron un salto. El señor Blake se había separado del grupo de sus familiares y había llegado por detrás de ellos.

—Hola, señor Blake —dijo Maggie, con la duda de si estaría enfadado porque lo hubieran seguido. No lo parecía, sin embargo: después de todo, acababa de alabarla por algo.

—Has resuelto el problema que te planteé en el puente de Westminster —continuó él—. Me preguntaba cuándo lo harías.

—¿De veras? ¿Qué problema? —Maggie rebuscó en su memoria,

pero no recordaba gran cosa de la emocionante conversación que habían mantenido con el señor Blake en el puente.

—Yo sí me acuerdo —dijo Jem—. Nos preguntó qué había en el centro del río, entre las orillas opuestas.

—Eso es, hijo mío, y Maggie acaba de decir qué es lo que hay. ¿Entiendes la respuesta? —Miró a Jem con su intensidad característica, y el muchacho le devolvió la mirada, aunque le hizo daño, como sucede cuando se mira al sol, porque los ojos brillantes de aquel hombre atravesaban cualquier máscara que Jem se hubiera puesto para internarse tanto en Londres. Mientras se miraban, el adolescente se sintió completamente desnudo, como si el señor Blake pudiera ver todo lo que había en su interior: su miedo a lo que era nuevo y diferente en Londres, su preocupación por Maisie y por sus padres, su consternación ante el estado de Rosie Wightman, los nuevos y sorprendentes sentimientos que le inspiraba Maggie, su hondo dolor por la muerte de su hermano, de su gato, de todos los que se habían perdido y se perderían en el futuro, incluido él mismo. Jem se sentía confuso y jubiloso por su tarde con Maggie, por los olores de vida y muerte en Smithfield, por la ropa elegante de Saint James's Park y por los horribles harapos de Saint Giles, por la risa de Maggie y por la sangre que le brotaba de la nariz.

El señor Blake veía todo aquello en él. Lo abarcó en su totalidad, le hizo a Jem un gesto de aceptación, y Jem se sintió distinto: más duro y con mayor claridad, como si fuese una piedra que hubiera sido bruñida por la arena.

—El mundo —dijo—. Lo que se encuentra entre dos opuestos somos nosotros.

El señor Blake sonrió.

—Sí, hijo mío; sí, Maggie. La tensión entre contrarios es lo que nos hace ser nosotros mismos. Tenemos no sólo uno, sino también el otro, que se mezclan y chocan y echan chispas dentro de nosotros. No sólo luz, también oscuridad. No sólo paz, sino guerra. No somos sólo inocentes, también poseemos experiencia. —Sus ojos se detuvieron un momento en la margarita que Maisie aún tenía en la mano—. Es una lección que a todos nos vendría bien aprender, la de ver todo el mundo en una flor. Pero aún he de hablar con Robert. Buenos días a los tres, hijos míos.

—Hasta la vista, señor Blake —dijo Jem.

Lo vieron pasar entre las tumbas, pero no se detuvo donde se hallaba el cortejo fúnebre como imaginaban, sino que continuó hasta llegar a otra tumba, junto a la que se arrodilló.

—¿Qué era todo eso que os ha dicho? —preguntó Maisie.

Jem frunció el ceño.

—Cuéntaselo tú, Maggie. Vuelvo enseguida. —Se abrió camino entre las lápidas hasta que pudo agacharse detrás de una cercana al señor Blake. Advirtió que parecía muy animado y le brillaban los ojos, aunque había muy poca luz para conseguir aquel efecto: de hecho las nubes se habían espesado, y Jem sintió que le caía una gota de lluvia en la cabeza mientras se escondía y escuchaba.

—Siento que me empujan por todas partes —estaba diciendo el señor Blake—. La presión de todo ello. Y empeorará, lo sé, con las noticias que llegan de Francia. El miedo a la originalidad silenciará a quienes hablen con voces diferentes. Sólo a ti te puedo decir lo que pienso…, y a Kate, bendita sea. —Después de una pausa, continuó—: He visto cosas tan terribles, Robert, que te harían llorar. Los rostros en las calles de Londres están marcados por el infierno.

Después de otra pausa más larga empezó a salmodiar:

> *Cuando camino por las calles*
> *cerca del Támesis y sus navíos,*
> *veo en los rostros de quienes encuentro*
> *huellas de angustia y de impotencia.*
>
> *Y en los gemidos de tantos hombres,*
> *en los gritos de miedo de los chiquillos,*
> *en cualquier voz, en cualquier bando,*
> *escucho las cadenas creadas por el hombre.*

214

—He estado trabajando en ése. Lo estoy escribiendo todo de nuevo, porque las cosas han cambiado mucho. Piensa en ello, hasta que volvamos a reunirnos, hermano mío.

Acto seguido se puso en pie. Jem esperó a que se hubiera reunido con el grupo de los que iban vestidos de negro, y entonces fue a ver la lápida junto a la que se había arrodillado el señor Blake. Hacerlo le confirmó lo que había empezado a sospechar sobre el hermano del que el señor Blake hablaba tanto. En la piedra se leía: «Robert Blake, 1762-1787».

SIETE

Los empleados de la funeraria se alejaron con su carro en una dirección y los Blake en la otra, siguiendo la larga avenida, con árboles a los lados, que, desde el interior del cementerio, llevaba a la calle. Las aisladas gotas de lluvia empezaban a hacerse más persistentes.

—Vaya por Dios —dijo Maisie, ciñéndose el chal alrededor de los hombros—. Nunca se me ocurrió que fuese a llover cuando salí a la calle. ¡Y tan lejos de casa como estamos! ¿Qué vamos a hacer ahora?

Maggie y Jem no tenían plan alguno más allá de llegar a Bunhill Fields. Era lo que se habían propuesto. Ahora la lluvia lo oscurecía todo y ya no había ninguna meta que alcanzar, excepto regresar a casa.

Llevada por la fuerza de la costumbre Maggie siguió a los Blake, con Jem y Maisie quedándose más atrás. Cuando la familia salió del cementerio, no regresaron por el mismo camino. En lugar de eso subieron a un carruaje que los estaba esperando y que emprendió la marcha a buen paso. Aunque los chicos echaron a correr, pronto quedaron atrás. La fatiga los detuvo y se quedaron viendo cómo se alejaba hasta meterse por una calle a la derecha y desaparecía. La lluvia caía ya con más fuerza. Apresuraron el paso hasta llegar al cruce por donde habían torcido los Blake, pero no se veía el vehículo por ningún sitio. Maggie miró a su alrededor. No reconoció el lugar donde estaban; el coche había tomado un camino distinto para regresar.

—¿Dónde estamos? —preguntó Maisie—. ¿No deberíamos tratar de seguirlos?

—Da igual —respondió Maggie—. Seguro que vuelven a Soho, mientras que nosotros queremos ir a Lambeth. Podemos encontrar el camino por nuestra cuenta. Vamos. —Emprendió la marcha con toda la seguridad que pudo, sin decir a los Kellaway que en el pasado siempre había venido a aquella parte de Londres con su padre o con su hermano, y que les había dejado que la guiaran. Existían, sin embargo, multitud de puntos de referencia que conocía y a partir de los cuales podría, con toda seguridad, encontrar el camino, como Smithfield, Saint Paul, Guildhall, la cárcel de Newgate, el puente de Blackfriars. Era sólo cuestión de encontrar uno u otro.

Delante de ellos y al otro lado de una extensión de césped, por ejemplo, había un sólido edificio en forma de U, de tres pisos y muy extenso, con secciones más altas en el centro y en las esquinas, donde empezaban las alas.

—¿Qué es eso? —preguntó Maisie.

—No lo sé —respondió Maggie—. Me resulta familiar. Vamos a verlo desde el otro lado.

Caminaron en paralelo a la verja que encerraba el césped y siguieron más allá de una de las alas del edificio. En la parte de atrás, una valla alta de piedra que se desmoronaba, cubierta con hiedra, corría a lo largo de todo el recinto, y otra valla, todavía más alta, se había construido más cerca del edificio, claramente destinada a mantener dentro a quienes allí vivían.

—Hay barrotes en las ventanas —anunció Jem, entornando los ojos para evitar la lluvia—. ¿Es una cárcel?

Maggie miró a las ventanas más altas.

—Me parece que no. Sé que no estamos cerca de Fleet, y tampoco de Newgate; he ido allí para ver ejecuciones y no se parecen a esto. No hay tantos delincuentes en Londres; al menos, no detrás de rejas.

—¿Has visto ahorcar a alguien? —exclamó Maisie. Parecía tan horrorizada que Maggie se avergonzó de reconocerlo.

—Sólo una vez —dijo deprisa—. Fue suficiente.

Maisie se estremeció.

—No soportaría ver matar a nadie, me da igual lo que haya hecho.

Maggie hizo un ruido ininteligible. Jem frunció el ceño.

—¿Estás bien?

Maggie tragó saliva con dificultad, pero antes de que pudiera decir nada, les llegó un gemido desde una de las ventanas altas con barrotes. Empezó muy bajo en tono y en volumen, pero fue ascendiendo, haciéndose más fuerte y más agudo hasta convertirse en un alarido tan poderoso que debió de destrozar la garganta de quien lo lanzaba. Los chicos se quedaron inmóviles. Maggie sintió que se le ponía la carne de gallina.

Maisie se agarró al brazo de Jem.

—¿Qué es eso? ¿Sabes qué es eso, Jem?

Su hermano negó con la cabeza. El grito se detuvo de repente, luego empezó de nuevo desde abajo, para volver a subir cada vez más alto. A él le hizo pensar en gatos peleándose.

—¿Un hospital para parturientas, quizá? —sugirió—. Como el que hay en Westminster Bridge Road. A veces se oyen gritos que salen de allí, de las mujeres que están dando a luz.

Maggie miraba ceñuda la valla de piedra cubierta de hiedra. De repente su expresión cambió a una mezcla de reconocimiento y desagrado.

—Dios santo —dijo, dando un paso atrás—. Bedlam.

—¿Qué es…? —Jem se detuvo. Le había venido a la memoria un incidente en el circo Astley. Una de las costureras, al ver cómo John Astley sonreía a la señorita Hannah Smith, había empezado a llorar con tanto sentimiento que acabó por tener un ataque. Philip Astley le roció la cara con agua y le dio un bofetón.

—¡Cálmate, cariño, o acabarás en Bedlam! —le dijo antes de que las otras costureras se la llevaran. Luego se volvió hacia Fox, se tocó la sien y le guiñó un ojo.

Jem miró de nuevo a las ventanas y vio una mano que se agitaba entre los barrotes, como si tratase de agarrar la lluvia. Cuando el alarido empezó por tercera vez, dijo: «Vámonos», y giró sobre sus talones para caminar en dirección a lo que a él le parecía el oeste, es decir, hacia Soho y, finalmente, hacia Lambeth.

Maggie y Maisie lo siguieron.

—Eso es la muralla de Londres, ¿sabéis? —dijo Maggie señalando con un gesto el muro de piedra a su derecha—. Hay trozos por todas partes. Es la antigua muralla de la ciudad. Eso es lo que me ha hecho reconocer Bedlam. Mi padre me trajo aquí una vez.

—¿Qué camino tomamos, entonces? —dijo Jem—. Debes de saberlo.

—Claro que lo sé. Por aquí. —Maggie eligió la izquierda al azar.

—¿Quién…, quién vive en Bedlam? —balbució Maisie.

—Los locos.

—Ah. Pobrecillos. —Maisie se detuvo bruscamente—. Esperad…, ¡mira! —Señaló a una figura con una falda roja que iba por delante de ellos—. ¡Ahí está Rosie! ¡Rosie! —llamó.

—Maisie, estamos muy lejos de Saint Giles —dijo Maggie—. No puede ser ella.

—¡Quizá sí! Dijo que trabajaba por todas partes. ¡Puede haber venido aquí! —Echó a correr.

—¡No seas idiota! —le gritó Maggie.

—Maisie, no creo… —empezó Jem.

Pero su hermana, en lugar de escucharlo, corría cada vez más deprisa y, cuando la de la falda roja se metió de repente por un callejón, Maisie se lanzó tras ella y desapareció.

—¡Maldita sea! —Maggie empezó a correr, con Jem acompañándola zancada por zancada.

Al llegar a la esquina del callejón, tanto perseguida como perseguidora no se veían ya por ninguna parte.

—¡Lo que nos faltaba! —murmuró Maggie—. ¡Vaya estupidez!

Apresuraron el paso callejón adelante, buscando a Maisie cada vez que llegaban a un cruce. Una de las veces advirtieron un destello rojo en el portal de una casa. Al ver la cara de la chica quedó claro que, efectivamente, no se trataba de Rosie, ni tampoco de una prostituta. La joven de la falda roja entró en su casa y cerró la puerta, y Jem y Maggie se quedaron solos entre unas pocas casas, una iglesia, una ferretería y una tienda de tejidos.

—Maisie debe de haber seguido adelante —dijo Maggie. Corrió de nuevo hasta el cruce, Jem pisándole los talones, y después por el primer callejón, entrando en otros cuando aparecían. Al encontrar uno que no tenía salida, se volvieron; en otro dieron de nuevo media vuelta, perdiéndose cada vez más en el laberinto de calles. Jem apenas hablaba, excepto para detener a Maggie en una ocasión y señalar que habían cerrado un círculo. Maggie pensaba que debía de estar furioso con ella por haberlos perdido sin remisión, pero no manifestaba ni enfado ni miedo: tan sólo una sombría determinación.

Maggie trataba de no hacer planes más allá de sus esfuerzos por encontrar a Maisie. Cuando por un momento se permitía imaginarse a los tres, perdidos por calles diminutas en una zona desconocida de una ciudad gigantesca, sin la menor idea de cómo volver a casa, se sentía tan dominada por el miedo que le pareció que tendría que sentarse. Sólo se había sentido tan asustada en una ocasión, cuando se tropezó con aquel individuo en lo que después se convertiría en el callejón del Degollado.

Mientras corrían de nuevo por otra calle, pasaron junto a un hombre que se volvió y los miró lascivamente.

—¿De qué estáis huyendo si puede saberse?

Maggie gritó, y dio un respingo como de caballo asustado, sobresaltando a Jem y al peatón, que retrocedió y desapareció enseguida por otro callejón lateral.

—Maggie, ¿qué te pasa? —Jem sujetó a su amiga por los hombros, pero ella lo rechazó con un estremecimiento y se dio la vuelta, la mano apoyada en la pared, tratando de tranquilizarse. Jem se quedó mirándola y esperando. Al final, Maggie respiró hondo entre temblores y se volvió hacia él, la lluvia cayéndole sobre los ojos desde el abollado sombrero de paja. Jem examinó su rostro, imagen de la desdicha en aquel momento, y vio la expresión remota, obsesionada, que ya había captado antes en diferentes ocasiones: en algunos casos cuando Maggie no sabía que la estaba viendo, y en otros, como ahora, cuando trataba desesperadamente de ocultarla—. ¿De qué se trata? —preguntó de nuevo—. ¿Qué fue lo que te pasó?

Maggie negó con la cabeza: no estaba dispuesta a contarlo.

—Tiene que ver con aquel hombre en el callejón del Degollado, ¿no es eso? —adivinó Jem—. Siempre te portas de una manera muy rara. Y lo mismo te pasó en Smithfield.

—Fue Maisie quien se mareó, no yo —se defendió Maggie.

—Tú también —insistió Jem—. Casi te mareas porque también viste muchísima sangre en el callejón del Degollado. Quizá incluso... —Jem hizo una pausa—. Viste lo que sucedió, ¿no es eso? Viste cómo lo mataban. —Quería rodearla con el brazo para consolarla, pero sabía que no se lo permitiría.

Maggie le dio la espalda y echó de nuevo a andar por el callejón.

—Tenemos que encontrar a Maisie —murmuró, sin añadir una palabra más.

Debido a la lluvia había poca gente en la calle. Mientras seguían buscando, el aguacero aumentó en intensidad, en un último intento de empapar a todas las personas que estaban a la intemperie; luego, de repente, cesó por completo. De inmediato empezaron a abrirse las puertas. Era una zona aislada y falta de espacio, con casas oscuras y pequeñas que habían sobrevivido a los cambios provocados por el fuego, la moda y la pobreza gracias a que eran extraordinariamente sólidas. La gente que salía de las viviendas era recia y estable, a semejanza de los edificios. Allí no había acentos de Yorkshire ni de Lancashire ni de Dorset, únicamente el habla de familias que llevaban muchas generaciones en el mismo sitio.

En un barrio así, los desconocidos destacan como las primeras amapolas de la primavera. Apenas habían empezado a llenarse las calles con los paseantes del domingo por la tarde, cuando una mujer, al pasar, les señaló el lugar de donde venía.

—Buscáis a la chica con la cofia de volantes, ¿no es cierto? La encontraréis allí, junto a Drapers' Gardens.

Un minuto después salieron a un espacio abierto donde había otro jardín cercado, y vieron a Maisie junto a la verja de hierro, esperando, los ojos brillantes por las lágrimas. No dijo nada, pero abrazó a Jem y escondió la cara en su hombro. Jem le dio consoladoras palmaditas en la espalda.

—Ya se te ha pasado el susto, ¿verdad que sí?

—Quiero irme a casa, Jem —dijo con voz ahogada.

—Es lo que vamos a hacer.

Su hermana echó la cabeza para atrás y lo miró a la cara.

—No; quiero decir a Dorsetshire. En Londres me siento perdida.

Jem podría haber dicho: «Papá gana más trabajando para el señor Astley de lo que ganaba haciendo sillas en Piddletrenthide». O: «Mamá prefiere el circo a los botones de Dorset». O: «A mí me gustaría oír más de las nuevas canciones del señor Blake». O, incluso: «¿Y qué me dices de John Astley?».

En lugar de eso, detuvo a un chico de su edad que iba silbando mientras pasaba a su lado.

—Por favor, ¿dónde está el Támesis?

—No lejos. Ahí mismo. —El muchacho señaló con el dedo, y los tres se cogieron del brazo y echaron a andar en la dirección que les habían indicado. Maisie temblaba y Maggie estaba muy pálida. Para distraerlas, Jem dijo:

—Sé una canción nueva. ¿Queréis aprenderla? —Sin esperar a que le contestaran, empezó a salmodiar:

> *Cuando camino por las calles*
> *cerca del Támesis y sus navíos,*
> *veo en los rostros de quienes encuentro*
> *huellas de angustia y de impotencia.*

Habían repetido juntos tres veces las dos estrofas que conocía cuando se incorporaron a una corriente de tráfico en dirección al puente de Londres.

—Todo irá bien ahora —dijo Jem—. No nos hemos perdido. El río nos llevará de vuelta a Lambeth.

Octubre de 1792

VI.

UNO

Maisie veía el ensayo de John Astley desde su sitio preferido. Había probado todos los asientos del anfiteatro y sabía cuál era el que más le gustaba. Cuando asistían a las funciones, los Kellaway se colocaban de ordinario en la platea, cerca de la pista por donde galopaban los caballos, marchaban los ejércitos, daban volteretas los saltimbanquis y la señorita Laura Devine giraba sobre sí misma y caía en picado. Sin embargo, para quienes querían ver las cosas con más perspectiva los palcos eran la mejor localidad. Situados a ambos lados del escenario sobre la platea, colocaban a los espectadores por encima de lo que sucedía tanto en la función como entre el público.

Maisie se había sentado en un palco a la derecha del escenario. Le gustaba porque era cómodo e íntimo, y porque desde allí se veía perfectamente todo lo que hacía John Astley, ya fuese con su yegua en la pista o con la señorita Hannah Smith en el escenario. La señorita Smith, que caminaba con los pies hacia fuera como una bailarina profesional, era menuda, de cabellos rubios, un rostro delicado semejante a una orquídea, y había hecho una atractiva Colombina frente al Arlequín de John Astley. Al público le gustaba mucho y Maisie la detestaba.

Aquella tarde John Astley ensayaba a caballo con la señorita Smith para un final sorpresa que señalaría el cierre de la temporada. De momento trotaban juntos —él sobre su yegua zaina con una chaqueta azul brillante y ella con un vestido blanco que destacaba sobre el semental negro— hablando de alguna parte de su número. Maisie suspiró; aunque detestaba a la señorita Smith le era imposible apartar los ojos de los dos caballistas, porque le parecían la pareja perfecta. Después de unos minutos de mirarlos, Maisie descubrió que estaba apretando los puños sobre el regazo.

No se marchó, sin embargo, aunque a su madre le hubiera venido bien que la ayudase en casa, donde estaba encurtiendo coles. Maisie dejaría muy pronto de ver a John Astley: veinticuatro horas después de la última representación la compañía se trasladaría a Dublín en diligencia, para pasar la temporada invernal allí y en Liverpool. El resto del espectáculo —los decorados, la utilería, las grúas, las poleas y los montacargas, al igual que los caballos— seguirían en barco. El padre y el hermano de Maisie aún estaban empaquetando decorados de espectáculos anteriores, preparándolos para unos medios de transporte pendientes todavía de contratar. Maisie lo sabía porque Philip Astley se ocupaba de distintos asuntos en el palco vecino al suyo, y acababa de oírle redactar con John Fox un anuncio para el periódico:

Se necesita nave para trasladar maquinaria a Dublín.
Tiene que hacerse a la mar el 13, el 14 o el 15
de los corrientes.
Dirigirse al señor Astley, Anfiteatro de Astley,
Westminster Bridge Road.

Maisie sabía poco sobre transporte marítimo, pero hasta ella estaba segura de que tres días era demasiado poco tiempo para encontrar pasaje con destino a Irlanda. Aquello hizo que contuviera el aliento y apretara otra vez los puños en el regazo. Quizá durante la demora el señor Astley le pidiera por fin a Thomas Kellaway y a su familia que se trasladaran a Dublín, algo que ella había estado pidiendo a Dios que sucediera durante todo el último mes.

Los aplausos estallaron a lo largo y ancho del anfiteatro, ya que la señorita Hannah Smith cabalgaba ahora con un solo pie sobre la silla de montar, y la otra pierna levantada en el aire. Todo el mundo había dejado lo que estaba haciendo para mirar. Incluso Jem y Thomas salieron de entre bastidores junto con los demás carpinteros y aplaudieron. Poco deseosa de que su silencio se hiciera notar, Maisie también aplaudió. La señorita Smith sonrió, tensa, tratando de que no le temblara la pierna extendida.

—¡Bravo, cariño! —gritó el señor Astley desde su palco, junto al de Maisie—. Me recuerda a Patty —le dijo a John Fox—. Tengo que traer a mi mujer a la última función para que lo vea. Es una lástima que haya tan pocas mujeres dispuestas a actuar a caballo.

—Tienen más sentido común que los hombres —señaló John Fox—. Se diría que esa chica ha perdido la cabeza.

—Haría cualquier cosa por John —dijo Philip Astley—. Por eso está ahí encima.

—¿Cualquier cosa?

—Bueno, cualquier cosa no. Todavía. —Rieron los dos—. Sabe lo que hace —continuó Philip Astley—. Lleva a mi hijo tan bien como a cualquier caballo. ¡Bravo, cariño! —gritó una vez más—. ¡Ya tenemos nuestro gran fin de fiesta!

La señorita Smith frenó a su montura y bajó la pierna. Una vez que terminó la maniobra para volver de nuevo a la silla, John Astley se inclinó hacia ella y le besó la mano, entre más aplausos y risas, y rubores de la señorita Smith.

Fue entonces cuando Maisie sintió el silencio que brotaba en oleadas del palco situado al otro lado de la pista. Se esforzó por ver y descubrió a la persona que no aplaudía: de entre las sombras surgió el rostro redondo y pálido de Laura Devine que miraba a la señorita Smith todavía con más odio del que la misma Maisie sentía por la actriz y caballista. La cara de la señorita Devine no tenía ya la tersura ni la cordialidad de antaño: se había demacrado, y llamaba sobre todo la atención por un gesto de desagrado, como si acabase de probar algo que encontraba repugnante. Parecía muy desdichada.

Cuando la señorita Devine alzó la cabeza y se encontró con los ojos de Maisie, su expresión no cambió. Se contemplaron mutuamente hasta que la señorita Devine se hundió de nuevo en las sombras, como la luna cuando desaparece entre las nubes.

DOS

En el palco vecino, Philip Astley repasaba una lista con John Fox.

—El señor y la señora de Castro. El señor Johannot. El señor Lawrence. La señora Henley. El señor Davis. El señor Crossman. El señor Jeffries. El señor Whitmore. Monsieur Richer. El señor Sanderson.

—Vendrá más tarde.

—¡Caramba, Fox, lo necesito ahora! Los irlandeses van a querer nuevas canciones y las van a querer ya. Confiaba en ir con él en la diligencia y componerlas durante el viaje.

—Está escribiendo un espectáculo para el Haymarket.

—¡Como si está escribiendo para el mismísimo rey! ¡Lo quiero en esa diligencia el día trece!

John Fox no dijo nada.

—¿Me tienes reservada alguna otra sorpresa? ¿Otros empleados sobre los que darme información? Dímelo ahora. Lo siguiente será contarme que los carpinteros han dejado sus herramientas y se han hecho marineros.

John Fox se aclaró la garganta.

—Ninguno de los carpinteros quiere acompañarnos.

—¿Cómo? ¿Por qué no?

—La mayoría tienen trabajo en otros sitios y no les apetece el viaje. Saben lo que les espera.

—Dublín no tiene nada de malo. ¿Se lo hemos preguntado a todos?

—A todos menos a Kellaway.

Maisie sólo había estado escuchando a medias la conversación, pero ahora puso los cinco sentidos.

—Haz venir a Kellaway.

—Lo que usted diga, señor Astley. —A continuación se produjo una pausa—. También querrá usted hablar con ella.

—¿Con quién?

—Ahí enfrente. ¿No la ve?

—Ah. Sí.

—¿Sabe lo de monsieur Richer? —preguntó John Fox.

—No.

—Tendrá que saberlo. Para que puedan ensayar.

Philip Astley suspiró.

—De acuerdo, hablaré con ella después de Kellaway. Tráemelo.

—Enseguida, señor Astley.

—No es fácil ser gerente, Fox.

—Imagino que no, señor Astley.

Cuando su padre se presentó delante del señor Astley, Maisie se quedó lo más quieta que pudo en el palco, sintiéndose culpable por escuchar a escondidas incluso antes de que comenzara la conversación.

—Kellaway, amigo mío, ¿qué tal se encuentra? —Philip Astley habló a voz en grito, como si Thomas Kellaway se encontrase al otro lado de la pista, en lugar de a pocos pasos delante de él.

—Bastante bien, señor Astley.

—Me alegro, me alegro. ¿Todavía embalando los decorados?

—Sí, señor Astley.

—Es mucho lo que hay que hacer para poner en camino a la compañía, Kellaway. Se requiere una enorme cantidad de planificación y de embalaje, ¿no es cierto?

—Es un poco como mudarse desde Dorsetshire a Londres.

—Supongo que sí, Kellaway, imagino que tiene usted razón. De manera que esta vez le resultará más fácil, ahora que ya tiene práctica.

—¿Práctica de qué, señor Astley?

—A fe mía que me estoy precipitando, ¿no es cierto, Fox? Me refiero a hacer el equipaje e irse a Dublín.

—¿A Dublín?

—Seguro que sabe que nos vamos a Dublín, no me diga que no. Después de todo, está embalando los decorados para eso.

—Sí, señor Astley, pero…

—¿Pero qué?

—No…, no pensaba que contara conmigo, señor Astley.

—¡Por supuesto que contamos con usted! ¿Cree que no vamos a necesitar un carpintero en Dublín?

—En realidad soy sillero, no carpintero.

—Para mí, no. ¿Ve por aquí alguna silla que haya hecho usted, Kellaway?

—Además —añadió Thomas, como si Philip Astley no hubiese hablado—, habrá carpinteros en Dublín que podrán hacer el trabajo igual de bien.

—Ninguno que conozca los decorados como usted, Kellaway. Pero, dígame, ¿qué le preocupa? Pensaba que le parecería bien un viaje a Dublín. Una ciudad llena de vida, le encantará, estoy seguro. Y en invierno el clima es más suave que el de Londres. Liverpool también, más adelante. Vamos, Kellaway, usted quería salir de Dorsetshire y ver un poco de mundo, ¿no es cierto? Aquí tiene su oportunidad. Salimos dentro de tres días, tiempo suficiente para hacer el equipaje, ¿no le parece?

—Me…, ¿qué pasa con mi familia?

El asiento crujió al cambiar de postura Philip Astley.

—Vamos a ver, Kellaway, eso es complicado. Hemos de apretarnos el cinturón cuando salimos de viaje, como es lógico, se trata de una compañía más pequeña, no hay sitio para nada más. Las esposas sobran. Ni siquiera mi Patty va a Dublín, ¿verdad que no, Fox? Mucho me temo que se trata sólo de usted, Kellaway.

A Maisie se le escapó un grito ahogado. Afortunadamente sus vecinos no la oyeron.

—Pero volverá muy pronto, Kellaway, nos vamos sólo hasta marzo.

—Son cinco meses, señor Astley.

—Y ¿sabe otra cosa, Kellaway? Su familia estará muy contenta de verlo cuando vuelva. Funciona como un tónico para Patty y para mí. La ausencia hace crecer el cariño, se lo aseguro.

—No sé, señor Astley. Tendré que hablar con Anne y darle la respuesta mañana.

Philip Astley se dispuso a decir algo, pero por una vez Thomas le interrumpió.

—He de volver al trabajo. Discúlpeme, señor Astley. —Maisie oyó que se abría la puerta y que su padre se marchaba.

Hubo risas entre dientes en el palco vecino.

—Vamos, Fox, no empieces, hazme el favor.

Las risas continuaron.

—Maldita sea, Fox, se me ha subido a las barbas, ¿no es cierto? Piensa de verdad que puede elegir, ¿eh? Pero soy yo quien toma las decisiones, no un carpintero.

—¿No debería tomarlas John? Dado que el gerente es su hijo…

Philip Astley suspiró de nuevo.

—Eso es lo que tú crees, ¿verdad que sí, Fox? Pero ahí lo tienes. —Maisie miró hacia la pista: John Astley bailaba de lado con su caballo mientras la señorita Hannah Smith lo contemplaba—. Eso es lo que hace mejor, mucho mejor que estar aquí sentado y tomar decisiones difíciles. Hablando de tomar decisiones…, ve y tráeme a la señorita Devine.

TRES

John Fox caminó por la galería hasta los palcos del otro lado del anfiteatro. Aunque sin duda la señorita Laura Devine lo vio mientras se acercaba, no se movió para recibirlo, ni respondió cuando llamó a la puerta, sino que siguió sentada, mirando a Philip Astley por encima de la pista. Finalmente John Fox optó por responder a su propia llamada abriendo la puerta y entrando en el palco, donde se inclinó para susurrar algo al oído de la señorita Devine. Luego se situó en el umbral y esperó.

Durante un buen rato la artista de la cuerda floja no se movió; John Fox tampoco. Al fin, sin embargo, Laura Devine se ajustó el chal alrededor de los hombros y se puso en pie, se sacudió la falda y se alisó la oscura cabellera, que estaba recogida en un moño sobre la nuca, antes de aceptar el brazo que John Fox le ofrecía. A continuación recorrieron la galería como si estuviese llena de los habituales zafios espectadores de los que él debiera protegerla. Cuando llegaron al palco de Philip Astley, la señorita Devine dijo: «Quédate, John», como si su galantería pudiera suavizar el golpe que se preparaba. Porque sabía que el golpe iba a llegar. Llevaba semanas esperándolo.

También Maisie sabía lo que iba a suceder. Su madre y ella habían visto que la señorita Devine actuaba ya con mayor lentitud y más torpeza y se imaginaban la causa. Sabía, igualmente, que la presencia de John Fox influiría muy poco en el resultado: sólo, quizá, en la manera en que el señor Astley le comunicara la noticia.

—Señorita Devine, bienvenida —dijo Philip Astley en un tono completamente distinto de la campechanía que había utilizado con Thomas Kellaway—. Siéntese, querida; siéntese aquí a mi lado. La encuentro un poco pálida, ¿no te parece, Fox? Vamos a decirle a la señora Connell que le prepare un poco de caldo. Eso es lo que me da a mí cuando no estoy bien, y Patty le tiene una fe ciega, ¿verdad que sí, Fox?

Ni John Fox ni la señorita Devine respondieron a sus ofrecimientos, lo que le hizo hablar aún más atropelladamente.

—¿Ha estado viendo los ensayos, no es cierto, cariño? Muy emocionantes, la última noche se nos viene encima ya. Y luego el traslado a Dublín una vez más. A fe mía, cuántas veces tendremos que liar aún el petate y cruzar el mar de Irlanda, ¿eh, Fox? —Inmediatamente dejó de hablar, al darse cuenta de que no era la cosa más diplomática que se podía decir en aquel momento.

De hecho, por unos instantes, pareció que a Philip Astley le faltaban las palabras. Sólo duró un momento, pero fue lo suficiente para que todos los que le escuchaban entendieran que le costaba decir lo que tenía que decir. La señorita Laura Devine llevaba diez años con el circo Astley, después de todo, y era… (por fin encontró las palabras):

—… como una hija para mí, sí, como una hija. Ésa es la razón de que sepa que las cosas han cambiado, dado que la conozco tan bien como un padre conoce a su hija. Porque las cosas han cambiado, querida mía, ¿no es así?

La señorita Devine no dijo nada.

—¿Pensó que no iba a notarlo, Laura? —preguntó Philip Astley, permitiendo que parte de su impaciencia natural le reapareciera en la voz—. ¡La mitad del público lo ha adivinado! ¿Creía realmente que no nos íbamos a dar cuenta de que engordaba e iba más despacio? ¡Vamos, reconozca que está haciendo de verdad El Cerdo en el Espetón!

Maisie ahogó un grito antes de que resonara en el silencio horrorizado que siguió al cruel comentario del dueño del circo. Un silencio tal que obligó al mismo Philip Astley a romperlo:

—Vamos, hija mía, ¿en qué estaba pensando? ¿Cómo ha permitido que le sucediera una cosa así? Creía que era usted más lista que todo eso.

—Al cabo de una pausa, añadió más amablemente—: No es el hombre adecuado para usted, Laura. Estoy seguro de que lo sabe.

Finalmente la señorita Devine habló, aunque en respuesta a otra pregunta.

—Mi familia no es lo bastante buena para usted, ¿verdad que no? —dijo, con su suave cadencia escocesa y en voz tan baja que Maisie tuvo que inclinarse hacia delante hasta casi salirse del palco para oírla—. Imagino que le gusta más la familia de esa señorita.

Hannah Smith trotaba reposadamente en círculos por la pista sobre su semental mientras John Astley lo hacía en la dirección contraria; cada vez que se cruzaban uno de los dos entregaba al otro una copa de vino para beber de ella y devolverla a la vez siguiente.

—Nunca he tenido jurisdicción alguna sobre las mujeres de mi hijo, Laura. Eso es asunto suyo. No quiero discutir por qué hace lo que hace. Es usted quien tiene que hablarlo con él. Mi única preocupación es el espectáculo y sus artistas. Y cuando veo a un miembro de la compañía que ya no puede actuar debido a su estado, tengo que tomar las medidas oportunas. En primer lugar, he contratado a monsieur Richer, de Bruselas, para que se incorpore al circo.

Hubo un breve silencio.

—Lo único que hace monsieur Richer es bambolearse —dijo la señorita Devine con desdén—. No pasa de ser un payaso sobre una cuerda. —Era cierto que los dos especialistas tenían estilos muy dispares. Para la señorita Laura Devine era una cuestión de honor, así como de buen gusto, no tambalearse mientras caminaba por la cuerda. Su actuación era tan suave y tan tersa como sus cabellos oscuros y su piel clara.

—Cuando John y la señorita Smith terminen en la pista —continuó Philip Astley como si su interlocutora no hubiese hablado—, ensayará usted un número con monsieur Richer destinado a la última representación, un número que servirá para que el público conozca sus habilidades y prepare a los espectadores para su regreso en solitario el año que viene. Porque usted no va a venir con nosotros a Dublín, señorita Devine, ni tampoco se reincorporará a la compañía a nuestro regreso. Lo siento, querida mía, lo siento muchísimo, pero así son las cosas. Ya sabe que puede seguir en su actual alojamiento un mes más. —Philip Astley se puso en pie, dando por terminada la conversación, después de haber dicho todo lo importante—. Ahora he de ocuparme de algunos asuntos urgentes. Si hay algo más que pueda hacer por usted —añadió mientras abría la puerta—, sólo tiene que preguntar a John Fox, ¿eh, Fox?

Casi consiguió marcharse, pero la voz suave de la señorita Devine llegó más lejos y con más fuerza de lo que hubiera cabido esperar:

—Parece usted olvidar que el bebé será nieto suyo.

Philip Astley se detuvo en seco e hizo un ruido como de alguien que se ahoga.

—¡No se atreva a intentar eso conmigo, señorita! —rugió—. ¡Ese bebé no tendrá la menor relación con los Astley! ¡Nada que ver! ¡No será de ninguna manera nieto mío!

Su voz, acostumbrada como estaba a elevarse por encima del ruido del espectáculo y del público, y sin restricción alguna en este caso, se oyó hasta en el último rincón del anfiteatro. Las costureras, que envolvían líos de ropa en una habitación fuera del escenario, oyeron lo que decía Philip Astley. También lo oyeron Thomas y Jem Kellaway, que construían grandes estructuras de madera para introducir en ellas trozos del decorado y protegerlos durante el viaje hasta Dublín. Lo oyó la señora Connell que contaba los ingresos por venta de localidades a la entrada del edificio. Lo oyeron incluso los chicos del circo, que esperaban fuera a que John Astley y la señorita Hannah Smith terminaran el ensayo.

Lo oyó Maisie, y le sirvió para completar el rompecabezas al que había estado dando vueltas, ya que la última pieza había resultado ser algo que temía pero confiaba que no fuese cierto, porque significaba que también tenía que detestar de todo corazón a Laura Devine.

La señorita Hannah Smith lo oyó sin el menor género de dudas. Aunque siguió trotando por la pista, alzó el rostro hacia el palco y miró, advirtiendo por primera vez el drama que se estaba desarrollando por encima de su cabeza.

Únicamente John Astley pareció no enterarse del estallido de su padre. Estaba acostumbrado a sus bramidos y raras veces los escuchaba. Como la señorita Smith aún mantenía la mano extendida para aceptar la copa, se la pasó. Pero ella miraba hacia otro sitio, y pensaba también en otras cosas, de manera que no la recogió, y la copa cayó al suelo entre los dos. Pese al almohadón de serrín, se rompió en mil pedazos.

John Astley detuvo de inmediato a su yegua.

—¡Cristal! —gritó. Un muchacho que había estado esperando a un lado de la pista para barrer las bostas, entró corriendo en la pista con su escoba.

La señorita Smith no detuvo a su caballo, sin embargo. Siguió trotando mientras torcía la cabeza para no perder de vista ni a Philip Astley ni a la señorita Laura Devine. De hecho habría arrollado al chico que se disponía a barrer los cristales si John Astley no se hubiera apoderado de las riendas de su caballo, deteniéndolo él mismo.

—¡Hannah! ¿Se puede saber qué te pasa? —exclamó—. No dejes que tu caballo pise esos cristales: ¡podría lastimarse!

La señorita Smith apartó los ojos de Laura Devine para fijarlos en John Astley. Estaba muy pálida y ya no lucía la agradable sonrisa que había mantenido durante todo el ensayo. Su aspecto era más bien el de alguien a punto de vomitar.

John Astley la miró fijamente y luego alzó la vista al palco donde brillaban los ojos de la señorita Laura Devine y donde su padre resoplaba aún como un caballo sin resuello.

Lo siguiente que oyó Maisie fue algo que nunca hubiera imaginado saliendo de los labios de Hannah Smith.

—John Astley, ¡eres un hijo de puta! —No alzó la voz tanto como Philip Astley, pero sí lo bastante para que la oyeran Maisie y todos los que estaban en el palco vecino. El chico que recogía los cristales sofocó una risotada. John Astley abrió la boca, pero no se le ocurrió ninguna respuesta apropiada. La señorita Smith se bajó a continuación del caballo y salió corriendo, con los pies tan vueltos hacia fuera que su huida resultó todavía más patética.

Cuando desapareció, John Astley miró indignado al palco, donde aún estaba la señorita Laura Devine, triunfadora sólo por un momento en aquella farsa sombría. Dio la impresión de que quería decir algo, pero, al comprobar que el chico a sus pies aún reía ahogadamente, desistió de prolongar la escena en un lugar tan público. Lo que hizo en cambio fue desmontar muy deprisa, arrojar las riendas de los dos caballos al muchacho del circo, estirarse las mangas de la chaqueta y apresurar el paso tras la señorita Smith.

—Bien, espero que esté contenta, querida mía —dijo entre dientes Philip Astley—. ¿Era eso lo que quería?

—Es usted quien lo convierte todo en teatro —replicó Laura Devine—. Nunca ha sabido cómo estar tranquilo ni callado.

—¡Váyase! ¡No quiero volver a verla! —Aunque Philip Astley le gritó aquello a la joven, fue él quien salió con cajas destempladas, llamando a John Fox para que lo siguiera.

Después de su marcha, la señorita Laura Devine siguió en el palco, con Maisie inmóvil en el suyo, pared por pared, las manos temblándole sobre el regazo.

—Ven a verme un momento —oyó murmurar a la señorita Devine; Maisie se sobresaltó al darse cuenta de que la petición se dirigía a ella, y que la señorita Devine la había visto con anterioridad sentada en su palco y estaba al tanto de que había oído toda la conversación. Maisie se levantó y entró con el mayor sigilo en el palco adyacente, tratando de llamar la atención lo menos posible, si bien, aparte del chico que, después de sacar a los caballos de la pista, había vuelto para terminar de barrer el resto de los cristales y el estiércol de caballo, no había nadie más por allí.

La señorita Devine no alzó los ojos al entrar Maisie.

—Hazme compañía, cielo —fue todo lo que dijo.

Maisie se hundió en el asiento —vecino al que ocupaba la bailarina de la cuerda floja— que Philip Astley había dejado libre hacía muy poco y que, de hecho, aún estaba tibio. Juntas miraron a la pista, silenciosa por una vez, si se exceptuaba la escoba del chico del circo. A Maisie su ruido regular, rasposo, le resultaba un consuelo. Sabía ya que no detestaba a Laura Devine, fuera lo que fuese lo que acababa de suceder. Más bien la compadecía.

La otra parecía sumida en sus ensoñaciones. Quizá pensaba en todas las cuerdas por las que había caminado o alrededor de las que había girado o de las que se había colgado o columpiado en aquella pista. Quizá pensara en el extraordinario final que interpretaría tres noches después. O tal vez había estado escuchando a su cuerpo en el silencioso diálogo privado que las mujeres embarazadas mantienen a veces consigo mismas.

—Lo siento mucho, señorita Devine —dijo Maisie finalmente.

—Yo no; por mí, no. Por ti, quizá. Y por ella. —Laura Devine movió la cabeza en referencia a la actuación de la señorita Hannah Smith en la pista—. Se pasará toda la vida preocupada por él y sus mujeres. Yo ya he terminado con eso. —Miró a Maisie—. ¿Cuántos años tienes, cariño?

—Me llamo Maisie. Pronto cumpliré los quince.

—De manera que ya no eres tan inocente. Pero todavía inexperta, ¿no es eso?

Maisie quiso protestar —¿a quién, en el umbral de la edad adulta, le gusta que se le recuerde su persistente inocencia?—, pero el rostro cansado de la señorita Devine exigía sinceridad:

—Tengo muy poca experiencia del mundo —reconoció.

—En ese caso, permíteme que te enseñe algo. Lo que quieres no vale ni la mitad de lo que todavía tienes. Recuerda lo que acabo de decir.

Maisie asintió con la cabeza, aunque no entendió aquella frase. Pero se la guardó para más adelante, cuando pudiera examinarla de nuevo con calma y estudiarla.

—¿Qué va a hacer ahora, señorita Devine? —preguntó.

Su interlocutora sonrió.

—Voy a salir de aquí volando, cielo. Eso es lo que voy a hacer.

CUATRO

De ordinario Maisie se hubiera quedado más tiempo en el anfiteatro, viendo ensayos toda la tarde si podía, pero después de que Laura Devine hablara con ella estaba deseosa de irse. No quería quedarse y ver ensayar a la bailarina de la cuerda floja con la persona que iba a reemplazarla. También John Astley había desaparecido, y Maisie dudaba de que fuera capaz de convencer a la señorita Hannah Smith para que volviera a montar a caballo. Por otra parte, ella debería estar ayudando a su madre a encurtir coles, o adelantando la costura que las Kellaway habían aceptado para reemplazar su trabajo con los botones. Porque Bet Butterfield les había comprado todos los que ya habían terminado y los materiales para hacerlos, y consiguió que le enseñaran a fabricar varios modelos distintos. Maisie se mostró sorprendida cuando su madre aceptó renunciar a los botones, pero Anne Kellaway había sido categórica.

—Ahora vivimos en Londres, no en Dorsetshire —dijo—. Tenemos que dejar atrás las cosas de Dorset.

Al principio Maisie se había alegrado del cambio, pero recientemente empezaba a echar de menos los botones de Dorset. Zurcir la ropa de otros no era tan satisfactorio como la emoción de hacer algo completamente nuevo a partir de nada: un botón delicado, semejante a una tela de araña, sin más elementos que una anilla y unos metros de hilo, por ejemplo.

Ahora se detuvo en los escalones de la entrada al anfiteatro e intentó ver a través de la niebla que envolvía Londres. Los Kellaway habían oído hablar mucho de aquel manto espeso y asfixiante, pero habían tenido la suerte de no sufrirlo de verdad hasta entonces, porque la primavera y el verano habían sido ventosos, lo que impedía que la niebla se asentara. En otoño, sin embargo, los fuegos de carbón estaban encendidos todo el día en las casas, y lanzaban humo a las calles, donde flotaba, inmóvil, difuminando luces y amortiguando sonidos. Era sólo media tarde, pero los faroles ya estaban encendidos: Maisie los veía desaparecer en la oscuridad del puente de Westminster. Por costumbre examinaba a las personas que surgían de la niebla al salir del puente y que caminaban hacia ella, tratando de reconocer a Rosie Wightman en todas las figuras. Maisie llevaba un mes esperando que apareciese, pero su antigua amiga no se había presentado.

Vaciló en los escalones. Desde que se había perdido en Londres un mes antes, había dejado de utilizar calles poco frecuentadas entre el anfiteatro y su casa, pese a que conocía el camino y a personas que vivían por allí, así como algunas tiendas. Prefería caminar por Westminster Bridge Road, que estaba más concurrida y el camino bien expedito. La niebla, sin embargo, se había espesado tanto desde su llegada al anfiteatro horas antes, que se preguntó si debería volver a casa por allí. Estaba a punto de volverse y preguntar a Jem si querría acompañarla cuando John Astley salió muy deprisa del circo y tropezó con ella.

—¡Oh! —exclamó Maisie.

John Astley le hizo una reverencia.

—Le ruego me disculpe, señorita. —Se disponía a seguir su camino, pero la miró a la cara y se detuvo. Porque John Astley vio en sus facciones una expresión que hacía de contrapeso al fuego de Laura Devine y a las lágrimas de Hannah Smith. Maisie lo contemplaba con la absoluta adoración primitiva de una muchacha de Dorset. Era alguien que nunca lo miraría furiosa ni lo llamaría hijo de puta, ni tampoco le daría un bofetón, como acababa de hacer Hannah Smith al seguirla él entre bastidores. Maisie no lo criticaría, sino que lo apoyaría; no tendría exigencias, sino que lo aceptaría; no lo rechazaría, sino que se abriría a él. Aunque no tan refinada como la señorita Hannah Smith —después de todo no era más que una campesina sin pulir de nariz roja y cofia de volantes—, tenía unos ojos llenos de vida y una agradable figura esbelta a la que ya empezaba a responder una parte de su cuerpo. Era exactamente el tónico que necesitaba un hombre después de ser blanco de la indignación y de los celos de otras mujeres.

John Astley adoptó su expresión más amable, más servicial; pareció, aún más importante, interesado, lo que, para una chica como Maisie, era la cualidad más seductora de todas. John Astley la estudió mientras ella vacilaba al borde de la densa niebla sulfúrea que todo lo envolvía.

—¿Puedo serle de ayuda? —preguntó.

—¡Cuánto se lo agradezco, señor Astley! —exclamó Maisie—. Es sólo que…, necesito volver a casa, pero la niebla me da miedo.

—¿Vive cerca?

—Sí, sí, muy cerca. Dos puertas más allá de usted en Hercules Buildings.

—Ah, de manera que somos vecinos. Por algo me resultaba usted familiar.

—Claro, señor Astley. Nos conocimos en el incendio, este verano, ¿no se acuerda? Y…, bueno, mi padre y mi hermano trabajan aquí para el circo. Vengo a menudo, les traigo la comida y cosas así.

—También yo me dirijo hacia Hercules Buildings. Permítame acompañarla. —John Astley le ofreció el brazo. Maisie lo miró como si le estuviera ofreciendo una corona adornada de piedras preciosas. Era algo excepcional en la vida de una chica modesta como Maisie que se le diera exactamente aquello que había estado soñando. Extendió la mano y le tocó el brazo tímidamente, como si esperase que se derritiera. Pero la tela de su chaqueta azul, con la carne del brazo debajo, era real, y un estremecimiento la sacudió de manera visible.

John Astley colocó su otra mano sobre la de Maisie, y se la apretó, animándola a poner la suya en el interior del codo.

—Perfecto, señorita…

—Maisie.

—Estoy a su servicio, Maisie. —John Astley bajó con ella los escalones y luego la llevó hacia la izquierda y hacia la oscuridad de Stangate Street, en lugar de conducirla hacia la derecha y hacia la niebla un poco más luminosa de Westminster Bridge Road. Maisie se había hundido en una cálida niebla toda suya que permitió al caballista llevarla, sin un murmullo de protesta, por el atajo que evitaba desde hacía un mes. De hecho Maisie ni siquiera se dio cuenta de por dónde iban. Caminar con el hombre más apuesto, más hábil y más elegante que conocía (e incluso poder tocarlo) hacía realidad todos sus sueños. Era el momento más importante de su vida. Avanzó al lado de John Astley con paso ligero como si la niebla hubiera ido a situarse bajo sus pies y le sirviera de cojín, protegiéndola del suelo.

John Astley advertía perfectamente el efecto que causaba en Maisie, y tenía la experiencia suficiente para hablar muy poco al comienzo de su recorrido. En un primer momento sólo abrió los labios para orientarla a través de la niebla. «Cuidado con ese carro»; «Permítame que la aparte del arroyo, ¿puedo?»; «Desvíese un poco a la derecha para evitar ese montón de estiércol». John Astley había crecido con la niebla londinense y estaba acostumbrado a navegar por ella, recurriendo a sentidos distintos de la vista: la nariz para localizar caballos o tabernas o basuras, los pies para notar la pendiente del arroyo en los lados de la calzada o los adoquines en las callejuelas. Aunque la niebla amortiguaba los sonidos, era capaz de averiguar si lo que venía en su dirección era un solo caballo, o si se trataba de dos o de cuatro, y también si tenía delante un calesín y un coche cerrado. De manera que caminaba entre la niebla seguro de sí mismo; despacio, también, porque Hercules Buildings no estaba lejos y él necesitaba tiempo.

Una vez que hubo ganado la confianza de Maisie, inició amablemente una conversación.

—¿Les has traído hoy la comida a tu padre y a tu hermano? —se interesó.

—Sí, señor Astley.

—¿Y qué les has traído? Espera, déjame que lo adivine. ¿Empanada de carne?

—Sí, señor Astley.

—¿La has comprado o la has hecho tú?

—Ayudé a mi madre. La tapa la hice yo.

—Estoy seguro de que haces muy bien la masa, Maisie, con esos dedos tuyos tan delicados…, los más delicados de Lambeth.

Maisie dejó escapar una risita.

—Muchas gracias, señor Astley.

Caminaron un poco más, hasta pasar por delante de Queen's Head en la esquina donde Stangate Street se cruzaba con Lambeth Marsh, y donde la luz amarilla de la taberna manchaba la niebla, dándole el color de las flemas. No había nadie bebiendo fuera con un tiempo como aquél, pero al pasar ellos se abrió bruscamente la puerta y un hombre salió tambaleándose, riendo y maldiciendo al mismo tiempo. Maisie se agarró con más fuerza al brazo de su acompañante.

John Astley puso de nuevo su otra mano sobre la de Maisie, y se la apretó, tirando algo más del brazo de la muchacha de manera que sus cuerpos estuvieran más cerca.

—Vamos, Maisie, no hay motivo para preocuparse. Estás conmigo, no lo olvides. No se atrevería a tocarte. —De hecho aquel hombre ni siquiera había reparado en ellos, y echó a andar a trompicones por Lambeth Marsh arriba, mientras John Astley y Maisie tomaban la dirección opuesta—. Supongo que ha ido Marsh arriba porque tiene que comprar hortalizas para su mujer. ¿Qué te parece que comprará, nabos o nabas?

Maisie dejó escapar una risita pese a lo nerviosa que estaba.

—Nabas, pienso yo, señor Astley. Son mucho mejores.

—¿Y puerros o coles?

—¡Puerros! —Maisie rió como si su acompañante hubiera hecho un chiste, y John Astley se sumó a su risa.

—Esa de ahí es una taberna desagradable —dijo—. No debería haberte traído por aquí, Maisie. Te ruego que me disculpes.

—No se preocupe, señor Astley. No me puede pasar nada yendo con usted.

—Estupendo. Me alegro, querida. Claro está que no todas las tabernas son como ésa. Algunas están muy bien. Pineapple, por ejemplo. Pueden ir hasta las señoras y sentirse como en su casa.

—Supongo que sí, señor Astley, aunque no he entrado nunca. —Al oír el nombre de aquella taberna, el rostro de Maisie perdió su evidente alegría, porque se acordó de haber esperado fuera para, al final, ver salir a John Astley con una de las costureras. Sin proponérselo realmente, retiró un poco el brazo que él le sujetaba con el codo. John Astley notó el cambio y se maldijo interiormente. Pineapple no, entonces, pensó; era evidente que a Maisie no le gustaba. Quizá no fuese el mejor sitio, en cualquier caso: aunque muy conveniente para llegar a las cuadras de Astley, el lugar donde John se proponía llevarla después, era muy posible que estuviera llena de gente del circo que conocía a Maisie.

Antes de que el caballista mencionara Pineapple, Maisie había logrado flotar feliz sin pensar en otra cosa que en el amable coqueteo que entrañaba aquella charla y en sus ensueños románticos. La mención de la taberna, sin embargo, la forzó a reconocer cuáles eran las intenciones de su acompañante. Después de todo, una visita a una taberna con John Astley era una cosa bien concreta. Maisie vaciló.

—Acabo de verlo montando a caballo con la señorita Smith —dijo—. Hacen ustedes muy buena pareja.

A John Astley no le interesaba nada aquel tema de conversación. Su propósito era volver a reírse con las hortalizas.

—La señorita Smith monta muy bien —se limitó a responder, preguntándose cuánto habría visto Maisie durante el ensayo. ¿Habría escuchado además lo que su padre le gritaba a Laura Devine?

Por su parte, también Maisie pensaba en lo que había visto y oído, en la pieza del rompecabezas que ligaba a su acompañante con la señorita Devine. Pensó sobre ello y descubrió que la presencia de John Astley a su lado en carne y hueso, sus hombros anchos y su cintura estrecha bajo la chaqueta azul bien cortada, sus ojos alegres e incansable sonrisa, su paso seguro y elástico y la fuerza de sus manos, incluso el inconfundible olor a sudor de caballo que lo acompañaba, eran cosas mucho más importantes para ella que nada de lo que hubiera hecho con cualquier otra persona. Pese a una leve punzada de remordimiento por lo amable que la señorita Devine había sido con ella y por la advertencia que le había hecho, Maisie se quitó de la cabeza el recuerdo de las aventuras de John Astley y pensó en el momento presente. Quizá se interesase por muchas mujeres, pero ¿por qué no tendría que corresponderle a ella una parte de aquel interés? Maisie lo deseaba.

Incluso le facilitó las cosas. Cuando salieron del callejón por donde caminaban para desembocar en Hercules Buildings, con las habitaciones de los Kellaway inmediatamente a su derecha, Maisie dijo: «¡Qué pronto hemos llegado!» con el tono más triste que le fue posible.

John Astley lo aprovechó al instante.

—¡Pensaba que te gustaría llegar a casa sana y salva! ¿Te están esperando?

—No —respondió Maisie—. Todavía no. Tengo que ayudar a mi madre con las coles, pero en realidad no tiene demasiado trabajo.

—¡Cómo! ¿Ni puerros ni nabas para ti?

Maisie sonrió, pero él ya la estaba haciendo cruzar la calle, de manera que se le hizo un nudo en el estómago ante la idea de que muy pronto la depositaría delante de su puerta y quizá nunca más volviera a hablar con él o a tocarlo.

—Ha sido tal placer acompañarte a casa, Maisie, que me cuesta renunciar a tan agradable sensación —anunció John Astley, deteniéndose antes de llegar a casa de la señorita Pelham—. Quizá podríamos beber algo juntos antes de separarnos.

—Eso…, estaría…, muy bien.

—Tal vez la taberna al comienzo de la calle sea lo más conveniente. Está cerca, no queremos ir lejos con tanta niebla, y tiene un rinconcito muy acogedor que creo que te gustará.

—De…, de acuerdo, señor Astley. —Maisie apenas pudo pronunciar las palabras. Por un momento una embriagadora mezcla de culpa y miedo le hizo sentirse mareada. Pero se agarró otra vez con fuerza al brazo de John Astley, dio la espalda a su casa, apenas visible, y caminó en la dirección en la que él, y ella, deseaban ir.

CINCO

La taberna a la que se dirigían cerraba la hilera de casas de Hercules Buildings, exactamente donde la calle se juntaba con Westminster Bridge Road, mientras que Pineapple apuntalaba el otro extremo. Era más grande y estaba más abarrotada que Pineapple, y disponía de reservados y luz abundante. John Astley había bebido allí unas cuantas veces, aunque prefería llevar a cabo sus conquistas en sitios más tranquilos y más oscuros. Aquélla, por otra parte, no era una de las tabernas frecuentadas por la gente del circo; y nadie alzó la vista cuando entraron.

John Astley pagó a una pareja para que le cediera un reservado en una esquina protegido por paneles de madera hasta la altura del hombro, de manera que quedaban un tanto aislados de sus vecinos a los dos lados, y al mismo tiempo veían con toda claridad la sala. Después de instalar allí a Maisie fue al mostrador y regresó con un ponche de ron para su acompañante y una copa de vino para él. «Prepárelo dulce y fuerte», había dicho del ponche. El tabernero lanzó una mirada a Maisie, pero no hizo ningún comentario.

Una vez que estuvieron acomodados con sus bebidas, John Astley no se esforzó por llevar la conversación como había hecho fuera, en la calle. A decir verdad no tenía ningún deseo de hablar. Había logrado su primer objetivo: sentar a Maisie en una taberna con una bebida delante. Le parecía que había hecho más que suficiente, y que el ron y su presencia bastarían para permitirle alcanzar su segunda meta. En realidad no disfrutaba hablando con mujeres y se daba cuenta de que tenía ya muy poco que decirle a Maisie. Era una chica bonita y sencillamente buscaba un consuelo para olvidarse de las mujeres difíciles de su vida.

Maisie no dijo nada al principio: era demasiada novedad estar sentada con un hombre apuesto en una taberna de Londres. Había entrado en otros locales públicos en el valle del Piddle, como es lógico, pero eran modestos y oscuros en comparación con aquél, y estaban llenos de humo. Aunque Hercules Tavern no era más que un gastado local de barrio, sus mesas y sillas de madera estaban mejor hechas que las toscas y medio desvencijadas de Five Bells en Piddletrenthide, donde el propietario compraba muebles de segunda mano a carpinteros ambulantes en lugar de pagar a Thomas Kellaway por un trabajo de mejor calidad. Hercules Tavern estaba además más caliente, porque, pese a su mayor tamaño, el fuego de carbón tiraba mejor, y había más clientes, lo que también contribuía a caldearla. Las jarras de peltre para la cerveza tampoco estaban tan abolladas como en Piddletrenthide, y las copas de vino y de ponche eran de mejor calidad que las que Maisie recordaba de Dorsetshire.

Nunca había estado en un local con tantas luces y le fascinaban los detalles que ahora podía reconocer: los dibujos en los vestidos de las mujeres, las arrugas en la frente de un varón, los nombres e iniciales tallados en los paneles de madera. Miraba a la gente que iba de un lado a otro de manera muy semejante a un gato vigilando un árbol lleno de pájaros: siguiendo a uno ávidamente para luego distraerse con otro, la cabeza moviéndose de aquí para allá. Los demás clientes parecían estar de excelente humor. Cuando un grupo al otro lado de la sala lanzó una risotada, Maisie sonrió. Cuando dos hombres empezaron a gritarse, alzó las cejas y luego suspiró aliviada al ver que, de repente, se echaban a reír y se daban palmadas en la espalda.

No tenía ni idea del contenido del ponche que John Astley le había puesto delante —sólo había bebido hasta entonces cerveza muy floja—, pero alzó la copa animosamente y lo probó.

—Ah, tiene algo especial que lo hace picante. —Se relamió—. No pensaba que las bebidas fuesen distintas en Londres. Pero hay muchas cosas que lo son. Esta taberna, por ejemplo, ¡está más animada que Five

Bells! —Bebió de nuevo; aunque no le parecía de verdad agradable, sabía que era lo que se esperaba de ella.

John Astley no la escuchaba en realidad, sino que calculaba cuánto ron tendría que darle para conseguir que estuviera dispuesta a cualquier cosa. Examinó sus mejillas coloradas y su sonrisa boba. Dos bastarían, pensó.

Aunque Maisie no se fijaba lo bastante para reconocer a ninguno de los clientes, hubo uno que sí se fijó en ella. Entre la multitud de varones reunidos ante el mostrador no vio a Charlie Butterfield a la espera de que le sirvieran, ni siquiera cuando insistió en mirarla fijamente. Una vez que John Astley se sentó con ella y Maisie empezó a beberse el ponche con aplicación, Charlie apartó los ojos, indignado. Pero mientras colocaba las jarras de cerveza delante de sus padres, no resistió la tentación de decirles:

—Adivinad quién está sentada ahí al lado. ¡No, madre, no hagas eso! —Sujetó a Bet Butterfield cuando empezaba a levantarse para mirar por encima del panel—. ¡No es necesario que te vean!

—¿Quién está ahí, chico? —preguntó Dick Butterfield al tiempo que se llevaba la cerveza a los labios y la probaba con mucha delicadeza—. Ah, estupenda.

—Astley, ese hijo de papá, con la señorita Dorset.

—¿Dorset? ¿Te refieres a Maisie? —preguntó Bet Butterfield—. ¿Qué está haciendo aquí? No es un sitio para ella. —Volvió la cabeza hacia el reservado vecino para oír. Maisie hablaba más alto con cada nuevo sorbo del ponche de ron, de manera que los Butterfield oían al menos una parte de la conversación; John Astley hablaba en voz baja y tenía poco que decir.

—Mamá y yo vamos al circo dos veces por semana —estaba diciendo Maisie—. Así que he visto varias veces todo lo que hace usted. Me encanta su yegua. Y la monta maravillosamente.

John Astley se limitó a lanzar un gruñido. Nunca hablaba del trabajo en la taberna, ni tampoco le interesaban los elogios de su acompañante; pero Maisie no tenía experiencia suficiente para darse cuenta. A decir verdad, John Astley empezaba a cansarse de ella. Había localizado un par de mujeres en la sala con las que, estaba convencido, lo habría pasado mejor que con Maisie. Sin duda era todavía virgen y su experiencia le permitía saber que las vírgenes eran mejores en la teoría que en la práctica. Desvirgarlas requería cierto grado de paciencia y de responsabilidad que no siempre estaba dispuesto a utilizar; a menudo lloraban, y John prefería que una mujer disfrutase en cierta medida por estar con él. Sólo la señorita Laura Devine había puesto de manifiesto cierta sutileza virginal, con risas en lugar de lágrimas durante el acto, y había demostrado conocer las maneras en que una mujer puede agradar a un hombre sin necesidad de que él se lo enseñe. Le había sorprendido que fuese todavía virgen; también le sorprendió que después presentara otras características de las vírgenes, distintas de las lágrimas: la vana ilusión de que a partir de aquel momento tenía ciertos derechos sobre él. Después de algunos encuentros placenteros se la había quitado de encima, negándose a creer que llevara un hijo suyo en el vientre hasta que la señorita Hannah Smith se lo metió en la cabeza aquel mismo día abofeteándolo.

De todos modos, fuera cual fuese su opinión sobre Maisie, John Astley ya había hecho su elección al sentarla en el reservado y obsequiarla con un ponche a la vista de los demás clientes. Las mujeres que estaban en la taberna veían con toda claridad cuáles eran sus intenciones y no sentían ningún interés por sustituir a la elegida.

Lo que sí podía hacer al menos era una faena rápida. En el momento en que Maisie terminó su ponche, se levantó a por el segundo y a por otra copa de vino. De vuelta a su sitio, con las dos manos ocupadas, se apartó para dejar pasar a un muchacho con una cicatriz en una ceja. El chico se apartó en la misma dirección, y regresó al punto de partida al hacerlo John Astley, adoptando todo el tiempo un aire desdeñoso. Después de cerrarle el paso un momento más, le golpeó en el hombro, y el impacto se trasladó a la copa de vino, de manera que la mitad de su contenido acabó en el suelo.

—Hijo de papá —dijo entre dientes al pasar.

John Astley no tenía la menor idea de quién era Charlie, pero como tipo de persona le resultaba familiar: probablemente había asistido a alguna representación del circo y envidiaba la fama y la habilidad de Astley. Había hombres que a veces lo detenían en la calle o en la taberna y lo provocaban; alguna que otra vez estallaba una pelea cuando de la envidia se pasaba a la acción. John Astley trataba de evitarlo siempre que podía, porque, para alguien en su posición, era indecoroso enzarzarse en una gresca con gente corriente. Pero sabía defenderse con mucha habilidad y no toleraba en absoluto ataques que pudieran desfigurarle la cara. Pese a varias caídas y coces de caballos, había logrado mantener el rostro libre de lesiones y cicatrices y no tenía intención de perder su atractivo por un simple intercambio de puñetazos con un obrero borracho.

Maisie no había reparado en el incidente, porque ahora estaba escuchando a una mujer de pecho abundante, mejillas agrietadas y brazos fornidos que se había asomado por encima del tabique lateral.

—Llevo tiempo queriendo ir a veros a ti y a tu mamá, a las dos —decía la mujer—. Hay una señora que quiere un tipo diferente de botón, para los chalecos que prepara. ¿Sabes cómo se hace un High Top?

—¡Por supuesto que sí! —exclamó Maisie—. Soy de Dorsetshire, ¿no es cierto? ¡Botones de Dorset de una chica de Dorset! —El ponche hacía que hablase más alto y su voz se había vuelto un tanto chillona.

Bet Butterfield frunció el ceño: le había llegado un tufillo a ron.

—¿Sabe tu mamá que estás aquí?

—Por supuesto que lo sabe —intervino John Astley—. Pero no es asunto suyo, ¿verdad que no, señora entrometida?

Bet Butterfield se encrespó.

—Claro que es asunto mío. Maisie es vecina mía, vaya si lo es, y en este barrio nos preocupamos por nuestros vecinos, por algunos de ellos, al menos —protestó, mirándolo de reojo.

John Astley se planteó la estrategia a seguir: podía halagarla o tratarla con desdén e indiferencia. No siempre era fácil saber qué método funcionaba con cada tipo de mujer, pero necesitaba decidirlo si no quería perder a Maisie por culpa de sus vecinos. Ahora, ante el peligro de que se le escapase de las manos, la deseaba con mayor intensidad. Después de dejar las bebidas, se volvió de espaldas a la lavandera, ocupó su sitio junto a Maisie y, audazmente, la rodeó con el brazo. Maisie sonrió, se acurrucó contra él y bebió un buen trago de ponche.

Bet Butterfield presenció con desconfianza aquel despliegue de intimidad.

—Maisie, ¿estás…?

—Estoy muy bien, señora Butterfield, de verdad. Mamá sabe que estoy aquí.

—¿Es eso cierto? —Aunque Maisie iba adquiriendo más experiencia en la mentira, no era tan fácil convencer a la madre de Maggie.

—No te metas, Bet —gruñó su marido, tirándole de la falda. Era fin de semana y estaba cansado, sin otro deseo que echarse al coleto unas cuantas jarras de cerveza con la familia y los amigos. A menudo le parecía que su mujer se inmiscuía demasiado en los dramas de otras personas.

Bet Butterfield se contentó con decir:

—Iré a verte luego sobre esos High Tops, ¿te parece? —como para advertir a John Astley que Maisie tendría que volver pronto a casa para recibirla a ella.

—Muy bien, o quizá mañana. Hágalo pronto, porque puede que nos marchemos dentro de unos días.

—¿Os vais a marchar? ¿Para ir adónde…, de vuelta a Dorsetshire?

—A Dorsetshire no. —Maisie agitó una mano—. ¡A Dublín con el circo!

Incluso John Astley pareció sorprendido, por no decir horrorizado, ante aquella noticia.

—¿Vais a Dublín?

—He oído cómo su padre, señor Astley, le ha pedido al mío que vaya. Y por supuesto usted puede convencerlo para que permita a papá llevar a su familia. —Bebió otro trago de ponche y dio un golpe sobre la mesa con el vaso—. ¡Estaremos todos juntos!

—Así que os marcháis, ¿eh? —Bet Butterfield miró a John Astley con cara de pocos amigos—. Entonces, quizá sea mejor que vaya contigo ahora mismo a ver a tu mamá.

—Bet, siéntate y termina tu cerveza. —Dick Butterfield utilizó un tono autoritario que su mujer no oía con frecuencia, de manera que obedeció, hundiéndose lentamente en el asiento, sin que su rostro perdiera el gesto de desagrado.

—Hay algo en todo esto que no me gusta —murmuró—. Estoy segura.

—Sí, y no es asunto tuyo, ¿verdad que no? Deja a los Kellaway tranquilos. Eres tan imposible como Maggie, buscando a ese tal Jem siempre que puede. Quizá tendrías que preocuparte más por ella que por la chica de ahí al lado. La señorita Dorset es lo bastante mayor para saber lo que está haciendo. Conseguirá lo que quiere de Astley. Y escucha: cuando vayas a ver a la mujer de Kellaway, acuérdate de preguntarle qué va a hacer su marido con toda la madera que tiene si se marchan a Irlanda. Dile que le resolveré el problema por muy poco dinero, las sillas también, si tiene alguna. Pensándolo bien, quizá te acompañe cuando vayas a verla.

—¿Quién es ahora el que se está metiendo en los asuntos de los Kellaway?

Dick Butterfield se estiró y luego echó mano a su jarra de cerveza.

—Esto no es un asunto de los Kellaway, paloma mía, ¡es un asunto de Dick Butterfield! ¡Así es como consigo que tengas un techo sobre la cabeza!

Bet Butterfield lanzó un bufido.

—Son éstas las que lo consiguen. —Enseñó las manos, agrietadas, con arrugas, que llevaban veinte años trabajando con ropa mojada y parecían tener mucha más edad que Bet. Dick Butterfield se apoderó de una y la besó con una mezcla de compasión y afecto. Su mujer se echó a reír—. ¡Anda ya, viejo camastrón! Se recostó en el asiento y bostezó, porque acababa de terminar una colada nocturna y llevaba más de un día sin dormir. Se instaló en su asiento como un sillar en un muro de piedra y dejó que Maisie le desapareciera de la cabeza. Pasaría varias horas sin moverse.

John Astley, mientras tanto, le daba vueltas a Dublín. Uno de los atractivos de Maisie era que se quedara en Londres mientras él se marchaba, por lo que no se vería expuesto a ninguna exigencia virginal.

—¿Qué es lo que pasa con Dublín, entonces? —preguntó—. ¿Qué va a hacer tu padre?

—Carpintería. Mi padre es sillero, pero el señor Astley le pidió que hiciera todo tipo de cosas en el circo —Maisie arrastró las últimas palabras, porque el ron le estaba haciendo efecto y lo que más le apetecía era apoyar la cabeza en la mesa para que dejara de darle vueltas.

John Astley respiró más tranquilo; su padre no permitiría nunca que la familia de un carpintero los acompañara a Dublín. Apuró la copa de vino y se puso en pie.

—Vámonos.

Un momento muy adecuado para retirarse. El desagradable muchacho que le había hecho derramar el vino se había reunido con un grupo al otro extremo de la taberna y estaba empezando a cantar:

> *Se reunieron un día,*
> *Bonny Kate y Danny,*
> *se reunieron un día*
> *para ir a retozar;*
> *y él para pasar el rato*
> *¡le mostró su Little Danny!*

Las mejillas de Maisie estaban ya coloradas como cerezas y parecía un tanto aturdida.

—Vámonos, Maisie —repitió John Astley, mirando indignado a los cantantes—. Te acompaño a tu casa.

En la taberna surgieron otros clientes dispuestos a continuar la canción:

> *Y con ella se fue*
> *al corral de su padre,*

Bonny Kate y Danny.
Sacó allí su cañón,
largo como mi brazo,
¡y lo llamó Little Danny!

Maisie se estaba tomando su tiempo para arreglarse el chal alrededor de los hombros.

—¡Deprisa, vamos! —murmuró John Astley. Poniéndola en pie, le pasó un brazo por la cintura y la condujo hacia la puerta. Por encima de los que cantaban, se oyó la voz de Bet Butterfield:

—¡No te olvides, cariño! ¡Iré a ver a tu mamá enseguida!

En la orillita del río,
Bonny Kate y Danny,
en la orillita del río
le separó bien las piernas
y se puso a cabalgarla
¡hasta entrar con Little Danny!

John Astley cerró la puerta de Hercules Tavern entre carcajadas estentóreas. Maisie, de todos modos, no parecía darse cuenta de nada, aunque el aire fresco la hizo enderezarse y sacudir la cabeza como para aclarársela.

—¿Adónde vamos señor Astley? —consiguió articular.

—Sólo un paseíto, luego te llevaré a tu casa. —John Astley mantuvo el brazo en su cintura y no la condujo hacia la izquierda, por Hercules Buildings, sino hacia la derecha, para seguir por Bastille Row. Entre dos de las casas había un hueco que permitía llegar a Hercules Hall y a sus cuadras.

La frialdad del aire hizo que Maisie pasara en un instante de borracha feliz a borracha con mal cuerpo. Cuando apenas habían avanzado por Bastille Row, empezó a gemir y a sujetarse el estómago. John Astley se separó de ella. «¡Estúpida criatura!», murmuró mientras Maisie caía de rodillas y vomitaba en el arroyo. Estuvo tentado de dejarla allí para que encontrara sola el camino de vuelta. La distancia hasta la taberna era pequeña, si bien, con aquella niebla tan densa, no quedaba ni rastro de ella.

En aquel momento una figura salió hacia ellos del muro algodonoso. Se hallaban sólo a unos pasos de la casa de los Butterfield, y Maggie había ido allí al terminar su jornada laboral para cambiarse de ropa. Ahora trabajaba en una fábrica de vinagre cerca al río, junto a los almacenes de madera al norte del puente de Westminster y, aunque no se libraba del olor a agrio, ya no le dolía la nariz y tenía mejor los ojos. El propietario dejaba incluso a sus obreros salir antes los sábados por la tarde.

Maggie se sobresaltó al ver a John Astley. Desde hacía un año no le gustaba caminar sola por la niebla, aunque lo hacía cuando no le quedaba otro remedio. Había regresado de la fábrica de vinagre con otra muchacha que vivía cerca, y la taberna estaba tan pegada a su casa que no tenía motivos para preocuparse. Pero ver al caballista tan de repente casi le hizo gritar, hasta que advirtió la forma acurrucada a sus pies, todavía vomitando. Luego rió entre dientes, al darse cuenta de que se trataba de John Astley con una de sus conquistas.

—¿Divirtiéndose un poco, no es eso? —se burló de él, y echó a correr antes de que el otro pudiera responder. El alivio que sintió por tratarse de una escena familiar y porque John Astley no suponía una amenaza para ella, junto con su prisa por llegar a la taberna y dejar atrás la niebla y el frío, hizo que apenas lanzara una ojeada a Maisie antes de apretar el paso hacia Hercules Tavern.

SEIS

—**Y**a estás aquí, Mags —exclamó Dick Butterfield—. Ven a sentarte. —Se puso en pie—. ¿Querrás una cerveza? —Por aquel entonces se mostraba más solícito con su hija; que Maggie le entregara su salario todas las semanas le había hecho cambiar de actitud.

—Y un trozo de empanada, si queda —le propuso Maggie mientras ocupaba el sitio junto a su madre que Dick había dejado libre—. Hola, mamá.

—Hola, corazón. —Bet Butterfield bostezó—. ¿Has acabado, entonces?

—Sí, ¿y tú?

—De momento. —Madre e hija se quedaron sentadas, una al lado de la otra, en cansada camaradería.

—¿No está Charlie con vosotros? —preguntó Maggie, procurando no sonar esperanzada—. Es igual, ya lo veo. —Aunque su hermano la molestaba menos que antes, porque otra ventaja de su condición de asalariada era que Dick Butterfield lo frenaba, siempre se sentía más a gusto cuando estaba sola con sus padres.

—¿Ha pasado algo aquí? —le preguntó a su madre.

—Nada. Ah, ¿sabías que los Kellaway se van a Dublín? —Bet Butterfield tenía por costumbre cambiar lo posible por lo definitivo.

Maggie se irguió de golpe.

—¿Qué has dicho?

—Es cierto. Se marchan esta semana.

Maggie entornó los ojos.

—No puede ser. ¿Quién te lo ha dicho?

Bet Butterfield se removió en el asiento. La incredulidad de Maggie la ponía nerviosa.

—Maisie.

—¿Por qué no me lo ha dicho Jem? ¡Estuve con él la otra noche!

Bet Butterfield se encogió de hombros.

—¡Están como cabras si se van! No son gente viajera. Ya les costó bastante venir aquí desde Dorsetshire, y sólo ahora empiezan a acostumbrarse. ¿Por qué me lo iba a ocultar Jem? —Maggie procuró evitar que apareciera un conato de histeria en sus palabras, pero su madre lo notó.

—Tranquilízate, cariño. No sabía que te importaba tanto. Lástima que no estuvieras aquí hace cinco minutos..., se lo podrías haber preguntado a la misma Maisie.

—¿Ha estado aquí?

—Como lo oyes. —Bet Butterfield jugueteó con un extremo de su chal, cogió la jarra de cerveza y la volvió a dejar sobre la mesa.

—Maisie no frecuenta las tabernas. ¿Qué hacía aquí, mamá? —perseveró Maggie.

Bet Butterfield frunció el ceño mirando a su cerveza.

—Estaba con ese tipo del circo. Ya sabes. —Movió una mano en el aire—. El caballista. John Astley.

—¿John Astley? —Al mismo tiempo que gritaba el nombre, se puso en pie de un salto. Los clientes cercanos se volvieron a mirar.

—Cuidado, Mags —dijo Dick Butterfield, deteniéndose delante de ella con dos jarras de cerveza y un trozo de empanada en equilibrio sobre sus bordes—. No querrás perder tu cerveza antes incluso de haberla probado.

—¡Acabo de ver a John Astley ahí fuera! Pero estaba con una... —Maggie dejó de hablar, horrorizada ante la idea de no haber reconocido a Maisie por no pararse a mirar a la figura en el arroyo—. ¿Adónde iban?

—Ha dicho que la llevaba a su casa —murmuró Bet Butterfield, los ojos bajos.

—¿Y tú te lo has creído? —Maggie volvió a alzar la voz.

—No te metas en eso, chica —dijo Dick Butterfield con tono cortante—. No es asunto tuyo.

Maggie miró primero la cabeza inclinada de su madre y luego la expresión de su padre y supo que aquella discusión ya había tenido lugar.

—Te puedes beber mi cerveza —le dijo a su padre antes de abrirse paso entre la multitud.

—¡Maggie! ¡Vuelve aquí ahora mismo! —gritó Dick Butterfield, pero su hija ya estaba en la calle y se lanzaba a la niebla.

Estaba todo oscuro: sólo la luz de los faroles atravesaba la densa bruma, arrojando en el suelo a su alrededor débiles manchas de color verde amarillento. Maggie pasó a todo correr por el sitio —ahora desierto— donde había visto a John Astley y a Maisie, y siguió adelante por Bastille Row. Dejó atrás su casa y luego preguntó a un vecino que entraba en la suya dos edificios más abajo. No había visto a la pareja. Cuando cerró la puerta a su espalda, Maggie se encontró sola en la calle y en la niebla.

Dudó primero y luego siguió corriendo. En un minuto alcanzó el hueco entre dos casas, y el callejón que conducía a la explanada entre Hercules Hall y las cuadras. Se quedó mirando el oscuro pasadizo, porque no había ninguna luz encendida en la casa de Philip Astley para guiarla cuando lo recorriera. Pero tampoco podía dar la vuelta y entrar por el callejón de detrás de Hercules Buildings, en el lado opuesto de la explanada: eso supondría un gran rodeo y además estaba igual de oscuro. Inmóvil, sin acabar de decidirse, la niebla se arremolinó a su alrededor, dejándole en la cara una fina capa de sudor reluciente. Maggie tragó saliva. Oía el ruido de su respiración agitada que la niebla le devolvía.

Luego una figura surgió de la oscuridad tras ella y Maggie estuvo a punto de gritar, porque fue como cuando aquel otro hombre se le acercó en otra niebla y en otra noche. El grito no llegó a brotarle de la garganta, sin embargo, y Maggie se alegró, porque quien llegaba era su hermano, que se hubiera burlado de ella durante el resto de sus días por asustarse al verlo.

Maggie lo agarró del brazo antes de que pudiera hablar.

—¡Charlie, ven! ¡Tenemos que llegar hasta allí! —Intentó arrastrarlo callejón adelante.

Pese a su delgadez, cuando Charlie plantaba los pies, era imposible moverlo, y tirarle del brazo, Maggie lo sabía por experiencia, no servía de nada.

—Espera un momento, señorita Rebanacuellos. ¿Adónde te crees que me estás llevando?

—Maisie —susurró Maggie—. Ha llevado a Maisie a ese sitio. Estoy segura. Tenemos que sorprenderlos antes de que...

—¿Antes de qué? —Charlie parecía disfrutar obligándola a ser más explícita.

—Sabes muy bien lo que va a hacer. ¿De verdad quieres que la desgracie?

—¿No le has oído decir a tu padre que no es asunto nuestro? En la taberna se ha enterado todo el mundo.

—Claro que es asunto nuestro. Asunto tuyo. A ti te gusta. No digas que no.

La expresión de Charlie se endureció. No quería que otras personas —en especial su hermana— creyeran que incurría en semejante debilidad.

—Charlie, por favor.

Charlie negó con la cabeza.

Maggie le soltó el brazo.

—Entonces, ¿por qué me has seguido hasta aquí? Y no me digas que no lo has hecho, nadie viene por aquí sólo para pasear.

—Quería saber qué te preocupaba tanto.

—Bueno, pues ya lo has averiguado. Y si no me vas a ayudar, mejor será que te marches. —Para dejar claro que iba a seguir buscando a Maisie aunque tuviera que hacerlo sola, se hundió en la oscuridad, a pesar de que, de nuevo, en el labio superior y en la frente le aparecieron gotas de sudor.

—Espera —dijo Charlie—. Voy contigo si me dices antes una cosa.

Maggie volvió sobre sus pasos.

—¿Qué? —Ya mientras lo decía, se le hizo un nudo en el estómago, porque sabía que sólo había una cosa suya que interesase a su hermano.

—¿Qué sentiste?

—¿Qué sentí cuándo? —respondió ella, jugando al juego de Charlie, deseoso de obligarla a confesar, dándole el espacio y el tiempo que su hermano ansiaba para atacarla con la frase que se disponía a decir.

—¿Qué sentiste al matar a un hombre?

Maggie no había oído aquellas palabras pronunciadas en voz alta, y el efecto que tuvieron fue retorcerle aún más el nudo del estómago y dejarla sin aliento con tanta eficacia como si Charlie le hubiera dado un puñetazo.

Se produjo una pausa mientras Maggie recobraba la voz. Le dio tiempo a pensar algo que contentara en el acto a su hermano y les permitiera seguir adelante.

—Sensación de poder —respondió, diciendo lo que sabía que Charlie quería oír, aunque era lo contrario de lo que de verdad había experimentado—. Me sentí capaz de hacer cualquier cosa.

Lo que realmente sintió aquella noche un año antes fue que, más que a otra persona, había matado a una parte de sí misma, porque a veces le parecía que estaba más muerta que viva. Sabía, sin embargo, que Charlie nunca lo entendería; tampoco ella. Quizá pudiera entenderlo el señor Blake, porque, en su opinión, entraba en el dominio de los opuestos. Tal vez un día consiguiera que se lo explicase de manera que lograra saber cuál era su situación.

—Nada ha sido lo mismo después de aquello —añadió sinceramente—. Y no sé si lo será alguna vez.

Charlie asintió. Su sonrisa hizo estremecerse a Maggie.

—De acuerdo —dijo—. ¿Adónde vamos?

SIETE

Maisie se sintió mucho mejor después de devolver, ya sin ron en el cuerpo. Estaba lo bastante recuperada para preguntarle a John Astley —cuando las cuadras del circo empezaron a dibujarse entre la niebla—: «¿Me lleva a ver su caballo?».

—Sí.

La llevó, efectivamente, a la casilla de la cuadra donde tenía a su yegua zaina, encendiendo primero una vela para ver. Después del ensayo en el anfiteatro, los mozos la habían llevado a la cuadra para almohazarla y darle de comer y de beber, y allí estaba, impasible, comiendo, a la espera de que uno de los chicos del circo viniera a buscarla para la función de la noche. Resopló al ver a John Astley, que extendió el brazo para darle unas palmadas en el cuello.

—Hola, cariño mío —murmuró, con bastante más sentimiento del que empleaba para las personas.

También Maisie extendió tímidamente una mano y le acarició el hocico.

—¡Qué preciosidad!

—Sí; es muy bonita. —John Astley sintió alivio al comprobar que Maisie ya no estaba tan borracha. Acto seguido se agachó para llenar un cacillo del contenido de un cubo—. Toma. Bebe un poco de agua.

—Gracias, señor Astley. —Maisie tomó el cacillo, bebió y se limpió los labios.

—Ven aquí un momento. —John Astley la fue llevando más allá de otros caballos, el semental de la señorita Hannah Smith entre ellos, hasta la última partición de la cuadra.

—¿Qué caballo...? —Maisie, al asomarse, no vio más que un montón de paja. John Astley dejó la vela sobre un cubo boca abajo, recogió una manta de un rincón, y procedió a extenderla sobre la paja.

—Ven y siéntate un momento conmigo. —El fuerte olor equino lo había excitado ya, y el bulto en su entrepierna era prominente.

Maisie vaciló, sus ojos atraídos por el bulto. Sabía que llegaría aquel momento, aunque no se había permitido pensar en ello. ¿Qué muchacha que se está haciendo mujer no lo sabe, después de todo? El mundo entero parece estar ojo avizor, a la espera de que una chica pase de un lado al otro del río. A Maisie le parecía extraño que tuviera por escenario una manta que apestaba a caballo sobre una cama de paja, en un charquito de luz, rodeada por la niebla, la oscuridad y Londres. No se lo había imaginado así. Pero allí estaba John Astley ofreciéndole una mano, y ella aceptándola.

Cuando Maggie y Charlie llegaron al fondo de la cuadra, John Astley le había quitado la enagua, le había soltado el corsé y tirado de él hacia abajo, dejando al descubierto sus pálidos pechos. Tenía un pezón en la boca, una mano dentro de la falda y con la otra había colocado una de Maisie sobre su entrepierna y la estaba enseñando a acariciarle. Maggie y Charlie se los quedaron mirando. A Maggie le resultó angustioso el mucho tiempo que tardó la pareja en darse cuenta de la presencia de los hermanos y en dejar de hacer lo que estaban haciendo: tiempo más que suficiente para que Maggie considerase lo embarazoso e inadecuado de observar a unos amantes desprevenidos. No fue eso lo que sintió siete meses antes cuando Jem y ella vieron a los Blake en su cenador, si bien aquello había sido en cierto modo diferente. En primer lugar, estaban más lejos y no tan directamente debajo de sus narices. Y puesto que Maggie no los conocía bien, podía mirarlos de manera más objetiva. Oír ahora gemir a Maisie la llenó de vergüenza.

—¡Déjala en paz! —gritó.

John Astley se puso en pie de un salto, y Maisie se incorporó, mezclados placer y confusión, tan aturdida que no se cubrió inmediatamente el pecho, pese a los frenéticos gestos que le hacía Maggie. Charlie Butterfield miraba sucesivamente a John Astley y la desnudez de Maisie hasta que esta última se subió el corsé.

Para sorpresa de Maggie ninguno reaccionó como ella esperaba que lo hiciera. John Astley no mostró remordimiento ni vergüenza; tampoco escapó corriendo. Maisie ni lloró ni se tapó la cara; tampoco se apresuró a alejarse de su seductor para reunirse con Maggie. Charlie no se enfrentó al caballista, sino que se quedó con la boca abierta, las manos en los costados. Maggie, por su parte, se quedó inmóvil donde estaba.

John Astley no sabía quién era Maggie —no tenía por costumbre fijarse en los menores del barrio—, pero reconoció a Charlie como el joven que había chocado con él en Hercules Tavern, y se preguntó si estaría lo bastante borracho o furioso para llegar a las manos.

El caballista tenía que hacer algo para dominar la situación. No se le había pasado por la cabeza que yacer con aquella chica fuese a resultar tan complicado, pero después de los primeros escarceos sobre la paja, estaba decidido a seguir adelante. No disponía, por otra parte, de mucho tiempo: los chicos del circo no tardarían en presentarse en busca de los caballos para la función de la noche. Los obstáculos, sin embargo, siempre habían reforzado la determinación de John Astley.

—¡Qué demonios estáis haciendo aquí! ¡Salid ahora mismo de mi cuadra!

Maggie encontró por fin su voz, aunque apenas audible.

—¿Qué le está haciendo?

John Astley lanzó un bufido.

—¡Salid de mi cuadra —repitió—, o haré que os encierren en Newgate tan deprisa que no tendréis tiempo de limpiaros el culo!

Ante la mención de Newgate, Charlie se removió inquieto. Su padre había pasado algún tiempo en aquella cárcel y aconsejaba a su hijo que hiciera todo lo humanamente posible por evitarla. También le preocupaba estar en una cuadra, con caballos a su alrededor esperando para cocearlo.

Maisie empezó entonces a llorar: la sensación de pasar bruscamente de una emoción intensa a otra contraria era demasiado para ella.

—¿Por qué no os vais? —gimió.

Maggie tardó unos momentos en comprender que aquellas palabras iban dirigidas a ella. Empezó a darse cuenta de que quizá nadie más veía con malos ojos lo que allí sucedía. A John Astley, por supuesto, le parecía lo más natural del mundo llevar a una chica a su cuadra; lo había hecho docenas de veces. Para Charlie sólo se trataba de que un varón estaba consiguiendo lo que quería y de que una chica se disponía a dárselo; de hecho, su hermano empezaba a avergonzarse de haberlos interrumpido. La misma Maisie no protestaba y —Maggie lo reconoció— parecía estar disfrutando. Sólo ella vinculaba lo que estaba sucediendo con el hombre del callejón de los Amantes, surgido entre la niebla. En este caso era a Maggie, más que al agresor, a quien se hacía pasar por delincuente. De repente desapareció toda su indignación, dejándola sin la energía que necesitaba para luchar.

Tampoco Charlie estaba dispuesto a apoyarla. Aunque detestase a John Astley, le acobardaba su autoridad y enseguida perdió la poca presencia de ánimo que poseía para enfrentarse solo a un hombre como aquél, en una cuadra hundida en la niebla, rodeado de odiosos caballos y sin amigos que le dieran ánimos. Si Jem estuviera allí, pensó Maggie. Él sí sabría qué hacer.

—Vamos, Maggie —dijo Charlie, y empezó a marcharse arrastrando los pies.

—Espera. —Maggie miró fijamente a su amiga—. Ven con nosotros, señorita Piddle. Levántate y nos iremos a buscar a Jem, ¿qué te parece?

—Déjala en paz, mocosa —ordenó John Astley—. Es libre de hacer lo que quiera, ¿no es cierto, cariño?

—Eso significa que se puede venir con nosotros si lo desea. Vamos, Maisie: ¿vienes con nosotros o te quedas aquí?

Maisie miró de Maggie a John Astley y vuelta atrás. Luego cerró los ojos para decir lo que quería decir sin que le costara tanto, aunque la oscuridad le hacía tener la sensación de estar cayendo.

—Quiero quedarme.

Incluso entonces Maggie podría no haberse ido, porque nada sucedería sin duda mientras ella siguiera allí. Pero John Astley sacó un látigo de entre la paja, dijo «¡Fuera!», y aquello volvió las tornas. Maggie y Charlie retrocedieron: Maggie a regañadientes, pero Charlie, aliviado, arrastrándola tras él. Los caballos relincharon mientras pasaban ellos, como si comentaran la cobardía de los Butterfield.

OCHO

C uando salieron del patio Charlie se dirigió hacia el callejón por el
que habían venido.

—¿Adónde vas? —preguntó Maggie.

—De vuelta a la taberna, por supuesto. Ya he perdido aquí demasiado tiempo, señorita Rebanacuellos. ¿Por qué? ¿Tú no vuelves?

—¡Voy a buscar a alguien con más redaños que tú!

Antes de que pudiera echarle mano, Maggie corrió por el otro callejón hacia Hercules Buildings. La niebla no la asustaba ya; estaba demasiado enfadada para tener miedo. Cuando llegó a la calle miró en ambas
direcciones. Figuras envueltas en capas y chales se cruzaron veloces con
ella: la niebla y la oscuridad no animaban a detenerse. Corrió tras una
persona, suplicando:

—¡Por favor, ayúdeme! ¡Hay una chica en peligro!

Era un hombre de avanzada edad, que hizo gestos de que lo dejara
en paz.

—Le está bien empleado —refunfuñó—. No tendría que haber salido a la calle con este tiempo.

Lo bastante cerca para oír aquel diálogo pasaba una mujer menuda
con una cofia amarilla y un chal. Cuando Maggie vio quién la miraba,
gritó:

—¿Es que tengo monos en la cara, doña metomentodo? —lo que hizo que la señorita Pelham se escabullera en dirección a su puerta.

—¡Por favor! —le suplicó Maggie a otro hombre que pasaba en la
dirección contraria—. ¡Necesito que alguien me ayude!

—¡Quítate de mi vista, desvergonzada! —dijo el interpelado con desdén.

Maggie se sintió impotente y al borde de las lágrimas. Todo lo que quería era alguien con suficiente autoridad moral para hacer frente a John Astley. ¿Dónde estaba esa persona?

Salió a grandes zancadas de la niebla, procedente del río, con expresión meditabunda, las manos a la espalda y el sombrero de ala ancha hundido hasta taparle la amplia frente. Se había enfrentado a Philip Astley cuando creyó que trataba injustamente a un niño; también se enfrentaría a su hijo.

—¡Señor Blake! —exclamó Maggie—. ¡Por favor, ayúdeme!

La expresión del señor Blake se aclaró de inmediato, mirando fijamente a Maggie.

—¿Qué sucede, hija mía? ¿Qué puedo hacer?

—Es Maisie, ¡está en peligro!

—Vayamos —dijo sin vacilar.

Maggie corrió de vuelta por el callejón, seguida muy de cerca por el señor Blake.

—Creo que no sabe lo que está haciendo —jadeó mientras corría—. Es como si la hubiera embrujado.

No tardaron en llegar a la cuadra y a la casilla del fondo; John Astley alzó los ojos desde donde estaba tumbado, junto a una Maisie llorosa. Cuando esta última vio al señor Blake escondió el rostro entre las manos.

—¡Señor Astley, póngase en pie!

John Astley se levantó deprisa, con algo semejante al miedo en el rostro. El señor Blake y él eran de la misma estatura, pero Blake era más fornido, y su expresión severa. Su mirada penetrante inmovilizó a John Astley y se produjo un cambio al asimilar y reconocer un hombre la presencia de otro. Era lo que Maggie había pensado que sucedería con la combinación de su fuerza y la de Charlie, aunque, en realidad, les faltaba el peso de la experiencia. Ahora, en presencia del señor Blake, John Astley bajó los ojos y los clavó en un montón de paja en un rincón.

—Maggie, lleva a Maisie con mi mujer; ella se ocupará de todo. —El tono del señor Blake era amable pero también autoritario.

Maisie se frotó la cara para limpiarse las lágrimas, se puso en pie y se sacudió la paja de la falda, evitando cuidadosamente los ojos de John Astley. No tendría que haberse preocupado: el caballista miraba fijamente al suelo.

Maggie ciñó el chal a Maisie, luego le rodeó el talle con el brazo y la sacó de la cuadra. Mientras ellas se iban, el señor Blake estaba diciendo:

—¡Qué indignidad, señor mío! ¡Es usted un ser despreciable!

Fuera, en la niebla, Maisie se derrumbó y empezó a llorar.

—Vamos, señorita Piddle, no llores —la consoló Maggie, sosteniéndola—. Vayamos a casa. Luego podrás llorar todo lo que quieras. Anda, serénate. —La sacudió suavemente.

Maisie respiró hondo y se puso derecha.

—Eso es. Ahora por aquí. No está lejos.

Mientras avanzaban titubeantes por Hercules Buildings, la niebla les deparó una grata sorpresa: Jem apresuraba el paso hacia ellas.

—Maisie, ¿dónde has estado? Acabo de oír que… —Se detuvo ante el ceño de Maggie y su manera de mover la cabeza, y no llegó a decir cuáles habían sido sus temores al salir a buscarla cuando oyó que John Astley la había acompañado—. Vámonos a casa. Mamá te está esperando.

—Todavía no, Jem, por favor —dijo Maisie con voz apenas audible y sin mirar a su hermano. Tiritaba y le castañeteaban los dientes—. No quiero que lo sepan.

—Voy a llevarla con la señora Blake —explicó Maggie.

Jem las siguió hasta la puerta de los Blake. Mientras esperaban después de llamar, la señorita Pelham mantuvo alzada una cortina hasta que, al ver como Maggie y Jem la miraban indignados, la dejó caer de nuevo.

A la señora Blake no pareció sorprenderle su presencia. Cuando Maggie dijo: «Nos manda el señor Blake, señora. ¿Podría usted conseguir que Maisie entre en calor?», abrió la puerta de par en par y se hizo a un lado para dejarlos pasar como si aquella situación se le presentara todos los días.

—Bajad a la cocina, queridos míos, está encendido el fuego —dijo—. Voy a buscar una manta y vuelvo enseguida para hacer té.

NUEVE

Los Kellaway no asistieron a la última función del circo Astley. Pese a los cuidados de la señora Blake, a Maisie le subió la fiebre y aún estaba en cama la noche en que concluyó la temporada, con Anne Kellaway a su cabecera. Thomas y Jem pasaron la velada vaciando y ordenando el taller, tarea que habían descuidado durante los meses en que trabajaron para Philip Astley. Era necesario hacerlo ya, porque Thomas Kellaway le había dicho al dueño del circo que no le acompañaría a Dublín. Maisie estaba demasiado enferma para viajar y, aunque su padre no sabía cuál era la causa de su indisposición, tenía vagas sospechas —un sentimiento que no era capaz de precisar ni de expresar— de que el circo, o incluso el mismo Astley, estaban relacionados con todo ello. A decir verdad, aunque a Thomas le horrorizaba como es lógico la enfermedad de su hija, se alegraba de contar con una excusa muy concreta para no ir a Dublín.

Maggie, en cambio, sí vio la función de despedida y más tarde se la contó a Jem, ya que había sido bastante sonada por derecho propio. La señorita Laura Devine decidió dar toda la publicidad posible a un drama privado. Realizó su nuevo número con monsieur Richer, tal como había prometido, los dos girando en direcciones opuestas como sendos Cerdos en Espetón. Monsieur Richer girando a gran velocidad con su frac y la señorita Devine más despacio con sus enaguas arco iris, sin alcanzar la mancha de color en la que de ordinario se convertía. Al salir de los giros para pasar a la caída en picado que tanto cautivara a Anne Kellaway cuando la vio por vez primera en el puente de Westminster, la señorita

Devine sencillamente se dejó ir y voló por los aires. Aterrizó en la pista, rompiéndose un tobillo pero sin provocarse el aborto que tanto deseaba. Mientras se la llevaban entre el público, mantuvo los ojos bien cerrados.

La caída de la señorita Laura Devine causó tal conmoción que el debut de Anne Smith a caballo resultó un tanto decepcionante y fueron más bien tibios los aplausos que se le dedicaron. Puede que influyese en todo ello el hecho, nada frecuente, de que John Astley cometiera una equivocación. Cuando la señorita Smith y él se pasaban la copa de vino una y otra vez mientras giraban por la pista en círculos opuestos —porque se habían reconciliado después de su pelea—, a John Astley se le ocurrió bajar los ojos, y vio a los señores Blake sentados en la platea. Nunca habían ido al circo, y Anne Kellaway insistió en cederles sus entradas, en agradecimiento por haber encontrado a Maisie cuando se perdió en la niebla. El señor Blake miraba a John Astley con ojos llenos de fuego. Al tenderle la señorita Smith en aquella vuelta el vino que compartían, John Astley hizo un falso movimiento, la copa se le cayó a la pista y se rompió en mil pedazos.

Diciembre de 1792

VII.

UNO

No era frecuente que a Maggie le dieran la tarde libre. En las fábricas se empezaba a las seis de la mañana, se trabajaba hasta el mediodía, luego se disponía de una hora para comer, y se volvía al tajo hasta las siete de la tarde. Si no se trabajaba las horas estipuladas, a uno lo despedían, como le había sucedido en la fábrica de mostaza después de que se refugiara en el jardín de los Blake para echarse una siesta. De manera que cuando el propietario, el señor Beaufoy, anunció que los obreros de la fábrica de vinagre se podían marchar después del almuerzo, Maggie no gritó «¡hurra!» ni aplaudió con los demás. Estaba segura de que se les ocultaba algo.

—Ya verás como nos lo descuenta del sueldo —le murmuró a la chica sentada a su lado.

—Me tiene sin cuidado —replicó la otra—. Voy a poner los pies en alto junto al fuego y a dormir toda la tarde.

—Y a no comer mañana en todo el día por haber perdido esos seis peniques —replicó Maggie.

Resultó que perdieron el sueño junto al fuego además de los seis peniques. A mediodía el señor Beaufoy hizo otro anuncio mientras los trabajadores se sentaban a almorzar.

—Sin duda estáis al tanto —empezó, dirigiéndose a las largas mesas llenas de hombres y mujeres que se abalanzaban sobre platos de salchichas y col— de las continuas atrocidades que se cometen al otro lado del canal de la Mancha, en Francia, y del veneno que envían para contaminar nuestras costas. A algunos de los individuos que viven en este país difícilmente se los puede llamar ingleses por cuanto han prestado oídos a ese insensato llamamiento a la revolución y difunden basura sediciosa para socavar los cimientos de nuestra gloriosa monarquía.

Nadie levantó la vista ni hizo mucho caso de aquella alocución: estaban bastante más interesados en terminar lo que tenían en el plato y en marcharse antes de que el señor Beaufoy cambiara de idea y les retirase el medio día de asueto. Pero después de una pausa el propietario apretó los dientes y se le marcaron los músculos de la mandíbula. Estaba decidido a hacer entender a sus empleados que, si bien su apellido era francés, él era inglés de los pies a la cabeza. Renunció al lenguaje altisonante.

—¡Nuestro rey está en peligro! —dijo con una voz atronadora que hizo detenerse a muchos comensales a mitad de un bocado—. Los franceses han encarcelado a su rey y ofrecen ayuda a quienes quieran hacer lo mismo aquí. No podemos permitir que semejantes llamamientos a la traición encuentren eco. Terminad cuanto antes de comer para que podáis seguirme: vamos a renunciar a nuestra paga de esta tarde para asistir a un mitin y demostrar nuestra lealtad al rey y a la patria. Todo aquel que no venga —añadió, alzando la voz sobre las protestas—, todo aquel que no venga no sólo perderá el trabajo y el sueldo, sino que se le incluirá en una lista de sospechosos de sedición. ¿Sabéis qué es sedición, amigos míos? Es incitación al desorden. Más aún, ¡es el primer paso en el camino a la traición! ¿Y sabéis cuál es el castigo de la sedición? Como mínimo, una larga visita a Newgate o, más probablemente, la deportación a Van Diemen's Land.* Y, en el caso de continuar por ese camino hacia la traición, esa visita termina en una cita con el verdugo. —Esperó a que cesara el estruendo—. La elección es muy sencilla: o me seguís hasta Vauxhall para declarar vuestra lealtad a nuestro rey u os marcháis ahora para enfrentaros después con la cárcel o algo peor. ¿A quién le apetece irse? No voy a impediros el paso. Marchaos, pero permitid que os gritemos «¡Traidores!» cuando nos deis la espalda.

* Van Diemen's Land pasó a llamarse Tasmania en 1810. *(N. del T.)*

Maggie miró a su alrededor. Nadie se movió, aunque unos pocos, la vista fija en el plato, respondían con cara de pocos amigos al chantaje del señor Beaufoy. Movió la cabeza, sin entender por qué algo que sucedía en Francia podía traducirse en que ella perdiese su salario. No tenía sentido. Qué mundo tan raro, pensó.

Se encontró, sin embargo, caminando con tres docenas de personas por las calles heladas que corrían a lo largo del Támesis, más allá del puente de Westminster, más allá del anfiteatro de Astley —ahora cerrado a cal y canto y sin vida—, y más allá de las torres de ladrillo del Lambeth Palace, hasta llegar a Cumberland Gardens en Vauxhall, precisamente junto a la fábrica de vinagre de un competidor. A Maggie le sorprendió la multitud que se había reunido, y se preguntó cómo era posible que tantas personas estuvieran dispuestas a soportar el frío invernal a pie firme para escuchar a un montón de individuos hablar de su amor al rey y de su odio a los franceses. «¡Apuesto a que le encanta el olor de sus propios pedos!», le fue susurrando Maggie a su vecina de cada uno de los oradores, lo que hacía que las dos se muriesen de risa.

Afortunadamente el señor Beaufoy perdió todo interés por sus obreros en cuanto los instaló en Cumberland Gardens, cumplida ya la finalidad de aumentar el número de participantes en el mitin. A continuación se apresuró a reunirse con el grupo que dirigía la reunión para poder así sumar sus frases llamativas a las de todos los que estaban deseosos de demostrar su lealtad. A la larga también desapareció el capataz y, una vez que los trabajadores de la fábrica Beaufoy se dieron cuenta de que nadie los estaba vigilando, empezaron a marcharse.

Aunque no le hacía ninguna gracia perder el salario de la tarde, Maggie se alegró del cambio y celebró su buena suerte, dado que por aquel camino tal vez se tropezara con Jem en compañía de su padre. Dick Butterfield había llevado a los Kellaway a ver al encargado de un almacén de maderas en Nine Elms, precisamente junto al río a la altura de Vauxhall, con la esperanza de encontrar allí madera más barata, así como posibles compradores para sus sillas, dado que el dueño del almacén era además mueblista. Por primera vez en su vida, y debido a la insistencia de su mujer, Dick Butterfield iba a hacer gratis una presentación. La lavandera había visitado varias veces a los Kellaway durante la enfermedad de Maisie, movida por el sentimiento de culpabilidad que le producía no haber hecho nada para impedir que se fuera de la taberna con John Astley aquella tarde de niebla. En una visita reciente había vislumbrado la torre de sillas sin vender y la sopa casi transparente de Anne Kellaway, y a continuación ordenó a su marido que ayudase a la familia. «Tienes que olvidarte de esa chica, cariñito», había dicho Dick Butterfield. Pero no rechazó la orden de su media naranja, de todos modos. A su manera, también él sentía lo que le había pasado a Maisie.

Maggie sospechaba que a esas horas ya habrían terminado su visita al almacén de maderas, y que redondearían el negocio con una visita a una taberna, donde su padre, sin duda, le sacaría a Thomas Kellaway todas las pintas de cerveza que pudiese. Maggie se escabulló de entre la multitud en cuanto llegó a la calle y entró primero en Royal Oak, la taberna más próxima al lugar del mitin. Como era de esperar, el recinto estaba abarrotado de gente que se había ausentado de la concentración para calentarse, pero ni su padre ni los Kellaway estaban allí. A continuación se dirigió hacia Lambeth, y entró en White Lion y en Black Dog antes de encontrarlos por fin en un rincón de King's Arms con sus respectivas cervezas. El corazón le latió con más fuerza al ver a Jem, y empleó los momentos previos a su encuentro en estudiar cómo se le rizaba el pelo alrededor de las orejas, la blancura de la piel de su nuca, y la amplitud de sus hombros, que se habían ensanchado desde que se conocían. Maggie estuvo tan tentada de acercarse por detrás, echarle los brazos al cuello y acariciarle la oreja con la nariz que dio incluso un paso al frente. Pero en aquel momento Jem alzó la vista y Maggie se detuvo, perdido su momento de audacia.

Su amigo se sobresaltó al verla.

—Hola. ¿Estás bien? —Aunque el tono era despreocupado, no había duda de que se alegraba de su aparición.

—¿Qué haces aquí, Mags? —preguntó Dick Butterfield—. ¿Beaufoy te ha pillado afanándole una botella de vinagre y te ha puesto de patitas en la calle?

Maggie cruzó los brazos sobre el pecho.

—Hola también a ustedes. Supongo que tendré que buscarme mi cerveza, ¿no es eso?

Jem señaló con un gesto su asiento y su jarra de cerveza.

—Quédatela. Voy a por otra.

—No, papá, Beaufoy no me ha dado la patada —dijo Maggie con tono brusco, dejándose caer en el taburete de Jem—. Si quisiera robar su puñetero vinagre sabría cómo hacerlo sin que me pillara. No; nos ha dado la tarde libre para que fuésemos al mitin de Cumberland Gardens en favor del rey. —Acto seguido describió la reunión.

Dick Butterfield hizo gestos de asentimiento.

—Los hemos visto cuando pasábamos por allí. Nos hemos parado un minuto, pero ya teníamos mucha sed, ¿no es cierto, amigo Kellaway? —Buscó la aprobación de Thomas, que asintió con la cabeza, aunque apenas había tocado su pinta de cerveza. No era muy aficionado a beber durante el día—. A mí, además, esos mítines no me interesan nada —continuó Dick Butterfield—. Todo lo que dicen sobre la amenaza de Francia es una tontería. Los franchutes tienen más que suficiente con su propia revolución para intentar traerla también aquí. ¿No le parece?

—No sé si lo entiendo bien —respondió Kellaway, su frase habitual en casos como aquél. Había oído hablar de la revolución en Francia cuando trabajaba con los otros carpinteros en el circo, pero, como le sucedía cuando se discutían cuestiones importantes en la taberna de Piddletrenthide, por lo general escuchaba sin ofrecer su opinión. No es que Thomas Kellaway fuese estúpido: bien al contrario. Simplemente, entendía demasiado pronto los dos lados de un debate para tomar partido. Aceptaba que el rey fuese una manifestación en carne y hueso del alma y el espíritu de Inglaterra, que diera unidad y esplendor al país, y que fuera, por lo tanto, esencial para el bienestar de todos los ingleses. Pero también estaba de acuerdo cuando otros decían que el rey Jorge era una sangría para las arcas del Estado; una presencia inestable, caprichosa y terca de la que Inglaterra haría bien en librarse. Dividido entre opiniones en conflicto, prefería guardar silencio.

Jem regresó con otra jarra y un taburete, y se hizo un hueco al lado de Maggie de manera que sus rodillas se tocaran. Los dos sonrieron ante el hecho extraordinario de sentarse juntos a media tarde de un lunes, y se acordaron además de la primera vez que estuvieron juntos en una taberna, cuando Jem conoció a Dick Butterfield. Su capacidad para encontrar taburetes y su manera de estar en una taberna habían mejorado mucho en los últimos nueve meses.

Dick Butterfield observó el intercambio entre los jóvenes con una sonrisita cínica. Su hija no estaba todavía en edad de mirarse a los ojos con aquel muchacho que no era más que un chico de pueblo, aunque estuviera aprendiendo un buen oficio.

—¿Habéis vendido las sillas, entonces? —preguntó Maggie.

—Quizá —respondió Jem—. Le hemos dejado una. Y nos va a conseguir madera de tejo más barata que en el otro almacén, ¿no es así, papá?

Thomas Kellaway asintió. Desde la marcha de Philip Astley a Dublín había vuelto a fabricar sillas Windsor, pero ahora que el dueño del circo no estaba en Londres para conseguirle clientes tenía menos encargos. Llenaba sus días fabricando sillas de todos modos, y empleaba para ello restos de madera sin utilidad para el circo. La habitación de atrás se les estaba llenando de sillas todavía sin compradores. Thomas Kellaway había regalado dos, incluso, al matrimonio Blake, en reconocimiento por haber ayudado a Maisie en aquella neblinosa tarde de octubre.

—Os irá mucho mejor con este tipo de Nine Elms, muchacho —intervino Dick Butterfield—. Os lo podría haber dicho hace meses cuando fuisteis a ver al amigo de Astley para el asunto de la madera.

—Nos ha ido bien durante un tiempo —se defendió Jem.

—Déjame adivinar…, ¿hasta que se marchó el circo? Los tratos con Astley sólo duran mientras él los vigila.

Jem guardó silencio.

—Las cosas son siempre así con Astley, muchacho. Te colma de atenciones, te consigue clientes, gangas, empleos y entradas gratis…, hasta que se marcha. Y está cinco meses ausente: casi medio año; se va y te deja abandonado durante media vida. ¿Te has dado cuenta de lo silencioso que se queda Lambeth sin él? Todos los años pasa lo mismo. Llega y te ayuda a salir adelante, da trabajo, hace que la gente se instale y se sienta feliz y luego viene octubre y ¡cataplum!, de un día para otro ya se ha marchado, dejando a todo el mundo con las manos vacías. Construye un castillo para ti, y luego lo derriba. Mozos de cuadra, panaderos, carpinteros, cocheros o putas: les pasa a todos. Se organiza un gran revuelo para conseguir trabajo y después la gente se dispersa: las putas y los cocheros se van a otros barrios de Londres, algunos de los que han venido de fuera se vuelven a casa. —Dick Butterfield se llevó la cerveza a los labios y dio un trago muy largo—. Vuelve a llegar marzo, de nuevo empieza todo, y las grandes ilusiones construyen su castillo una vez más. Pero algunos de nosotros ya hemos escarmentado y no hacemos tratos con Philip Astley. Sabemos que no duran.

—De acuerdo, papá, ya has dicho lo que querías decir. Habla y habla, ¿verdad que sí? —le dijo Maggie a Jem—. A veces me duermo con los ojos abiertos mientras habla.

—¡Descarada! —exclamó Dick Butterfield. Maggie se escabulló riendo cuando su padre intentó darle un manotazo.

—¿Dónde está Charlie? —preguntó cuando las aguas volvieron a su cauce.

—No lo sé; dijo que tenía algo que hacer. —Dick Butterfield movió la cabeza, escéptico—. No me importaría nada que ese hijo mío volviera un día a casa, dijese que había hecho un negocio y me enseñara el dinero.

—Quizá tengas que esperar mucho tiempo, papá.

Antes de que Dick Butterfield pudiera responder, un hombre alto, de cara cuadrada y ancha, que estaba de pie junto al mostrador, empezó a hablar con voz grave y resonante, y todos los clientes de la taberna guardaron silencio.

—¡Escuchadme, compatriotas! —Maggie lo reconoció como uno de los oradores menos alambicados del mitin en Cumberland Gardens. Tenía en la mano lo que parecía un libro de contabilidad de tapas negras—. Me llamo Roberts, John Roberts. Vengo ahora mismo de una reunión de la Asociación de Lambeth, formada por residentes de la zona leales al rey y opuestos a que agitadores franceses organicen algaradas. Deberíais haber estado allí como yo, en lugar de pasar la tarde bebiendo.

—¡Algunos hemos estado! —gritó Maggie—. Y ya le hemos oído.

—Muy bien —dijo John Roberts, acercándose a su mesa—. Entonces ya saben qué estoy haciendo aquí, y serán los primeros en firmar.

Dick Butterfield le dio una patada a Maggie por debajo de la mesa al mismo tiempo que le lanzaba una mirada furibunda.

—No le haga caso, amigo, sólo está siendo impertinente.

—¿Es su hija?

Dick Butterfield guiñó un ojo.

—Un castigo por mis pecados, si entiende lo que quiero decir.

El otro no dio señal alguna de tener sentido del humor.

—Pues ocúpese entonces de que controle la lengua, a no ser que le apetezca un catre en Newgate. Esto no es ningún motivo de risa.

Dick Butterfield alzó las cejas, convirtiendo su frente en un campo de arrugas.

—Quizá pueda usted tomarse la molestia de explicarnos qué asunto es ese del que no debemos reírnos.

John Roberts se lo quedó mirando, con la duda de saber si Dick Butterfield le estaba tomando el pelo.

—Es una declaración de lealtad al rey —dijo finalmente—. Vamos de taberna en taberna y de casa en casa para pedir a los residentes de Lambeth que la firmen.

—Conviene saber qué es lo que se firma, ¿no es cierto? —dijo Dick Butterfield—. Léanosla.

En la taberna reinaba el silencio. Todo el mundo vio como John Roberts abría el cuaderno de tapas negras.

—Quizá quiera usted leerlo en voz alta, en beneficio de todos, puesto que está tan interesado —dijo, empujándolo hacia el padre de Maggie.

Si pensaba que con aquella petición humillaría a su interlocutor estaba equivocado. Dick Butterfield se apoderó del cuaderno y leyó con razonable fluidez, e incluso con un calor que probablemente no sentía, lo siguiente:

Nosotros, los habitantes del distrito de Lambeth, hondamente conscientes de las bendiciones que recibimos de nuestra actual forma de gobierno, tan admirada y envidiada, constituida por el rey, la Cámara de los Lores y la Cámara de los Comunes, consideramos un deber ineludible, en este momento crítico, no sólo declarar nuestra sincera y entusiasta adhesión, sino, por añadidura, manifestar nuestra total repulsa contra todos los audaces y desvergonzados intentos por socavar y destruir nuestra inestimable Constitución, que ha demostrado ser, con la experiencia de los años, el fundamento más sólido de la felicidad nacional.

Resolvemos, de manera unánime,
que hemos decidido constituirnos en asociación para contrarrestar, hasta donde nos sea posible, todas las reuniones tumultuosas e ilegales de personas perversas e intrigantes, y adoptar las medidas más eficaces que estén a nuestro alcance para la supresión de publicaciones sediciosas, evidentemente calculadas para desorientar a los ciudadanos e introducir la anarquía y la confusión en este reino.

Cuando Dick Butterfield terminó de leer, John Roberts colocó un tintero sobre la mesa y empuñó una pluma.

—¿Firmará usted, señor mío?

Para asombro de Maggie, Dick Butterfield tomó la pluma, destapó el tintero, la mojó y empezó a firmar al final de la lista de nombres.

—Papá, ¿qué estás haciendo? —le susurró. Detestaba la actitud amenazadora de John Roberts y la de su patrón, el señor Beaufoy; a decir verdad, la de todos los oradores que habían intervenido en el mitin, y daba por sentado que su padre compartía su opinión.

Dick Butterfield se detuvo.

—¿Qué quieres decir? ¿Qué tiene de malo firmar? Sucede que estoy de acuerdo, aunque las palabras sean un poquito rebuscadas para mi gusto.

—¡Pero acabas de decir que en tu opinión los franchutes no son una amenaza!

—Esto no tiene nada que ver con los franchutes. Se trata de nosotros. Apoyo al rey Jorge, a mí me ha ido bien con él. —Colocó de nuevo la pluma sobre el papel. En el silencio reinante, toda la taberna se concentró en su chirrido. Cuando hubo terminado, Dick Butterfield miró a su alrededor y fingió sorpresa por la atención que se le dispensaba. Se volvió hacia John Roberts—. ¿Desea algo más?

—Añada dónde vive.

—En el número 6 de Bastille Row. —Dick Butterfield rió entre dientes—. Pero quizá York Place quede mejor para un documento así, ¿no le parece? —Lo escribió junto a su nombre—. Ya está. No necesitarán hacerme una visita, ¿eh?

Maggie se acordó en aquel momento de varias cajas de botellas de oporto que habían aparecido de la nada pocos días antes y que estaban escondidas debajo de la cama de sus padres, y sonrió: Dick Butterfield había firmado con tanta celeridad porque no quería que aquellos individuos hicieran una visita a Bastille Row.

Cuando terminó de recoger los datos de Dick Butterfield, John Roberts empujó el cuaderno, todavía abierto, hacia Thomas Kellaway, al otro lado de la mesa.

—Ahora usted.

Thomas Kellaway examinó la página, con la declaración cuidadosamente escrita —su texto, redactado de manera tan retórica, casi incomprensible, decidido en una reunión anterior, en la que habían participado muchas menos personas, y sus mensajeros, con otros tantos cuadernos, que se habían abierto en abanico por las tabernas y mercados de Lambeth antes incluso de que concluyera el mitin de Cumberland Gardens— y sus firmas variopintas, algunas confiadas, otras indecisas, además de varias equis acompañadas de nombres y direcciones garrapateados a continuación con la letra de John Roberts. Todo aquello era demasiado complicado para él.

—No entiendo —dijo—. ¿Por qué tengo que firmar esto?

John Roberts se inclinó hacia delante y golpeó la mesa con los nudillos junto al cuaderno de tapas negras.

—¡Lo va a firmar en apoyo del rey! Está usted diciendo que quiere que sea su rey, y que luchará contra aquellos que pretenden deshacerse de él. —Miró fijamente el rostro perplejo del sillero—. ¡Cómo! ¿Es usted idiota, señor mío? ¿No es su rey el rey de Inglaterra?

Thomas Kellaway no era idiota, pero las palabras le preocupaban. Su norma de conducta había sido siempre firmar el menor número posible de documentos, y sólo por razones comerciales. Ni siquiera firmaba las cartas que Maisie escribía a Sam y le pedía además que no contase nada sobre él. De esa manera, pensaba, quedaban pocos rastros suyos en el mundo, aparte de sus sillas, y nadie lo malinterpretaría. Aquel documento que tenía delante —lo captó con una nitidez que lo sorprendió— estaba expuesto a malentendidos.

—No estoy seguro de que el rey se encuentre en peligro —dijo—. Aquí no hay franceses, ¿no es cierto?

John Roberts entornó los ojos.

—Le sorprendería saber de qué cosas es capaz un inglés mal informado.

—¿Y a qué se refieren ustedes con publicaciones? —continuó Thomas Kellaway, dando la sensación de que no había oído a John Roberts—. Yo no sé nada sobre publicaciones.

John Roberts miró a su alrededor. La buena voluntad que la firma de Dick Butterfield había generado en el resto de los parroquianos disminuía rápidamente con cada palabra que Thomas Kellaway pronunciaba sin apresurarse.

—No tengo tiempo para esto —dijo entre dientes—. Hay otras muchas personas que están esperando para firmar. ¿Dónde vive usted, caballero? —Pasó la página y esperó con la pluma preparada para anotar la dirección—. Alguien le visitará más tarde para explicárselo.

—En el número 12 de Hercules Buildings —respondió Thomas Kellaway.

John Roberts se puso tenso.

—¿Vive en Hercules Buildings?

Thomas Kellaway hizo un gesto afirmativo con la cabeza. Jem sintió que se le hacía un nudo en el estómago.

—¿Conoce a un tal William Blake, impresor, que vive en esa calle?

Jem, Maggie y Dick Butterfield cayeron en la cuenta al mismo tiempo, en parte gracias a que Thomas había mencionado la palabra «publicaciones». Maggie dio una patada al taburete del padre de Jem y lo miró ceñuda, al tiempo que Dick Butterfield fingía un ataque de tos.

Desgraciadamente, Thomas Kellaway era de los que no soltaban la presa cuando se trataba de dejar algo en claro.

—Sí, conozco al señor Blake. Es vecino nuestro. —Y, como no le agradó la expresión hostil en el rostro de John Roberts, decidió manifestar sus sentimientos—. Es un buen hombre que ayudó a mi hija hace uno o dos meses.

—¿Eso hizo, eh? —John Roberts sonrió y cerró de golpe el cuaderno—. Muy bien; teníamos intención de hacer una visita esta noche al señor Blake, y también podemos ir a verlo a usted. Buenas tardes. —Recogió la pluma de ave y el tintero y pasó a la mesa vecina. Mientras iba por la taberna recogiendo adhesiones (Jem se fijó en que nadie, a excepción de su padre, se negó a firmar), John Roberts miraba de vez en cuando a Thomas Kellaway, siempre con gesto desdeñoso. Aquello hizo que a Jem se le revolviera el estómago.

—Vámonos, papá —dijo en voz baja.

—Espera a que me acabe la cerveza. —Thomas Kellaway no tenía intención de apresurarse por nadie, sobre todo si aún le quedaba media pinta de cerveza, aun cuando estuviera aguada. Siguió bien sentado en su taburete, las manos sobre la mesa, a los lados de la jarra, la mirada fija en su contenido, y la cabeza en el señor Blake. Se estaba preguntando si su vecino le iba a causar problemas. Aunque no lo conocía tan bien como parecía ser el caso con sus hijos, estaba seguro de que el señor Blake era un buen hombre.

—¿Qué te parece que hagamos? —le preguntó Jem en voz baja a Maggie. También él pensaba en el señor Blake.

—Dejadlo estar —intervino Dick Butterfield—. Blake lo firmará probablemente —añadió, mirando de reojo a Thomas Kellaway—. Como la mayoría de la gente.

—Vamos a avisarle —afirmó Maggie, sin hacer caso a su padre—. Eso es lo que vamos a hacer.

DOS

E—l señor Blake está trabajando, hijos míos —les explicó la señora Blake—. No se le puede molestar.

—¡Le aseguro que es muy importante, señora! —exclamó Maggie, moviéndose hacia un lado en su impaciencia, como para rodearla. Pero la dueña de la casa bloqueaba sin dificultad la entrada y no se movió.

—Está preparando una de sus planchas y le gusta hacerlo todo de una vez —explicó la señora Blake—. De manera que no debemos interrumpirlo.

—Mucho me temo que es importante, señora Blake —dijo Jem.

—En ese caso me lo puedes decir a mí y yo se lo transmitiré al señor Blake.

Jem miró a su alrededor, deseoso por una vez de que hubiera una niebla muy espesa que los ocultara de los posibles viandantes curiosos. Desde su encuentro poco antes con John Roberts sentía como si hubiese ojos que los siguieran por todas partes, vigilándolos incluso mientras andaban por la calle. Temía que en cualquier momento se descorrieran las cortinas amarillas de la señorita Pelham. De momento, un individuo que pasaba por delante conduciendo un carro cargado de ladrillos examinó el grupito en el umbral, y a Jem le pareció que su mirada se prolongaba demasiado.

—¿Podemos entrar? Se lo contaremos dentro.

La señora Blake estudió la expresión seria de Jem y luego se apartó para dejarlos pasar, cerrando la puerta tras ellos sin mirar alrededor, como podrían haberlo hecho otros. Se llevó un dedo a los labios y los condujo por el pasillo, más allá de la habitación delantera donde estaba la imprenta, más allá de la puerta cerrada del cuarto de trabajo del señor Blake y escaleras abajo hasta la cocina del sótano. Maggie y Jem la conocían ya, porque habían estado allí con Maisie para reconfortarla después de su encuentro con John Astley. Aunque oscura, porque sólo recibía un poquito de luz por la ventana delantera, y con olor a col y a carbón, el fuego estaba encendido y la temperatura era agradable.

La señora Blake les indicó con un gesto que se sentaran a la mesa, y Jem reparó en que las sillas eran las Windsor fabricadas por su padre.

—Vamos a ver, ¿de qué se trata, hijos míos? —preguntó, apoyándose en el aparador.

—Hemos oído algunos comentarios en la taberna —dijo Maggie—. Les van a hacer una visita esta noche. —A continuación describió el mitin en Cumberland Gardens y su encuentro con John Roberts, sin explicar que su padre había firmado la declaración.

Una arruga muy profunda apareció entre las cejas de la señora Blake.

—¿Esa reunión estaba promovida por la Asociación para la Defensa de la Libertad y de la Propiedad contra Republicanos e Igualitarios? —Recitó el nombre como si estuviera familiarizada con él.

—La mencionaron —contestó Maggie—, aunque a la rama local sólo la llaman Asociación de Lambeth.

La señora Blake suspiró.

—Será mejor que vayamos a contárselo al señor Blake. Habéis hecho bien en venir. —Aunque las tenía secas, se limpió las manos en el delantal como si acabase de lavar algo.

El estudio del señor Blake estaba muy ordenado, con libros y papeles en distintos montones sobre una mesa, y el señor Blake en otra, junto a la ventana trasera de la habitación. Estaba encorvado sobre una plancha de metal del tamaño de su mano y no alzó la vista de inmediato cuando entraron, sino que siguió pasando un pincel de derecha a izquierda por la superficie del metal. Mientras Maggie se acercaba al fuego con intención de calentarse, Jem avanzó para ver trabajar al grabador. Tardó un minuto en darse cuenta de que el señor Blake escribía palabras pintándolas en la plancha con el pincel.

—Escribe usted hacia atrás, ¿verdad que sí? —se le escapó a Jem, aunque sabía que no debía interrumpir.

El señor Blake no contestó hasta llegar al final de una línea. Luego alzó la vista.

—Eso es lo que hago, hijo mío, precisamente eso.

—¿Por qué?

—Escribo con una solución que permanecerá en la plancha cuando el resto desaparezca por efecto del ácido. De manera que al imprimirlas las palabras irán en la buena dirección, no al revés.

—En dirección opuesta a la que tienen ahora.

—Así es, hijo mío.

—Señor Blake, siento molestarte —intervino su esposa—, pero Jem y Maggie me han contado algo que deberías oír. —La señora Blake se retorcía las manos al hablar, y Jem no estaba seguro de si la causa era lo que Jem y Maggie le habían dicho o el temor a molestar a su marido sin necesidad.

—Has hecho bien, Kate. Ya que me he detenido, ¿podrías traerme un poco de aguarrás? Hay un frasco en el cuarto de al lado. Y un vaso de agua, si no te importa.

—Claro que no, señor Blake. —La señora Blake salió de la habitación.

—¿Cómo aprendió usted a escribir para atrás de esa manera? —preguntó Jem—. ¿Con un espejo?

El señor Blake contempló la plancha.

—Práctica, hijo mío, práctica. No es difícil cuando lo has hecho las veces suficientes. Todos los trabajos de los grabadores se imprimen en la dirección opuesta. El grabador tiene que ser capaz de verlo todo de las dos maneras.

—Desde el centro del río.

—Eso es. Ahora dime qué es lo que me quieres contar.

Jem repitió lo que Maggie había dicho en la cocina.

—Hemos creído que debíamos avisarle de que van a venir a verlo esta noche —terminó—. El señor Roberts no se mostró nada amable —añadió Jem al ver que el señor Blake parecía no reaccionar ante las noticias—. Hemos pensado que quizá le causen problemas.

—Os doy las gracias por ello, hijos míos —replicó el señor Blake—. Nada de esto me sorprende. Sabía que iba a suceder.

No reaccionaba en absoluto como Maggie había esperado que lo hiciera. Había imaginado que se pondría en pie de un salto y haría algo: preparar una maleta y abandonar la casa, o esconder todos los libros y folletos y las cosas que imprimía, o levantar barricadas en las ventanas delanteras y en la puerta principal. Se limitó en cambio a sonreírles, luego hundió el pincel en un plato que contenía algo semejante a cola, y empezó a escribir nuevas palabras al revés sobre la plancha de metal. Maggie sintió deseos de darle patadas a la silla y gritar: «¡Escúchenos! ¡Quizá está usted en peligro!». Pero no se atrevió.

La señora Blake regresó con un frasco de aguarrás y un vaso de agua que dejó junto a su marido.

—¿Te han dicho que los de la asociación van a venir esta noche, no es eso? —Al menos ella parecía preocupada por lo que Jem y Maggie habían contado.

—Así es, querida mía.

—Señor Blake, ¿por qué quieren visitarlo a usted de manera especial? —preguntó Jem.

El señor Blake hizo una mueca y, dejando el pincel, se giró en la silla para volverse del todo hacia ellos.

—Dime, Jem, ¿sobre qué crees que escribo?

Jem vaciló.

—Niños —sugirió Maggie.

El señor Blake asintió con la cabeza.

—Sí, hija mía; sobre niños, y sobre los indefensos y los pobres. Niños perdidos que pasan frío y tienen hambre. Al gobierno no le gusta que le digan que no se ocupa de su gente. Creen que propongo hacer la revolución, como ha sucedido en Francia.

—¿Es eso lo que hace? —preguntó Jem.

El señor Blake movió la cabeza de una manera que tanto podía significar sí como no.

—Mi padre dice que los franchutes lo han estropeado todo con tanta muerte de personas inocentes —dijo Maggie.

—Eso no es sorprendente. ¿No corre la sangre antes del juicio? Basta con mirar la Biblia para encontrar ejemplos. Mirad en el Apocalipsis y encontraréis sangre corriendo por las calles. Esa asociación que se propone venir esta noche, sin embargo, quiere impedir que hablen todas las personas que dudan de los que ostentan el poder. Pero el poder sin control conduce a la tiranía moral.

Jem y Maggie callaban, tratando de seguir sus palabras.

—Ya veis, hijos míos, que ésa es la razón de que deba seguir componiendo mis canciones y de que no huya ante quienes desean hacerme callar. Y eso es lo que estoy haciendo. —Volvió a girar la silla para situarse de cara a la mesa y empuñó una vez más el pincel.

—¿En qué está trabajando? —preguntó Jem.

—¿Se trata de otra canción que no les gustará? —añadió Maggie.

El señor Blake miró sucesivamente sus rostros ávidos y sonrió. Abandonando el pincel de nuevo, se inclinó hacia atrás y empezó a recitar:

> *En esa edad de oro,*
> *libres del frío del invierno,*
> *dos jóvenes radiantes*
> *bajo la luz divina,*
> *disfrutaban desnudos de los rayos del sol.*

> *Así una joven pareja,*
> *llenos del más tierno afecto,*
> *en el jardín radiante se encontraron*
> *cuando la luz divina*
> *alzaba las cortinas de la noche.*

Allí al amanecer
juegan sobre la hierba,
lejos de allí los padres,
lejos los forasteros,
pronto la niña se olvida de sus miedos.

Ebrios de dulces besos,
prometen encontrarse
cuando el sueño silente
sus ondas derrama sobre el cielo
y lloran los cansados viajeros.

Maggie sintió el calor que le inundaba el rostro, consecuencia de lo mucho que se estaba sonrojando. No fue capaz de mirar a Jem. Si lo hubiera hecho, habría visto que tampoco él la miraba.

—Quizá sea hora de que os vayáis, queridos míos —interrumpió la señora Blake antes de que su marido pudiera continuar—. El señor Blake está muy ocupado ahora mismo, ¿no es cierto, señor Blake?

Su marido movió bruscamente la cabeza y cambió de postura; era evidente que la señora Blake lo interrumpía pocas veces cuando estaba recitando.

Maggie y Jem se dirigieron hacia la puerta.

—Gracias, señor Blake —dijeron juntos, aunque no estaba nada claro cuál era el motivo.

El señor Blake pareció recuperarse.

—Somos nosotros los que deberíamos daros las gracias —dijo—. Os estamos muy agradecidos por la advertencia acerca de esta noche.

Mientras salían del estudio, oyeron murmurar a la señora Blake:

—De verdad, señor Blake, no deberías provocarlos así, recitándoles ésa en lugar de la canción en la que estás trabajando. No están preparados todavía. Ya has visto lo colorados que se han puesto.

Ni Jem ni Maggie oyeron la respuesta del señor Blake.

TRES

Mientras los varones de la familia Kellaway iban al almacén de maderas con Dick Butterfield, las mujeres se quedaron en Hercules Buildings. Con la llegada del invierno Anne Kellaway no se ocupaba ya del jardín, sino que trabajaba en casa, cocinando, limpiando, cosiendo y tratando de encontrar maneras de no pasar demasiado frío. Como los Kellaway no habían padecido el tiempo invernal en Londres hasta aquel momento, no se habían percatado de lo mal que se calentaba su casa de Lambeth, ni habían apreciado lo acogedoras que podían ser las casitas de Dorsetshire, con sus gruesas paredes de adobe, sus ventanas pequeñas y su hogar de grandes dimensiones. Las paredes de ladrillo de Hercules Buildings tenían la mitad de espesor; las chimeneas de las habitaciones eran diminutas y utilizaban carbón, mucho más caro que la leña que ellos cortaban y transportaban de balde en Dorsetshire. Anne Kellaway detestaba ahora las grandes ventanas de Lambeth junto a las que había pasado tanto tiempo mirando la calle los meses anteriores, y había introducido trozos de tela y paja en las rendijas para evitar las corrientes, además de poner forros dobles a las cortinas.

A menudo también la niebla la mantenía dentro de casa. Ahora que los fuegos de carbón estaban encendidos todo el día en la mayor parte de las casas de Londres, la niebla era inevitable. Es cierto que en el valle del Piddle había nieblas de cuando en cuando, pero ninguna tan densa ni tan sucia como las que —durante días— se instalaban en la metrópoli como un huésped que nadie desea. Los días de niebla había tan poca luz que Anne Kellaway corría las cortinas para combatirla y encendía las lámparas, en parte por Maisie, que a veces se ponía nerviosa al ver la oscuridad exterior.

Maisie se quedaba casi siempre en casa. Incluso en días claros y soleados prefería no salir. Durante los dos meses transcurridos desde que se perdió en la niebla —porque ésa fue la explicación que Maggie, Jem y ella facilitaron a sus padres para explicar lo sucedido— sólo había abandonado en dos ocasiones el número 12 de Hercules Buildings, y las dos para ir a la iglesia. Al principio estaba demasiado enferma: el frío y la humedad se le habían metido en el pecho, y pasó dos semanas en cama antes de tener fuerzas suficientes para bajar las escaleras e ir al excusado. Cuando finalmente pudo levantarse, había perdido su antigua lozanía y era más bien como una pared encalada que empieza a amarillear: todavía luminosa, pero sin el resplandor de lo nuevo. También hablaba menos, y no hacía los alegres comentarios que los Kellaway ni siquiera sabían que eran una de las bases de su convivencia.

Anne Kellaway había salido a primera hora para recoger una col y sacar algunas de las zanahorias tardías de la huerta, ya abandonada, de Philip Astley, y también para comprarle un hueso al carnicero con el que preparar la sopa. Había cocido el hueso, picado y añadido las verduras, y a continuación había recogido la cocina. Ahora se secó las manos en el delantal y se sentó frente a Maisie. Anne sabía que en su hija se había producido algún cambio, distinto, además, de su enfermedad reciente, pero llevaba semanas retrasando el momento de interrogarla, a la espera de que Maisie pareciera lo bastante recuperada y estuviera menos nerviosa. Ahora había decidido descubrir de qué se trataba.

Maisie hizo una pausa mientras su madre se sentaba, la aguja de ganchillo suspendida sobre un botón en el que trabajaba para Bet Butterfield, que la había contratado para hacer los High Tops de Dorset. El beneficio para Bet casi no existía, pero era lo menos que podía hacer por la pobre chica.

—Un día muy agradable —empezó Anne Kellaway.

—Sí que lo parece —reconoció Maisie, mirando animosamente por la ventana a la calle llena de luz. Pasó un carro con un cerdo enorme que olfateaba delicadamente el aire de Lambeth. Maisie sonrió a pesar suyo.

—No como aquella niebla. Si llego a saber que había tanta niebla en Londres nunca hubiera venido a vivir aquí.

—¿Por qué lo hiciste entonces, mamá? —Uno de los cambios que Anne Kellaway había advertido era que ahora las preguntas de su hija contenían de vez en cuando un afilado componente de crítica.

En lugar de reñir a Maisie, trató de responder con sinceridad.

—Al morir Tommy pensé que el valle del Piddle nunca sería ya lo mismo para nosotros y que quizá fuésemos más felices aquí.

Maisie dio una puntada a su botón.

—¿Y tú lo eres?

Anne Kellaway sorteó la pregunta respondiendo a otra distinta:

—Ahora me alegro de que ya estés un poco mejor. —Empezó a hacer un nudo con una punta de su delantal—. Aquel día, en la niebla…, ¿te asustaste mucho?

Maggie dejó de coser.

—Estaba aterrada.

—Nunca has dicho lo que pasó. Jem nos contó que te perdiste y que el señor Blake te encontró.

Maisie miró a su madre a los ojos y no apartó la vista mientras hablaba:

—Estaba en el anfiteatro y quise volver a casa por si necesitabas ayuda. Pero no encontré a Jem para que me acompañara, y cuando miré para ver qué aspecto tenía la niebla me pareció que se había aclarado un poco, de manera que decidí volver sola. Tomé Westminster Bridge Road y fui muy bien, porque había otras personas por allí y estaban encendidos los faroles. Pero cuando llegué al cruce para entrar por Hercules Buildings no torcí lo suficiente y me metí en cambio por Bastille Row, de manera que Hercules Tavern quedaba a mi derecha en lugar de a mi izquierda. —Maisie mencionaba aposta Hercules Tavern como si nombrándola pudiese también prescindir de ella, y de ese modo su madre nunca sospecharía que había entrado en la taberna. Su voz sólo tembló una pizca cuando dijo el nombre—. Al cabo de un rato me di cuenta de que no estaba en Hercules

Buildings, de manera que retrocedí, pero la niebla era muy espesa, estaba oscureciendo y no lograba reconocer el sitio. Y entonces el señor Blake me encontró y me trajo a casa. —Maisie contó su historia un poco maquinalmente, a excepción del nombre del señor Blake, que pronunció de manera reverente, como si hablara de un ángel.

—¿Dónde te encontró?

—No lo sé, mamá…, estaba perdida. Tendrás que preguntárselo a él. —Maisie dijo aquello llena de confianza, segura de que Anne nunca le preguntaría nada al señor Blake, que le inspiraba demasiado respeto. La señora Blake y él habían visitado a Maisie cuando empezó a restablecerse, y a su madre le habían perturbado sus ojos tan vivos y penetrantes y el trato familiar que tenía con sus dos hijos. Luego, además, a ella le había dicho algo muy extraño cuando le dio las gracias por haber encontrado a Maisie. «El último y el mejor regalo de los cielos», había respondido él. «¡Ah, engañada, infeliz, desventurada Eva!»

Ante la mirada de incomprensión de Anne Kellaway, Catherine Blake se había inclinado hacia delante para decir: «Eso es de *El paraíso perdido*, ¿sabe? Al señor Blake le gusta mucho citarlo, ¿no es cierto, señor Blake? En cualquier caso, nos alegramos mucho de que su hija se esté recuperando».

Todavía más extraño, Jem había murmurado entre dientes: «El peral perdido», y Anne Kellaway había sentido el familiar dolor agudo en el corazón que le producía el recuerdo de la muerte de su hijo Tommy: un sentimiento que había logrado evitar durante meses, hasta la marcha del circo. Había vuelto, sin embargo, con tanta fuerza como siempre, sorprendiéndola cuando estaba distraída, obligándola a contener el aliento por el dolor que aún le causaba la pérdida de su hijo.

Anne Kellaway miró ahora a su hija y supo que estaba mintiendo al hablar de la niebla. Maisie le devolvió la mirada. Su madre se preguntó cómo había conseguido hacerse mayor tan deprisa. Al cabo de un momento se puso en pie.

—Tengo que ver si el pan está duro —dijo—. De lo contrario me toca salir a por más.

CUATRO

Cuando regresó con Jem, a quien seguía Maggie, Thomas Kellaway no dijo nada a las mujeres de la casa sobre su encuentro con John Roberts en la taberna. En lugar de volver con sus padres, Maggie pasó el resto de la tarde en casa de los Kellaway, aprendiendo a hacer High Tops con Maisie junto al fuego, mientras Jem y su padre trabajaban en el taller en el asiento de una silla y Anne cosía, barría y avivaba el fuego de cuando en cuando. Aunque Maggie no era especialmente hábil en la confección de botones, prefería estar ocupada con la familia de sus amigos que ociosa en la taberna con la suya.

Todos trabajaron y esperaron, incluso quienes no sabían que estuvieran esperando algo, y el tiempo pesaba como una losa. Al empezar a oscurecer Anne Kellaway encendió las lámparas y a partir de ese momento Jem comenzó a salir del taller con frecuencia para mirar por la ventana delantera, hasta que su madre le preguntó qué era lo que estaba esperando. Eso hizo que se quedara en la habitación de atrás, aunque siguiera escuchando con gran atención y mirase a escondidas a Maggie a través de la puerta abierta, lamentando que no tuvieran ningún plan concreto.

El cambio empezó como un murmullo muy suave que al principio no se advertía debido a otros ruidos más cercanos: el resonar de los cascos de los caballos al pasar, los gritos de los niños, los vendedores ambulantes que ofrecían velas o empanadas o pescado, el sereno que daba las horas. Pronto, sin embargo, el sonido de muchos pies calle adelante y de voces que se comunicaban entre sí resultó inconfundible. Al oírlo, Jem dejó el taller y fue de nuevo hasta la ventana.

—Papá —llamó al cabo de un momento.

Thomas Kellaway hizo una pausa, a continuación dejó en el suelo la azuela que había estado utilizando para tallar una forma de silla de montar en el asiento que preparaba y se reunió con su hijo delante de la ventana. Maggie se puso en pie de un salto, tirando al suelo los High Tops que había acumulado en el regazo.

—¿Qué sucede, Tom? —preguntó Anne Kellaway con acritud.

Su marido se aclaró la garganta.

—Tengo un asunto que tratar abajo. No tardaré mucho.

El ceño fruncido, Anne se reunió con ellos ante la ventana. Al ver la multitud que se congregaba en la calle delante de la puerta de los Blake —y que crecía por momentos— su puso pálida.

—¿Qué es lo que ves, mamá? —preguntó Maisie desde su silla. Unos meses antes habría sido la primera en levantarse y acercarse a la ventana.

Antes de que nadie pudiera responder, se oyó llamar a la puerta de la señorita Pelham y la multitud en la calle amplió su interés al número 12 de Hercules Buildings.

—¡Tom! —exclamó Anne Kellaway—. ¿Qué sucede?

—No te preocupes Anne. Todo estará en orden dentro de un minuto.

Oyeron abrirse la puerta del piso bajo y la voz quejumbrosa de la señorita Pelham, aunque sin distinguir lo que decía.

—Será mejor que baje —dijo Thomas Kellaway.

—Solo, ¡de ninguna manera! —Anne siguió a su marido, pero se volvió antes de empezar a bajar las escaleras para decir—: ¡Jem, Maisie, quedaos ahí!

Jem no le hizo caso; Maggie y él descendieron ruidosamente tras ellos. Después de quedarse sola un momento en la habitación, Maisie también se levantó y los siguió.

Al llegar a la entrada principal, vieron que la señorita Pelham firmaba en un cuaderno similar al de John Roberts.

—Por supuesto que lo hago con gusto si es que sirve para algo —le estaba diciendo a un hombre de más edad, encorvado, que sostenía el cuaderno delante de ella—. ¡Me horroriza la idea de que esos revolucionarios vayan a venir aquí! —Se estremeció—. Sin embargo, no me gusta tener una multitud delante de mi casa, no me deja en muy buen lugar delante de mis vecinos. ¡Me gustaría que se llevara a sus... colegas a otro sitio! —Los crespos rizos de la señorita Pelham se estremecieron de indignación.

—No se preocupe, señora, esa chusma no es para usted —replicó el otro para tranquilizarla—. Es para la puerta de al lado.

—¡Pero mis vecinos no lo saben!

—A decir verdad, queremos hablar con —consultó su cuaderno— un tal Thomas Kellaway, que se ha mostrado un tanto reacio a firmar. Creo que vive aquí. —Miró por encima de la cabeza de la señorita Pelham hacia el vestíbulo—. ¿Es usted esa persona, caballero?

La señorita Pelham volvió la cabeza para fulminar con la mirada a los Kellaway reunidos tras ella.

—¿Te has mostrado reacio? —le susurró Anne a su marido—. ¿Cuándo ha sido eso?

Thomas Kellaway se apartó de su mujer.

—Perdóneme, señorita Pelham, si me deja pasar arreglaré esto en un momento.

La señorita Pelham siguió fulminándolo con la mirada como si hubiera arrojado una terrible mancha sobre su casa. Luego reconoció a Maggie.

—¡Echen a esa chica de mi casa! —gritó.

Thomas Kellaway se vio obligado a apartar un poco a su casera para situarse en el escalón más próximo al jorobado.

—Vamos a ver, caballero —dijo el hombre con más cortesía de la que había mostrado John Roberts unas horas antes—. Es usted Thomas Kellaway, si no me equivoco. Tengo entendido que ya ha leído usted la declaración de lealtad para la que estamos pidiendo firmas a los residentes de Lambeth. ¿Está dispuesto a firmar ahora? —Le ofreció el cuaderno.

Antes de que Thomas Kellaway pudiera responder, se alzó un grito de la multitud, que había fijado su atención en el número 13 de Hercules Buildings. El jorobado se alejó de la puerta de la señorita Pelham para ver lo que era, después de todo, la principal atracción de la noche. Thomas Kellaway y la señorita Pelham lo siguieron hasta la senda del jardín.

CINCO

William Blake había abierto la puerta de su casa. No dijo una sola palabra: ni un saludo, ni una maldición, ni tampoco un «¿Qué quieren ustedes?». Sencillamente llenó el umbral de su casa, vestido con su larga chaqueta negra. Iba destocado, el cabello castaño alborotado, el gesto serio, los ojos bien abiertos y atentos.

—¡Señor Blake! —John Roberts avanzó hasta la puerta, moviendo la mandíbula como si estuviera masticando un trozo muy duro de carne—. La Asociación de Lambeth para la Defensa de la Libertad y de la Propiedad contra Republicanos e Igualitarios le pide que firme esta declaración de lealtad a la monarquía británica. ¿Accederá usted a hacerlo?

Se produjo un largo silencio durante el cual Jem, Maggie, Anne Kellaway y Maisie lograron salir de la casa para ver y oír lo que estaba sucediendo. Anne Kellaway se reunió con su marido, mientras los demás se adelantaban hasta la puerta del jardín.

Maggie y Jem se quedaron atónitos al ver la multitud reunida, que llenaba la calle por completo. Había antorchas y linternas desperdigadas entre la gente y estaban encendidos los faroles, pero la mayoría de los rostros quedaban en sombra y parecían desconocidos y alarmantes, aunque eran probablemente vecinos que Jem y Maggie habían visto muchas veces, y estaban allí por curiosidad más que con intención de causar problemas. De todos modos, se palpaba entre la gente una tensión que amenazaba con degenerar en violencia.

—¿Qué vamos a hacer, Jem? —susurró Maggie.

—No lo sé.

—¿Corre peligro el señor Blake? —preguntó Maisie.

—Sí.

—Entonces tenemos que ayudarlo. —Lo dijo con tanta firmeza que Jem se sintió avergonzado.

Maggie frunció el ceño.

—Vamos —dijo finalmente; tomó a Jem de la mano, abrió la verja de la casa de la señorita Pelham y se mezcló con la multitud. Maisie se apoderó de la mano libre de su hermano y los tres se deslizaron entre los espectadores, abriéndose camino hacia la verja del señor Blake. Allí encontraron un vacío entre los congregados. Los hombres, las mujeres y los niños que estaban en la calle miraban simplemente, mientras que un grupo más pequeño se había reunido en el jardín delantero de los Blake, varones todos sus integrantes, la mayoría reconocibles del mitin de Cumberland Gardens. Para asombro de Maggie, Charlie Butterfield se encontraba entre ellos, aunque en el límite mismo del grupo, como si fuera un adlátere no del todo aceptado por los demás.

—¡Ese malnacido! ¿Qué está haciendo ahí? —murmuró Maggie—. Tenemos que distraerlos —le susurró a Jem. Miró a su alrededor—: Tengo una idea. ¡Por aquí! —Se metió entre la multitud, arrastrando a Jem con ella.

—Maisie, vuelve con papá y mamá —exclamó Jem—. No deberías estar aquí fuera.

Maisie no le contestó; tal vez ni siquiera le oyera. Miraba al señor Blake, que permanecía silencioso en la puerta de su casa, sin contestar a ninguna de las preguntas que le hacía John Roberts:

—Es usted impresor, señor Blake. ¿Qué es lo que imprime? ¿Escribe sobre la Revolución francesa, señor Blake? Ha llevado el *bonnet rouge*, ¿no es cierto, señor Blake? ¿Ha leído a Thomas Paine, señor Blake? ¿Posee ejemplares de sus obras? ¿Lo conoce? En sus escritos, ¿pone usted en duda la autoridad suprema del rey, señor Blake? ¿Va a firmar esta declaración o se niega a hacerlo?

Durante todo aquel interrogatorio, el señor Blake mantuvo una expresión imperturbable, la mirada fija en el horizonte. Aunque daba la sensación de estar escuchando, no parecía pensar que debiera responder, ni tampoco, siquiera, que las preguntas estuvieran dirigidas a él.

Su silencio irritaba a John Roberts más de lo que podrían haberlo hecho ninguna de sus respuestas.

—¿Va a contestar o se propone ocultar su culpa tras el silencio? —rugió—. ¿Tendremos acaso que obligarle con el fuego?

Al tiempo que decía aquello, arrojó al jardín del señor Blake la antorcha que sostenía. Aquel gesto histriónico degeneró en un fuego muy poco espectacular al prenderse sólo trozos de hierba y hojas secas que muy pronto se apagaron produciendo delgadas columnas de humo.

Los ojos de Thomas Kellaway siguieron el humo procedente de la finca vecina a medida que se alzaba por encima de ellos en el cielo nocturno. Aquello le decidió. Había visto lo que podía sucederle a una familia cuando sus medios de vida se esfumaban consumidos por un fuego. Fueran cuales fuesen las posturas en una discusión, nadie tenía derecho a incendiar la propiedad de otro. Sobre eso no le cabía la menor duda. Se volvió hacia el jorobado, que aún sostenía el cuaderno.

—No voy a firmar nada —anunció.

SEIS

Maisie, todavía en la calle, primera entre los espectadores al otro lado del hueco que los separaba de los hombres de la asociación, también alzó los ojos hacia el cielo, que ya había adquirido un color azul oscuro. Era el momento en el que aparecen las primeras estrellas. Y Maisie encontró una que brillaba con fuerza directamente encima de ella. Entonces empezó a recitar:

Cuando camino por las calles
cerca del Támesis y sus navíos,
veo en los rostros de quienes encuentro
huellas de angustia y de impotencia.

Aunque se había pasado gran parte de los dos últimos meses en la cama o sentada junto al fuego, su voz era potente, y llegó con claridad a la multitud que esperaba en la calle y que se apartó al oírla, de manera que enseguida se quedó sola. Su voz llegó también al grupo reunido ante la puerta del señor Blake, entre ellos a Charlie Butterfield, que se sobresaltó al ver quién hablaba. Su voz llegó igualmente a sus padres en el jardín vecino y a la señorita Pelham, a quien el nerviosismo hacía temblar en la puerta de su casa. Le llegó al señor Blake, que miró directamente al rostro de Maisie como si la bendijera y le hizo una leve inclinación de cabeza, lo que la animó a respirar hondo y empezar la segunda estrofa:

Y en los gemidos de tantos hombres,
en los gritos de miedo de los chiquillos,
en cualquier voz, en cualquier bando,
escucho las cadenas creadas por el hombre.

Ahora su voz llegó hasta Jem y Maggie, que se habían separado de la multitud y estaban acuclillados tras el seto al otro lado de la calle frente al número 13 de Hercules Buildings. Maggie se asomó para mirar:

—¡Caray! ¿Qué está haciendo?

Jem también se levantó y vio a su hermana.

—Que Dios la ayude —murmuró.

—¿Qué es eso? ¡Cállate, chica! ¡Que alguien la pare! —gritó John Roberts.

—¡Déjala en paz! —replicó uno de los espectadores.

—Rápido —susurró Maggie—. Será mejor empezar ahora. Apunta bien y prepárate para correr. —Buscó por el suelo hasta encontrar un trozo helado de estiércol de caballo (los barrenderos con frecuencia arrojaban allí por encima del seto lo que recogían en la calzada). Apuntó cuidadosamente, y luego lo tiró con fuerza, de manera que pasó por encima de las cabezas de los espectadores y de Maisie, y fue a parar al grupo de hombres que rodeaba al señor Blake.

—¡Ay! —gritó uno de ellos.

Se oyeron risas entre quienes esperaban en la calle.

Jem lanzó otro proyectil, que golpeó a otro de los hombres en la espalda.

—¡Eh! ¿Quién está haciendo eso?

Aunque Maggie y Jem no les veían las caras, supieron que habían conseguido algo, porque se produjo una especie de ola en el grupo al dar la espalda al señor Blake para intentar escudriñar en la oscuridad. Los dos agresores lanzaron más estiércol y zanahorias nudosas, pero estas últimas se quedaron cortas, y cayeron en el hueco entre el grupo de Roberts y la calle, mientras un trozo de estiércol arrojado con demasiada fuerza golpeó en la ventana de los Blake, aunque sin romper el cristal.

—¡Cuidado! —susurró Jem.

Ahora fue el señor Blake quien empezó a hablar, continuando donde Maisie lo había dejado, con una voz sonora que inmovilizó a los hombres delante de su puerta:

Ah, cómo espanta a las negras iglesias
el llanto de los niños barrenderos
y cómo los gemidos de míseros soldados
cubren de sangre los muros palaciegos.

Y, sobre todo, en las calles de la noche
oigo las maldiciones de la joven ramera
que marchitan las lágrimas de los recién nacidos
y agostan los fúnebres cortejos de las bodas.

Maggie tuvo un golpe de suerte al lanzar una col medio podrida que alcanzó a John Roberts en la cabeza en el mismo momento en que el señor Blake terminaba el último verso. Risotadas y hurras se alzaron de la multitud al presenciar el impacto. John Roberts se tambaleó por efecto del golpe al tiempo que gritaba:

—¡Cogedlos!

Un grupo se separó del resto de los hombres de la asociación y empezó a abrirse camino entre la multitud hacia el seto. Otros, sin embargo, confusos acerca de la procedencia de los proyectiles, atacaron a los espectadores mismos. Charlie Butterfield, por ejemplo, se apoderó de una de las bolas de estiércol helado y la arrojó contra un fornido calvo que estaba en la calle, y que respondió con un rugido de alegría. Acto seguido atravesó la cerca del jardín de los Blake derribándola de una patada como si estuviera hecha de paja. Después de elegir a John Roberts como el más ruidoso y en consecuencia el más conspicuo de sus enemigos, rápidamente le dio un cabezazo. Aquélla fue la señal para que todos los que se habían reunido con la esperanza de participar en una batalla campal empezaran a arrojar cualquier cosa que se les ponía a mano: sus puños, si no tenían nada mejor. Pronto las ventanas de los Blake quedaron hechas añicos, así como las de sus vecinos, John Astley y la señorita Pelham, mientras distintos grupos gritaban y se peleaban en la calle.

Maisie se quedó en medio de la refriega, sin saber qué hacer, dominada por el miedo y el mareo. Cayó de rodillas justo en el momento en que Charlie Butterfield llegaba a su lado. La rodeó con sus brazos y, arrastrándola a medias, la llevó hasta la puerta de la casa de los Blake, donde el dueño seguía sin moverse, contemplando la algarada que, al menos, había abandonado su jardín. Maisie sonrió débilmente.

—Gracias, Charlie —murmuró.

Charlie respondió con un movimiento de cabeza y, avergonzado, procedió a escabullirse, maldiciéndose por su debilidad.

Cuando Maggie vio al grupo de hombres que se acercaba al seto, agarró a Jem del brazo.

—¡Corre! —le susurró—. ¡Sígueme!

Salió disparada a través del campo oscuro que tenían detrás, tropezando con helados terrones y surcos, metiéndose por viejas huertas, pasando entre cardos y zarzas secas, golpeándose los dedos de los pies con ladrillos, tropezando con redes cuya finalidad era impedir el paso de aves y conejos. Oía a Jem que jadeaba tras ella y, más allá, los gritos de los alborotadores. Maggie reía y lloraba al mismo tiempo.

—Les hemos atizado, ¿no es cierto? —le susurró a Jem—. Les está bien empleado.

—Sí, ¡pero no hay que dejar que nos pillen! —Jem la había alcanzado y se apoderó de su mano para tirar de ella y seguir corriendo.

Llegaron a Carlisle House, la mansión al otro extremo del campo, rodeada por una verja de hierro, y la rodearon, hasta alcanzar el callejón que pasaba por delante y que conducía a Royal Row, con sus casas y Canterbury Arms, la taberna, de la que escapaban débiles manchas de luz.

—No debemos ir allí; la gente nos vería —jadeó Maggie. Miró en ambas direcciones y luego pasó como pudo por encima del seto, maldiciendo espinos y zarzas por los rasguños y pinchazos que recibía. Los dos cruzaron la calle a toda velocidad y pasaron por encima del seto en la acera opuesta. Oían los jadeos y gritos de los hombres que los perseguían, más cerca ya, lo que los espoleó para correr de nuevo más deprisa a través del nuevo campo, que era más grande y más oscuro y sin una Carlisle House para iluminar el camino; sin nada, de hecho, excepto el campo, hasta los almacenes a la orilla del río.

Ahora iban ya más despacio, tratando de no hacer ruido y de encontrar el camino en silencio, de manera que no les oyeran sus perseguidores. Por encima de ellos las estrellas iban abriendo más y más agujeros en un cielo azul casi negro. Jem aspiró el aire helado y sintió que le penetraba como un cuchillo hasta el fondo de la garganta. Si no le hubiera dado tanto miedo el grupo de individuos que los seguía, habría apreciado mejor la belleza del cielo a aquella hora de la noche.

Maggie iba otra vez delante, pero cada vez más despacio. Cuando se detuvo de repente, Jem se tropezó con ella.

—¿Qué sucede? ¿Dónde estamos?

Maggie tragó saliva, el ruido de su garganta muy sonoro en el aire nocturno.

—Cerca del callejón del Degollado. Estoy buscando algo.

—¿Qué?

Maggie vaciló y luego habló en voz muy baja:

—Hay un horno viejo por estos alrededores, lo utilizaban para hacer ladrillos. Nos podríamos meter dentro. He…, es un buen escondite. Aquí.

Se tropezaron con una estructura achaparrada construida con ladrillos bastos hasta formar una caja rectangular que les llegaba a la cintura, y que se estaba desmoronando por un extremo.

—Ven, cabemos los dos. —Maggie se agachó y entró a rastras en la cámara oscura que formaban los ladrillos.

Jem se acuclilló pero no llegó a seguirla.

—¿Y qué sucederá si nos encuentran aquí? Estaremos acorralados como un zorro en su madriguera. Si nos quedamos fuera al menos podremos correr.

—Nos atraparán si corremos… Son más fuertes y más numerosos.

Al final, el ruido de los hombres que avanzaban con estrépito por el campo decidió a Jem. Se metió como pudo en el escaso espacio oscuro que aún quedaba y se apretó contra Maggie. El agujero olía a arcilla y humo, y al débil olor a vinagre de la piel de su amiga.

Se acurrucaron juntos sintiendo el frío, tratando de calmar su respiración. Al cabo de un minuto se tranquilizaron, su aliento sincronizado de manera natural en un ritmo uniforme.

—Espero que Maisie esté bien —dijo Jem en voz muy baja.

—El señor Blake no permitirá que le suceda nada.

—¿Qué crees que nos harán si nos pillan?

—No nos encontrarán.

Escucharon. Sus perseguidores, en efecto, sonaban cada vez más lejos, como si se hubieran desviado y se encaminasen hacia Lambeth Palace.

Maggie dejó escapar una risita.

—La col.

—Sí. —Jem sonrió—. Ha sido un buen tiro.

—Gracias: también en Londres sabemos atinar. —Maggie se ciñó el chal, apretándose contra Jem al hacerlo. Su amigo notó que tiritaba.

—Ven, acércate más para que te dé calor. —La rodeó con el brazo; al atraerla hacia sí, Maggie alzó su brazo y le puso la mano en el hombro, de manera que estaban abrazados; luego pegó la cara a su cuello. A Jem se le escapó un grito ahogado.

—¡Tienes la nariz helada!

Maggie retiró la cara y rió. Al alzarla para mirarlo, Jem captó el brillo de sus dientes. Luego sus labios se unieron y, con aquel contacto suave y tibio, todos los gélidos terrores de la noche se desvanecieron.

SIETE

E l beso no duró tanto como querían o esperaban porque, de repente, alguien acercó una antorcha encendida al horno y un rostro surgió de la oscuridad. Maggie empezó gritar, pero se contuvo, y sólo se la oyó hasta unos pocos metros.

—Me pareció que os encontraría aquí, calentándoos el uno al otro. —Charlie Butterfield se acuclilló y los contempló.

—¡Charlie, casi me matas del susto! —exclamó Maggie, al tiempo que se separaba de Jem.

Charlie no se perdió ninguno de sus movimientos: su proximidad, el apartarse, la vergüenza.

—Habéis encontrado un buen escondite, no me lo negarás.

—¿Qué haces aquí, Charlie?

—Buscarte, hermanita. Como todo el mundo.

—¿Se puede saber qué hacías con esos rufianes delante de la casa del señor Blake? Te tiene sin cuidado lo que dicen. ¿Qué razón hay para que molestes al señor Blake? A ti no te ha hecho nada. —Maggie se había repuesto enseguida y se esforzaba por recuperar el dominio de la situación.

Charlie hizo caso omiso de sus preguntas y, sin ceder terreno, volvió al tema que, como muy bien sabía, le resultaba especialmente desagradable a su hermana.

—¿Has vuelto aquí, no es eso, señorita Rebanacuellos? Un sitio curioso para traer a tu novio, ¡el regreso a la escena del crimen! Aunque es verdad que esto se llamaba el callejón de los Amantes, ¿no es cierto? ¡Antes de que vinieras tú y lo cambiaras!

Maggie se estremeció.

—¡Cierra la boca, canalla! —gritó.

—¿Cómo? ¿Vas a decirme que no se lo has contado, señorita Reba-nacuellos? —Charlie parecía disfrutar mucho repitiendo aquel mote.

—¡Basta ya, Charlie! —gritó Maggie, olvidándose de los hombres que les daban caza.

Jem sintió cómo le temblaba el cuerpo en el reducido espacio que compartían.

—¿Por qué no…? —le empezó a decir a Charlie.

—Quizá deberías preguntarle a tu chica qué sucedió aquí —le interrumpió Charlie—. Vamos, pregúntale.

—¡Cállate, Charlie! ¡Cállate de una puñetera vez! —Maggie estaba gritando al llegar al final de la frase—. ¡Me dan ganas de matarte!

Charlie sonrió, la luz de la antorcha torciéndole la cara.

—Seguro que podrías, querida hermana. Ya me hiciste una demostración de tu técnica.

—¡Cállate! —dijo Jem.

Charlie rió con fuerza.

—¡Vaya! Ahora empiezas tú. Te cuento mi plan: dejaré que decidan ellos cómo van a castigaros. —Se puso en pie y llamó—: ¡Eh, oigan! ¡Aquí!

Antes de que pudiera pensar en lo que hacía, Jem se puso en pie de un salto, se apoderó de un ladrillo suelto y golpeó a Charlie en la cabeza. El otro se le quedó mirando. Luego soltó la antorcha que sujetaba, y Jem la recogió antes de que Charlie mismo se tambaleara. Al caer, su cabeza chocó contra el borde del horno, con lo que cuando por fin llegó al suelo no se movió más.

Jem se quedó quieto, sujetando la antorcha. Se humedeció los labios, se aclaró la garganta y dio patadas en el suelo, con la esperanza de que Charlie rebullera. Pero todo lo que se movió fue un hilillo de sangre que le bajó por la frente. Jem dejó caer el ladrillo, se acuclilló junto al hermano de Maggie y le iluminó la cara, el estómago atenazado por el miedo. Al cabo de un momento vio, a la luz parpadeante de la antorcha, que el pecho de Charlie subía y bajaba ligeramente.

Jem se volvió hacia Maggie que estaba agachada en el interior del antiguo horno, abrazándose las rodillas con los brazos y presa de violentas sacudidas. Esta vez no se acercó a ella, sino que se quedó quieto con la antorcha en la mano, mirándola desde arriba.

—¿La escena de qué crimen? —preguntó.

Maggie se apretó las rodillas con fuerza, tratando de controlar los espasmos que la agitaban. Tenía la mirada fija en el ladrillo caído junto a su hermano.

—¿Te acuerdas que cuando perdimos a Maisie en Londres y la estábamos buscando, me preguntaste si había visto cómo mataban al hombre en el callejón del Degollado?

Jem asintió.

—Bien, pues estabas en lo cierto. Así fue. Pero no sólo eso. —Maggie respiró hondo—. Fue hace año y pico. Yo volvía del río por la zona de Lambeth Palace, donde había estado escarbando en el barro con la marea baja. Encontré una extraña cucharita de plata. Me emocioné tanto que no esperé a que terminasen los que me habían acompañado. Me puse en camino en busca de mi padre para que me dijera lo que valía. Está al tanto de cosas como ésa. Lo encontré bebiendo en Artichoke, ya sabes, la taberna en Lower Marsh adonde te llevé la primera vez, donde conociste a mi padre y —movió la cabeza en dirección a Charlie, tumbado en el suelo— también a él. Había niebla ese día, pero no era tan espesa como para no ver el camino. Tomé el atajo del callejón de los Amantes, porque era lo más rápido. No le di ninguna importancia, había pasado por allí montones de veces. Aquel día, sin embargo, al torcer para entrar en el callejón me encontré con… un hombre. Caminaba en la misma dirección que yo, pero muy despacio, tan despacio que lo alcancé. No era viejo ni nada parecido…, sólo un hombre. No se me ocurrió quedarme detrás, estaba deseando llegar a Artichoke y enseñarle la cuchara a mi padre. De manera que lo adelanté, sin apenas mirarlo. Y él dijo: «¿De qué huyes?». Me volví, me sujetó y me puso un cuchillo en la garganta. —Maggie tragó saliva, como si todavía sintiera el frío del metal contra la piel suave de la base del cuello.

»Primero me preguntó qué llevaba encima, y le di un penique, todo el dinero que tenía. Pero no quería renunciar a la cuchara, porque me había pasado mucho tiempo escarbando en el barro para encontrarla. De manera que no se la enseñé. Pero me palpó los bolsillos y la descubrió de todos modos. Debería habérsela dado sin pensármelo dos veces, no tendría que haberla escondido, fue una estupidez por mi parte, porque con eso sólo logré que se enfadara… —Maggie hizo una pausa y volvió a tragar saliva—. De manera que me arrastró hasta… aquí. —Tocó las paredes medio derruidas del horno.

Los párpados de Charlie se agitaron, se llevó una mano a la cabeza y gimió. Jem se cambió la antorcha de mano y recogió el ladrillo. Se alegraba, en realidad, de tener una excusa para no mirar a Maggie; y sintió alivio al comprobar además que Charlie no estaba herido de gravedad. No le pareció que fuese a ser necesario golpearlo de nuevo, pero empuñar el ladrillo hizo que se sintiera mejor.

Charlie rodó para ponerse de lado, y luego se quedó sentado, entre muecas de dolor y gemidos.

—¡Cielo santo, mi cabeza! —Miró a su alrededor—. ¡Hijo de puta! —protestó al ver a Jem con el ladrillo.

—Te lo has merecido, Charlie. Al menos Jem está dispuesto a defenderme. —Maggie miró a Jem—. Charlie me encontró con aquel hombre, ¿sabes? Venía por el callejón y nos vio aquí. ¡Se acercó y no hizo nada! ¡Se quedó quieto sonriendo!

—¡No sabía que eras tú! —protestó Charlie, lo que le obligó a sujetarse la cabeza, porque gritar hacía que le retumbara—. No sabía que eras tú —repitió en voz más baja—. Al principio por lo menos. Todo lo que veía era un vestido embarrado y unos cabellos oscuros. Hay muchas chicas morenas. No vi que se trataba de ti hasta que fuiste y…

—De manera que dejarías a cualquier chica en apuros que cargase con lo que se le viniera encima, ¿no es eso? Como hiciste con Maisie en la cuadra de Astley: ¡te limitaste a irte, cobarde, más que cobarde!

—¡No soy un cobarde! —aulló Charlie, sin preocuparse ya de su intenso dolor de cabeza—. ¡Acabo de ayudarla ahora mismo!

La mención de su hermana hizo que Jem pensara en ella y en cómo había recitado la canción del señor Blake entre la multitud.

—Será mejor que vuelva con Maisie —anunció—, y me asegure de que está bien. —Arrojó la antorcha a Maggie, que lo miró desconcertada.

—¿No quieres oír el resto de la historia? —preguntó.

—Ya la sé…, sé cuál fue el crimen.

—¡No, no lo sabes! ¡No fue lo que piensas! ¡A mí no llegó a hacerme nada! ¡Se lo impedí! Tenía un cuchillo, y cuando estaba encima de mí, hurgándose la ropa, lo dejó caer, yo lo cogí y…, y…

—Se lo clavó en la garganta —terminó Charlie por ella—. En el pescuezo mismo como a un cerdo. Luego le hizo un corte. Tendrías que haber visto la sangre. —Hablaba con tono admirativo.

Jem miró fijamente a Maggie.

—¿Lo…, lo mataste?

Maggie apretó los dientes.

—Me estaba defendiendo, como acabas tú de hacer con Charlie. No me quedé a ver si lo había matado…, eché a correr. Tuve que tirar la ropa que llevaba, tanto se me llenó de sangre, y robar otras prendas.

—Yo me quedé hasta el final —murmuró Charlie—. Vi cómo moría. Tardó mucho, porque tuvo que desangrarse.

Maggie miró con mucha atención a su hermano y de pronto cayó en la cuenta.

—Te quedaste con la cucharilla, ¿no es cierto?

Charlie asintió.

—Creía que era suya. No sabía que te la había quitado.

—¿Todavía la tienes?

—La vendí. Era para medir el té que se echa en la tetera. Conseguí un buen precio.

—Ese dinero es mío.

El golpe en la cabeza parecía haber dejado a Charlie sin ganas de pelea, porque no protestó.

—No lo tengo ahora, pero te lo debo.

Jem no podía creer que estuvieran discutiendo sobre cucharillas para el té y sobre dinero después de semejante historia. Maggie había dejado de temblar y estaba más tranquila. Ahora, en cambio, era Jem el que tenía escalofríos.

—Será mejor que vuelva —repitió—. Maisie me va a necesitar.

—Espera, Jem —dijo Maggie—. ¿No…? —Lo miró con ojos suplicantes. Se estaba mordiendo los labios, y Jem se estremeció al pensar que pocos minutos antes los había besado; que había besado a alguien que había matado a un hombre.

—Tengo que irme —dijo; dejó caer el ladrillo y desapareció dando tumbos en la oscuridad.

—¡Espera, Jem! ¡Vamos contigo! —llamó Maggie—. ¿No quieres siquiera la antorcha?

Pero Jem estaba ya en el callejón del Degollado y corría por él, dejando que sus pies encontraran el camino sin pensar en nada.

OCHO

Cuando Jem llegó a Hercules Buildings la multitud había desaparecido, aunque quedaban pruebas por todas partes de la reciente gresca: ladrillos, estiércol, palos y otros objetos en el suelo, así como ventanas rotas a lo largo de toda la calle. Los residentes se habían unido y caminaban arriba y abajo en grupos para disuadir a los ladrones de aprovecharse de las facilidades de acceso que proporcionaban las ventanas abiertas. Un coche esperaba delante de la vivienda de los Blake.

La casa de la señorita Pelham estaba tan iluminada como una taberna, como si tratara de eliminar hasta la última sombra de duda de sus habitaciones. Jem, al entrar, oyó la voz de su padre en la habitación principal y luego cómo lo interrumpía su casera con palabras sacudidas por el temblor.

—Siento mucho que su hija no se encuentre bien, pero, dadas mis convicciones, no puedo permitir que sigan un día más en esta casa personas con ideas revolucionarias. Francamente, señor Kellaway, si no fuese invierno y la noche fría, ya estarían ustedes en la calle.

—Pero ¿adónde vamos a ir? —le llegó la voz lastimera de su padre.

—Tendría que haberlo pensado cuando se negó a firmar la declaración, y delante de todo el mundo. ¿Qué pensarán los vecinos?

—Pero el señor Blake…

—El señor Blake nada tiene que ver con esto. Ya rendirá cuentas por su lado. Usted no firmó y por lo tanto se marchará de aquí. Quiero que se haya ido con su familia mañana al mediodía. Haré una visita a la asociación a primera hora y no me cabe la menor duda de que estarán dispuestos a ayudarme si todavía siguen ustedes aquí cuando regrese. De hecho, si no los hubieran atacado de manera tan grosera esta noche, imagino que estarían aquí ahora, en lugar de perseguir a esos malhechores. ¿Dónde está su hijo, si se me permite preguntarlo?

Antes de que Thomas Kellaway pudiera farfullar una respuesta, Jem abrió la puerta y entró. La señorita Pelham volvió bruscamente la cabeza como una gallina furiosa y lo fulminó con la mirada.

—Estoy aquí —murmuró—. ¿Qué quiere saber?

No parecía existir ya ningún motivo para ser cortés con ella.

La señorita Pelham sintió el cambio y se mostró al mismo tiempo temerosa y defensiva.

—Vete, muchacho, ¡nadie te ha dicho que entraras! —Fue ella quien corrió hacia la puerta, como si obedeciera su propia orden. Le daba miedo, Jem lo notó, y aquello le hizo sentirse poderoso un instante. Pero no se ganaba ninguna ventaja con ello, aparte de la satisfacción de verla encogerse, porque seguía echándolos de Hercules Buildings.

Jem se volvió hacia su padre. Thomas Kellaway se había quedado inmóvil con la cabeza agachada.

—Mamá quiere que subas —dijo Jem, proporcionándole la excusa que necesitaba para escapar de la habitación.

Thomas Kellaway miró a su hijo, los ojos azules cansados pero enfocados por una vez en lo que tenía delante y no en la distancia.

—Lo siento, hijo —explicó—. No he hecho más que complicar las cosas.

Jem movió los pies.

—No, papá, en absoluto —insistió, sabedor de que la señorita Pelham escuchaba con avidez—. Es sólo que te necesitamos arriba. —Se volvió y dejó atrás a la señorita Pelham, seguro de que su padre lo seguiría. Mientras subían las escaleras a buen paso, Anne Kellaway asomó la cabeza por la puerta de su casa, en lo alto, desde donde había estado escuchando. La casera, envalentonándose al verlos alejarse, salió al vestíbulo y alzó la voz en persecución suya.

—¡Mañana al mediodía se tienen que haber marchado! ¡Al mediodía! ¿Me oyen? Y eso incluye a su hija. La culpa de lo que le pasa la tiene sólo ella, ¡permitir que le suceda una cosa así! Debería de haberlos echado hace dos meses cuando ella…

—¡Cállese! —rugió Jem, volviéndose. Al darse cuenta de que la señorita Pelham estaba a punto de sacar a la luz los resultados, hasta entonces almacenados, de meses de espionaje detrás de los visillos, decidió utilizar palabras duras para pararle los pies—. ¡Cierre el pico, bruja asquerosa!

Sus palabras helaron a la señorita Pelham, que se quedó con la boca abierta y los ojos desorbitados. Luego, como si tuviera una cuerda atada a la cintura y alguien le hubiese dado un tremendo tirón, voló de espaldas hasta sus habitaciones y se encerró dando un portazo.

Anne y Thomas se quedaron mirando a su hijo. Anne se hizo a un lado para dejar pasar a los varones y luego cerró la puerta para aislarse por completo del mundo.

Una vez dentro, miró a su alrededor.

—¿Qué hacemos ahora? ¿Adónde vamos?

Thomas se aclaró la garganta.

—A casa. Nos volvemos a casa. —Mientras las palabras le salían de la boca, sintió que era la decisión más importante que había tomado nunca.

—¡No podemos hacer eso! —protestó Anne Kellaway—. Maisie no está en condiciones de viajar con este tiempo.

Los tres miraron a Maisie, bien abrigada y sentada junto al fuego, tal como había pasado la mayor parte del tiempo durante los dos últimos meses. Le brillaban los ojos, pero no de fiebre, sino por los sucesos de la noche. Les devolvió la mirada y luego volvió a contemplar el fuego. Anne Kellaway escudriñó el rostro de su hija, buscando respuestas a las preguntas que habían planteado las palabras de la señorita Pelham.

—Maisie…

—Déjala tranquila, mamá —le interrumpió Jem—. Haz el favor de dejarla en paz. Estás bien, ¿verdad que sí, Maisie?

Maisie sonrió a su hermano.

—Sí, sí. ¿Sabes, Jem? El señor Blake estaba muy conmovido. Dijo que os diera las gracias a Maggie y a ti..., que vosotros sabríais por qué. Y también me dio las gracias a mí. —Se sonrojó y se miró las manos, que descansaban sobre su regazo. En aquel momento Anne Kellaway sintió, como le había sucedido con frecuencia en Londres, que sus hijos vivían en un mundo distinto del de sus padres.

—Se me ocurre algo —dijo Jem de repente. Bajó corriendo las escaleras y llegó al coche detenido delante de la casa vecina justo en el momento en que los Blake se disponían a montar en él.

Julio de 1793

VIII.

UNO

Maggie estaba segura de haber oído antes al tipo que tocaba la zanfonía; de hecho estaba echando a perder la misma canción que había maltratado en su última visita a Hercules Hall, incluso desafinando en las mismas notas. De todas formas, tarareó, acompañándolo, «Un bonito agujerito pa meter el pajarito» mientras descansaba apoyada en el muro delante de la explanada de Astley. Con diez Dorset Crosswheels terminados en el regazo, estaba pensando en empezar con los High Tops. Antes de continuar con su labor, bostezó y se estiró, porque había pasado fuera toda la noche ayudando a su madre con una colada. Aunque Maggie había decidido al final cambiar la mostaza y el vinagre por las coladas y los botones, no estaba segura de que fuese a hacer aquello mucho tiempo. A diferencia de Bet Butterfield, se le hacía duro dormir durante el día, porque siempre se despertaba con la sensación de haberse perdido algo importante: un fuego o un alboroto o una visita que llegaba y se iba. Prefería estar al menos medio despierta.

El hombre de la zanfonía cambió la tonada a «Bonny Kate y Danny», y Maggie no pudo evitar acompañarlo:

> *En la orillita del río,*
> *Bonny Kate y Danny,*
> *en la orillita del río*
> *le separó bien las piernas*
> *y se puso a cabalgarla*
> *¡hasta entrar con Little Danny!*

Y nueve meses después,
Bonny Kate y Danny,
al mundo vino un bebé,
¡y se llamó Little Danny!

Cuando acabó la canción, Maggie se acercó hasta el músico, que se había sentado en los escalones, a la entrada de Hercules Hall.

—¡Eres tú, desvergonzada! —exclamó al verla—. ¿Nunca te cansas de rondar por estos alrededores?

—¿Y usted no se cansa de echar a perder las mismas canciones? —replicó Maggie—. ¿No le ha dicho nadie que más vale que no las cante más? Siga repitiendo «Bonny Kate y Danny» y la asociación lo retirará de la circulación.

El músico frunció el ceño.

—¿Qué quieres decir?

—¿Dónde ha estado? No se permite entonar canciones obscenas, tan sólo las que ellos escriben, sobre el rey y todo eso. ¿No se ha enterado? —Maggie se irguió todo lo que pudo y empezó a cantar a voz en grito con la melodía de «Dios salve al rey»:

Para cantar del gran Jorge los loores
alcemos todos nuestras voces
con el más noble de los temas.
Gran Bretaña tiene muchos encantos
que nos invitan a amarla.
Guárdenos Dios de todo daño.
Bendito sea el nombre del Señor.

—¿O ésta? —Maggie utilizó ahora la melodía de «¡Gobierna, Britannia!».

Desde que Jorge, nuestro rey, lleva la corona,
cuán felices vivimos todos sus súbditos…

Maggie se detuvo para reír a carcajadas ante la expresión del organillero.

—Lo sé, estúpido, ¿verdad? Pero, de todos modos, no entiendo por qué se molesta en cantar. ¿No se ha enterado de que el señor Astley no está aquí? Se ha ido a Francia a pelear. Volvió de Liverpool este invierno, cuando le cortaron la cabeza al rey e Inglaterra declaró la guerra a los franchutes: se presentó de inmediato para ofrecer sus servicios.

—¿De qué le sirve en la guerra con los franceses bailar a caballo?

—No, no; Astley el viejo, no su hijo. John Astley sigue aquí, dirigiendo el circo. Y le aseguro que no contrata a músicos callejeros como hacía su padre, de manera que puede usted darse un respiro.

El hombre de la zanfonía no ocultó su consternación.

—¿Qué hace el viejo Astley en Francia? Está demasiado gordo; no sirve ni para cabalgar ni para pelear.

Maggie se encogió de hombros.

—Quería ir…, dijo que como antiguo oficial de caballería era su deber. Además, ha estado mandando crónicas de las batallas y su hijo las reproduce aquí. Nadie entiende gran cosa de lo que pasa, pero resulta todo muy vistoso.

Su interlocutor se quitó del cuello la correa con que sujetaba la zanfonía.

—Espere, ¿tocará algo para mí antes de irse? —le suplicó Maggie.

El otro se detuvo.

—A decir verdad no eres más que una pícara desvergonzada, pero como has evitado que pierda el tiempo aquí todo el día, tocaré una para ti. ¿Cuál quieres?

—«Tom Bowling» —pidió Maggie, aunque sabía que oírla le haría acordarse de Maisie Kellaway cantándola meses atrás, junto a los almacenes a la orilla del río, cuando apenas conocía a Jem.

Mientras el músico tocaba, Maggie se tragó el nudo que se le había hecho en la garganta y tarareó acompañándolo, aunque sin cantar la letra. El recuerdo de la voz de Maisie alimentó el dolor sordo que no le había desaparecido del pecho en los meses transcurridos desde la marcha de Jem.

Maggie nunca había echado de menos a nadie. Durante algún tiempo cultivó aquel sentimiento, manteniendo con él conversaciones imaginarias, y visitando los lugares donde habían estado juntos: las hornacinas del puente de Westminster, Soho Square, incluso el horno de ladrillos donde lo había visto por última vez. En la fábrica había conocido a una chica de Dorsetshire y hablaba con ella sólo para oír el acento de la zona. Siempre que se le presentaba una ocasión mencionaba a Jem y a los Kellaway a su madre o a su padre, para poder decir en voz alta el nombre de su amigo. Ninguna de aquellas cosas lo hacía regresar, sin embargo; de hecho, a la larga, siempre volvía a ver su expresión de horror aquella noche en el horno.

A mitad de la segunda estrofa, una mujer de voz clara y agradable empezó a cantar. Maggie ladeó la cabeza para escuchar: las palabras parecían salir del jardín de los Blake o del de la señorita Pelham. Dio las gracias con un gesto al hombre de la zanfonía y desanduvo el camino hacia la valla. Dudaba de que la cantante fuese la señorita Pelham, porque no era una persona aficionada a cantar. Maggie tampoco había oído tararear nunca a la señora Blake. Quizá se tratara de la criada de la señorita Pelham, aunque era una chica tan pusilánime que Maggie no la había oído nunca hablar y menos aún cantar.

Cuando por fin colocó la carretilla de Astley junto a la valla, la zanfonía y la canción habían dejado de sonar. Maggie se subió de todos modos a la carretilla y luego a la valla para ver el interior de los jardines.

El de la señorita Pelham estaba vacío, pero en el de los Blake había una mujer arrodillada entre las hileras de hortalizas, cerca de la casa. Llevaba un vestido ligero y un delantal, así como un sombrero de ala ancha para protegerse del sol. Al principio Maggie pensó que era la señora Blake, pero se trataba de alguien de menos estatura y que se movía con menos agilidad. Maggie había oído que los Blake tenían ahora una criada, pero no la había visto, porque la señora Blake seguía yendo en persona a hacer la compra y otros recados. Maggie llevaba meses sin visitar el número 13 de Hercules Buildings; desde la marcha de Jem le daba vergüenza ir sola a llamar a su puerta, aunque el señor Blake siempre la saludaba y le preguntaba por su salud cuando se cruzaban por la calle.

Mientras veía trabajar a la criada, oyó un ruido de cascos de caballo que avanzaba por el callejón hacia las cuadras de Hercules Hall. La joven dejó lo que estaba haciendo, volvió la cabeza para escuchar, y Maggie se llevó la primera de dos sorpresas. Quien trabajaba en la huerta era Maisie Kellaway.

—¡Maisie! —gritó.

La otra volvió bruscamente la cabeza y Maggie saltó por encima de la valla y corrió hacia ella. Por un segundo pareció que Maisie se iba a poner en pie de un salto para entrar en la casa. Pero enseguida recapacitó y siguió en cuclillas donde estaba.

—¡Maisie! ¿Qué haces aquí? —exclamó Maggie—. ¡Te creía en Dorsetshire! ¿No te...? Espera un momento. —Pensó a gran velocidad y luego gritó—: ¡Eres la criada de los Blake! Nunca has vuelto a Piddle-di-di, ¿verdad que no? ¡Has estado aquí todo el tiempo!

—Es verdad —murmuró Maisie. Bajando los ojos a la tierra fértil, arrancó una mala hierba de la hilera de zanahorias que tenía junto a los pies.

—Pero... ¿por qué no me lo has dicho? —Maggie la hubiera zarandeado—. ¿Por qué te escondes? ¿Y por qué te escapaste así, sin decir siquiera adiós? Ya sé que esa vieja bruja de Pelham quería echarte a toda costa, pero podías haberte despedido. ¡Con todo lo que hemos pasado juntas! Me podrías haber buscado para decírmelo. —En algún momento durante aquella perorata, sus palabras habían cambiado de destinatario para dirigirse al ausente Jem, al igual que las lágrimas que se le habían ido acumulando.

A Maisie las lágrimas le resultaban especialmente contagiosas.

—¡Ay, Maggie! ¡No sabes cuánto lo siento! —sollozó, alzándose con dificultad y abrazando a su amiga. Fue entonces cuando Maggie se llevó la segunda sorpresa, porque empujando contra su estómago se hallaba lo que no había sido visible cuando Maisie estaba de rodillas: el compacto bebé que llevaba en el vientre.

El choque entre las dos detuvo eficazmente las lágrimas de Maggie.

Todavía abrazada a Maisie, apartó la cabeza y miró hacia abajo. Por una vez en su vida no se le ocurrió nada que decir.

—¿Sabes? Cuando mamá y papá decidieron volver a Piddletrenthide —empezó Maisie—, hacía tanto frío que tuvieron miedo de que yo no estuviera lo bastante fuerte para un viaje tan largo. Entonces el señor y la señora Blake aceptaron que me quedara con ellos. Primero fuimos a visitar a sus amigos los Cumberland, para escapar de aquellos hombres horribles que aparecieron delante de su puerta. Los Cumberland viven en el campo, Egham se llama el sitio. Pero incluso durante aquel viaje tan corto cogí un catarro de pecho, y tuvimos que quedarnos un mes allí. Fueron muy amables conmigo. Luego regresamos y he estado aquí todo este tiempo.

—¿No sales nunca? ¡No te he visto por la calle!

Maisie negó con la cabeza

—No quería salir…, por lo menos al principio. Hacía mucho frío y me encontraba mal. Y luego tampoco quería que la señorita Pelham y los demás anduvieran fisgoneando, sobre todo cuando empezó a notárseme. No quería darles esa satisfacción. —Se puso una mano en el bulto—. Y esos hombres de la asociación habían amenazado con perseguir a papá. Pensé que lo mejor era estarme aquí tranquila. No tenía intención de esconderme de ti, de verdad. ¡Te juro que no! Una vez, después de que volviéramos de Egham, llamaste a la puerta y le preguntaste al señor Blake por Jem, ¿te acuerdas? Querías saber dónde estaba, cuándo se había marchado. Te oí desde arriba, y me moría de ganas de bajar corriendo para verte. Pero pensé que sería mejor, más seguro, seguir escondiéndome, incluso de ti. Lo siento.

—Pero ¿qué haces aquí? —Maggie echó una ojeada por la ventana de atrás al estudio del señor Blake y le pareció que distinguía su cabeza, inclinada sobre el escritorio.

A Maisie se le iluminó el rostro.

—¡Toda clase de cosas! De verdad, son maravillosos conmigo. Ayudo en la cocina y con la colada; también en la huerta. Y ¿sabes? —bajó la voz—, creo que les ha venido bien tenerme, porque ahora la señora Blake dispone de más tiempo para ayudar a su marido. El señor Blake no es el mismo desde que vinieron por él la noche del alboroto. Los vecinos se portan raro con él y lo miran mal. Y él se pone nervioso y no trabaja bien. Hace falta la señora Blake para serenarlo, y conmigo aquí lo puede hacer. También ayudo al señor Blake. ¿Has visto la prensa en la habitación de delante? Pues los ayudo a él y a la señora Blake cuando la manejan. Hacemos libros, nada menos. ¡Libros! Nunca pensé que tocaría en mi vida otro libro que el de oraciones en la iglesia, y menos aún que llegaría a imprimirlos. Y la señora Blake me ha enseñado a leer…, me refiero a leer de verdad, no sólo oraciones y cosas así, ¡libros de verdad! Por la noche, a veces, leemos de un libro llamado *El paraíso perdido*. Es la historia de Satanás y de Adán y Eva, y es de lo más emocionante. No siempre lo entiendo, claro, porque trata de gente y de lugares de los que nunca he oído hablar, y utiliza palabras fuera de lo corriente. Pero es maravilloso para escucharlo.

—El peral perdido —susurró Maggie.

—Y luego a veces el señor Blake nos lee sus poemas en voz alta. Ah, eso me encanta. —Maisie hizo una pausa, recordando. Luego cerró los ojos y empezó a salmodiar:

> *Tigre altivo, ardiente luz*
> *en las selvas de la noche,*
> *¿qué manos inmortales o qué ojos*
> *tu terrible belleza concibieron?*
>
> *¿En qué abismos lejanos, en qué cielos,*
> *el fuego de tus ojos encendieron?*
> *¿Con qué atrevidas alas rompieron a volar?*
> *¿Con qué manos osadas el fuego arrebataron?*
>
> *Y cuando tu corazón empezó a latir,*
> *¿con qué torno, con qué artes,*
> *con qué mano terrible, con qué apoyo,*
> *retorcieron las fibras de tu pecho?*

—Hay más, pero eso es todo lo que recuerdo.

Maggie se estremeció, aunque hacía calor.

—Me gusta —dijo al cabo de un momento—. Pero ¿qué significa?

—Una vez le oí decir al señor Blake que era acerca de Francia. Pero a otro le explicó que era sobre el creador y la creación. —Maisie repitió la frase con la misma cadencia que debió de haber usado el señor Blake. Una punzada de celos atravesó el pecho de Maggie ante la idea de que su amiga pasase agradables veladas junto al fuego leyendo con el matrimonio o escuchando al señor Blake recitar poesía o hablar con visitantes refinados. El sentimiento se desvaneció, sin embargo, cuando Maisie se puso una mano en la espalda para aliviar la tensión del peso del bebé, lo que le recordó que, fuera cual fuese el período de gracia de que disfrutaba Maisie, no iba a durar. Un sentimiento de culpabilidad reemplazó enseguida a los celos.

—No me había dado cuenta de que —Maggie vaciló—, bueno, de que John Astley y tú habíais…, ya sabes. Pensé que te habíamos encontrado a tiempo, el señor Blake y yo. No me alejé mucho de las cuadras aquella noche. Volví lo más rápido que pude.

Los ojos de Maisie descendieron hasta el suelo, como para examinar su trabajo de acabar con las malas hierbas.

—No hizo falta mucho tiempo, al final.

—¿Lo sabe Jem? ¿Y tus padres?

El rostro de Maisie se derrumbó.

—¡No! —Empezó a llorar de nuevo, grandes sollozos que le sacudieron todo el cuerpo, dilatado por la maternidad. Maggie la rodeó con un brazo y la llevó hasta los escalones del cenador, donde dejó que Maisie descansara la cabeza en su regazo y se desahogara largo rato, llorando como llevaba meses queriéndolo hacer pero sin atreverse por respeto a los Blake.

Finalmente cesaron los sollozos y Maisie se irguió, limpiándose los ojos con el delantal. La cara se le había llenado de manchas y era más ancha y más carnosa que meses atrás. El sombrero que llevaba parecía uno viejo de la señora Blake, y Maggie se preguntó qué habría sido de su ridícula cofia de volantes.

—¿Qué vamos a hacer con esa criatura, entonces? —preguntó, sorprendiéndose acto seguido de haber usado la primera persona del plural.

Maisie no se echó a llorar de nuevo: se había librado de toda su reserva de lágrimas y estaba ya vacía y agotada.

—Mamá y papá mandan mensajes una y otra vez para que vuelva; dicen que enviarán a Jem para que me recoja. —Maggie contuvo el aliento ante la idea del regreso de Jem—. Les doy largas —continuó Maisie—, pensando que será mejor tener al niño aquí. La señora Blake ha dicho que me puedo quedar y dar a luz en su casa. Luego podría…, podría darlo en adopción y volver a casa y nadie lo sabría. Si fuese niña me bastaría con ir a la vuelta de la esquina, al asilo de huérfanas y…, y…

—¿Qué pasa si es niño?

—No…, no lo sé. —Maisie retorcía una y otra vez una esquina de su delantal—. Encontraría algún sitio para… —No pudo terminar la frase y empezó otra distinta—: Será difícil quedarse aquí, con él en la puerta de al lado. —Alzó los ojos con gesto temeroso a las ventanas de John Astley, luego volvió la cara y se caló el sombrero de manera que nadie pudiera reconocerla desde allí—. A veces oigo su voz a través de las paredes y no sabes cómo hace que me sienta… —Maisie se estremeció.

—¿Lo sabe? —Maggie hizo un gesto en dirección al vientre de su amiga.

—¡No! ¡No quiero que lo sepa!

—Pero podría ayudar…, darte algún dinero, al menos. —Incluso mientras hablaba Maggie se daba cuenta de lo improbable de semejante iniciativa por parte de John Astley—. Es una lástima que su padre no esté en Londres…, podría hacer algo por ti: después de todo se trata de su nieto.

Maisie se estremeció de nuevo al escuchar aquella palabra.

—No, no lo haría. Estoy segura. Oí lo que le decía a la señorita Devine. Ya sabes, la que bailaba en la cuerda floja. Estaba en la misma situación que yo, y por el mismo hombre. El señor Astley se portó horriblemente con ella…, la echó del circo. No me ayudaría. —Miró a la valla de ladrillo que separaba a los Blake de la señorita Pelham—. La señorita Devine fue muy amable conmigo una vez. Me pregunto qué habrá hecho.

—Eso te lo puedo decir yo —respondió Maggie—. He oído que se volvió a Escocia a tener su hijo.

—¿Eso hizo? —Maisie se animó un poco con la noticia—. ¿En serio?

—¿Es lo que quieres hacer tú, volver a Dorsetshire?

—Sí, sí, querría volver. El señor y la señora Blake han sido muy buenos conmigo, y les estoy muy agradecida, pero echo de menos a mis padres y sobre todo a Jem. Lo echo de menos horriblemente.

—Yo también —dijo Maggie sin poder contenerse, muy agradecida por haber encontrado a alguien que compartía sus sentimientos—. También yo lo echo de menos horriblemente. —Después de una pausa, añadió—: Deberías volver a casa, entonces. Tu familia te aceptaría, ¿verdad que sí?

—Eso creo. Pero ¿cómo voy a llegar hasta allí? No tengo dinero y, además, no puedo ir sola, porque el niño está casi al llegar. Y no me atrevo a pedirles nada a los Blake…, están muy ocupados estos días y, ¿sabes?, aunque vivan en una casa grande, en realidad andan muy escasos de dinero. El señor Blake no vende mucho de lo que hace porque es muy…, muy…, bueno, difícil de entender. Me parece que incluso la señora Blake no sabe a veces lo que quiere decir. ¡Ay, Maggie! ¿Qué vamos a hacer?

Maggie no escuchaba en realidad, estaba más bien pensando. Era como si tuviera delante una historia con un comienzo y un nudo muy concretos y ahora dependiese de ella que llegara felizmente a su desenlace.

—No te preocupes, Maisie —dijo—. Ya sé lo que hay que hacer.

DOS

Maggie no estaba segura de lo que podía valer una cucharita de plata para medir el té, pero sospechaba que bastaría para pagar dos pasajes en diligencia hasta Dorchester, y que aún sobraría un poco para ayudar a Maisie.

Decidió abordar a Charlie directamente. Dejó a su amiga en el jardín de los Blake y se dispuso a recorrer los locales donde iba a beber su hermano, empezando por Pineapple y Hercules Tavern, para pasar después por Crown and Cushion, Old Dover Castle y Artichoke, antes de que se le ocurriera volver a Canterbury Arms. Charlie Butterfield sentía debilidad por una de las camareras que trabajaban allí, y que, además, le había curado cuando Maggie lo llevó de vuelta del callejón del Degollado en el mes de diciembre. Canterbury Arms era una taberna que estaba discretamente en contra de la asociación: quienes trabajaban allí hacían esperar a los miembros del grupo mucho más que a los demás clientes antes de servirles, y terminaban dándoles cerveza agria. Charlie había procurado distanciarse un tanto de la asociación desde que se produjo el enfrentamiento ante la casa de los Blake.

Maggie lo encontró junto al mostrador, charlando con la chica que le gustaba.

—Tengo que hablar contigo —le dijo—. Es importante.

Charlie sonrió con suficiencia y puso los ojos en blanco mirando a la camarera, pero permitió que su hermana lo llevara a un rincón tranquilo. Desde la noche en el callejón del Degollado, se llevaban mejor, como si hubieran alcanzado un entendimiento sin necesidad de palabras, resultado del golpe de Jem y sellado al sacarlo Maggie, cubierto de sangre y mareado, de la zona oscura donde se encontraban hasta las luces de la taberna. Maggie no lo culpaba ya de lo sucedido en el callejón y él no era tan cruel con ella. De hecho, pese a lo dolorosa que le había resultado su confesión a Jem aquella noche, Maggie se había sentido después más madura y ligera, como si se hubiera quitado de encima un saco lleno de piedras.

—Necesito el dinero de la cucharita —le anunció a su hermano cuando se sentaron. Había descubierto en los últimos tiempos que con él era mejor ser directa.

Charlie alzó las cejas, las dos con cicatrices, porque el golpe de Jem había dejado su marca.

—¿Para qué lo quieres?

—Maisie. —Le explicó lo que había sucedido.

Charlie dio un golpe en la mesa con su jarra.

—Ese hijo de puta. Tendría que haberle roto los dientes aquella noche.

—Bueno, ya es demasiado tarde. —Maggie se asombraba de lo deprisa que Charlie se enfurecía por cualquier motivo. Incluso sus intentos de coquetear iban acompañados de violencia: de ordinario fanfarronadas sobre con qué pretendiente de la chica se pelearía y sobre la eficacia de sus puñetazos.

Charlie se recostó en el asiento y bebió un buen trago de cerveza.

—De todos modos, ahora no tengo el dinero.

—Consíguelo.

Cuando él se rió, Maggie repitió la frase.

—Consíguelo, Charlie. Me da igual cómo lo hagas, pero lo quiero mañana o pasado. Por favor —añadió, aunque eran unas palabras de poco valor para su hermano.

—¿Por qué tanta prisa? Maisie ha pasado aquí todos estos meses: podrá esperar un poco más.

—Quiere tener al niño en su pueblo. Le apetece que sea una criatura del valle del Piddle, que Dios la ayude.

—De acuerdo. Dame un día o dos y te conseguiré lo que necesitas para pagar la diligencia.

—Y un extra para Maisie.

—Y el extra. —Aunque a Charlie ya no le interesaba Maisie (ver la boca de John Astley en su pecho le había curado de su debilidad), el recuerdo de su atractivo parecía animarlo a ser generoso por una vez.

—Gracias, Charlie.

Su hermano se encogió de hombros.

—Una cosa más: no se lo digas a nuestros padres. No lo entenderían, y tratarían de impedírmelo, dirían que es tirar el dinero y que no es asunto mío. Se lo puedes contar cuando ya no esté: adónde he ido y por qué.

Charlie asintió con la cabeza.

—Y cuándo volverás.

TRES

Acto seguido Maggie reservó dos asientos en la diligencia Londres-Weymouth que salía al cabo de dos días, con la esperanza de que Charlie consiguiera el dinero a tiempo. Luego fue a visitar a los Blake para contárselo, porque no quería que Maisie se fuese sin decir nada después de todo lo que habían hecho por ella. La señora Blake pareció darse cuenta de que el motivo de su visita era serio, porque la llevó a la sala de estar del piso alto, que Maggie no conocía. Mientras la señora Blake se marchaba para ir a buscar a su marido y un poco de té, Maggie examinó las paredes, llenas de cuadros y grabados, en su mayoría del señor Blake. Hasta entonces sólo había visto muy por encima los dibujos de su cuaderno de notas, o de alguna página de un libro.

Los cuadros eran en su mayor parte de gente, algunas personas estaban desnudas, muchas llevaban unas túnicas que se les pegaban de tal manera al cuerpo que les hacía parecer desnudos de todas formas. Caminaban o estaban tumbados en el suelo, o se miraban, y muy pocos parecían felices o contentos, a diferencia de las figuras que Maggie había visto en *Cantos de inocencia*; se los veía, por el contrario, preocupados, aterrados, furiosos. Maggie sintió como un nudo en la garganta la ansiedad que le producían, pero no podía dejar de mirarlos, porque le recordaban ecos de sentimientos y restos de sueños, como si su cabeza fuese un escondrijo en el que el señor Blake se hubiera metido a gatas y hubiera hurgado antes de sacar a medias su contenido.

Cuando entraron los Blake Maisie venía con ellos, aunque era la señora Blake quien llevaba la bandeja con una tetera y una taza que colocó

334

en una mesa auxiliar junto al sillón en donde el señor Blake le indicó a Maggie que se sentara. Como no estaba segura de si tenía que servirse el té ella misma, se abstuvo, hasta que la señora Blake se apiadó y le llenó la taza.

—¿Usted no se sirve, señora? —preguntó Maggie.

—No, no; el señor Blake y yo no tomamos té; es sólo para nuestros invitados.

Maggie contempló el líquido marrón, demasiado cohibida para llevárselo a los labios.

El señor Blake puso fin al incómodo momento inclinándose hacia delante en el sillón opuesto y clavando en ella sus grandes ojos llenos de vida, ojos que Maggie reconoció ahora que estaban presentes en muchos de los rostros de los cuadros en las paredes, y sintió como si hubiera en la habitación una docena de pares de ojos de William Blake, todos ellos observándola.

—Vamos a ver, Maggie —dijo—. Kate me ha dicho que querías hablar con nosotros.

—Sí, señor Blake. —Maggie miró de reojo a Maisie, de pie apoyada en la puerta, y observó que los ojos se le estaban llenando ya de lágrimas aunque ni siquiera había empezado a hablar de ella. Luego explicó su plan a los Blake. La escucharon cortésmente, el señor Blake sin dejar de mirarla, la señora Blake con los ojos clavados en la chimenea apagada, porque ahora, en verano, no era necesario encender el fuego.

Cuando Maggie terminó —y no tardó mucho en contarles que acompañaría a Maisie en la diligencia a Dorsetshire, y que se marcharían al cabo de dos días—, el señor Blake asintió con la cabeza.

—Bien, Maisie, Kate y yo sabíamos que acabarías por dejarnos, ¿no es cierto, Kate? Necesitarás el dinero para pagar la diligencia, ¿no es eso?

La señora Blake cambió de postura, y movió una mano entre los pliegues de su delantal, pero no dijo nada.

—No, señor Blake —anunció Maggie con orgullo—. Eso ya está resuelto. Dispongo del dinero. —Nunca había podido decir algo así sobre una cantidad tan importante como dos libras para los pasajes de la diligencia. Muy pocas veces había tenido más de seis peniques en el bolsillo; incluso el dinero de la mostaza y del vinagre había ido directamente a sus padres, excepto uno o dos peniques. El lujo de poder rechazar el ofrecimiento del señor Blake era una satisfacción que saborearía durante mucho tiempo.

—Bien, hija mía, si esperas un momento, voy a traerte algo de abajo. Sólo será un minuto, Kate. —El señor Blake se puso en pie de un salto y había salido por la puerta casi antes de que Maisie pudiera apartarse, dejando a las dos chicas con la señora Blake.

—Bébete el té, Maggie —dijo amablemente; y ahora, sin la mirada persistente del señor Blake fija en ella, Maggie descubrió que ya podía hacerlo.

—¿De verdad puedes pagar la diligencia? —Maisie se había arrodillado a su lado.

—Claro que sí. He dicho que lo voy a hacer, ¿no es cierto? —Maggie no añadió que aún estaba esperando a que Charlie le diera el dinero.

La señora Blake recorría las paredes enderezando grabados y pinturas al óleo.

—Tendréis cuidado, hijas mías, ¿verdad que sí? Si empiezas a sentirte mal o tienes dolores, Maisie, haz que el cochero se pare.

—Sí, señora Blake.

—¿Ha viajado muchas veces en diligencia, señora Blake? —preguntó Maggie.

La señora Blake rió entre dientes.

—Apenas hemos salido de Londres, cariño.

—¡Oh! —A Maggie nunca se le había ocurrido que pudiera estar haciendo algo que los Blake, personas más experimentadas, desconocían.

—Hemos paseado por el campo, claro está —continuó la señora Blake, limpiando con la mano el respaldo del sillón del señor Blake—. Algunas veces distancias largas. Pero nunca más allá de medio día de viaje desde Londres. No me imagino lo que pueda ser alejarse tanto de lo que uno conoce. El señor Blake lo sabe, claro, porque viaja por todas partes con su imaginación. De hecho está siempre en algún otro sitio. A veces lo veo muy poco. —Dejó que sus dedos descansaran en lo alto del respaldo del sillón.

—Es duro —murmuró Maisie— estar en un sitio y pensar tanto en otro. —Las lágrimas empezaron a correrle por las mejillas—. Me voy a alegrar muchísimo de volver a ver el valle del Piddle, aunque la gente de allí piense lo que quiera cuando me vean. —Rápidamente se secó los ojos con una esquina del delantal al oír pasos en la escalera.

El señor Blake se presentó con dos paquetitos muy delgados, idénticos, envueltos en papel marrón y atados con bramante.

—Uno es para ti y el otro para Jem cuando lo veas —dijo—. Por ayudarme cuando más lo necesitaba. —Mientras le entregaba los paquetes, Maggie oyó como la señora Blake dejaba de respirar por un momento.

—¡Muchas gracias, señor Blake! —susurró Maggie, turbada, mientras sostenía uno en cada mano. No recibía muchos regalos, y desde luego no de personas como el señor Blake; no estaba segura de si debía abrirlos en aquel momento o más tarde.

—Cuídalos bien, cariño —dijo la señora Blake con voz tensa—. Son muy valiosos.

Aquello decidió a Maggie: no los abriría aún. Juntándolos, se los deslizó en el bolsillo de su delantal.

—Muchas gracias —repitió, sintiendo deseos de llorar, pero sin saber por qué.

CUATRO

Otra sorpresa aguardaba a Maggie en la calle. Ahora que los Kellaway ya no vivían en la casa de Hercules Buildings, apenas se molestaba en mirarla cuando pasaba por delante. Esta vez, sin embargo, oyó que la señorita Pelham alzaba la voz y miró para ver quién era el destinatario de sus malos modos. Se trataba de una chica de la edad de Maisie, de aspecto descuidado, y una falda de satén con varios desgarrones que se tensaba sobre el bulto de la tripa, sólo un poco más pequeño que el de Maisie.

—¡Vete de aquí! —gritaba la señorita Pelham—. ¡Sal de mi jardín! Esa familia no me dio más que disgustos mientras vivió en esta casa e incluso ahora, vaya por Dios, siguen arrastrando mi buen nombre por el barro. ¿Quién te dijo que vinieras aquí, vamos a ver?

Maggie no consiguió oír la respuesta de la interpelada, pero la señorita Pelham le proporcionó enseguida la información.

—Voy a tener unas palabras con John Astley. ¡Con qué derecho se atreve a enviarme a una pelandusca como tú! ¡Su padre no se atrevería a hacer una cosa así! ¡Vamos, márchate! ¡Te digo que te vayas!

—Pero ¿qué hago ahora? —gimió la muchacha—. ¡Nadie me acepta así! —Al darse la vuelta delante de la puerta de la señorita Pelham, Maggie pudo examinarla mejor y, aunque sólo la había visto una vez, reconoció el pelo pajizo, el rostro pálido y el patetismo inconfundible de Rosie Wightman, la amiga de Maisie y de Jem y nacida, como ellos, en Dorsetshire.

—¡Rosie! —le susurró Maggie cuando la chica llegó a la cerca del jardín. Rosie la miró perpleja, incapaz de reconocer el rostro de Maggie entre la larga sucesión de personas con las que se había relacionado a lo largo de los meses desde su brevísimo encuentro—. Rosie, ¿buscas a Maisie Kellaway? —insistió Maggie.

El rostro de Rosie se iluminó.

—¡Sí, sí! —exclamó—. Me dijo que viniera al circo, y es lo que acabo de hacer, pero allí ya no hay ningún Kellaway. Y no sé a quién dirigirme.

La señorita Pelham acababa de ver a Maggie.

—¡Tú! —graznó—. No me sorprende nada verte merodeando con gente de mala vida. ¡Un buen ejemplo de lo que acabarás siendo!

—Chssst —susurró Maggie. Los viandantes empezaban a fijarse en ellas, y Maggie no quería atraer la atención sobre otra joven embarazada.

Nadie, sin embargo, podía silenciar a la señorita Pelham.

—¿Estás diciendo que me calle, granuja? —exclamó, alzando la voz casi como si cantara—. ¡Voy a hacer que te detengan y te den una lección hasta que te arrepientas de estar viva! ¡Voy a hacer…!

—Sólo decía chssst, señora —la interrumpió Maggie, hablando muy alto y pensando deprisa—, porque estoy segura de que no querrá llamar la atención más de lo que ya lo ha hecho. Acabo de oír a alguien decirle a otra persona que tenía usted una visita, su sobrina. —Señaló a Rosie Wightman con la cabeza. Un individuo con una cesta de gambas en la cabeza se detuvo al oír las palabras de Maggie y miró desvergonzadamente a la señorita Pelham y a Rosie.

—¡Se le parece muchísimo, señora! —dijo, para regocijo de Maggie y horror de la señorita Pelham. Esta última miró asustada a su alrededor para ver si alguien más había oído aquello y acto seguido entró en su casa a toda prisa dando un portazo.

Volviéndose satisfecha, Maggie contempló a su segunda sorpresa y suspiró.

—Dios misericordioso, Rosie Wightman, ¿qué vamos a hacer contigo?

Rosie la miró feliz. Le bastaba con haber llegado hasta allí, aunque fuese diez meses después de cuando Jem y Maisie la esperaban. Al igual que con los hombres con los que se relacionaba, desde el momento en que una línea de actuación se ponía en marcha, no tenía inconveniente en rendirse.

—¿Tienes algo de comer? —bostezó—. Estoy hambrienta.

—Santo cielo —suspiró Maggie de nuevo antes de coger a Rosie del brazo para llevársela al número 13 de Hercules Buildings.

CINCO

No era frecuente que los Butterfield se sentaran juntos a cenar. Para Maggie era un milagro que sucediera precisamente un día antes de salir en la diligencia de Weymouth. Tal como lo habría planeado si hubiese creído que estaba en su mano conseguirlo. De hecho lo que esperaba era sencillamente irse pronto a la cama y escabullirse, para recoger a las chicas, antes de que amaneciera. Por si las necesitaba, había preparado un par de disculpas para explicar por qué no podría acompañar a su madre a una colada nocturna (una antigua compañera de la fábrica de vinagre le había pedido que la sustituyese al día siguiente) o a su padre a la taberna (le dolía la tripa). Al final no necesitó ninguna de las dos: Bet Butterfield no tenía colada aquella noche, y Dick anunció que se quedaba en casa y que esperaba cenar empanada de carne con riñones.

La empanada hizo que Charlie apareciera olisqueando y los empujó a todos a la mesa, alrededor de la bandeja que Bet Butterfield colocó en el centro. Durante unos minutos todos zamparon sin hablar.

—Ah —suspiró Dick Butterfield después de unos cuantos bocados—. Perfecto, paloma mía. Podrías cocinar para el rey.

—Me conformaría con lavarle las sábanas —replicó Bet—. Piensa en los buenos cuartos que deben de ganar las lavanderas de palacio, ¿eh, Dick?

—¿Qué te pasa, Mags? No estás comiendo la empanada que tu madre ha preparado con tanto cariño. ¿Es eso gratitud?

—Lo siento, mamá. Me duele un poco la tripa. —Maggie utilizó una de sus mentiras de todos modos. Le costaba trabajo tragar, porque los nervios con motivo del viaje del día siguiente le habían puesto el estómago de punta. Que su madre hablara de dinero hizo que aún se sintiera peor: no dejaba de lanzar miradas a Charlie, que no le había dado el dinero de la cucharilla de plata. Todavía confiaba en conseguirlo si hacía después un aparte con él. Ahora su hermano disfrutaba ignorándola al tiempo que alargaba la mano para coger otro trozo de empanada.

—Vaya, eso sí que es una lástima —dijo Dick Butterfield—. Quizá se te pase luego.

—Quizá. —Maggie miró de nuevo a Charlie. Su hermano estaba chupando un trozo de sebo y la grasa hacía que le brillaran los labios. Maggie sintió deseos de abofetearlo.

Charlie le sonrió.

—¿Qué te sucede, Mags? ¿No estaré haciendo que te sientas mal, verdad? ¡Pobrecilla!

—Cállate —murmuró Maggie, asustada ya por el humor de Charlie, que le hacía temer lo peor en cuanto a la posibilidad de que cumpliera su promesa.

—¿Se puede saber qué pasa? —dijo Dick Butterfield—. Nada de pelearse, vosotros dos. Vamos a cenar en paz.

Cuando hubieron terminado, Dick Butterfield se recostó en el asiento y se limpió los labios con la manga.

—Mañana voy a Smithfield's —anunció—. A ver a alguien por unos corderos que llegan de…, ¿de dónde vienen, Charlie?

—Dor-set-shire —respondió Charlie, separando mucho las sílabas.

A Maggie se le cerró tanto la garganta que no podía hablar.

—¿Quieres venir, Mags? —Los ojos de Dick Butterfield se posaron sobre ella—. Es más fácil dejar que Dorsetshire venga a ti que ir tú a Dorsetshire, ¿no te parece?

—¡Charlie, malnacido! —consiguió decir Maggie, convencida ya de que nunca había tenido intención de darle el dinero de la cucharilla.

—Vamos, Mags —intervino Dick Butterfield—, no culpes a tu hermano. Sólo cuida de ti. ¿No creerías que Charlie iba a dejar que te marcharas de Londres sin decírmelo?

—Por favor, papá. Sólo trato de ayudarla.

—A quien mejor puedes ayudar es a tu madre con sus coladas, en lugar de corretear por Dorsetshire buscando a ese chico, con la excusa de ayudar a su hermana.

—¡No es eso lo que estoy haciendo! Sólo quiero llevarla a casa, que es donde quiere estar, salir de esta…, ¡de esta cloaca!

Dick Butterfield rió entre dientes.

—Si te parece que esto es una cloaca, hija mía, espera a llegar al campo. Pasan cosas tan malas allí como aquí; peores, a veces, porque allí no hay tanta gente pendiente de ti. Olvidas que tu madre y yo venimos del campo; sabemos de lo que hablamos, ¿no es cierto, Bet?

La madre de Maggie había permanecido en silencio durante aquella conversación, concentrada en quitar la mesa. Alzó los ojos brevemente del último trozo de empanada que estaba trasladando al aparador.

—Es cierto, tesoro —concedió, la voz incolora.

Maggie estudió el rostro de su madre, y encontró en su ceño fruncido una chispa de esperanza, incluso mientras su padre decía:

—Te vas a quedar con nosotros, Mags. Eres una chica de Londres, como muy bien sabes. Donde tienes que estar es aquí.

Maggie pasó despierta casi toda la noche, pensando en maneras de conseguir aún el dinero que necesitaba para el viaje. Entre ellas figuraba vender —si es que eran tan valiosos— uno de los regalos del señor Blake, aunque no le gustaba nada la idea.

Luego sus esperanzas se concretaron. Después de quedarse dormida de puro cansancio, Maggie se despertó para encontrar a Bet sentada en su cama.

—Chssst. No queremos despertar a nadie. Haz el favor de vestirte y prepararte para tu viaje. Sin hacer ruido. —Su madre hizo un gesto hacia la otra cama, donde Charlie dormía a pierna suelta.

Maggie se cambió rápidamente y reunió las pocas cosas que iba a necesitar, asegurándose sobre todo de que los paquetes del señor Blake estaban a buen recaudo en su bolsillo.

Cuando se reunió con su madre en la cocina, Bet le pasó una bolsa con pan y los restos de la empanada y un atadijo, hecho con un pañuelo, con monedas dentro.

—Me parece que con esto llegarás a Dorsetshire —susurró—. Son unos chelines que he ahorrado durante los últimos meses, lo que he ganado con los botones y algunas cosas más. Como me has estado ayudando, parte del dinero es tuyo. Así lo veo yo. —Lo dijo como si estuviera ensayando sus argumentos en la discusión que tendría al día siguiente con su marido cuando descubriera que Maggie y el dinero habían volado.

—Gracias, mamá. —Maggie abrazó a Bet—. ¿Por qué lo haces?

—Le debo algo a esa chica; no debí permitir que se metiera en la situación en la que está. Llévala a su casa sana y salva, eso es lo que tienes que hacer. Y vuelve, hazme el favor.

Maggie abrazó de nuevo a su madre, inhalando su olor a empanada y a lavandería, y luego se escabulló mientras aún se mantenía su buena suerte.

SEIS

ás adelante, Maggie recordaría todos y cada uno de los momentos de su viaje a Dorsetshire y, mucho después, aún le gustaba recorrer de nuevo el trayecto con la imaginación. El dinero de Bet Butterfield cubrió sólo dos asientos dentro de la diligencia, y fue necesario un gran ejercicio de persuasión para que el cochero permitiese que Maggie se sentara a su lado en el pescante por una tarifa reducida. Se convenció finalmente, dado el estado de Maisie y de Rosie, cuando Maggie afirmó que era partera y que si no la dejaba acompañarlas quizá tuviera que encargarse él de traer al mundo a las dos criaturas.

Maisie y Rosie causaban sensación dondequiera que iban: en las posadas donde se cambiaban los caballos, en las mesas donde comían, en las calles donde se turnaban para estirar las piernas, en la diligencia misma, siempre llena de pasajeros. Una joven embarazada era algo bastante corriente, pero al tratarse de una pareja, la doble dosis de fertilidad llamaba la atención, ofendiendo a algunos, alegrando a otros. Maisie y Rosie estaban tan contentas de disfrutar de su mutua compañía que apenas eran conscientes de las críticas y las sonrisas, se acurrucaban juntas en la diligencia, se decían cosas al oído y reían tontamente en la calle. No había por tanto ningún inconveniente en que Maggie se sentara en el pescante. Desde allí, además, tenía una vista mucho mejor del intenso colorido del paisaje del sur de Inglaterra, tan desconocido para ella.

La primera etapa no fue demasiado sorprendente, por cuanto la diligencia atravesó una sucesión de pueblos que seguían de cerca el Támesis y miraban hacia Londres para sus operaciones vitales: Vauxhall, Wandsworth, Putney, Barnes, Sheen. Sólo a partir de Richmond y del primer cambio de caballos sintió Maggie de verdad que habían salido de Londres. La tierra se abría en largas colinas suaves, con un ritmo visual desconocido para alguien acostumbrado a las reducidas perspectivas de las calles de una gran ciudad. Al principio, fascinada, sólo podía mirar —por encima de las sucesivas hileras de colinas— al horizonte, que estaba más lejos de todo lo que había tenido ocasión de ver hasta entonces. Después de acostumbrarse a aquella espaciosa novedad, fue capaz de centrarse en el paisaje que le quedaba más cerca, de asimilar los campos divididos por setos, las ovejas y las vacas diseminadas aquí y allá, y las casas con techo de bálago, cuyas curvas greñudas le hacían reír. Cuando por fin se detuvieron para cenar en Basingstoke, estaba ya preguntándole al cochero los nombres —por los que no había sentido hasta entonces el más mínimo interés— de las flores a los lados del camino.

El viaje habría sido del todo abrumador para una chica de Londres si no hubiera estado subida en el agitado pescante, distanciada de lo que veía, pasando por el paisaje pero sin relacionarse con él. Maggie se sentía segura donde estaba, apretada entre el cochero y el mozo de caballos, y le encantó, minuto a minuto, todo el tiempo que pasó en la diligencia, incluso cuando empezó a llover a media tarde y el sombrero del cochero le goteaba directamente sobre la cabeza.

Pasaron la noche en una posada de Stockbridge. Maggie durmió poco, porque era un lugar ruidoso, al que continuaron llegando diligencias hasta medianoche y que mantuvo el comedor abierto hasta mucho más tarde. Compartir cama con dos embarazadas supuso que una u otra estuvieran todo el tiempo levantándose para usar el orinal. Maggie, por añadidura, siempre había dormido en su casa, con la sola excepción, durante unos pocos días, del cenador de los Blake. No estaba acostumbrada a un lugar tan público para dormir, con otras tres camas en la habitación y mujeres entrando y saliendo durante toda la noche.

Estar tumbada y quieta después de un día de ajetreo le permitió pen sar por fin en lo que estaba haciendo y eso hizo que se preocupara. En primer lugar, le quedaba muy poco dinero. La cena en la posada les había costado media corona a cada una, con un chelín más para el camarero, y nuevos gastos que no cesaban de aparecer: seis peniques para la camarera que les había mostrado su habitación y les había dado una sábana y mantas, dos peniques para el chico que aseguró tener que limpiarles las botas, un penique para el mozo que insistió en subirles los bultos al cuarto, algo que podrían haber hecho ellas sin dificultad porque tenían muy poco equipaje. Con su escasa reserva de peniques y chelines disminuyendo rápidamente, a Maggie no le iba a quedar nada para cuando llegasen al valle del Piddle.

Pensó también en su familia: en lo mucho que se enfadaría su padre al descubrir que se había escapado, cuánto tendría que sufrir su madre a manos de Dick Butterfield por haberla ayudado. Sobre todo se preguntaba dónde estaría Charlie en aquel momento, y si la encontraría en el futuro y la castigaría por haberse vengado de él. Aquella mañana, cuando las tres viajeras habían llegado a White Hart, una taberna en Borough High Street, de donde salía la diligencia para Weymouth, Maggie había encontrado a un militar, hizo un aparte con él y le contó que en el número 6 de Bastille Row había un joven con energías más que suficientes para luchar con los franceses. El militar prometió visitar enseguida la casa —el ejército buscaba siempre jóvenes como él para mandarlos a la guerra— y dio un chelín a su informante. No era nada comparado con el dinero de la cucharita de plata que su hermano nunca le había devuelto, pero igual de satisfactorio, sobre todo si se pensaba en Charlie embarcado con destino a Francia.

Por la mañana, aunque con la ropa todavía húmeda por la lluvia de la víspera, Maggie estaba mucho más deseosa de seguir viaje que Maisie y Rosie, cansadas, picadas por las chinches, y doloridas por los traqueteos de la diligencia. Maisie en particular estuvo callada durante el precipitado desayuno de pan y cerveza, y se quedó en la diligencia durante los sucesivos cambios de caballos. Apenas probó bocado en Blandford, lo que resultó muy conveniente porque Maggie sólo tenía dinero para una cena, a dividir entre las embarazadas, mientras ella se contentaba con la empanada de su madre.

—¿Estás bien? —le preguntó a Maisie cuando ésta le pasó el plato a Rosie, que procedió a comerse encantada el resto de las patatas y la col que su amiga no había tocado.

—El niño me pesa mucho —replicó Maisie. Tragó saliva—. ¡Ay, Maggie, no me puedo creer que vaya a estar en casa dentro de unas horas! ¡En casa! Me parece que hace siglos que no he visto Piddletrenthide, aunque sólo haya pasado un año y pico.

A Maggie se le hizo un nudo en el estómago. Hasta entonces había disfrutado tanto del viaje que conseguía olvidar hacia dónde las llevaba la diligencia. Ahora se preguntó cómo sería en la realidad volver a ver a Jem, porque el hermano de Maisie conocía su secreto más oscuro y había manifestado de manera inequívoca lo que pensaba. No tenía ninguna seguridad de que Jem quisiera verla.

—Maisie —empezó—, quizá…, bueno, ¿ya no falta mucho, no es eso?

—No; no falta mucho. Nos dejarán en Piddletown, como a unos diez kilómetros de aquí. Desde allí podemos ir andando…, otros ocho kilómetros, más o menos.

—En ese caso, podéis seguir las dos sin mí. Me quedaré aquí y cogeré la diligencia cuando venga de vuelta. —Maggie no le había contado a Maisie sus problemas económicos, pero al advertir la importancia de Blandford, una ciudad con mucho movimiento, la mayor que habían cruzado desde Basingstoke, pensó que podría encontrar trabajo en algún sitio por poco tiempo y ganar dinero para el viaje. No podía ser tan duro hacer de criada en una posada de posta, decidió.

Maisie, sin embargo, se agarró del brazo de Maggie.

—¡No, no! ¡No nos puedes dejar! ¡Te necesitamos! ¿Qué haríamos sin ti? —Incluso Rosie, siempre tan pasiva, se alarmó. Maisie bajó la voz—. Por favor, no nos abandones, Maggie. De verdad…, creo que el niño llegará muy pronto. —Incluso mientras lo decía se estremeció, el cuerpo tenso y rígido, como si tratara de reprimir un dolor profundo.

Maggie abrió mucho los ojos.

—¡Maisie! —susurró—. ¿Desde cuándo te pasa?

Maisie la miró asustada.

—Desde esta mañana —dijo—. Pero todavía es poca cosa. Por favor, ¿podemos seguir adelante? ¡No quiero tenerlo aquí! —Miró a su alrededor, a la posada ruidosa, siempre en movimiento, sucia—. Quiero llegar a casa.

—Bueno; al menos no estás aún en la etapa de los gritos —decidió Maggie—. Puede que tardes horas todavía. Vamos a ver cómo seguimos.

Maisie le apretó la mano agradecida.

Maggie no disfrutó de la última etapa del viaje en diligencia, preocupada por el estado de Maisie dentro del carruaje, pero reacia a pedirle al cochero que parase para comprobar cómo iba. Imaginaba que Rosie daría golpes en el techo si algo iba mal. Y el paisaje que los rodeaba, pese al verdor de los campos, al agradable movimiento de colinas y valles, al brillante cielo azul y el sol que iluminaba prados y setos, le parecía amenazador ahora que sabía lo pronto que iba a tener que atravesarlo a pie. Empezó a notar que había muy pocas casas. ¿Qué vamos a hacer?, pensó. ¿Y si Maisie tuviera al bebé en medio del campo?

SIETE

Piddletown era un pueblo grande, con varias calles en las que se alineaban casas con techo de bálago, un puñado de tabernas y la plaza del mercado, que fue donde se apearon de la diligencia. Maggie se despidió del cochero, que le deseó buena suerte, aunque luego se echara a reír mientras hacía restallar el látigo junto a la cabeza de los caballos. Cuando la diligencia se marchó, llevándose consigo el bamboleo, el estruendo y el traqueteo que las había acompañado durante el último día y medio, las tres jóvenes se quedaron mudas. A diferencia de Londres, donde la mayoría de los viandantes ni siquiera repararían en ellas, a Maggie le pareció que allí todo el mundo miraba a las recién llegadas.

—Rosie Wightman, ¡parece que no has perdido el tiempo en Londres! —comentó una joven apoyada contra una casa con un cesto de panecillos. A Rosie, que había tenido muchas razones para llorar en los dos años transcurridos desde que abandonara el valle del Piddle aunque nunca lo hubiera hecho, se le saltaron las lágrimas.

—¡Déjala en paz, zorra patizamba! —gritó Maggie. Para sorpresa suya, la otra respondió con una risotada. Maggie se volvió hacia Maisie en busca de una explicación.

—No te entiende —le dijo Maisie—. No están acostumbrados a las maneras de Londres. Déjala. —Tiró a Maggie de la manga para apartarla de las risas que se habían extendido a otros mirones—. Da lo mismo. La gente de Piddletown siempre se ríe de nosotros. Vamos. —Las condujo calle arriba y en pocos minutos salieron del pueblo y tomaron una senda en dirección noroeste.

—¿Seguro que quieres irte de aquí? —preguntó Maggie—. Si necesitas pararte y tener al niño, ahora es el momento de decirlo.

Maisie negó con la cabeza.

—No quiero que nazca en Piddletown. Y estoy bien. Se me ha pasado el dolor. —De hecho cogió decidida la mano de Rosie y las dos echaron a andar, agitando los brazos hacia delante y hacia atrás, por el familiar paisaje de colinas que las llevaría al interior del valle del Piddle. Enseguida empezaron a señalarse hitos del paisaje la una a la otra y a hacer cábalas sobre distintos habitantes de su pueblo, como ya habían hecho todo el tiempo durante los últimos días.

Al principio las colinas se prolongaban mucho y ascendían suavemente, con un amplio cielo por encima de ellas, semejante a un cuenco azul cabeza abajo, y con una vista, durante kilómetros y kilómetros, de crestas verdes y marrones divididas por bosques y setos. El camino seguía recto junto a un seto alto, con matas irregulares de perifollo oloroso que les llegaban a la altura del hombro. Hacía calor y no soplaba el aire, y como el sol caía con fuerza, los insectos zumbaban invisibles y hacían ruidos secos y los perifollos flotaban a su lado. Maggie empezó a tener la sensación de formar parte de un sueño. No había ni ovejas ni vacas en los campos cercanos, ni tampoco gente. Giró por completo sobre sí misma y no consiguió ver ni una casa, ni un establo, ni un arado, ni un abrevadero; ni siquiera una valla. Aparte del camino con sus rodadas, no había nada para indicar que existiera gente y, menos aún, que viviese allí. Tuvo una repentina imagen suya en aquel lugar —tal como podría verla un pájaro que volase muy alto—, convertida en una manchita solitaria de color blanco entre el verde y el marrón y el amarillo. El vacío la asustó: sintió que el miedo se apoderaba de su estómago y le subía por el pecho hasta la garganta, donde se hizo fuerte y amenazó con estrangularla. Se detuvo, tragó saliva, e intentó llamar a las chicas que se alejaban cada vez más camino adelante.

Cerró los ojos y respiró hondo, mientras oía en su interior unas palabras de su padre: «Serénate, Mags. Ésa no es manera de comportarse». Al abrir de nuevo los ojos vio una figura que bajaba de la colina situada frente a ellas. El alivio que la inundó quedó empañado por una nueva preocupación, dado que, como Maggie sabía demasiado bien, un único hombre podía ser el peligro que hacía tan amenazadora la soledad. Se apresuró a alcanzar a sus dos compañeras, que también habían reparado en el caminante. Ninguna de las dos parecía preocupada y, de hecho, estaban acelerando el paso.

—¡Es el señor Case! —exclamó Maisie—. Debe de volver de los Piddles. ¡Buenas tardes! —Le saludó agitando el brazo.

Llegaron a su altura en la parte más baja del valle, justo al lado de un arroyo que corría en la división entre dos campos. El señor Case era más o menos de la edad de Thomas Kellaway, alto, nervudo, con un bulto a la espalda y la zancada larga, uniforme, de alguien que pasa buena parte de su tiempo caminando. Alzó las cejas al reconocer a Maisie y a Rosie.

—¿Volvéis a casa las dos? —preguntó—. No he oído nada sobre eso en los Piddles. ¿Os están esperando?

—No; no saben nada.

—¿Vuelves para quedarte? —le preguntó a Maisie—. Hemos echado de menos tu buena mano. Tengo clientes que piden precisamente los botones que haces tú, ¿sabes?

Maisie se ruborizó.

—Se burla usted de mí, señor Case.

—Tengo que seguir, pero te veré el mes que viene, ¿de acuerdo?

Maisie asintió con la cabeza y su interlocutor continuó por la senda que las tres acababan de recorrer.

—¿Quién era? —preguntó Maggie, siguiéndolo con la vista.

La expresión de Maisie era de afecto, agradecida porque el señor Case no había dicho nada ni había manifestado sorpresa alguna por su embarazo.

—El agente que nos compra los botones; viene a recogerlos todos los meses. Ahora va camino de Piddletown. Había olvidado que es hoy el día que pasa. ¡Es extraño lo deprisa que se olvidan las cosas!

Las chicas tardaron mucho en subir la colina, jadeantes, lanzando resoplidos y deteniéndose con frecuencia. Maggie se encargaba ya de llevarles su modesto equipaje. Mientras descansaban vio la reveladora crispación y el apretar de dientes de Maisie, pero decidió no comentarlo. Pudieron apresurar la marcha al descender la colina antes de subir más despacio la cuesta siguiente. Con aquel sistema de frenar y avanzar hicieron su camino por el valle del Piddle, y Maggie descubrió que el arroyo que cruzaban una y otra vez era el río del mismo nombre, reducido a un hilo de agua por el calor del pleno verano. Aquella noticia le devolvió en parte su antiguo sentido del humor.

—Río. ¡Un río! ¡Podrías meter un centenar de Piddles en el Támesis! —se jactó mientras saltaba sobre una piedra para cruzarlo en dos zancadas.

—¿Cómo piensas que me sentí al ver el Támesis por primera vez? —replicó Maisie—. ¡Me pareció que lo inundaba todo!

Al fin coronaron una colina y descubrieron que el camino que seguían se cruzaba con una carretera propiamente dicha; siguiéndola llegaron a un grupo de casas en torno a una iglesia con una torre cuadrada, uno de cuyos lados estaba bañado de luz dorada por el sol poniente.

—¡Al fin! —dijo Maggie llena de entusiasmo para ocultar su nerviosismo.

—No del todo —la corrigió Maisie—. Estamos en Piddlehinton, antes de Piddletrenthide. Es un pueblo largo, de todos modos, pero no tardaremos mucho en llegar al nuestro. —Agarrada a la escalerita que hacía función de portillo para atravesar una cerca, se sentó en un peldaño, gimiendo débilmente.

—No te preocupes, Maisie —dijo Maggie, dándole palmaditas en el hombro—. Encontraremos enseguida alguien que te ayude.

Cuando pasó la contracción, Maisie se irguió y volvió con paso decidido a la carretera. Rosie la siguió, menos segura.

—Escucha, Maisie, ¿qué van a decir de nosotras..., de nuestro...? —Bajó los ojos hacia el bulto.

—No es mucho lo que podemos hacer ya sobre eso, ¿no te parece? Camina con la cabeza bien alta. Vamos..., cógete de mi brazo. —Maisie pasó el suyo por el interior del de su amiga al entrar en Piddlehinton.

OCHO

Mientras caminaban por la senda donde se habían encontrado con el señor Case, sólo vieron a un hombre con sus ovejas en una colina distante y a otro con un caballo y un arado. Por la carretera propiamente dicha el tráfico era más abundante: peones que volvían de los campos, jinetes de camino hacia Dorchester, un granjero que llevaba sus vacas al establo, niños que volvían corriendo a casa después de jugar por la tarde en el río. Las dos embarazadas trataron de mezclarse con los demás, con la esperanza de no llamar la atención, pero era imposible, por supuesto. Incluso antes de que alcanzaran la primera casa del pueblo, empezaron a aparecer niños y a seguirlas. Todas las veces que tenían que detenerse para esperar a Maisie, los pequeños también se paraban, a cierta distancia.

—Seguro que no han tenido tantas emociones en toda la semana —señaló Maggie—. En todo el mes, incluso.

Al acercarse a New Inn —la primera taberna del pueblo— una mujer las llamó desde la puerta de su casa.

—¿No eres Maisie Kellaway? No sabía que volvías ahora a casa. Y en esas condiciones.

Maisie se estremeció, pero se vio obligada a detenerse en seco por una nueva contracción.

—Tú también, Rosie Wightman —añadió la mujer—. Habéis estado muy ocupadas en Londres, ¿no es eso?

—¿Podría ayudarnos, señora? —la interrumpió Maggie, tratando de no dejarse llevar por el mal genio—. Maisie va a parir de un momento a otro.

354

La mujer estudió a Maisie. Tras ella aparecieron dos niños pequeños, mirando a hurtadillas a las recién llegadas.

—¿Dónde está su marido? ¿Y el de la otra?

Se produjo un silencio durante el cual Maisie abrió la boca y luego la cerró; la habilidad adquirida en Londres para mentir parecía haberla abandonado.

Maggie tuvo menos problemas.

—En Francia —afirmó—. Se han ido a pelear con los franchutes. Me han encargado traer a sus mujeres a casa. —Para contrarrestar la mirada escéptica de su interlocutora, añadió—: Soy la cuñada de Maisie. Su marido, Charlie, Charlie Butterfield, es mi hermano. —Mientras hablaba tenía los ojos fijos en Maisie, pidiéndole que confirmase sus palabras.

Maisie abrió la boca, hizo una pausa y luego dijo:

—Así es. Ahora me llamo Maisie Butterfield. Y Rosie es…

—Rosie Blake —terminó Maggie por ella—. Casada con Billy Blake el mismo día que mi hermano, justo antes de embarcarse para Francia.

La mujer examinó a las dos embarazadas, sus ojos deteniéndose en la sucia falda de satén de Rosie. Al final, sin embargo, se dirigió a uno de los niños que, sin apartarse de ella, seguía mirando a las recién llegadas:

—Eddie, vete a Five Bells, no te molestes con Crown, hoy no tienen carro. Pregúntales si pueden mandar el suyo para recoger a una muchacha que está de parto y necesita que la lleven a casa de los Kellaway de Piddletrenthide.

—Vamos a seguir hasta que encontremos el carro —murmuró Maisie cuando el niño echó a correr—. No quiero quedarme aquí con esa mujer mirándonos todo el tiempo.

Tomó de nuevo a Rosie del brazo y echó a andar calle adelante, con Maggie llevándoles los bultos una vez más y con la cuadrilla de niños siguiéndolas aún. Al mirar tras ella, vio como la mujer cruzaba la calle para reunirse con otra que acababa de salir de su casita; la primera se puso a hablar con la segunda mientras contemplaban al trío que se alejaba.

Ya de camino, Maisie le dijo en voz baja a Maggie:

—Muchas gracias.

Maggie sonrió.

—¿No dijiste que siempre habías querido tener una hermana?

—¡Y Rosie casada con el señor Blake! ¿Te imaginas?

—¿Qué diría la señora Blake? —Maggie rió entre dientes.

Pasaron de Piddlehinton a Piddletrenthide, aunque Maggie no lo habría adivinado si Maisie no se lo hubiera dicho, porque no había interrupción ni cambio en la larga hilera de casas a ambos lados de la carretera. Sintió que el pueblo de Dorset la iba sorbiendo más y más y, aunque era mejor que estar en un campo vacío, lo desconocido que le resultaba todo —el barro por todas partes, las casitas con sus peculiares tejados de bálago, los ojos inexpresivos con que la miraban los habitantes— hacía que se sintiera incómoda. Algunas personas llamaban para saludar, pero muchas otras, aunque reconocían a las embarazadas, no decían nada, limitándose a mirarlas. Maggie empezó a preguntarse si quizá, después de todo, Maisie no debería haberse quedado en Lambeth para tener allí a su hijo.

Maisie rompió aguas delante de Crown, y las chicas tuvieron que detenerse, porque las contracciones se habían hecho más frecuentes y más dolorosas. La llevaron a un banco junto a la puerta de la taberna.

—¿Dónde está el carro? —jadeó Maisie.

Entonces apareció la mujer del tabernero que lanzó un grito y abrazó a Maisie y también a Rosie. Bastó un simple gesto amistoso para cambiar un ambiente condenatorio a otro de alegría. Más personas salieron de la taberna y de las casas cercanas y a las chicas de Piddle las rodearon vecinos sorprendidos y antiguas amigas. Maisie utilizó su nueva mentira por primera vez, y anunció con tanta flema su nuevo nombre, Maisie Butterfield, que Maggie sintió deseos de felicitarla. No va a tener ningún problema, pensó, y dio un paso atrás apartándose del grupo.

El carro llegó por fin, conducido por el señor Smart, la misma persona que había llevado a los Kellaway a Londres, y que ahora se disponía a tomar parte en otra aventura más local de la que podría hablar después en la taberna. Varias mujeres subieron a una Maisie que gemía al lecho de paja preparado detrás, y Rosie y la mujer del tabernero treparon tras ella. Maisie se volvió para pedirle a Maggie algo de su hatillo y descubrió que su amiga había desaparecido.

—¡Maggie! —gritó cuando el carro se puso en marcha—. ¡Señor Smart, espere a Maggie! —Pero tuvo que renunciar, sin embargo, cuando una contracción todavía más fuerte transformó su grito en un alarido.

La única prueba de que Maggie había estado allí eran los hatos de las embarazadas, abandonados ahora en el banco situado junto a la puerta de la taberna.

NUEVE

Jem sintió que algo había cambiado en el ambiente mucho antes de que apareciese el carro. Mientras trabajaba fuera, delante de la puerta de la casa de los Kellaway, pintando una silla que su hermano Sam acababa de nivelar, oyó en el aire un zumbido distante, parecido al que se produce cuando la gente se reúne y discute un tema, todo ello puntuado por los gritos de niños entusiasmados. No le dio mucha importancia, porque había oído el mismo ruido aquella tarde cuando el agente que recogía los botones pasó por el pueblo y, aunque se había marchado hacía ya tiempo, su visita podía explicar la repetición del alboroto. Quizá dos mujeres estuvieran discutiendo sobre la calificación que el señor Case había dado a sus botones, dividiéndolos en superiores, normales o defectuosos. Todas las mujeres del valle del Piddle estaban orgullosas de su trabajo manual, y les molestaba mucho que se las valorase por debajo de su nivel habitual. La observación malintencionada de otra vecina podía iniciar una discusión que se prolongara en público durante semanas.

Jem sonrió al recordarlo, pero fue con más resignación que buen humor. Algunos aspectos de la vida en Piddletrenthide le parecían muy distintos desde su regreso de Londres, ahora que tenía algo con que compararlos. No se imaginaba a sus vecinos de Lambeth discutiendo, por ejemplo, sobre la calidad de sus botones. Aunque nunca se lo había dicho a nadie, había momentos en los que Piddletrenthide, al igual que su río, le parecían muy limitados si los comparaba con Lambeth y el Támesis. Algunos días abría la puerta de la calle para mirar fuera y se le caía el alma a los pies al ver que todo seguía igual que el día anterior. No había nadie que pasara por delante vendiendo piñas tropicales, ni tampoco chicas con cintas azules que les cayeran por la espalda. Cosas de las que podría haberse quejado a su hermana si Maisie estuviera allí. La echaba de menos y le envidiaba los meses que pasaba con los Blake.

No había sido fácil para los Kellaway instalarse de nuevo en Piddletrenthide pese a haber estado ausentes menos de un año. Llegaron en medio de una fuerte nevada, de manera que no había nadie a la entrada del pueblo para recibirlos y dentro de su casa encontraron a Sam Kellaway y a su mujer, Lizzie, en la cama, aunque era después de mediodía. Había sido un comienzo incómodo, y parte de la familia no se había repuesto del todo.

Thomas Kellaway recuperó pronto su antiguo sitio en el taller, que Sam le devolvió a regañadientes, después de disfrutar por breve tiempo del placer de no tener que dar cuentas a nadie. Su padre hacía las sillas más despacio de lo que le gustaba a Sam, y éste tardaba menos que antes en señalárselo. Aunque ninguno de los dos decía nada, Thomas Kellaway se preguntaba a veces si era todavía el patrón de su taller.

A Anne Kellaway también se le hizo difícil encajar, porque al volver se encontró con una nuera que ocupaba su sitio. En el pasado Anne Kellaway y Lizzie Miller se habían llevado bien, porque Lizzie era una chica silenciosa que siempre cedía ante su futura suegra. Ya casada y en su propia casa, sin embargo, se había convertido en una mujer con opiniones, y estaba poco dispuesta a renunciar a ellas cuando los Kellaway reaparecieron en una casa que ya había empezado a hacer suya. Había hecho algunos cambios, había traído muebles de los Miller, había puesto visillos nuevos y había cambiado una mesa de sitio, llevándola al otro lado de la habitación. Antes de que pasara una hora de su llegada, Anne había devuelto la mesa a su antiguo emplazamiento, provocando en Lizzie un enfurruñamiento que duraba ya siete meses. Como resultado de todo ello las dos mujeres evitaban estar solas, lo que no era fácil dado que su trabajo las obligaba a compartir la misma habitación mucho tiempo; de hecho Anne Kellaway tendría que haber estado ayudando a Lizzie a lavar los visillos, pero prefirió trabajar en la huerta, más allá del taller donde se hacían las sillas. No sintió lo que Jem había advertido: no captó la corriente de emoción que recorría, invisible, el pueblo cuando sucedía algo nuevo. Seguía quitando malas hierbas entre los puerros y tratando de no pensar en el tocón —todo lo que quedaba del peral— al fondo de la huerta. Había pasado año y medio desde la muerte de Tommy, y aún pensaba en él varias veces al día. Eso era lo que ser madre significaba; Anne había llegado a darse cuenta de que los hijos siguen contigo, tanto si están vivos como si han muerto, si están cerca como si están lejos. Se preocupaba también por Maisie, atrapada en Lambeth. Tenían que encontrar la manera de que volviera a casa.

Entonces oyó los alaridos de su hija.

Anne Kellaway llegó a la puerta de la casa al mismo tiempo que el carro.

—Dios del cielo —murmuró mientras su mirada tropezaba con la tripa de su hija y buscaba luego los ojos de su marido.

Thomas Kellaway aceptó sin pestañear la situación de su hija. Una expresión decidida apareció en su rostro: una expresión que tomó forma durante los meses que los Kellaway habían pasado en Lambeth. Devolvió la mirada a su esposa. Luego, a la vista de todos los vecinos que habían salido a ver la causa del alboroto, avanzó y, después de llamar a Jem y a Sam para que lo ayudaran, sacó a su hija del carro.

Pese al gesto de su marido, Anne Kellaway sabía que los vecinos esperarían a ver qué hacía ella, y que reaccionarían en consecuencia. Al mirar alrededor, vio que su nuera Lizzie examinaba a Maisie con repugnancia apenas disimulada. Anne Kellaway cerró los ojos y le vino a la cabeza una imagen de la señorita Laura Devine balanceándose segura en la cuerda floja. Tomó su decisión acompañándola de una inclinación de cabeza, abrió los ojos y se unió a su marido, colocando un brazo alrededor de Maisie mientras Thomas hacía lo mismo por el otro lado.

—Muy bien, Maisie —murmuró—. Ahora ya estás en casa.

Mientras la llevaban dentro, Maisie llamó a su hermano por encima del hombro.

—Jem, tienes que encontrar a Maggie: ¡no sé adónde ha ido!

Jem se sobresaltó, abriendo mucho los ojos.

—¿Maggie está aquí?

—Sí, claro, no hubiéramos llegado sin ella. No sabes lo buena que ha sido con Rosie y conmigo; lo arregló todo y ha cuidado de nosotras. ¡Pero luego ha desaparecido!

—¿Dónde estaba la última vez que la has visto?

—Junto a Crown. Subimos al carro y cuando me volví ya no estaba. ¡Por favor, Jem, encuéntrala! No tiene dinero y le da miedo el campo.

—Maisie entró en la casa sin que tuviera tiempo de ver lo deprisa que su hermano echaba a correr.

DIEZ

Piddletrenthide era un pueblo largo y estrecho —con bastantes más de las treinta casas a las que debía su nombre—, que se extendía a orillas del Piddle por más de kilómetro y medio. La taberna se hallaba en un extremo, inmediatamente antes de que el pueblo se convirtiera en Piddlehinton. Jem ya se había quedado sin aliento cuando llegó allí. Tan pronto como su respiración volvió a la normalidad empezó a preguntar, pero nadie había visto a Maggie. Jem sabía, sin embargo, que una desconocida no podía ir lejos por el valle del Piddle sin llamar la atención de la gente.

En New Inn, la otra taberna, habló con algunos niños: le contaron que Maggie había pasado por allí media hora antes. Poco después un anciano le confirmó que estaba en la buena pista al decirle que la había visto junto a la iglesia. Jem corrió hacia allí mientras caía la tarde.

En la iglesia vio un destello blanco detrás de la pared que separaba el cementerio de la carretera y se le aceleró el corazón. Sin embargo, cuando se asomó por encima de la valla vio, sentada y con la espalda apoyada en ella, mientras disfrutaba del último rayo de sol, a una chica del valle del Piddle que reconoció como prima lejana de su cuñada Lizzie. Tenía algo en el regazo que rápidamente ocultó con el delantal al acercársele Jem.

—Buenas tardes —dijo Jem, acuclillándose a su lado—. Dime, ¿has visto a una muchacha que caminaba en esta dirección? Una forastera, mayor que tú. De Londres.

La muchacha lo miró con ojos oscuros muy abiertos que lanzaban destellos de información escondida.

—¿Eres una Miller, verdad? —perseveró Jem—. Los Miller de Plush.

Al cabo de un momento la chica asintió con la cabeza.

—Tu prima Lizzie vive con nosotros, ¿sabes? Está casada con mi hermano Sam.

La chica meditó sobre aquello.

—Me ha dicho que buscara a Jem —explicó por fin.

—¿Quién? ¿Lizzie? Acabo de estar con ella en casa.

—La señora de Londres.

—¿La has visto? ¿Qué ha dicho? ¿Dónde está?

—Me dijo… —Se miró el regazo, claramente dividida entre ocultación y revelación—. Dijo…, que te diera esto. —De debajo del delantal sacó un libro delgado de color rosa pálido, que había estado envuelto en un papel marrón, ahora suelto. La chica miró a Jem con miedo—. No tenía intención de desenvolverlo, pero se le salió el bramante, vi los dibujos y no pude evitarlo, quise mirarlo. No he visto nunca nada parecido.

Antes de tenerlo en la mano, Jem creyó saber ya de qué se trataba. Pero al abrirlo por la página del título descubrió que era diferente del que había hojeado en casa de los Blake. En lugar de niños sentados sobre las rodillas de su madre, el dibujo en colores representaba a unos jóvenes, hombre y mujer, inclinados sobre los cuerpos de otra pareja tendida en un féretro, y aquellas figuras le recordaron las estatuas de piedra sobre las tumbas de la abadía de Westminster. Encima del dibujo había letras adornadas con figuras flotantes y hojas de parra. Jem empezó a hojear el libro, viendo, pero sin detenerse, página tras página de palabras y de dibujos entrelazados y teñidos de azul, amarillo, rojo y verde. Había personas vestidas y desnudas, árboles, flores, uvas, cielos oscuros, y también animales: ovejas y vacas, ranas, un pato, un león. Mientras Jem pasaba las páginas, la chica se acercó sigilosamente para mirar por encima de su hombro.

Enseguida le detuvo la mano.

—¿Qué es eso?

—Un tigre, creo. Sí, eso es lo que dice. —Pasó la página y se encontró con el título «Londres» debajo de la imagen de un niño que llevaba a un anciano por sus calles, con las palabras que Jem conocía bien y que había recitado a veces en voz baja:

Cuando camino por las calles
cerca del Támesis y sus navíos,

Jem cerró el libro.

—¿Adónde ha ido? ¿La muchacha de Londres?

La prima de Lizzie tragó saliva.

—¿Me dejas que vea más?

—Cuando haya encontrado a Maggie. ¿Adónde iba?

—Dijo que a Piddletown.

Jem se puso en pie.

—Bien; ven un día a ver a tu prima y podrás verlo con más calma. ¿De acuerdo?

La chica asintió con la cabeza.

—Y ahora vete a casa. Se está haciendo de noche. —Sin esperar a ver si hacía lo que le había dicho, aceleró el paso colina arriba para salir de Piddlehinton.

ONCE

Maggie estaba sentada en el peldaño más alto de la escalerita, a modo de portillo, en una cerca que dominaba el primer valle por donde pasaba la senda. Verla allí subida le resultó tan fuera de lugar que casi se echó a reír. Lo que hizo en cambio fue contener la risa y decir su nombre en voz baja para no asustarla. Maggie volvió la cabeza muy deprisa.

—Jem —dijo, la boca en tensión—, quién hubiera pensado que nos encontraríamos en un sitio así, ¿eh?

Jem avanzó hasta la escalera y se recostó contra ella.

—Es raro —reconoció él, mirando hacia el valle, en gran parte de color morado, debido a las sombras, ahora que ya se estaba poniendo el sol.

Maggie volvió a mirar hacia el valle.

—He llegado hasta este sitio y no he podido ir más allá. Llevo sentada aquí todo este tiempo tratando de hacer de tripas corazón para seguir adelante, pero no he podido. Fíjate, no hay ni un alma en ninguna parte excepto nosotros dos. No es normal. —Se estremeció.

—Uno se acostumbra. Nunca me he fijado en eso, excepto cuando nos mudamos a Londres y lo eché de menos. Allí nunca podías alejarte de la gente.

—La gente es todo lo que hay, ¿no? ¿Existe algo más?

Jem rió entre dientes.

—Todo. Los campos y los árboles y el cielo. Me paso el día entero con ellos y soy feliz.

—Pero nada de eso tendría sentido si no hubiera gente con quien estar.

—Supongo que no. —Siguieron contemplando el valle en lugar de mirarse ellos—. ¿Por qué no has venido a casa? —preguntó Jem finalmente—. Haces todo el camino y luego te das la vuelta en el último kilómetro.

Maggie respondió con otra pregunta.

—¿Las chicas han llegado bien?

—Sí.

—¿Maisie no ha tenido a su niño en mitad de la calle?

—No; entró en casa.

Maggie asintió con la cabeza.

—Me alegro.

—¿Cómo encontrasteis a Rosie?

—Nos encontró ella, o a la vieja bruja, más bien. —Le contó cómo había descubierto a Rosie en casa de la señorita Pelham.

Jem gruñó.

—A ésa no la echo de menos. —Su tono dejaba claro que había otras cosas que sí echaba de menos. Maggie sintió una opresión en el pecho—. Gracias por traerlas de vuelta —añadió Jem.

Maggie se encogió de hombros.

—Me apetecía ver el famoso Piddle-di-di. Y dada su situación necesitaban alguien que las acompañase.

—No…, no sabía lo de Maisie.

—Claro que no. No me lo podía creer cuando la vi. Menuda sorpresa. —Hizo una pausa—. Tengo que contarte algo, Jem. Maisie es ahora Maisie Butterfield.

Jem la miró con tal horror que Maggie soltó una risita.

—Ya sé que Charlie es un desastre —dijo—, pero nos ha resultado útil. —Le explicó la historia que había inventado, añadiendo—: Y Rosie está casada con el señor Blake.

Jem rió entre dientes, y Maggie se unió a él con la sonora carcajada que su amigo había echado de menos durante los meses que llevaban separados.

—¿Qué tal está el señor Blake? —preguntó cuando pararon de reír—. ¿Y la señora Blake?

—La asociación todavía le hace pasar malos ratos. Nadie puede decir nada sobre el rey o sobre Francia, ni cualquier cosa que se salga de lo corriente sin que se le echen encima. Y ya sabes que el señor Blake dice cosas muy poco corrientes. Lo ha pasado bastante mal. Maisie te lo podrá contar, es quien más ha estado con él.

—¿Es un regalo suyo? —Jem se sacó el libro del bolsillo.

—Lo es. Bueno, en cierto modo. —Al notar la mirada de Jem, añadió—: No, ¡no lo he robado! ¿Cómo puedes pensar una cosa así? ¡Nunca le quitaría nada! No; es sólo que me dio dos libros, los dos envueltos en papel marrón, y del mismo tamaño. Y, bueno, los junté en mi bolsillo y ahora no sé cuál es el tuyo y cuál el mío.

—¿No son iguales?

—No. —Maggie se bajó de lo alto de la escalera (ahora ella estaba en un lado de la cerca y Jem en el otro), alzó su hato y sacó el segundo libro—. ¿Ves? —Lo abrió por la página del título, donde dos niños leían un libro en las rodillas de una mujer. *Cantos de inocencia* —dijo—. Lo recuerdo de antes. No supe lo que decía el otro, de manera que elegí éste. ¿Cómo se titula, entonces?

—*Cantos de experiencia*. —Jem abrió el libro por la página del título y se la mostró.

—¡Ah! Opuestos, entonces. —Se sonrieron—. Pero ¿cuál crees que es el tuyo y cuál el mío? Me refiero a qué idea tenía el señor Blake. Insistió mucho en que uno era especialmente para ti y el otro para mí.

Jem negó con la cabeza.

—Podrías preguntárselo.

—No; no podría. Sería decepcionante para él enterarse de que los he confundido. Tenemos que decidirlo nosotros.

Contemplaron los libros en silencio. Luego Maggie habló de nuevo.

—Jem, ¿por qué te fuiste de Lambeth sin decir adiós?

Jem se encogió de hombros.

—Tuvimos que marcharnos deprisa por culpa de la señorita Pelham.

Maggie examinó su perfil.

—Podías haberme buscado para despedirte. ¿Fue porque no podías…, porque no me puedes perdonar por…, por hacer lo que hice, lo que te conté, en el callejón del Degollado? Porque cuando aquello me sucedió…, bueno, durante un tiempo pensé que el mundo nunca estaría ya a derechas. Una vez que haces algo como eso, las cosas no pueden volver a ser como antes. Lo pierdes, y es difícil recuperarlo. Pero entonces llegasteis tú y Maisie y el señor Blake, y me sentí mejor, por fin, después de contártelo…, excepto que me da miedo la oscuridad y el estar sola.

—No importa —respondió Jem después de un rato—. Me sorprendió, eso es todo. Hizo que pensara en ti de otro modo. Pero no tiene ninguna importancia.

Miraron sus libros cuando ya casi era de noche. Luego Maggie se inclinó sobre la página del libro de Jem.

—¿Es eso un tigre?

Jem asintió y leyó las palabras.

—«Tigre altivo…»

—«Ardiente luz» —siguió Maggie, para sorpresa suya.

> *en las selvas de la noche,*
> *¿qué manos inmortales o qué ojos*
> *tu terrible belleza concibieron?*

—Me lo enseñó Maisie —añadió—. No sé leer…, todavía.

—¿Maisie te lo enseñó? —Jem reflexionó sobre aquello, preguntándose hasta qué punto había cambiado su hermana a causa de su estancia en Londres—. ¿Qué quiere decir el señor Blake con «terrible belleza»?

—No lo sé; tendrás que preguntárselo a ella.

Jem cerró el libro y se aclaró la garganta.

—¿Adónde ibas a ir, a oscuras, completamente sola?

Maggie se dio golpecitos en la palma de la mano con el libro.

—Quería alcanzar en Piddletown al tipo de los botones y ofrecerme a hacerlos para él y así ganarme el viaje de vuelta a Londres.

Jem arrugó la frente.

—¿Cuánto cuesta?

—Una libra en la diligencia si voy en el pescante, a no ser que encuentre un carro que me lleve.

—Maggie, ¡tendrías que hacer por lo menos mil botones para pagarte el pasaje!

—¿Mil? ¡Dios bendito! —Maggie se unió a la risa de Jem. Aquello fue como una liberación, y muy pronto los dos se reían tanto que tuvieron que sujetarse el estómago.

Cuando por fin dejaron de reír, Jem dijo:

—Entonces, ¿qué ibas a hacer, sentada en ese escalón?, ¿quedarte ahí toda la noche?

Maggie pasó los dedos por la cubierta del libro.

—Sabía que ibas a venir.

—Ah.

—A ver, si yo estoy a un lado de la cerca y tú al otro, ¿qué hay en medio?

Jem puso la mano en la escalera.

—Nosotros.

Al cabo de un momento Maggie se la apretó con la suya, y sus manos permanecieron así unidas durante un rato, calentándose mutuamente.

El valle que tenían delante iba quedando en sombras, el río y los árboles del fondo invisibles ya.

—No me puedo quedar aquí, de todos modos, Jem —dijo Maggie en voz baja—. No puedo. —Derramó algunas lágrimas, pero enseguida se las secó.

—Iré contigo hasta Piddletown, si quieres —dijo Jem al cabo de un rato.

—¿Cómo vas a hacer eso? ¡Mira lo oscuro que está!

—La luna saldrá pronto…, nos dará luz suficiente.

—¿Seguro? ¿Cómo lo sabes?

Jem sonrió.

—Es una de esas cosas que sabemos por aquí. No disponemos de faroleros que vayan arriba y abajo por las calles. —Le entregó a Maggie su libro mientras pasaba al otro lado de la cerca. Cuando Maggie quiso devolvérselo después, Jem negó con la cabeza—. Guárdalo con el otro. Fíjate qué bien te caben juntos en la mano. Son exactamente del mismo tamaño.

—No, no, ¡eso sí que no! Guárdalos tú. Si no, no los verás nunca.

—Podría ir a Londres para verlos.

—No, eso no es justo. No; guárdalos tú y vendré yo de visita a Piddle-di-di.

Jem se echó a reír y la cogió de la mano.

—En ese caso tendrás que aprender a cruzar sola este campo.

—No si vienes tú a recogerme a la diligencia.

Discutieron sobre aquello durante todo el camino hasta Piddletown.

Nota de agradecimiento

Hay muchos materiales —demasiados— sobre William Blake en el mundo. Cito algunos que me han resultado sumamente útiles:

The Life of William Blake, Alexander Gilchrist (1863, y recientemente reeditado).

Blake, Peter Ackroyd (1995).

The Stranger from Paradise: A Biography of William Blake, G. E. Bentley, Jr. (2001).

Blake Records (2.ª edición), editados por G. E. Bentley, Jr. (2004).

William Blake (catálogo de la exposición en Tate Britain), Robin Hamlyn *et al.* (2001), en especial la sección sobre Lambeth de Michael Phillips.

William Blake, Kathleen Raine (1970).

William Blake: The Creation of the Songs, Michael Phillips (2000).

«Blake and the Terror, 1792-1793», Michael Phillips, en *The Library*, sexta serie, vol. 16, n.º 4 (diciembre, 1994), pp. 263-297.

«N.º 13 Hercules Buildings, Lambeth: William Blake's Printmaking Workshop and Etching-Painting Studio Recovered», Michael Phillips, en *The British Art Journal*, vol. 5, n.º 1 (primavera/verano, 2004), pp. 13-21.

La información más completa en internet sobre Blake es sin duda William Blake Archive en www.blake archive.org/

Sólo enumeraré las obras más amenas entre las innumerables que me han ayudado a recrear el Londres del siglo XVIII, así como una selección de recursos útiles para temas más concretos:

The Autobiography of Francis Place, editada por Mary Thale (1972); así como el archivo de Francis Place de la Biblioteca Británica.

London Life in the 18th Century, M. Dorothy George (1925). *On Lambeth Marsh*, Graham Gibberd (1992).

A to Z of Regency London (1985): un mapa sumamente detallado de Londres hecho por Richard Horwood desde 1792 a 1799 (con ulteriores actualizaciones); también disponible en www.motco.com.

The Shadow of the Guillotine: Britain and the French Revolution, editado por David Bindman (1989).

Astley's Amphitheatre and the Early Circus in England, 1768-1830 (tesis doctoral), Marius Kwint (1994); también el archivo de recortes de periódicos de Astley que se conserva en la Biblioteca Británica.

Buttony, Mervyn Bright (1971).

The English Regional Chair, Bernard D. Cotton (1990).

Me gustaría agradecer la ayuda que, durante la redacción de esta novela, me han prestado las siguientes personas:

Robin Hamlyn, conservador de la Tate Collection, Londres; Chris Fletcher y Jamie Andrews, su sucesor en la Biblioteca Británica, que me han permitido trabajar con los cuadernos de Blake sin estremecerse; Greg Jecman, de la Galería Nacional de Arte y Daniel De Simone de la Biblioteca del Congreso, ambos en Washington, D C; Sheila O'Connell de la Sala de Grabados y Dibujos del Museo Británico; Tim Heath, presidente de la Blake Society (Reino Unido);

Marius Kwint, experto en Philip Astley, de quien confío que escriba la biografía, porque era probablemente un personaje todavía más extraordinario de como lo he retratado;

Mike y Sally Howard-Tripp, los primeros que me introdujeron en los placeres de Piddletrenthide;

Thelma Johns, de la Tienda de Botones Antiguos de Lytchett Minster, Dorset, por hacerme partícipe de sus conocimientos y mostrarme sus botones de Dorset;

Guy Smith, de Dorchester, por su ayuda con los nombres de las tabernas del valle del Piddle;

Lindsey Young y Alexandria Lawrence, por su eficaz colaboración; Zoë Clarke por su competente revisión del original; Jonny Geller y Deborah Schneider, representantes estrella; Susan Watt y —nueva en el equipo, pero qué haríamos sin ella— Carole DeSanti, mis editoras, que me han obligado a flexionar músculos que ignoraba poseer;

Laura Devine, que compró valientemente el privilegio de permitirme utilizar su nombre para uno de mis personajes en una subasta destinada a recaudar fondos para la Fundación Médica para la Atención a las Víctimas de la Tortura (Reino Unido).

De manera muy especial, de todos modos, he de dar las gracias a Michael Phillips, experto en Blake, cuyas investigaciones sobre el escritor —innovadoras, minuciosas y llenas, afortunadamente, de sentido común— durante sus años en Lambeth me han servido de inspiración para centrarme en ese período y, concretamente, en los años 1792 y 1793. Su biografía de Blake en Lambeth durante el Terror antijacobino en Gran Bretaña está casi terminada y nos ayudará mucho a entender a un artista y escritor tan complejo e inusual. La espero con impaciencia.

Índice